98,8% de compatibilidade

LYLA MARS

98,8% de compatibilidade

Tradução
Sofia Soter

Rio de Janeiro, 2025

Título original: The Perfect Match

PRODUÇÃO EDITORIAL	Cristhiane Ruiz
COPIDESQUE	Bruna Miranda
REVISÃO	Rachel Rimas e Elisa Rosa
IMAGENS DE CAPA	© Shutterstock
DESIGN DE CAPA	Studio Piaude
ADAPTAÇÃO DE CAPA	Julio Moreira | Equatorium Design
DIAGRAMAÇÃO	Abreu's System

Dados Internacionais de Catalogação na Publicação (CIP)
(Câmara Brasileira do Livro, SP, Brasil)

Mars, Lyla
98,8% de compatibilidade / Lyla Mars; tradução Sofia Soter. – Rio de Janeiro: Harlequin, 2025. – (Não sou sua alma gêmea)

Título original: The perfect match.
ISBN 978-65-5970-520-7

1. Romance francês I. Título. II. Série.

25-268996 CDD-843

Índice para catálogo sistemático:
1. Romances : Literatura francesa 843
Bibliotecária responsável: Eliete Marques da Silva – CRB-8/9380

Harlequin é uma marca licenciada à Editora HR Ltda.
Todos os direitos reservados à Editora HR LTDA.

Rua da Quitanda, 86, sala 601A – Centro
Rio de Janeiro/RJ – CEP 20091-005
Tel.: (21) 3175-1030
www.harpercollins.com.br

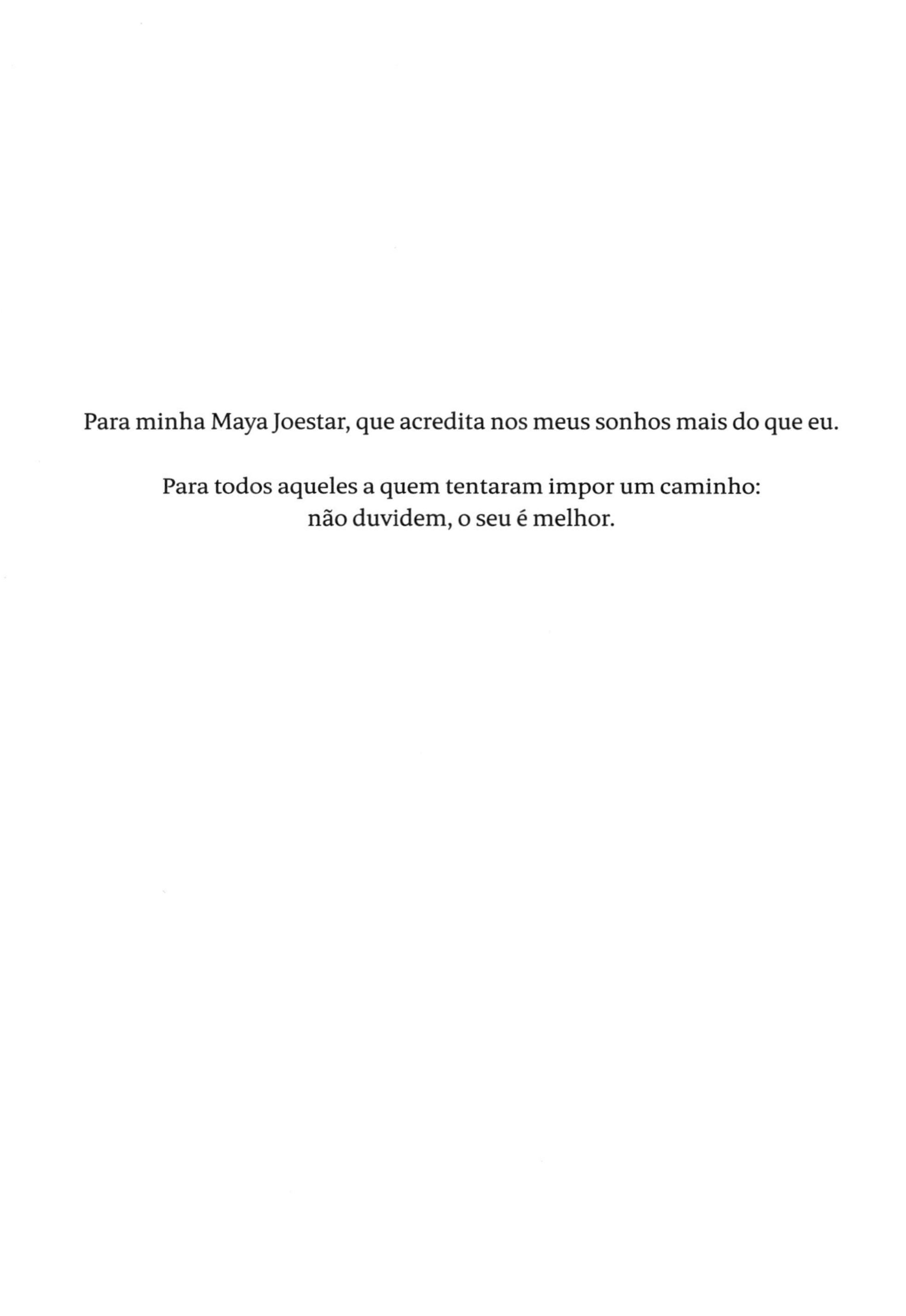

Para minha Maya Joestar, que acredita nos meus sonhos mais do que eu.

Para todos aqueles a quem tentaram impor um caminho:
não duvidem, o seu é melhor.

Prólogo

Amor [a'moɾ], do latim amore. *Mensagem química nervosa enviada de um indivíduo a outro e que precede à ativação de duzentos e cinquenta hormônios e neurotransmissores no cérebro (estes últimos são ativados principalmente nos processos de atração e apego, as feniletilaminas). Essa mensagem é seguida por secreções crônicas de dopamina, serotonina e adrenalina. As taxas altas de adrenalina conduzem a efeitos diversos: taquicardia — aceleração da pressão arterial e da respiração — e vasodilatação que provoca rubor facial.*

Os efeitos psicológicos da paixão romântica e do prazer que ela causa são semelhantes àqueles observados durante o consumo de drogas e álcool, podendo gerar dependência e vício em relação à pessoa "amada", e conduzir a estados de "abstinência" quando ela se encontra inacessível.

ALGORITHMA ®

Lembrem-se.

A solidão, a hiperatividade e a insegurança foram os males das sociedades do passado.

Os homens de Marte. As mulheres de Vênus. E, entre eles, um universo obscuro e silencioso — o desconhecido. Como se entender? Como seguir juntos, de mãos dadas, e construir um mundo melhor?

O amor é o alicerce da família; a família é o cimento de toda sociedade humana. Sem uma família estável, não há evolução psicológica estável. E os males que abalaram os séculos anteriores decorrem, sem dúvida, da instabilidade humana.

FICHA Nº 85337
Administrado por Sofía Rivera
Sobrenome: Wager (Edison)
Nome: Eliotte
Sexo: Feminino
Pais: Casamento 2665-C
Residências: R. Legion, 6445, Lake City, Seattle, Nova Califórnia — Av. Cherry Blossom, 73, Portland, Nova Califórnia — R. Minette, 789, Residence Roovery, Portland, Nova Califórnia.
Número de par-teste(s): 2 com MEEKA Ashton em 30/05/2165 e 26/12/2168

Meu amor,

Se você soubesse como me dói escrever estas palavras, como minha mão treme, meu coração dispara.

Se soubesse como me detesto, como sofro e como te amo.

Mas se soubesse, sobretudo, como é preciso que eu o faça.

Me perdoe, eu imploro. Eu precisava fazer isso. Na verdade, nunca tive escolha. Não é?

Não imagine, nem por um instante, que foi fácil, que não pensei nisso a cada segundo, que não pesei os prós e contras várias e várias vezes... A noite toda, o dia todo, o ano todo. Quase toda a minha vida. Não se atreva a imaginar o inimaginável. Eu proíbo.

Mas tenho consciência de que, bem no fundo, você sabe o que é correto e adequado; sabe a verdade. Deixe tudo de lado, esqueça de si para enfrentá-la. Encare a verdade.

Talvez nada mais seja como antes, tudo mude, tudo fique mais sombrio ou mais iluminado. Talvez.

A certeza é: eu te amo. Isso não mudou. Lembre-se, por favor.

Perdão.

Sua alma gêmea

1

Os resultados

Eliotte

44,7%.

44,7%.

44,7%...

Contemplo minhas pernas bambas e aperto os braços ao redor da grade que cerca o telhado da estação abandonada. Tamborilo as unhas sem parar na barra metálica, em um tinido estridente e baixo.

— ... aí eu falei que seria legal a gente ir para o leste da Flórida este ano — continua Ashton. — Mas meu pai respondeu que era melhor a gente ficar aqui na Nova Califórnia, para ele continuar a campanha eleitoral. Para ser bem sincero, estou de saco cheio de praia.

— É, imagino — respondo, com o olhar ainda perdido à minha frente. — Areia, calor, tudo isso...

— Exatamente! Queria fazer umas trilhas na montanha. Sei que tem trilha a uma hora daqui, mas a mata não é tão verde quanto a do leste. E eu entendo do assunto.

— Que mania de lenhador é essa, Ash?

— Não é de lenhador. É de homem que quer se reconectar com sua verdadeira natureza entre choupos e papoulas... Acho que é tudo coisa do meu pai: quando eu e Izaak éramos pequenos, meu pai sempre nos levava para a floresta.

Estou prestes a responder quando ele acrescenta:

— E não dá para negar que esse meu ladinho selvagem é sexy.

Abro um meio-sorriso, com a mente ainda fervendo.

— Enfim, tudo isso para dizer que estou pensando em passar o fim de semana no leste da Flórida com Matthew depois das provas — continua Ash. — E ele falou de você faz pouco tempo... Acho que deveria ir com a gente, Eliotte. Fechar o trio que nem na escola!

O "trio"... Está mais para uma dupla na qual ele me meteu, isso sim.

Eu gostaria de rir, mas, em vez disso, suspiro e viro o rosto para ele.

— Ash... A gente vai mesmo ficar fingindo que é um dia totalmente normal?

— Claro. Por que não? Tem alguma coisa errada?

Ele abre um de seus sorrisos mais belos; aqueles que têm o dom de relaxar os músculos do meu coração e esvaziar minha cabeça de duas toneladas de problemas.

No entanto, hoje não está funcionando.

— Como você consegue ficar tranquilo assim? Vamos receber os resultados finais, a porcentagem que definirá o resto das nossas vidas, daqui a meia hora. Imagina se... se for nega...

— Não vai ser — interrompe ele, me abraçando pelo ombro. — Tira isso dessa sua cabecinha linda e para de imaginar o pior. A gente está junto desde os 16 anos, Eliotte. A gente sempre foi loucamente apaixonado... Por que não seríamos compatíveis?

— Talvez porque foi isso que disse o par-teste dos 18 anos?

— Tenho certeza de que subimos a compatibilidade nos últimos três anos e passamos desse maldito patamar de 50%! Porra, faltavam só 5,3 pontos. Estou confiante. Claro que somos compatíveis. E, vamos ser lógicos por trinta segundos: se não fosse assim, não nos amaríamos tanto, Eliotte.

Esboço um sorriso vago, olhando para o horizonte banhado pelo sol alaranjado do amanhecer. Meu coração está apertado.

Ainda tenho intacta na memória a lembrança de quando soubemos o resultado do primeiro teste.

A queda foi tão grande.

Manter um relacionamento de natureza romântica com alguém é geralmente desencorajado, a ponto de ser tabu, antes de o casal oficial ser designado por Algorithma — a agência científica por trás desse sistema baseado em genética e amor. Apesar disso, cada par pode solicitar ao Departamento Matrimonial que realize até duas vezes o teste de compatibilidade. Resultados inferiores a 50% indicam incompatibilidade do par. Acima dessa porcentagem, os cidadãos testados podem ser reconhecidos como "almas gêmeas" e se casar.

Aos 18 anos, eu e Ash conseguimos 44,7%. Parece que se amar profundamente não é um critério para a compatibilidade. Naquele dia, passamos horas enroscados na minha cama, ouvindo música. Encaramos o teto e trocamos de playlist a cada acesso de lágrimas.

Felizmente, os resultados podem evoluir com o tempo. Em alguns anos, a porcentagem é suscetível a variações de até quinze pontos, de acordo com o estado psicológico de cada um. Portanto, podemos esperar que no último par-teste, aos 21 anos — logo antes do matrimônio da maioridade —, nossa compatibilidade seja superior a 50%. Assim, nos apresentaríamos diante do Casamenteiro com o teste positivo e duas alianças, antes mesmo de Algorithma nos apresentar um lote de possíveis almas gêmeas.

A maioria dos pares que recebem um resultado negativo no primeiro teste não arrisca continuar a relação. Prefere reservar os últimos anos antes do casamento para encontrar novas parcerias.

Essa ideia, porém, era inconcebível para mim e para Ash.

Agarramos essa última fagulha de esperança e a alimentamos e protegemos em nossas mãos. Três anos para mudar os resultados? Tudo bem. Daríamos um jeito.

Daqui a trinta minutos, é imperativo que Algorithma nos diga que somos compatíveis. Ashton Meeka é o único rapaz com quem posso me casar. *O único.*

Uma brisa sopra meu cabelo. Estremeço ao olhar os trilhos enferrujados sob nossos pés. Parece que já faz uma semana que começou o dia. Passei a noite em claro. 44,7%. 44,7%. 44,7%. Os números giravam na minha cabeça sem parar. Eu mal me escutava respirar.

— A gente vai botar pra dentro um hambúrguer daqueles quando sair do laboratório, Eliotte — disse Ash, estreitando os olhos. — Você nem imagina. Aí a gente vai pra minha casa, vou ficar só de cueca e... Não, que história é essa? Vou ficar peladão mesmo, aí a gente se joga na minha cama e maratona todos os filmes da minha videoteca.

Assim, com a expressão leve, os olhos bem-humorados e o sorriso infalível, ele parece desligado do mundo, inteiramente relaxado. Mas todo o resto o entrega. Começando pela mão, que não solta a minha desde que a gente sentou aqui na beirada do telhado. Ele a aperta com tanta força que parece até que os nós dos dedos vão se romper.

— Eu te amo, Ashton. Sabia? Até demais para ser normal.

Ele abre ainda mais o sorriso.

— Eu sei bem que você é um pouco psicopata, Eliotte. Eu sei! Mas relaxa, tô acostumado. Você não é a única obcecada por mim. Tem muito mais gente. Muito, muito, muito mais gente...

Eu caio na gargalhada.

— Onde? Na sua cabeça, só se for.

Ele ri, se esticando um pouco para trás, sem soltar minha mão.

— Mas é você que eu quero, Eliotte. Só você, mais ninguém. Aconteça o que acontecer. Sabe disso, né?

Aconteça o que acontecer.

Ele segura meu rosto e se aproxima da minha boca. Como sempre, primeiro olha bem nos meus olhos... e depois me beija. Nunca vou me cansar da maneira como seus lábios murmuram contra ao meus, em um silêncio suave. Sua boca tem gosto de chiclete e do estresse que fervilha dentro dele.

Quando Ash se afasta, não tiro a mão de sua cabeleira loira, que vive impecavelmente bagunçada.

— Que foi? O icônico Ashton Meeka está pagando de romântico?

— É que é um grande dia. Finalmente vão anunciar que somos compatíveis e que podemos nos casar.

O ar fica entalado na minha garganta.

Compatíveis.

— Eles não entendem mesmo que o perfume ambiente deles cheira a desinfetante de banheiro... — comenta Ashton, na sala de espera. — Parece até que estamos no meu banheiro depois de jantar comida mexicana. Dá vontade de vomitar.

— Ainda é mais cheiroso do que aquele perfume que você usava... — retruco. — Espera, qual era o nome mesmo? "Floresta lúgubre e selvagem"?

— Ah, não, não! Pode parar! Você sabe muito bem que eu só usava por causa da minha mãe. Ela ia ficar péssima se notasse que eu... tinha crescido. É o perfume da minha crise adolescente; na época, eu achava que ia aumentar minha testosterona.

Ash cai na gargalhada até perder o fôlego. Ele é de rir à toa, mas hoje está quase compulsivo. É desses que preferem sempre sorrir a surtar. Eu sou mais do tipo que percebe que está se afogando antes mesmo de pular na água.

De repente, uma mulher de terninho azul se aproxima, com um tablet na mão. Cutuco o braço de Ashton para ele voltar à Terra, mas ele já reparou. Ela para bem na nossa frente e abre um sorriso quase mecânico. Seu broche, na forma de uma fita de DNA ao redor de um coração humano, emite um brilho estranho sob a lâmpada branca do teto.

— Eliotte Wager e Ashton Meeka?

— Somos nós — diz ele, com a voz menos confiante do que de costume.

— Venham comigo, por favor.

Sem hesitar, pulamos do banco. Antes de seguirmos a mulher, nos olhamos discretamente. Ash roça a mão na minha, tímido e inseguro de pegá-la; estamos em público, e ainda por cima no Departamento Matrimonial.

— Tenho certeza de que vai dar tudo certo — murmura ele. — Seremos compatíveis.

"*Seremos* compatíveis." Mas já deveríamos ter sido desde o começo, senão não teríamos nos entendido tanto, nos conectado tanto, nos amado tanto à primeira vista. Não consigo responder, como se minha garganta estivesse trancada a sete chaves. Eu me contento em sorrir e seguir andando.

Atravessamos longos corredores de paredes brancas — diferentes dos que percorremos da última vez para pegar nossos resultados. Aqui, há inúmeros cartazes com o retrato de um dos maiores cientistas do século XXII: Joshua Meeka, trisavô de Ashton. Uma das pessoas que descobriram o gene da compatibilidade humana, há quase setenta anos. Foi graças a ele que sua família ganhou influência e notoriedade, a ponto de hoje em dia controlar a Nova Califórnia, um dos dez estados-distrito dos Estados Unidos como o conhecemos atualmente. "Meeka" vai muito além de um sobrenome. "Meeka" é um brasão, uma herança. Letras de ouro.

Nos anos 2050, quando as epidemias mundiais se multiplicaram e eclodiu a Primeira Guerra Química, iniciaram-se as Décadas Sombrias — um período dominado pelo medo, a incerteza e a potência de partidos conservadores e governos autoritários. Ao fim desse período, quando a população mundial diminuíra significativamente, foi preciso repensar o sistema descentralizado de certos países, como os Estados Unidos, para se adaptar melhor à densidade humana dos territórios. Desde então, o território não é mais dividido em cinquenta estados, mas em dez estados-distrito mais ou menos independentes.

Nas Décadas Sombrias, os cientistas surgiram como verdadeiros heróis e salvadores absolutos da humanidade, brandindo vacinas e descobertas como soluções concretas para um futuro melhor.

Nossos ancestrais correram para essas saídas de emergência.

Alguns países, como a Coreia do Sul e a Noruega, decidiram instituir governos científicos provisórios — que se tornaram permanentes diante da aprovação popular —, enquanto, pouco a pouco, emergiam partidos políticos regidos pela Ciência em todas as regiões do mundo. Atualmente, a maioria dos nossos políticos usa jaleco. E estes têm a confiança total do povo. Com razão: a Ciência é autoridade. Quem contradiria números? Experimentos? As leis da física? Assim que se vê o traje tradicional dos pesquisadores na televisão, não há mais debate. Ou, pelo menos, o debate já está ganho pelo óbvio, o certo, o racional; pela Ciência.

Um dos valores conservadores herdados desse período sombrio, como cimento da sociedade, é a família — composta por um homem, uma mulher e seus filhos —, que anda lado a lado com o trabalho e a moral religiosa.

Então, anos depois, em meio ao clima de confiança retomado pelos governantes, nasceu o primeiro protótipo de Algorithma: primeiro na Ásia, e depois na América do Norte. De acordo com essa organização, a combinação do gene da compatibilidade e de uma tecnologia psicológica avançada permite encontrar a melhor pessoa para cada indivíduo, e, assim, construir uma família — *uma sociedade* — estável.

O projeto rapidamente provou o seu valor e foi adotado pelas gerações descendentes das Décadas Sombrias, cada vez mais convencidas de que a solidão é o veneno da humanidade. Algo que cria rachaduras na alma, fissuras no coração, e alimenta os distúrbios sociais.

E aqui é onde estou. Aqui é onde todos nós estamos. Porque cresci em um mundo construído por multidões dopadas de esperança.

A mulher que foi nos buscar para diante da sala de uma tal "Aglaé Desroses". Ela abre a porta e nos convida a entrar. Atrás de uma mesa de carvalho comprida, uma cientista de cabelo ruivo preso nos observa.

— Meeka Ashton e Wager Eliotte, é um prazer recebê-los. Sentem-se.

Algo na voz dela me angustia.

De repente, a pessoa que nos acompanhou até aquele momento desaparece. Escuto o clique da fechadura, o tum-tum do meu coração. Eu me sinto repentinamente claustrofóbica nessa sala imensa.

Vai dar tudo certo. Somos *compatíveis.*

Ashton logo se senta. Ele está vermelho, de mandíbula cerrada. Parece estar sufocando no moletom de capuz amarelo. Eu me sento no lugar que a sra. Desroses indica, tentando acalmar minha respiração. Aperto os braços da cadeira. Queria tanto pegar a mão de Ashton...

Sem dizer nada, duas pastas são empurradas para nós.

— Então? — pergunto na lata.

Aglaé Desproges umedece os lábios, sem mexer um milímetro mais do rosto.

Em seguida, com a mais absoluta calma, declara:

— Recebemos o resultado de seu último par-teste. A compatibilidade é de 39,4%.

Escuto um zumbido encher o ar.

Trinta e nove vírgula quatro por cento.

Puta merda, como é que é?

Eu me viro para Ashton, para encontrar seu olhar como se fosse uma corda que me ajudaria a subir do precipício. Mas ele não se mexeu. Ele não diz nada, fica imóvel, encarando a cientista, aguardando que ela continue.

— Vocês são incompatíveis. Como ambos têm 21 anos completos, terão seis meses para se casar. Estamos propondo, portanto, os elementos mais compatíveis com seu perfil que moram no estado-distrito da Nova Califórnia.

Silêncio.

As unhas brilhantes dela tamborilam nas duas pastas de papel. Não quero nem olhar esses papéis malditos, mas não consigo deixar de notar que a minha pasta é estranhamente fina comparada com a de Ashton.

— É compreensível que essa notícia os surpreenda, ainda mais porque, de acordo com os arquivos, já passaram pelo par-teste há três anos, e o resultado baixou significativamente desde então... Mas alegrem-se! Fiquem felizes de viver no século XXII, em um país que possui a mais avançada tecnologia, capaz de prever os fracassos e sucessos da vida!

Nossa compatibilidade baixou? Isso é possível?

— Graças aos nossos avanços tecnológicos e científicos, somos capazes de garantir o futuro das próximas gerações. Graças à Ciência, evitamos que as famílias se desenvolvam em lares instáveis, onde crianças, nossos futuros cidadãos, poderiam ser gravemente afetadas, em aspectos físicos, financeiros e psicológicos. É um prazer anunciar que vocês acabam de ganhar tempo e energia consideráveis. Todos os anos que poderiam ter passado sofrendo em um casamento infeliz, em uma vida de miséria emocional... foram apagados por esse novo teste. E, como bônus, a Ciência lhes entrega em uma bandeja sua verdadeira alma gêmea.

Minha garganta arde, minhas mãos suam. Ela tem tanta certeza do que diz, tanto orgulho, está tão feliz com a situação... Quero arrancar da cara dela esse sorrisinho condescendente, dar um sacode nela, quero... quero pular da cadeira, subir na mesa e berrar: "É impossível! Calcule de novo!".

Será que Ashton tem a mesma vontade? Não sei. Ele não reagiu. Mantém a mesma expressão fixa no rosto, a mesma postura paralisada.

A cientista se vira para mim, com o olhar animado.

— Senhorita Wager, o seu caso... é bem peculiar.

2

Izaak Meeka

Eliotte

"Peculiar"?

A ruiva faz uma pausa, me analisando ainda mais intensamente. Ela me dá calafrios.

— Nós detectamos um indivíduo com o qual a senhorita apresenta uma taxa de compatibilidade extremamente rara: 98,8%. É por isso que deve se casar assim que possível. Daqui a um mês, no máximo.

— Perdão? Quantos por cento?

— É isso mesmo: 98,8%. É... fascinante. Nós acompanharemos seu casal de perto no início, um pouco mais do que de costume. Queremos aperfeiçoar nossos algoritmos psicológicos, entende?

— Não, eu...

— Quem é essa pessoa?

Eu me viro para Ashton. Ele finalmente falou.

— Quem é essa pessoa com quem Eliotte tem 98,8% de compatibilidade? — insiste ele, em um grunhido.

— Na verdade, sr. Meeka, essa questão é bem delicada...

Ela pega minha pasta e a abre com um gesto seco. Meu coração salta.

Impossível. Não, não, não, não...

Vejo, no canto da ficha, presa com um clipe, a foto de Izaak. Até impresso no papel fotográfico, seu olhar gélido me fulmina.

— A srta. Wager tem 98,8% de compatibilidade com o irmão mais velho do senhor, Izaak Meeka. O mais interessante é que ele estava entre as raras pessoas que ainda não tinham encontrado sua alma gêmea em nossa base de dados nos últimos três anos. É de se supor que estava à espera de Eliotte.

— Ninguém estava à minha espera — digo, inconformada, sem conseguir me conter.

Um silêncio demorado toma conta da sala. Fico paralisada na cadeira, olhos fixos na foto de Izaak.

Eu, compatível com esse cara? Quase cem por cento?

Impossível.

Precisam recalcular.

— Meu... meu irmão? — pergunta Ashton, finalmente. — E é o único que foi encontrado?

Por pouco não caio no chão.

Não, Ash. É só você.

— Não nos demos ao trabalho de avaliar outros possíveis candidatos, pois nossos cálculos associaram o sr. Meeka e a srta. Wager com uma taxa muito alta de compatibilidade. Quanto a você, Ashton, são três possíveis almas gêmeas: Emily de Saint-Clair, com 66,5%, Chloé Johnson, com 52,4%, e Amy Roger, com 52%. Fica a seu critério, mas nós recomendamos acumular mais encontros com Emily, pois restam apenas seis meses para se apresentar ao cartório com sua noiva... Não perca tempo.

Ash pigarreia, olhando fixamente para os tênis.

Emily. Chloé. Amy.

Mas eu já escrevi "Eliotte" no coração dele.

— Seu primeiro encontro acontecerá daqui a três dias. Enviaremos as instruções por e-mail. É claro que o transporte fica por conta do Estado. Se tiverem qualquer pergunta, qualquer preocupação, não hesitem em procurar sua psicóloga amorosa. Ela já esteve a seu dispor durante a adolescência, para prepará-los para a vida de casal, e continuará disponível, se necessário. Não hesitem. Além disso, os dois deverão encontrá-la toda semana para lhe dar atualizações e para que ela possa ajudá-los ao máximo até seus respectivos casamentos.

Bom dia, sra. Field, tenho um problemão: não posso casar, muito menos com o irmão dele.

Sinto que minha cabeça vai explodir.

— Todas as informações necessárias para entrar em contato com suas almas gêmeas estão indicadas nos documentos... Passando para o aspecto legal, que não podemos ignorar, lembro que, a partir de hoje à noite, vocês são considerados "ex-pares" aos olhos da lei: não podem mais passar tempo juntos a sós, em espaços públicos ou privados. Caso contrário, serão considerados infratores e receberão uma multa de 20.000 a 350.000, com possibilidade de pena de reclusão por adultério.

Infratores.

— Não é incrível? Todos nós, neste mundo, temos pelo menos uma alma gêmea. Mas, há um século, pessoas como vocês e eu tinham pouquíssima chance de encontrá-la. Felizmente, a humanidade se recusou a confiar nessa ideia sórdida de "destino". Hoje, todos achamos difícil conceber um mundo no qual deveríamos procurar por conta própria a pessoa com quem passaremos o resto da vida. Um mundo em que teríamos que nos envolver com alguém, sem saber se é mesmo a pessoa certa, se é uma perda de tempo... — A sra. Desroses se levanta e dá uma volta lenta na mesa, com as mãos para trás. — As Décadas Sombrias fizeram um mal terrível ao coração dos nossos ancestrais, já abalados pelas adversidades do século XXI... mas eles tiveram coragem de se reerguer, de voltar a confiar uns nos outros, para construir uma sociedade melhor, uma América superior! O índice de criminalidade baixou, assim como o de suicídio, de *burnout*, e daí em diante... Hoje, vivemos em segurança emocional e física. — Ela foca seu olhar azul em nossos rostos. — Eliotte, Ashton, ao entregar-se de corpo e alma a seus respectivos parceiros, vocês prometem proteger esse legado e garantem a serenidade de seu futuro nos braços da pessoa que lhes corresponde.

De novo, ela repuxa a boca em um sorriso sardônico. Dessa vez, porém, não tenho vontade de sacudi-la, nem de subir na mesa, só de furar meus olhos para não ver mais nada. Nada.

Será que estou acordada mesmo? Que merda de pesadelo é esse?

Ashton é o primeiro a se levantar; ele me espera antes de ir até a porta. Eu não paro de olhá-lo, atenta a suas mínimas reações.

Ele continua distante, calado, lívido.

Nós dois evocamos apenas uma vez a possibilidade de não sermos "compatíveis" aos olhos da Ciência. Uma só. E, quando conversamos, concordamos: não nos separaríamos de jeito nenhum. Seria loucura.

De volta ao estacionamento, entramos no carro sem dizer nada. Sinto vontade de desintegrar o silêncio na boca. Expor toda a raiva que sinto, todo o choque e todo o amor que tenho por ele. Mas o que Ash está sentindo? Eu não faço a menor ideia. Ele olha para a frente, sua boca está tensa.

— Você acha que...

— Não, Eliotte, por favor — interrompe ele. — Eu preciso... pensar um pouco.

— Pensar? Mas pensar em quê?

Ele balança a cabeça e fica em silêncio, olhando pelo vidro. Vejo seu peito subir e descer num movimento frenético.

— Eu te deixo em casa? — pergunta ele enfim, como se não fosse nada.

— Ash... A gente... A gente tem que conversar sobre o que aconteceu. Não dá para fingir que não foi nada.

— Eliotte...

— A gente não pode se desestabilizar assim tão fácil! Talvez seja algum engano, e...

— Eliotte! — exclama ele. — N-não dá. Tenho que pensar, me acalmar, tenho que...

Ele passa a mão no rosto e recosta a cabeça no banco, soltando um suspiro carregado e dolorido. Quero fazer só uma coisa: abraçá-lo, bem apertado, e dizer que o amo. Que vamos brigar com unhas e dentes para continuarmos juntos.

Mas fico parada no assento, atordoada.

Ash liga o carro e por fim se vira para mim.

— Botou o cinto?

— Eu... botei.

— Então te deixo em casa?

Respondo com um aceno simples de cabeça... e damos a partida. Em silêncio.

Caramba, o que aconteceu? Pior: o que vai acontecer?

3

Eliotte Wager

Izaak

Amarro o cadarço com gestos apressados. Preciso dar no pé voando, antes de eles aparecerem. Voando.

De repente, dou um pulo. A porta acaba de ranger.

Merda.

— Ashton? — chamo. — Você voltou mais cedo.

A silhueta dele aparece no hall. Ele para abruptamente ao me ver. Está de olhos inchados.

— Tudo bem? O que...

Um raio explode. Não tenho tempo nem de piscar antes de meu nariz deslocar.

— Puta que pariu, o que foi isso?! — grito, levando a mão ao nariz, que já jorra sangue.

Ashton mira mais um soco na minha cara.

— Noventa e oito... — afirma ele, tentando me dar uma terceira pancada — ... Vírgula oito...

Tento segurar os braços dele, mas Ashton está enfurecido e não para... Puta merda, o que rolou?

— 98,8% de merda!

Quando ele tenta atacar de novo, pego seus pulsos com força e dou uma chave de braço. Ele se debate, mas eu o aperto contra a parede.

— Que maluquice é essa? Que bicho te mordeu?

— Izaak... Caralho...

— Que foi?

Eu o solto, e ele se vira para mim no mesmo instante. Não tenho tempo de ver seu rosto antes de ele abaixá-lo, apoiando a cabeça no meu ombro.

— Fomos chamados antes do previsto para o Departamento Matrimonial.

Ah! Merda! Então ele não é "compatível" com a Eliotte...

Imediatamente, vem outro pensamento:

"98,8% de merda"... de compatibilidade?

— É você, Izaak... É você que é compatível com Eliotte.

Eu recuo.

— Como é que é?

— Vocês precisam se casar daqui a um mês, e eu...

— Não é possível, Ash.

— Mas eu tô te dizendo! Vocês são quase cem por cento compatíveis! Eles até vão acompanhar vocês dois de perto para aperfeiçoar as análises!

Seco uma gota de sangue acumulada no lábio. Que palhaçada é essa? Como assim, sou compatível com a namorada dele? E 98,8%? Tenho que casar daqui a um mês?

De repente, meu irmão mais novo cai aos prantos; sua angústia atravessa o ar.

— O que eu vou fazer, Izaak? Não... não esperava isso, porra! Era pra gente ser compatível, e eu... eu...

— Ash...

Ele me encara com seus olhos castanhos. Sem nem pensar, abro os braços, e ele vem se refugiar em meu abraço no mesmo segundo. Sinto seu coração bater furiosamente, e as mãos úmidas seguram minha jaqueta jeans. Por um segundo, sou transportado de volta à época em que ele me via como o irmão mais velho que o protegeria de tudo.

— Está tudo nas minhas costas — murmura ele, apertando mais as mãos. — O que eu faço?

Ah, essa merda de legado.

— Vou precisar me casar com outra, Izaak, formar família com alguém que não é a pessoa que eu amo desde sempre. É isso. Não tenho escolha.

— É, nessa sociedade de merda... — Eu o afasto para encará-lo, apoiando as mãos em seus ombros. — Me escuta bem, Ashton. Se você ama Eliotte tanto assim, tem que lutar por ela. Que se fodam as ideias deles, a opinião do papai, seu império político...

— Larga de besteira — exclama ele, se desvencilhando de mim. — Você sabe que isso é impossível! Fala sério por dois segundos! Você e eu não temos a mesma visão sobre a Ciência, mas você não pode só...

— Ash, você ama a Eliotte.

Ele morde o lábio, contendo um soluço.

— Claro, m-mas... porra, e o papai? E a reputação dos Meeka? Eu...

— A reputação?

Nunca imaginei que a resposta lógica a uma questão de amor conteria aquela palavra. É que nem perguntar: "Como você se chama?", e a pessoa responder "Eu? Moro em Connecticut".

Mas, afinal, Ash foi feito para pensar assim. E eu não tive como protegê-lo: todas as peças estavam encaixadas e bem lubrificadas antes de eu me dar conta.

— Você sabe que isso tem solução, Ash.

— Izaak. Não posso... É... é demais...

Ele abaixa a cabeça e encara o chão, fungando.

Por que não aproveitar a oportunidade de viver com a pessoa que ele ama?

Ele é louco por essa garota... e também faria de tudo para dar orgulho ao nosso pai. Quando ele anunciou que queria refazer o par-teste com Eliotte, falei com ele de todas as possibilidades, como a de dar negativo. Ele se recusava a acreditar, a considerar essa hipótese. Agora eu entendo: não era para fugir da possível realidade, e sim para não se sentir um covarde se precisasse escolher.

O pior, acho, é que a reação dele não me choca.

Eu só me pergunto o que o faria mais feliz: Eliotte ou o sorriso do nosso pai?

— E essa história de porcentagem, que merda... — solta ele, subitamente. — Eu... eu mal acreditei, Izaak: eu e ela estamos bem abaixo de cinquenta! Diminuiu desde a última vez, cara... A gente é *incompatível*.

Ele seca as lágrimas, respirando fundo.

Se vocês se amam, é claro que são compatíveis.

Eu adoraria que ele tampasse os ouvidos, pelo menos uma vez, e parasse de escutar essas besteiras, essas vozes externas.

Mas, afinal, talvez também existam vozes internas; essas vozes parasitas que nos invadem desde a infância, que vão se incorporando à nossa cada vez mais, se não tomarmos cuidado.

— Quer que eu fique aqui com você? — proponho ao vê-lo secar os olhos pela milésima vez, tentando conter outra crise de angústia.

— Não, tudo bem, acho que prefiro ficar sozinho.

— Acha ou tem certeza?

Ele mal consegue repuxar a boca formando um sorrisinho.

— Tenho certeza.

Até quero insistir, mas acho que sou o último que ele quer ver nesse contexto cruel. Além do mais, independentemente do que eu disser ou fizer, sei que, em alguns segundos, ele vai subir para o quarto, cumprimentar as faxineiras, tentar fazer exercícios de respiração e acabar se enchendo de ansiolítico.

Eu cerro o punho.

Com um suspiro, pego a mochila que tinha deixado no chão para me calçar e bagunço o cabelo cor de mel dele antes de dizer:

— Só me ligar que eu venho, Ashton. Não esquece.

Ele aquiesce levemente com a cabeça.

— A gente vai achar uma solução — acrescento, antes de me despedir com um gesto rápido, encostando dois dedos na testa.

Vou embora antes de algum empregado me ver ali. Na saída, sinto o bolso vibrar: uma mensagem. Já sei quem é, antes mesmo de ler a notificação.

Respondo desajeitado, indo até o carro.

Tudo certo. Tô indo, já chego.

Alguns dias depois
Eliotte

— Já vai?

— Vou, o táxi chegou — digo, calçando as meias na entrada de casa.

— Talvez você fique meio envergonhada no começo — diz minha mãe, da sala, subindo a voz para falar mais alto do que o filme que está vendo com meu padrasto. — Mas tem que confiar na porcentagem, Eliotte: vai dar tudo certo!

Confiar nos números... Reviro os olhos e pego as botinas.

— Sua mãe tem razão! — diz Karl. — Claro que vai dar certo. Afinal, lembra que vocês têm 98,8% de compatibilidade!

— Obrigada pela força — respondo. — Mas não consigo deixar de achar que esperar que dê tudo certo é o melhor jeito de estragar tudo, antes mesmo de começar. Sem expectativa, sem decepção, né?

Sem decepção?

Falei de expectativa para jogar conversa fora e continuar fazendo com que acreditem que está tudo bem, que nada está errado... mas é claro que minha relação com Izaak já estava acabada antes de começar: sou apaixonada pelo irmão dele e não suporto esse cara. Então, não, não vai dar *nada* certo.

— Entenderam? — acrescento para o vazio.

Arregaço as mangas do moletom, endireito os ombros e me olho no espelho do hall. Não fiz o menor esforço com a roupa. Ajeito umas mechas da franja que, sob os raios de sol de novembro, fica com mechas loiras mais claras. Ao passar a mão, noto que a raiz preta cresceu mais rápido do que de costume. É minha cor natural, mas faz um ano que pintei o cabelo e, depois de meses clareando aos poucos, decidi mudar radicalmente. Ashton adorou a novidade.

Minha mãe, nem tanto.

— Mamãe? Karl?

Vou do hall para a sala. Os dois continuam ali, sentados juntinhos, vendo um filme qualquer. Às vezes, acho que eu poderia sair pela porta e voltar uma semana depois sem eles nem darem falta de mim.

Eu suspiro. De qualquer maneira, prefiro que minha mãe esteja apaixonada a ponto de esquecer a própria filha a que esteja infeliz e sozinha com a filha.

Ela está entre as pessoas do banco do sistema. Sua alma gêmea — *meu pai biológico* — foi embora quando eu tinha 6 anos, para encontrar outra mulher clandestinamente, em outro canto do país. Como crianças não podem crescer em um lar monoparental, pois é uma ameaça a seu desenvolvimento mental, pais solteiros ou viúvos devem casar novamente o mais rápido possível. Minha mãe casou com Karl assim que ele perdeu a primeira esposa. Eu tinha 8 anos. Aos 12, desisti de esperar meu pai voltar.

É por isso que, desde pequena, eu sei que Algorithma não é nada confiável, ou, no mínimo, que *pode* se enganar. E, agora que repetiram o erro comigo e Ashton, tenho certeza. Essas porcentagens, esses genes, esses exames... são uma bobagem.

Mas esta semana não consegui parar de me perguntar se não era... culpa minha. Meus pais não se amavam de verdade. Eu nasci de um erro de Algorithma. Nasci de um bug informático. De um equívoco. Será que meus genes não funcionam bem ou algo assim? Talvez seja delírio, não sei... mas, nos últimos dias, essa ideia não sai da minha cabeça.

Não importa o que eu seja, já está feito.

Eu pigarreio para eles lembrarem da minha presença. Eles se sobressaltam, arregalando os olhos.

— Ah! Que susto! — exclama Karl. — Achei que você tinha ido embora.

— Bom... não sei que horas volto, então não precisam me esperar para jantar, tá?

— Combinado — diz minha mãe, com um sorrisinho, sem nem desviar os olhos da televisão.

Eu não puxei muito a ela. Não tenho suas sardas, nem os seios grandes, nem os olhos verdes. Os meus são azuis. Como os de *certo alguém.*

Me despeço — quase certa de que eles nem ouviram — e escapo. Até aqui, minha atuação parece ter funcionado. Para eles, pareço perfeitamente bem, mal posso esperar para conhecer melhor meu grande amor, adoro Algorithma e não tenho a menor vontade de botar fogo no escritório deles. Espero apenas que, no encontro, a máscara fique firme.

Será que haverá psicólogos no ponto de encontro?

Eu podia perguntar para minha mãe, mas ela estava tão absorta na tela...

Já tentei falar com ela das falhas de Algorithma, mas ela sempre dá um jeito de mudar de assunto, porque isso está intrinsecamente ligado à partida do meu pai. Além do mais, desde que ela reencontrou o amor com Karl, duvido que questione Algorithma. É por isso, inclusive, que escondi dela meu namoro com Ashton esses anos todos; que escondi o motivo do meu choro nos últimos dias.

Ash...

Desço a toda velocidade a escada do prédio e entro no táxi que já está me esperando faz uns bons dez minutos. Nunca imaginei que um dia iria a um encontro imposto pelo Estado com ninguém além de Ashton. Muito menos com seu irmão.

É só para não levar uma multa daquelas. Quinze minutos, e deu.

Suspiro e encosto a cabeça no vidro. Talvez Izaak não esteja nem aí para a multa. Além de ter mais do que o suficiente para pagar, ele parece tão desligado de tudo. Parece que nada o abala. O mundo todo podia desmoronar, mas, desde que continue a girar para ele, dane-se.

Ele é um mero fantasma no campus, ou na casa dos Meeka: só está presente porque dizem seu nome; Izaak vive só na fala deles, raramente em pessoa. Apesar disso, já sinto que o conheço intimamente. Eu o conheço há anos pelas palavras de Ashton, que me contava as histórias da adolescência dos dois, tanto os ataques de riso quanto a forma como os dois se infligiram as feridas mais profundas — ainda sensíveis até hoje.

Com essas longas conversas, concluí uma coisa: não quero nem saber desse cara. Ashton pode até amar o irmão, apesar de seus inúmeros defeitos, mas eu não. Não sou sangue do sangue dele, então não tenho nenhum motivo para passar pano como Ashton faz.

Quinze minutos depois, ou talvez até trinta — perdi a noção do tempo —, o táxi finalmente chega ao lugar marcado. Aqui estou. No café-biblioteca em que terei meu primeiro encontro com Izaak Meeka.

Chegou a hora.

4

O encontro

Eliotte

Nem preciso procurar quando entro no café: logo vejo a silhueta alta e larga. Ele está em um canto afastado, com a cara metida em um livro. Usa uma blusa de gola rulê azul-marinho, um pouco colada, que destaca o castanho intenso dos cachos que enquadram seu rosto concentrado.

Inspiro fundo. Cerro os punhos. E vou até ele. Um aroma muito agradável se espalha pelo ar: uma mistura de papel e grãos de café recém-moídos. O café-biblioteca é o local predileto de almas antigas como eu.

— Oi, Izaak, e aí? — digo, me sentando à sua frente.

Ele não responde e toma um gole da xícara de chá enquanto vira a página do livro, que aposto que nem está lendo de verdade.

— Eu disse: oi, Izaak.

Enfim, ele volta para mim seus olhos cor de jade. Um sorrisinho repuxa o canto da boca. Reparo imediatamente nos hematomas arroxeados em volta do nariz. *Ele brigou com alguém?*

— Oi, Eliotte — responde ele, enfim, com um tom bem-humorado. — Tudo bem? Chegou tranquila?

Ele nem me deixa responder antes de me estender um dos livros empilhados na beirada da mesa.

— Toma, achei que você ia gostar desse.

Eu arqueio a sobrancelha. Não estava esperando essa reação. Não combina com ele...

— Sério? Você...

— Olha a folha de rosto — interrompe ele, sussurrando.

Oi?

Intrigada, abro o livro na página indicada. Tem um bilhete colado ali.

Estamos sendo observados, mas eles não escutam muita coisa. Sei que esse encontro é esquisito, especialmente por causa do Ashton, mas você precisa mesmo fingir entusiasmo. Daqui a dez minutos, a gente sai para conversar no meu carro, é importante. Agora, sorria e me mostre uma página do livro.

Como eu esperava, equipes de cientistas vieram nos observar. Vou precisar atuar com ele para não me meter em problema. O único imprevisto: não achava que Izaak estaria na mesma sintonia que eu... Talvez seja instintivo para ele, por causa do irmão? Não sei. O que sei é que esse sujeito já me deixou perturbada.

Esboço um sorriso e mostro a página, como ele pediu.

— É, hum... uma obra interessante.

— Pois é... mas não tanto quanto nossa conversa, óbvio — murmura ele e toma um gole de chá.

Quando estou prestes a responder com o mesmo tom falso, um garçom vem me servir uma xícara antes de fugir para trás do balcão.

— Foi você que pediu? — pergunto.

— Foi. Faz uns quinze minutos, mas pedi para trazerem só quando você chegasse.

Observo o desenho florido na espuma do capuccino, chocada.

— Obrigada.

— Não, você não entendeu... — Ele se aproxima naturalmente e acrescenta, em voz baixa: — Não foi isso por gentileza, e muito menos por cavalheirismo. Foi simplesmente porque aquele cara no fundo, à direita, estava tomando notas quando fiz o pedido.

Arqueio a sobrancelha. Agora reconheço o Izaak de quem tanto ouvi falar. O cara de pau. Frio e honesto. Curto e grosso. E insensível.

— Me diz uma coisa... esse seu jeitinho insuportável é natural? Para falar a verdade, nem sei por que perguntei. Combina perfeitamente com a ideia que eu tinha de você.

Ele revira os olhos por reflexo, mas logo sorri.

— Ah, Eliotte... — diz, rindo baixinho. — Você me entendeu direitinho. — Ele espera um instante antes de continuar, com os dentes cerrados: — Que tal a gente parar de besteira e se concentrar no que é mais importante agora? Por exemplo, esse seu sorriso, que está rígido demais para parecer sincero. Dá para você se esforçar e fazer uma cara mais... alegre, ou impressionada?

Eu, impressionada... por ele?

Não sei o que é pior: ele ter me perguntado isso ou ter pensado, mesmo que por um segundo, que essa seria uma reação plausível.

— Tá bom... Adoro café, como você adivinhou? — respondo, com entusiasmo exagerado, para os cientistas encherem bem o relatório.

— Nossa — sussurra ele, antes de tomar mais um gole. — Pedi para fazer cara de alegre, não de bêbada.

— Estou fazendo o possível para descobrir onde estão esses 98,8% que nos atribuíram, Izaak.

Antipático de uma figa.

Solto uma risadinha nervosa. Pego um biscoito no prato e dou uma mordida. Faço uma careta: é de canela. Izaak já voltou a atenção para o livro, como se não estivéssemos no meio da conversa.

FÍSICA QUÂNTICA E REPRESENTAÇÃO DO MUNDO — SCHRÖDINGER

— Você lê Schrödinger?

Sem desviar o olhar das palavras, ele responde:

— É surpresa o que estou ouvindo na sua voz?

— Não... Bom, pode ser, sim.

— Perdão por te decepcionar, Eliotte. Não uso óculos, nem suéter quadriculado, mas ainda assim adoro ciências.

— Só quis dizer que é um autor pouco conhecido... Pelo menos não é o primeiro que vem à mente quando alguém se interessa por física quântica.

— É sua especialidade, por acaso?

Ele finalmente encontra meu olhar. Eu arqueio a sobrancelha e cruzo os braços.

— Desculpe te decepcionar, Izaak, mas ter certo grau de estrogênio não é um obstáculo para a curiosidade intelectual. Eu adoro Schrödinger.

— Por que você acha que meu preconceito é necessariamente por você ser mulher? Tenho cara de machista, por acaso? Perguntei porque sei que física quântica avançada exige uns bons anos de estudo, e você mal concluiu a graduação.

Abaixo o olhar, tentando esconder o constrangimento repentino.

Devo admitir: ponto para ele.

— É que já ouvi esse tipo de comentário quando ia à biblioteca universitária pegar livros sobre o tema — explico. — Aconselho pular as primeiras quarenta páginas e ir direto para a segunda parte, que é a melhor. Adorei o trecho que trata da função de onda e seu colapso, é bem fascinante.

Ele me observa por alguns segundos antes de assentir. Não sei o que vejo refletido em seus olhos. Incredulidade? Interesse? Surpresa?

— Anotado — responde ele, enfim, com uma voz condescendente que me dá vontade de virar minha xícara fumegante na cabeça dele.

Em seguida, ele faz um sinal com o queixo e acrescenta:

— Quando você acabar, a gente dá um pulo no meu carro, tá?

Não me faço de desentendida: assim que ele termina a frase, pego a xícara e começo a beber. O líquido fervendo me dá vontade de cuspir, mas, agora que comecei, não posso parar, por risco de perder toda a credibilidade.

— Pronto, podemos ir — declaro, cansada, ao abaixar a xícara vazia.

Não sinto mais a língua.

Abro um sorrisão falso, que Izaak retribui com a mesma sinceridade. Ele paga a conta com o cartão de crédito no canto iluminado em azul da nossa mesa transparente. Eu agradeço e saímos do café a passos rápidos, fingindo conversar. Reconheço o jipe dele, estacionado a poucos metros da porta. Ashton e eu às vezes pegamos o carro emprestado para dar umas voltas. O banco de trás é mais confortável do que parece.

— Vai, entra — diz Izaak, abrindo o carro de longe com a chave.

É um modelo do século XXI, cujo motor foi adaptado aos combustíveis atuais. Em outras palavras, é um bem inestimável. Sentamos nos bancos da frente e soltamos o mesmo suspiro. De cansaço, constrangimento ou irritação, não sei. *Para mim, é principalmente de irritação.*

Izaak se vira para mim e me observa por alguns segundos. Ele tem uma expressão singular, um pouco sombria, mas ao mesmo tempo muito desperta. É especialmente perturbador. Mas não o bastante para me impedir de dizer:

— E aí, vim aqui pra quê?

— Vou direto ao ponto: não gosto de você.

— Outro ponto em comum para explicar esses 98,8%, né?

— Não gosto de você, nunca gostei, sem dúvida nunca gostarei... mas *tenho* que me casar com você. Você concorda que alguma coisa aí não bate, né? Almas gêmeas, o gene da compatibilidade, as porcentagens... Talvez te surpreenda, mas eu acho que é uma imbecilidade tamanha. Acredite ou não, Eliotte, mas não sou sua alma gêmea.

Como é que é?

Eu o encaro, estupefata. É a primeira pessoa que conheço que também não acredita nisso, e com tanta firmeza. Pelo menos, em alto e bom som.

— Desde que eu e Ashton recebemos o resultado, também acho uma grande idiotice, pode ter certeza.

Isso e… desde que meu pai foi embora.

Ele recua de leve.

— Sério?

— É, sério, Izaak. Não estou chocada.

Ele olha para o teto do carro, aliviado.

— Então vai ser mais simples do que eu imaginei… Estava achando que ia precisar de um século para te convencer de que não somos almas gêmeas.

— Tá, então posso sair do seu carro agora? — pergunto, me virando para a porta.

— Não, espera — diz ele, pegando meu ombro. — A gente tem um problema: com nossa porcentagem alta, e meu sobrenome, desobedecer ao governo é muito arriscado. A gente vai ser tomado como exemplo.

Eu desvencilho o ombro de sua mão enorme.

— Aonde você quer chegar?

— A gente vai se casar, Eliotte, fingir que essas descobertas ridículas sobre genes e testes estão certas só para largarem do nosso pé, e aí… armamos um plano para nos separarmos.

— Um plano?

— Confia em mim, já tenho algumas ideias.

Eu franzo as sobrancelhas. Ideias para dar um jeito nessa situação? Legalmente? Ou clandestinamente? O casamento é um rito de passagem obrigatório e inevitável. É assim, não dá para fazer outra coisa.

Então que merda está passando na cabeça dele?

— Não quer me contar essas "ideias"?

— Uma coisa de cada vez. Por enquanto, pode se contentar em fingir que está se apaixonando por mim.

Faço uma careta.

Ah, tá…

De qualquer forma, dane-se o que tem na cabeça dele: não confio em Izaak.

— Como está o Ashton? — pergunto, sem nem pensar.

Faz uma semana que ele não responde minhas mensagens nem atende o telefone… Queria ir falar com ele, mas a lei nos considera "ex-par", então é impossível.

Izaak torce a boca, fixando o olhar ao longe.

— Ash está... meio abalado com essa história toda.

— Imagino... Ele tinha certeza de que a gente ia passar no teste. Mas não é motivo para evitar a conversa. Alguma hora a gente vai ter que se falar.

— Honestamente, Eliotte, acho que ele está evitando você.

Contraio o corpo.

— Sabe, Izaak, a gente chegou a conversar sobre a possibilidade de nunca ser "compatível" aos olhos da lei, e uma coisa era certa: a gente não se separaria, mesmo que fosse para viver na ilegalidade.

— Talvez... talvez ele esteja com medo disso. Talvez, frente às consequências possíveis, ele... tenha mudado de ideia.

— Duvido.

— Talvez ele prefira virar a página. Passar para a próxima, para ter uma vida mais simples, encaixada aos moldes.

Uma vida mais simples? Encaixada aos moldes?

Sinto o estômago revirar.

— Que história é essa? Que ridículo, eu conheço Ashton. Até parece que ele quer "uma vida mais simples"...

Izaak balança a cabeça.

— Sabia que ele teve o primeiro encontro ontem?

— E daí? O meu está sendo agora, e não mudou nada.

— Ele pareceu entusiasmado na volta.

Como é que é?

Ashton entusiasmado com a ideia de se casar com uma garota que mal conhece? Que não ama? Que delírio. É impossível. *Im-pos-sí-vel.*

Sinto um nó na garganta.

— Isso aí é a maior estupidez... igual a essa merda de algoritmo. E por que está me dizendo isso, hein?

— Você perguntou, não foi?

— Só perguntei se ele estava bem, e você...

— Você só não consegue aceitar que, sim, Ashton está bem sem você, Eliotte. Meu irmão está tentando superar. Você é egoísta demais para entender, só isso.

— Está de brincadeira com a minha cara?

— Não.

Cerro os punhos. Uma lava ardente desintegra meu estômago, subindo em mim com velocidade fulgurante. Essa expressão fechada, essa voz monótona, esse tom condescendente, como se achasse que sabe tudo, como se falasse com uma criança.

— Isso é ridículo! Eu conheço Ashton. Até parece que ele quer virar a página! E ainda por cima... como você ousa falar em nome dele? Você mal conhece o Ash... larga desse fingimento. Todo mundo sabe que você está pouco se lixando para ele...

— Como é que é?! Você aparece do nada e ainda ousa criticar minha relação com meu irmão? Quem você acha que é?

— Namorada dele. Que o escutou quando você não estava nem aí para ele nesses últimos anos — cuspo em resposta.

— Então, só porque você juntou os trapinhos com ele, acha que o conhece melhor do que eu?

— Faz *três* anos que a gente está junto.

— Que piada.

— Izaak, você é mesmo um...

Bum. Bum. Bum.

A gente se vira bruscamente para o vidro do lado do motorista. Um homem de camisa abotoada até o pescoço está ali, com um tablet na mão. Leio os lábios dele:

— Abram!

Passo a mão no cabelo, com um suspiro. Tinha esquecido completamente a porcaria de protocolo anexo ao e-mail que me indicava o horário e a data do encontro: não tínhamos o direito de sair da zona demarcada.

Izaak abre o vidro devagar, indiferente.

— Para de bater assim, a gente mal se escuta.

— Vocês não seguiram o protocolo: devem permanecer com seu par por um mínimo de duas horas, no local designado, que é o café-biblioteca. Vocês ficaram lá por vinte e dois minutos.

— A gente ainda está aqui, a dez metros do café — retruca Izaak. — Qual é o problema?

— Vocês devem voltar à mesa imediatamente, sob risco de multa, sr. Meeka.

Eles vão me multar sem pensar duas vezes. De jeito nenhum. Até porque eu e ele já acabamos por aqui. Suspiro e abro a porta.

— Tudo bem, senhor.

Finalmente, Izaak resmunga e também desce do jipe.

— Posso pelo menos conversar com minha futura esposa sem ser espionado?

“Minha futura esposa.”

— É o protocolo. Lamento, sr. Meeka.

O homem nos leva de volta até a nossa mesa antes de se sentar à sua, a poucos metros de nós. Eu o olho, desconcertada, vendo-o encostar a caneta no tablet. Pronto para anotar.

"Honestamente, Eliotte, acho que ele está evitando você."

Izaak está aqui, na minha frente, com a cara tranquila, como se não tivesse acabado de esmigalhar meu coração. Reparo no punho cerrado sobre a mesa, na respiração que ele tenta acalmar. Parece que está se esforçando para se conter. Ele é tão... brutal, frio, indiferente. Não sei qual era sua intenção ao me contar isso tudo.

"Sim, Ashton está bem sem você."

Pura besteira. Balanço a cabeça, mordendo a bochecha. Meu nariz está ardendo, minha garganta, doendo.

Sem pensar, pego um livro qualquer na prateleira ao lado e abro, torcendo a boca.

— Do que a gente estava falando mesmo? — pergunta Izaak. — Schrödinger e a função de onda?

Levanto o olhar devagar.

— Você acha, sinceramente, que vamos retomar a conversa como se não fosse nada demais?

— Posso perguntar por que não acharia? Vale lembrar que ainda estamos sendo observados.

— Isso é ridículo. Você acha que não viram nossa ceninha no carro? Ou que não pensam que esse *encontro* não faz o menor sentido para a gente, sabendo que você é irmão do meu ex-par?

— Todo mundo acredita completamente em Algorithma — diz ele, com a voz mais baixa. — Seria normal que duas pessoas com 98,8% de compatibilidade quisessem se conhecer um pouquinho melhor. Até porque você já testou sua compatibilidade com Ashton, e os resultados... Enfim, é coerente.

— Não estou nem aí.

Ele aperta a asa da xícara que ainda não levaram embora.

— Estou me esforçando para tentar esquecer, até o fim desse encontro, que você é burra a ponto de achar que conhece Ash melhor do que eu. Então tenta não jogar tudo fora por...

— Pode meter sua estratégia idiota no cu — vocifero. — São 15h02, daqui a uma hora e quarenta vou vazar.

Abaixo os olhos para o livro. Tento ler, mas parece escrito em uma língua estrangeira: enxergo só letras aglutinadas ao longo da página. O nó na minha garganta fica mais apertado.

"Talvez, frente às consequências possíveis, ele... tenha mudado de ideia."

— Viu, foi o que eu disse. Você é tão egoísta que nem tira a fuça do seu mundinho para encarar os problemas que afetam todo mundo. Só pensa em você.

Nem consigo responder, porque mal o escuto. Ouço apenas as palavras: “Ele pareceu entusiasmado”.

Até parece que Ashton ia me largar. Até parece que ia apagar os três últimos anos em uma semana. Até parece que ele ia querer se casar com uma desconhecida em vez de comigo, a garota com quem ele prometeu ficar, custe o que custar.

Izaak solta um suspiro longo, descarregando em mim toda a sua arrogância. Ficamos assim, no mais absoluto silêncio, interrompido apenas pelo barulho das páginas viradas, dos goles e do tilintar das xícaras no pires... até meu relógio marcar quatro horas e trinta e seis minutos. Levanto num salto e guardo o livro onde estava, sem lhe dirigir um milésimo de atenção.

Eu me afasto do café-biblioteca, me afasto desse dia desastroso, me afasto de tudo que me leva às lágrimas; eu me afasto.

Encaro a última mensagem que mandei para Ashton, às sete e meia da noite, e que não teve resposta.

Me responde, por favor, preciso muito falar com você.

São duas da manhã. A conversa com Izaak não para de se repetir na minha cabeça. Mas... é completamente absurda. Um bando de mentiras idiotas. Eu sei disso. Izaak disse aquilo tudo para me desestabilizar, porque é um cretino, é isso.

Você está pensando um pouco demais nisso, para ser tão absurdo assim...

Me parece loucura que Ash queira me evitar, que tenha voltado “entusiasmado” do encontro... mas os fatos são esses. Estou encarando o celular há uma eternidade de merda depois das doze mensagens que mandei.

Isso não é nada a cara dele...

Meu coração salta no peito. É isso! Talvez não seja ele, talvez ele esteja sendo obrigado! Talvez o pai deles tenha mandado Izaak me dizer isso tudo para me fazer esquecê-lo. Aperto o lençol com os dedos trêmulos. Cacete, eu conheço o Ashton. Conheço bem! Ele não iria, de repente, fingir que não existo. Deve haver um motivo.

Respiro fundo, os olhos fixos no teto.

Em um movimento, me levanto e pulo da cama. Visto um suéter e uma calça de moletom e saio de fininho. Roubo a chave do carro de Karl e fecho a porta devagar.

Preciso ver Ashton.

5

Os riscos

Eliotte

Tenho perfeita noção de que é arriscado ir à casa dele, sabendo que estamos sendo vigiados os três, mas estou pouco me lixando. Para ser sincera, não estou nem aí para as multas, para a cadeia, para as repercussões. Não estou nem aí para os riscos. Eles nem existem.

Dirijo rezando para ninguém me ver nem me observar. São duas da manhã, seria improvável que cientistas estivessem espionando todos os meus movimentos, mas a sensação é que todos os olhos do mundo estão voltados para mim.

Chegando ao belo bairro de New Garden, estaciono a algumas quadras da casa de Ashton para seguir a pé. É mais discreto. Nessa parte da cidade, todas as mansões têm um sistema de segurança de ponta. Talvez uma das câmeras me filme a caminho da casa dos Meeka? Puxo o capuz para cobrir o rosto e saio do carro, determinada. Vai ficar tudo bem, já fiz isso um milhão de vezes. Dou a volta na quadra, passando pelo parque de cachorros.

Ao mesmo tempo que vejo a casa imponente dos Meeka, escuto vozes na rua ao lado. Meu coração dispara.

Tudo bem, tudo bem. Coragem, Eliotte.

Quando as vozes se afastam, volto a andar.

Normalmente, para evitar o alarme e os seguranças no portão quando entro escondida na casa dos Meeka — ou quando Ashton pula o muro —, costumamos pegar uma passagem escondida. Parece que foi invenção de Izaak. *Ele só é burro quando quer, pelo visto.*

O sistema de segurança que tenho que desativar fica pertinho da passagem. Entro correndo e digito, com pressa, o código que aprendi de cor, torcendo para não ter mudado esta semana. A luz verde pisca.

Bingo.

Trinta minutos sem detector de movimento. *Vamos nessa.* Corro para a varanda da esquerda, que dá para o jardim, e acendo a lanterna do celular, procurando a escada — rezo para Ashton tê-la deixado ali, encostada no muro.

Isso!

Sorrindo, posiciono a escada com cuidado, encostada na varanda, e respiro fundo antes de subir até o quarto dele. Em questão de instantes, chego à porta de vidro. A meros centímetros dele. Não hesito e bato de leve no vidro.

Nada.

Bato de novo, um pouco mais forte, e cruzo os dedos, torcendo para ninguém mais me ouvir.

Está tarde, talvez ele esteja dormindo...

Quando estou prestes a bater uma terceira vez, a porta da varanda se abre com um rangido sofrível.

— Eliotte?! O que está fazendo aqui?

Ash coça os olhos. Ele está descabelado, com a camiseta embolada na altura da barriga.

— Cansei de você me ignorar, e...

— Entra logo, vão te ver. — Ele me interrompe e me puxa pelo braço.

Ash me faz pular o parapeito e me empurra para dentro do quarto, fechando o vidro com pressa.

— Você está totalmente louca! Sabe o risco que está correndo? Se você for pega, a gente faz o quê?

— É só dizer que vim ver o Izaak.

— Faz meses que ele não mora aqui, Eliotte.

Como é que é?

Deixo essa informação para depois e retruco:

— Que se danem os riscos, Ash. O... o que está rolando? Você não atende o celular, não responde às minhas mensagens, nem... É seu pai que está te obrigando, por acaso?

Ash se larga na cama e apoia a cabeça nas mãos.

— Ash?

— Não, Eliotte... — Ele levanta devagar o rosto. — Não é meu pai, sou eu.

Perco o fôlego, com um nó na garganta.

Ele.

— Eliotte... Acho que... é impossível. Faz anos, e a gente ainda é incompatível. Acho que... que talvez seja melhor aceitar os fatos? Sei... sei lá... Não sei mais nada, Eliotte.

A voz dele não é a mesma de sempre. Está tremendo, cansada. Mal a reconheço.

— O único fato é nossa relação, Ash! Vai me dizer que prefere acreditar numa máquina de merda, num gene de merda, a acreditar no que a gente viveu?

— A porcentagem é clara...

— Para! Você sabe muito bem que isso é a maior besteira, senão meu pai não teria largado a gente por outra mulher!

— Para, você! Fica insistindo em acreditar que está certa, que o que a gente sente é verdade... mas... mas não tem nada de racional, de científico, de verdadeiro.

— Você acabou de falar "o que a gente sente"!

Minha visão está embaçada. Tento me aproximar, mas ele me detém com um gesto.

— Não pense que é fácil para mim. Se soubesse como dói... M-mas é melhor assim.

— Se fosse mesmo melhor, por que doeria assim? Você está muito enganado, Ashton, muito enganado... — Uma lágrima escorre pelo meu rosto, e nem tento secar antes de continuar, com a voz vacilante: — Por favor, Ash, não deixa eles entrarem na sua cabeça... Você sabe muito bem que estou falando a verdade.

— Não, Eliotte. A verdade é que a gente está se iludindo. — Ele suspira. — E... e, porra... 98,8%! Quer mesmo que eu acredite que você nunca teve uma quedinha pelo meu irmão?

— Como é que é? Não! Nunca! Não estava nem aí para ele e ainda não estou! — exclamo, chocada.

— Para, é impossível...

Ele me olha, mordendo o lábio, com a expressão devastada. Ainda fungando, ele seca as lágrimas, que, nessa penumbra, eu nem tinha visto escorrerem.

Caramba, ele acredita mesmo nisso. Acredita nesse algoritmo, nessa porcentagem. Ele também acredita em Algorithma. *Óbvio.*

— Ashton, você não pode me abandonar assim... Lembra o que a gente combinou? Lembra? — Chego mais perto da cama e aponto a mão trêmula para ele. — Eu estava bem aí, sentada na sua cama, e você, deitado do meu lado. Você disse que não me abandonaria, que estaria sempre ao meu lado e que...

Como é que ele pode fazer isso comigo?

Não consigo mais me segurar e caio em prantos, com o peito pegando fogo. As lágrimas caem sem parar, lavando tudo. Como ele pode fazer isso com *a gente*? Tento conter os soluços, mas não dá. Eu me sinto impotente, e não só em relação ao meu choro. Depois de tudo que passamos, tudo que construímos, tudo que prometemos?

De repente, Ashton me envolve num abraço e me puxa para perto. Sinto seus braços tremerem, o peito arfar sofregamente. Ele também chora.

— No fundo, você também sabe que é melhor assim... — sussurra ele, com a voz fraca, junto ao meu pescoço, encharcando-o de lágrimas. — Do que adianta se agarrar a algo que está fadado a acabar um dia?

Escondo o rosto no ombro dele, apertando suas costas.

— Você não acredita em uma palavra do que está dizendo...

— Do que adianta sofrer assim? Se nossa porcentagem é tão baixa... é porque somos incompatíveis, então nosso namoro estava fadado ao fracasso desde o começo, e...

— Mas meu pai e minha mãe tinham uma porcentagem alta, e ele ainda assim nos abandonou! Sei que o que estou dizendo parece loucura, mas... preciso que você acredite. Esse algoritmo não tem como funcionar. Não tem como...

— Por favor, Eliotte... eu te imploro, não complique ainda mais a situação... Vai ser melhor para nós dois. Você sabe disso.

Sinto a mão dele acariciar de leve minha cabeça.

— Para de dizer isso. — Eu soluço. — Cala a boca, cala a boca, cala a boca...

Ele desce os dedos até meu rosto. Pega meu queixo e me força a olhar para ele. Os raios do luar atrás de mim o iluminam com um brilho fraco. Suas lágrimas são como traços compridos de tinta acrílica cintilante, riscando seu rosto. Um rosto que eu acreditava que veria toda as manhãs da minha vida, todo os dias da minha existência.

— Eu juro que te amo, Eliotte. Mas... não teria sido pela vida inteira.

— Ash...

— Não sou sua alma gêmea. Não sou eu que você amará para sempre.

— Mas é claro que é.

Ele balança a cabeça, aperta os lábios com força. Seca minhas lágrimas com o polegar, enquanto as dele escorrem pelas maçãs do rosto destacadas.

— Um dia, quando tivermos 40 anos... com nossa família, nossa felicidade... vamos agradecer por não termos nos machucado, por não nos agarrarmos inutilmente um ao outro.

Ele encosta a testa na minha, com cuidado. Seu cabelo loiro quase pinica minha pele.

— Não diz isso, eu imploro...

Cruzo as mãos na nuca dele, sem querer soltá-lo jamais. Quero que ele fique aqui comigo. Que me diga que foi mentira. Ou que é um pesadelo. É isso, pronto. Só um pesadelo de merda.

— Por favor... — murmura ele. — É melhor assim. Pelo nosso futuro.

Aproximo a boca da dele... e Ash me beija. Não como todas as outras vezes. Ele me beija para se despedir.

Ash aperta o abraço um pouco mais.

Adeus. Entrego a ele todo o meu amor, toda a minha dor, todo o meu sal em sua boca. *Adeus*. Na dele, sinto todo o peso de Algorithma, dessa convicção de que o amor é apenas dois dígitos em fração. *Adeus*.

Por que ele prefere acreditar nessa sociedade a acreditar em mim? A acreditar no que sente? Por quê?

De repente, ele recua.

— Melhor você voltar logo para casa...

Pela primeira vez na vida, não tenho o que dizer. Então faço que sim com a cabeça, encarando o piso branco.

— Eliotte?

Ao me beijar assim, ele escreveu "fim" na minha boca, em tinta permanente.

"Só você, mais ninguém. Aconteça o que acontecer."

Não sei o que está acontecendo, mas só consigo dar meia-volta e sair da casa dos Meeka no mais profundo silêncio. Saio do quarto completamente vazia. Devolvi a ele seu coração e deixei o meu de brinde.

Estava esperando o quê, Eliotte?

Entro no carro, com a respiração entrecortada. Encosto os dedos na boca, ainda sentindo o "fim" arder na pele.

Ele não vai voltar. Ninguém vai voltar por você.

Como é possível? Caramba, como assim? Eu achava que, com ele... eu... eu não ficaria sozinha.

A bola ardente que sacudia loucamente na minha barriga explode e, com ela, um milhão de perguntas. Perguntas que me perseguem desde pequena.

Por que todo mundo vai embora? O que me falta para fazer as pessoas ficarem comigo?

Deixo a cabeça cair sobre o volante. Estou me sentindo tão fraca. Tão solitária. Soluço que nem uma idiota, encostada nos meus braços cruzados. *O que me falta para fazer as pessoas ficarem comigo?*

Não consigo dar a partida. Meus braços, minhas mãos... meu corpo está todo entorpecido. Toda vez que tento sair dessa rua, me voltam imagens do que aconteceu com Ashton.

As horas passam sem que eu perceba. E aqui estou, vendo as primeiras luzes da alvorada se estenderem atrás do para-brisa, pintando o carro de um tom suave de laranja. Meus pulmões ardem, cheios de sal. Não sei o que estou esperando aqui, largada. Sei que meu despertador vai tocar daqui a pouco, e, vinte minutos depois, o de Karl também, que se arrumará para o trabalho antes de se dar conta de que o carro não está em casa. Preciso dar a partida e ir embora. Mas não consigo.

Ninguém vai te tirar daqui, Eliotte.

Inspiro fundo, soluçando.

Se eu quiser salvação, só encontrarei no meu reflexo. Porque ninguém vai me tirar daqui. Ninguém vem me resgatar.

Seco meu rosto grudento e afasto o cabelo das bochechas quentes.

O sol está nascendo, saia daqui e se salve, Eliotte.

Por volta das onze, vou me sentar a uma mesa isolada no parque do campus, para estudar a matéria de história medieval — *ou, melhor, fingir que estudo a matéria de história medieval.* Porque é isso que tenho feito desde as seis da manhã. Nós nos obrigamos a abrir os olhos, a botar um pé na frente do outro, a andar. Deixamos o instinto de sobrevivência trabalhar. Avançamos, como fazemos há milhões de anos. Porque, sim, fomos feitos para cair, e para levantar. Mesmo que seja sozinho, é preciso continuar. Está no nosso DNA. A única opção é seguir em frente; é isso ou morrer. E eu quero viver, mesmo que seja rangendo os dentes e grudando a mão na caixa torácica para impedir meu coração de sair do peito. Só quero viver. Mesmo que seja sozinha.

Vou passando as páginas da matéria no computador, ficando vesga com tanta letra, sem anotar nada no caderno. Estou tonta desde que decidi dar a partida no carro de Karl e, depois, vir para a faculdade.

Dá para dizer que Ashton terminou comigo? Ou foi Algorithma?

Eu estou, de acordo com tudo o que li desde os 16 anos, com plena *dor de cotovelo*. Do ponto de vista neuroquímico, a dor emocional decorrente de um término amoroso é comparável a uma dor física. Um baque. "Entre a esperança de que o outro volte — ou a negação da perda? — e o desejo de rasgar a página e seguir em frente, de cabeça erguida, para aliviar meu ego."

É para eu estar nessa ambiguidade, de acordo com todas as obras que tratam do tema controverso, tabu e polêmico que é o término amoroso. Eu me interessei pelo assunto anos atrás, assim que comecei a namorar Ashton. Queria me preparar para o pior, antes mesmo de iniciar. Com o tempo, cheguei até a achar que era besteira, pois era inconcebível que acontecesse com a gente.

No entanto, como as obras sobre a separação foram todas escritas por autores antipares, ou seja, contra casais anteriores ao casamento, o viés é claro. Esses autores afirmam que estabelecer uma relação amorosa antes de testar o par é inútil e causa apenas perversão e desordem desnecessária... então escrevem sobre as consequências desastrosas desses relacionamentos, para nos dissuadir de nos envolvermos romanticamente, para nos convencer de que casais só existem quando a Ciência diz que sim.

Os pró-pares, ao contrário, afirmam que a Ciência não pode ir contra nossa natureza e que o ser humano deve viver certas coisas antes dos 21 anos. Refrear isso levaria apenas à frustração e, por fim, ao despertar dessa natureza reprimida.

Dane-se.

Eu não sinto nada do que os livros descrevem. Há apenas um buraco imenso no meu peito, que puxa todo o ar e me congela por dentro.

Não consigo parar de intelectualizar o que vivo, para tentar dar ordem à bagunça da minha cabeça, mas acho que...

— Precisamos conversar.

Dou um pulo.

Izaak acaba de aparecer na minha frente.

6

Eu prometo

Eliotte

Não tiro os olhos do caderno.

— Eliotte.

— O que foi?

Ele senta à minha frente, sem responder.

— Quem deixou você sentar aí? — pergunto.

— Eu mesmo — retruca ele, e consigo sentir seu olhar sobre mim, mas dane-se, porque eu só olho para a frente. Não estou com cabeça para isso.

Mas que merda, me deixa em paz. Por favor.

De repente, ele arranca o caderno da minha mão.

— Ei, o que está fazendo?

— Juro que também não queria estar aqui, mas me escuta, é importante.

— Vai, desembucha. Vamos acabar logo com isso.

— Eles te enviaram a avaliação do encontro?

— Sim, uma hora depois de voltar. Disseram que podiam me multar se eu não me esforçasse para me vestir melhor na próxima vez... Parei de ler nessa frase mesmo.

— Já para mim, mandaram que eu te convidasse para o próximo encontro sem dizer que a ideia é deles... certamente para você achar que é espontâneo. Escolhi o cinema do bairro.

— Por quê?

— Porque a gente pode passar duas horas sem ser obrigado a conversar.

Dou de ombros. Pelo menos estamos alinhados.

— A gente se encontra amanhã depois das aulas, no estacionamento do campus. Pode ser?

Eu o encaro intensamente antes de recuperar o caderno, que ele deixou na beira da mesa. Em silêncio, rasgo um canto da página e rabisco. Estendo o papel para ele, em um gesto tranquilo e desenvolto.

— Aqui meu número. Assim, é só me mandar mensagem quando precisar transmitir essas informações, não precisa mais me importunar.

Ele encara o papel por alguns segundos, ultrajado, antes de cerrar os dentes.

— Eu já tinha seu número. Não te mandei mensagem porque é provável que também estejam vigiando nossos telefones.

— Eles não podem fazer isso, legalmente.

— Esqueceu que estamos nos Estados Unidos? As leis que você aprende em aula só valem para o Departamento Matrimonial em teoria.

— Ah, saquei. Você é um desses doidos de teorias da conspiração, né?

— Sou lúcido, só isso. Eles controlam sua vida amorosa, por que não controlariam seu celular?

Desvio o rosto, com um gosto azedo na boca. Olhar para Izaak me dá vontade de quebrar a primeira coisa que eu pegar. De cair no choro, também. Ele me lembra o Ashton. Não que sejam parecidos: ele não é loiro, não tem covinha, nem olhos castanhos. Os dele são verdes. Um verde intenso e reptiliano, que me dá medo.

Entretanto, quando ele está aqui, sinto que estou na presença de Ashton. *Eu preciso esquecê-lo. Eu preciso esquecê-lo. Eu preciso esquecê-lo.*

— E aí... — começo, sem pensar. — A gente vai se casar?

Ergo o olhar para seu rosto frio. Quer a gente queira ou não, quer a gente se ame ou não, não dizer "eu prometo" daqui a um mês na frente do Casamenteiro me levaria ao tribunal.

— Sim. Vai ser divulgado pela mídia, e é bom a gente manter a pose por alguns meses, para não levantar suspeitas.

— Por que tanta pressa? A gente pode viver cada um na sua, tentando não se cruzar nunca, e fingir estar apaixonado quando necessário.

Não vejo nenhum sentido em tentar nos separar correndo. A gente pode mentir pelo tempo que for necessário. Desde que me deixem em paz. Não vai mudar meu cotidiano em nada.

— Eu não quero fingir. Nunca vou me contentar em viver com uma mulher que não desejo. Nunca.

Uma mulher que não desejo.

Concordo com a cabeça, sentindo uma gargalhada entalada na garganta. Estou com vontade de rir sem parar; de explodir de vergonha. Ele é tão brutal e incômodo.

É realmente honesto.

— Você tem razão. Acho que não aguento passar nem um mês do seu lado, Izaak — digo, bufando. — Nem unzinho.

— É bom aguentar, até a imprensa esquecer de vez nosso casamento e Algorithma diminuir a vigilância.

— Está de brincadeira? Eles acompanham os casais quase continuamente! E com certeza vai ser ainda pior no nosso caso, com essa porcentagem alta!

— Confia em mim.

— E qual é seu plano para a gente se separar tranquilamente, afinal?

— Confia em mim — repete ele.

Eu bufo.

— Que pena... essa é a última coisa que consigo fazer, Izaak. Você é a pessoa menos confiável que eu conheço.

Sua risada grave soa como um estrondo de trovão. Quando se acalma, Izaak fixa o olhar em mim.

— Você nem me conhece, Eliotte. E, felizmente, nunca vai conhecer.

Tendo dito isso, ele se levanta e desaparece entre as árvores do campus.

Não posso me casar com esse cara.

Parece que a orquestra está toda desafinada. Aguda. Grave. Aguda. Grave. Cada acorde me dá dor de cabeça. O som da percussão me dá vontade de vomitar. Parece que a sala está girando. Bem rápido.

Inspira, inspira, inspira...

— Você está sublime, meu bem — cochicha minha mãe, ao pé do meu ouvido.

E ela volta a se sentar na primeira fileira. Insisti para ser ela a me acompanhar até o Casamenteiro, em vez de Karl. Além de ele ser meu padrasto, a metáfora me incomoda: que o pai, tutor legal, leve a filha para um novo homem, de quem vira responsabilidade. O casamento seria uma espécie de transmissão de responsabilidade, de homem para homem. Mesmo que não tenha sentido, visto os direitos que as mulheres obtiveram há alguns séculos, a ideia me deixa bem desconfortável.

Pronto, aqui estamos, os três. Todos os olhares, todas as câmeras, voltados para nós.

Ajeito o vestido e jogo o véu para trás. Vou me casar. Aqui, agora. No dia 5 de fevereiro de 2169. Vai acontecer mesmo. Sou obrigada. Não tem outra solução.

Sou obrigada.

— Estamos reunidos aqui para celebrar a união de um casal de almas gêmeas — começa o Casamenteiro, com a voz forte. — Izaak Meeka e Eliotte Wager foram declarados compatíveis em 98,8% pela Ciência! Viva!

Eles aplaudem. Eu fui a apenas dois casamentos na vida: o da minha mãe com Karl e o da filha da vizinha. Quando a vi pronunciar os votos, por um instante me imaginei em seu lugar, com Ashton. Imaginei uma sinfonia que não me daria vontade de tapar os ouvidos, uma assembleia que não me faria baixar a cabeça, câmeras que não me deixariam ansiosa, e, sim, orgulhosa.

Olho discretamente para Izaak. Ele está elegante, de terno preto e rosto impassível, como se não sentisse nojo de casar com uma mulher "que não deseja". É só agora, ao lado dele, que percebo como ele é maior que eu. Muito maior.

De repente, ele olha na minha direção. Um sorrisinho puxa o canto da boca, e ele me encara intensamente.

As câmeras já viram, pode parar de sorrir.

Volto a atenção para o Casamenteiro, um pouco envergonhada. Ele começa o discurso oficial, que recita sílaba por sílaba, e que menciona como Algorithma curou os males de nossa sociedade, assim como os de nossa consciência. Melhor ainda, como reconstruiu os Estados Unidos.

E ele chega aos votos.

— Izaak Meeka, promete, em nome de Algorithma, amar, proteger e apoiar sua alma gêmea, na saúde e na doença, na alegria e na tristeza?

Izaak se vira para mim e pega minhas mãos. Ele faz alguns segundos de silêncio, mergulhado em meu olhar, com ar solene.

Patético.

— Eliotte Wager — começa —, prometo, em nome de Algorithma, amá-la, protegê-la e apoiá-la, na saúde e na doença, na alegria e na tristeza... até o mundo desmoronar, até o tempo parar, custe o que custar.

Muito inteligente, Izaak: dar uma palhinha para todo mundo, acrescentando suas próprias promessas cafonas aos votos oficiais.

Pior que ele é bom ator.

Mas eu vejo, entre as fissuras verde-escuras de seus olhos, o desprezo profundo que sente por mim. Não apenas a falta de consideração que achei ter visto em seu olhar no encontro do café, não, é *desprezo*. Parece até que ele me detesta porque Algorithma me escolheu para ele, depois de ter passado dois anos sem encontrar par.

Aperto as mãos dele com força. Ele sorri ainda mais, para conter um gemido de dor. Então bato os cílios afetadamente, com um sorriso doce na boca.

— Izaak Meeka, promete nunca esquecer que Eliotte Wager, aqui presente, é sua única alma gêmea?

— Eu prometo.

O Casamenteiro se vira para mim. Inspiro fundo ao olhá-lo, com um milhão de correntes apertando a boca, o coração.

E ele me faz recitar os votos.

Minha única alma gêmea.

Eu me esforço para não olhar para a esquerda, para fixar o olhar em Izaak. Engulo em seco, sentindo as palavras queimarem a garganta:

— Eu prometo.

Pronto, falei. Está feito.

— Eliotte, Izaak, ao entregarem-se de corpo e alma a este casal, vocês prometem preservar a herança de nossos ancestrais, enquanto garantem a serenidade do seu futuro nos braços da pessoa que melhor lhes corresponde... Nunca a esqueçam.

Sinto calafrios. São quase as mesmas palavras que disse a médica que recebeu a mim e a Ashton na clínica, um mês atrás. As mesmas palavras que me deram vontade de botar fogo nos documentos, na sala e no mundo; que me deram vontade de deixar de existir.

As alianças brilham sob os raios do sol da tarde. Izaak pega a minha e a coloca no meu dedo. Não está no tamanho certo, e sinto o metal dourado queimar a pele. Ou talvez a sensação de aperto e asfixia seja só impressão minha.

Na minha vez, ponho a segunda aliança no anelar daquele que devo chamar de "meu marido" e tento acalmar a respiração.

Não olhe para a esquerda, não olhe para a esquerda...

— Em nome de Algorithma, eu os declaro almas gêmeas unidas pelos laços do matrimônio.

Izaak fixa o olhar em mim e se inclina devagar para a frente. A boca dele está tão perto. Combinamos o beijo há alguns dias, mas não acredito que vai acontecer mesmo.

Você vai beijá-lo, vai beijá-lo, vai beijá-lo.

Eu tensiono, inspirando fundo pelo nariz. Encaro a boca que, pela primeira vez, me preparo para tocar.

Restam meros segundos antes do impacto.

Eu também avanço, para não parecer travada...

Foda-se.

Seguro o rosto dele e esmago sua boca com a minha. Quanto mais rápido eu beijá-lo, mais rápido vai acabar. O cara romântico me pega pela cintura para me abraçar ainda melhor. Escuto os cliques das câmeras fotográficas, sinto o calor dos flashes na pele.

E os olhos *dele* em mim.

Afasto nossas bocas. Estou sem fôlego, tomada por uma onda de calor. Viro o rosto e olho para os convidados. Na sala, a maioria das pessoas é desconhecida para mim. Eles sorriem e aplaudem, assobiam, gritam desejos de felicidade, um mais sórdido do que o outro.

Tento usar todas as minhas forças para não olhar para a esquerda; é o esforço que faço desde o início dessa cerimônia maldita. Mas é impossível. Meu olhar vai discretamente para Ashton, sentado ao lado do pai.

Nossos olhares se cravam um no outro imediatamente.

Ele aplaude, torcendo a boca em um sorriso desconexo. Lágrimas encheram seus olhos, fazendo-os cintilarem. A boca dele começa a tremer. Meu coração se aperta.

Por favor, não chore. Por favor, Ash, eu imploro.

Não por causa da minha mentira com Izaak, mas porque sei que seria a gota d'água para me destruir. Para eu desabar e exigir que refaçam aquela palhaçada de cálculos.

É impossível olhar para outro lugar, então fecho os olhos, para não vê-lo mais. Sinto as lágrimas escorrerem pelo meu rosto. Não tenho nem tempo de secar os olhos antes de Izaak me pegar pela mão e me arrastar para fora do Panteão Matrimonial. Uma multidão nos recebe lá fora, jogando pétalas de rosas vermelho-vivas. Há jornalistas, admiradores e partidários do governador. Sinto um formigamento estranho nos dedos, e estou prestes a deixar o buquê cair. O chão parece bambear. Acima de tudo, estou com o peito pegando fogo. Sufocando.

Ashton, por que fazer isso comigo? Por que chorar nesse casamento, se me rejeitou?

— Para de birra — cochicha Izaak no meu ouvido.

Droga... deixei cair a máscara.

— Ainda posso fazer o que eu quiser no meu casamento, né? — respondo, mas ainda assim esboço um sorriso, porque é necessário.

A festa é no jardim da residência dos Meeka. Ashton aparece por uns dois segundos e logo some. Nunca imaginei que um dia fôssemos nos encontrar no mesmo cômodo sem poder nos olhar nem nos tocar. Quando eu o vejo, tenho vontade de abraçá-lo, de pedir para nunca mais chegar perto de mim, de sorrir para ele, de lançar raios nele. De murmurar que o amo, de gritar que o odeio. Eu quero odiá-lo e amá-lo ao mesmo tempo.

Eu e Izaak nos contentamos em fingir que estamos felizes, aceitar os presentes dos convidados, constrangidos, e parecer um pouco apaixonados.

Quando me afasto da entrada, vejo ao longe o governador; seu olhar de gelo atravessa Izaak, a poucos metros de mim. Sem nem sequer se aproximar, o homem indica a gravata com o indicador e franze a testa. O filho soltou o nó da própria gravata faz meia-hora, porque estava com calor, mas o sr. Thomas Meeka não parece gostar da ideia. Izaak tensiona a mandíbula e, sem desviar o olhar, refaz o nó na gravata com raiva, em movimentos apressados e imprecisos. Satisfeito, o governador responde com um aceno de cabeça e a mesma expressão de ferro, e segue até um grupo de velhos.

— Não pode ser... — resmunga Izaak.

Ele fica parado, o olhar fixo no pai. Inspira e expira, em plena ebulição... Passa um garçom, e o noivo pega um copo da bandeja em movimento. Ele vira a bebida em um gole e deixa o copo na mesa logo atrás.

Quando estou prestes a continuar o caminho, vejo o governador dar meia-volta... na nossa direção.

— Puta merda — solta Izaak, alto o suficiente para eu escutar.

Ele vem para o meu lado.

— O que houve, Eliotte? — pergunta o sr. Meeka, com um amplo sorriso, abrindo os braços. — Você não comeu nada a noite toda.

Seu grupo de velhos deve ter comentado. Ele não me dirigiu a palavra uma vez sequer desde a cerimônia, mas agora que não há mais câmeras por perto...

Ele nunca gostou de mim, eu sei. Porque represento o único erro que Ashton já cometeu em toda a sua trajetória exemplar de filho perfeito; o único borrão de tinta na lista de sucessos.

— Estava me observando, sr. Meeka? — retruco rapidamente.

Não preciso nem dizer: também não gosto dele.

— Parece que ninguém consegue parar de olhá-los... Vocês formam um casal tão bonito — afirma ele. — Mas, por favor, me chame de Thomas... Eu nunca imaginei que um dia a chamaria de nora!

— Ah! Mas não seja por isso, não precisa me chamar de nada.

Um risinho nervoso vibra na garganta de Izaak.

— Não é tão ruim — diz o governador para o filho, desviando o olhar de mim. — Em poucas semanas de relação, vocês já conseguiram se tornar icônicos, a ponto de a imprensa não mencionar uma vez sequer o passado do seu irmão com Eliotte...

Um passado que, até três semanas atrás, ainda era meu presente.

— De qualquer forma, vejo que você está gostando da festa, Izaak.

O filho não diz nada e se mantém estoico. Quando me preparo para quebrar o silêncio, ele finalmente começa:

— Não muito, na verdade. Mas minto bem. Aprendi com o melhor.

— Ah, é, meu filho? Com quem?

O governador cerra os punhos até empalidecer os nós dos dedos; as sobrancelhas grisalhas não tardam a fazer sombra sobre os olhos verdes.

— Está tarde! Já passou de meia-noite, e todo mundo está ficando cansado. Além do mais, a gente teve umas semanas muito intensas, não foi, Izaak? — pergunto, apertando seu bíceps.

O governador encara minha mão por alguns segundos e passa por nós um olhar penetrante, com uma expressão estranha.

— É verdade... mas aproveitem essas últimas horas de festa. Afinal, só se casa uma vez!

Com essas palavras, ele nos lança um olhar pela última vez e finalmente vai embora.

— Tudo bem? — pergunto, por instinto.

— Tudo — diz Izaak, se desvencilhando de mim, como se minha mão queimasse seu braço.

Ele dispara até a varanda a passos furiosos e precipitados.

A festa termina por volta das três da manhã. Minha mãe me dá um beijo, Karl me abraça por um microssegundo, e vou encontrar Izaak no banco de trás do carro com motorista particular. Quando fecho a porta, ele tira com pressa a gravata e o paletó e desabotoa os dois primeiros botões da camisa, soltando um suspiro pesado.

Eu adoraria tirar meu vestido com a mesma facilidade.

Estou sufocando nesse tecido branco pinicante.

Izaak coça o rosto antes de se virar para mim.

— Tudo bem?

Eu me questiono se ele está perguntando por causa do motorista ou se é sincero.

— Estou exausta. E você?

— Nocauteado. Achei que não iam embora nunca. Tenho horror a festas.

— Eu também. Ainda mais quando sou o centro das atenções.

As únicas celebrações que frequentei foram às que Ashton, grande festeiro e convidado de honra de todos os eventos do campus, me obrigou a ir. E isso porque ele passava a noite toda pedindo desculpas, tentando me fazer rir. A gente sempre acabava saindo de fininho para terminar uma garrafa no carro, com nossa playlist preferida de trilha sonora. Ele me escutava filosofar em voz alta sobre o universo e o cosmo, me olhando com carinho.

Deixo a cabeça pesar no encosto do banco e me entrego ao balanço do carro que nos leva ao apartamento de Izaak.

De início, deveríamos seguir para um complexo anímico, para "desfrutar ao máximo de nosso amor": um tipo de hotel que oferece atividades atípicas em casal, durante a semana toda, para nos "permitir viver a paixão em uma bolha isolada do tempo". De acordo com a sra. Carolina, a psicóloga que nos acompanha, a primeira fase do relacionamento romântico, em que nos encontramos, se chama "euforia", "paixão" ou, ainda, "mania". Essa fase se encaixa bem nesse complexo, concebido exclusivamente para isso. Entretanto, nós recusamos, explicando que preferíamos a intimidade do apartamento de Izaak. Ele acha que esse complexo é um laboratório de observação em escala humana e que teria câmeras até nos quartos para destrinchar nossa vida nos momentos mais íntimos.

O motorista nos deixa na porta do prédio que ocuparei pelas próximas semanas. As luzes da madrugada se refletem nas janelas amplas e iluminam as plantas trepadeiras que cobrem a fachada inteira. É um espetáculo. Fico igualmente maravilhada quando Izaak abre a porta do apartamento — na verdade, um loft. É elegante, espaçoso, refinado. Não parece nada com o meu canto, do outro lado da cidade.

— Bem-vinda à minha casa — diz ele, jogando o paletó no sofá comprido em couro caramelo. — Quer dizer... "nossa" casa.

Ainda não acredito que vou precisar coabitar com ele. Sobreviver à presença dele.

— Vem, vou te mostrar seu quarto — diz ele, já do outro lado da sala.

— Estou indo.

Ele me leva ao segundo andar e abre uma porta no fim do corredor comprido, cujas paredes são decoradas com quadros abstratos.

— Aqui. Tem um banheiro anexo, mas também pode usar o outro, ali no fim do corredor, à esquerda.

Ele está para ir embora, mas eu o detenho. Ele observa por um segundo minha mão segurando a manga de sua camisa, então se volta para meu rosto.

— Minhas coisas ainda não chegaram... Você tem alguma roupa para me emprestar? — pergunto, um pouco envergonhada.

— Devo ter.

Ele dá meia-volta e segue para uma porta um pouco mais afastada. Vou logo atrás. Sinto que meus olhos estão começando a se fechar sozinhos. Quando Izaak está prestes a abrir a porta do quarto, para abruptamente.

— Você não pode entrar.

— Como assim? Está com medo de eu ver seus cadáveres escondidos? Não tenho nada contra sua psicopatia, Izaak. Pode abrir.

— Não, é sério. Pode ir aonde quiser, andar pelo apartamento todo... menos no meu quarto.

— Tá...

E ele some porta adentro, voltando alguns segundos depois, com uma blusa GGG e um short esportivo. Ele se despede, e eu fico plantada no meio do corredor, vendo-o fechar o quarto cujo acesso é proibido para mim. Isso tudo com um milhão de perguntas na ponta da língua.

Acordo perto do meio-dia, com os olhos ardendo. Achei que choraria muito ontem à noite, mas não, só um pouquinho, no fim. Peguei no sono no travesseiro encharcado em questão de segundos.

Estou morta de fome!

Como posso fingir que estou em casa, com Izaak por perto? Pior: como devo viver *com* ele?

Vou andando até a escada, me espreguiçando... e paro de repente. Vozes ressoam na sala de estar; Izaak está conversando com alguém, perto do sofá. Estão os dois em pé, virados para a porta do apartamento. Fico no segundo andar, perto do corrimão, escondida atrás das plantas.

Poderia supor que Izaak está só conversando com um amigo... mas eles estão cochichando — e duvido muito que seja pela gentileza de não querer me acordar.

Tem alguma coisa esquisita aqui.

7

Nossa mentira

Eliotte

— Escuta, depois a gente vê... — diz Izaak, com a voz firme, após um suspiro demorado.

— Você não pode ficar dizendo que a gente vê depois. Já é depois, já faz um tempo.

Forço a vista através das folhas verdes, tentando distinguir um rosto, um corpo. O sujeito parece jovem, da nossa idade. Tem a pele marrom-clara e um gorro vermelho. Ele me parece familiar.

Será que já o vi antes? No campus? Em alguma festa?

— Até aqui, fiz minha parte do serviço — respondeu Izaak. — Mas já falei, mais tarde a gente conversa. Não é hora nem lugar pra isso.

Um cheiro de mirtilos e panquecas um pouco queimadas preenche o ar. Izaak deve ter esquecido a frigideira no fogo. Então ele não estava esperando a visita desse cara, ou a conversa o envolveu tanto que ele esqueceu a comida.

— Tá bom, tá bom. Vou nessa! Não precisa ficar emburrado, Izaak.

Sua voz grave tem um timbre quente, um pouco rouco.

— Não estou emburrado — retruca ele, com a voz relaxada, até baixa. — Vai, vaza.

— Até mais, mano.

As duas silhuetas atrás das folhas se dirigem à porta, saindo do meu campo de visão. Ouço o clique da fechadura quando Izaak fecha a porta devagar. Ele resmunga sem que eu consiga distinguir uma frase, uma palavra, uma sílaba sequer.

Quem é esse cara? Por que Izaak queria que ele fosse embora rápido assim? E que "serviço" é esse?

Não sou de me meter na vida alheia, mas alguma coisa aqui me deixa curiosa. Sempre me disseram que o instinto era uma ciência imprecisa, uma coisa mística, uma desculpa para os indecisos. Mas eu acho que é a única coisa realmente verdadeira, quando o sentimos no fundo do nosso ventre, no íntimo de nossos pensamentos.

— O que você está fazendo aí?

Merda.

Izaak está virado na minha direção, mesmo que a vários metros da escada, do outro lado da bancada da cozinha. Está sem camisa, apenas com uma calça de moletom simples, cinza-clara. Como não o vi atravessar a sala?

Digo o quê?

— Dormi aqui, esqueceu? — respondo, depois de um breve silêncio.

— É, mas por que está parada na escada?

— Eu...

De repente, ele baixa o olhar para o tronco nu.

— Desculpa... Esqueci que você estava aqui. Não estou acostumado.

— É, eu tô achando é que você queria se gabar desse tanquinho — solto, revirando os olhos. — Sério, quem mais prepara comida seminu?

— Meu irmão — responde ele, imediatamente. — E às vezes nem é só semi...

Comprimo os lábios, descendo a escada. Sinto um aperto no peito.

Ele precisava falar do Ash?

Na verdade, não me surpreende. Sei com certeza absoluta que ele não está nem aí para o que eu sinto.

Paro na frente da bancada, abrindo a boca para dizer alguma coisa, mas ele é mais rápido:

— Falei sem pensar. Não devia ter mencionado ele.

— Hum... Deixa pra lá.

Ele não diz nada. A gente não tem nada a dizer. Eu o observo por um instante, vestida com sua blusa imensa e seu short, que tem o dobro do tamanho de qualquer outra pessoa. Ele me encara em silêncio. Sinto o cheiro das panquecas queimando, mas nem consigo lhe avisar; seus olhos me sugam. Tudo parece se desintegrar ao nosso redor. Milímetro a milímetro.

— Pode ficar à vontade, Eliotte — diz ele, subitamente. — Agora você mora aqui, mesmo que só por um tempo.

Balanço a cabeça. Ele vira a panqueca na frigideira com um gesto habilidoso, mas faz uma careta ao ver o lado queimado. Ele ainda está de cabelo molhado do banho. Algumas gotas escorrem pela clavícula e pelo tronco forte. Eu não imaginava que Izaak fosse mais bombado que Ashton — que, por sua vez, é capitão do time de hóquei da faculdade. Debaixo das camisas e suéteres largos, dava para perceber que Izaak era imponente; mas agora, sem nenhuma dessas camadas, é evidente. Chega até a intimidar.

Não sabia que ele era tão atlético.

— Tem café? — pergunto.

— Tem, mas acabou o leite.

— Prefiro puro.

Ele arqueia a sobrancelha.

— Você não é humana mesmo...

— Izaak, você bebe água quente com cheiro de planta.

— Chá é a bebida das pessoas intelectualmente superiores, Eliotte. Café preto é que nem cigarro: os primeiros goles certamente foram um nojo, e você só bebeu para se encaixar na sociedade.

— Acredite ou não, eu realmente gosto de café, desde pequena.

— Foi o que eu falei: não é humana. — Ele aponta um armário atrás de si e diz: — Vai, pode pegar.

Reviro os olhos e dou a volta na bancada. O armário que ele apontou fica no alto, e preciso me esticar. Quando abro uma das portas, vejo imediatamente o saco de pó de café, na última prateleira. Estico o braço para tentar alcançá-lo, sem sucesso. Resmungo e começo a subir na bancada de mármore preto. Ajoelhada no móvel, espero não ca...

— O que você está fazendo aí? — reclama Izaak, atrás de mim.

— Treinando uma pose de pole dance, não tá vendo?

Estico o braço para cima, para pegar aquele maldito café.

— Deixa de ser ridícula, você vai cair.

Ele para bem atrás de mim e estica o braço muito mais alto, sem o menor esforço. Eu endireito as costas. Seu tronco ainda úmido molha minha camiseta. Inspiro fundo, tentando não me mexer. É muito estranho senti-lo perto assim. Percebo todo o seu corpo, todo o seu tamanho, todo o seu peso.

Izaak pega o café e o solta na bancada ao lado dos meus joelhos antes de se concentrar nas panquecas no fogão. Dou um salto e desço.

Eu conseguia pegar sozinha.

Enquanto esquento a água, Izaak senta à mesa bem em frente à janela ampla, com um prato cheio nas mãos. Quando termino de passar o café, ele já acabou de comer as panquecas. Em seguida, sobe para o outro andar e retorna logo depois, todo vestido, de cabelo solto. Vestindo um casaco, ele sai do apartamento sem dizer nada, como se eu nem existisse.

Minhas coisas chegam à tarde. A primeira coisa que desempacoto são meus livros. Passo o resto do tempo me familiarizando com o loft, mesmo que seja temporário, e lendo um romance. Minha mãe liga para saber como estou. Ela está com saudade. Até parece. Na verdade, acho que ela está secretamente contente de morar a sós com o Karl; deve reavivar a fase da paixão do casal, ou algo assim.

Por volta das sete da noite, decido preparar um jantar, mas não sei se arrisco abrir a geladeira e os armários. Afinal, não estou em casa *de verdade*.

Quando desço, vejo Izaak sentado no sofá, com uma fatia de pizza na mão.

— Ah, você voltou! — comento, me dirigindo a ele.

Duas caixas de pizza ocupam a mesinha de centro; uma delas já está quase no fim. Deve fazer um tempinho que Izaak chegou.

— É... Pode comer, se quiser.

— Obrigada — respondo, e me sento perto dele.

Abro a outra caixa de pizza. É de quatro queijos. Pego logo uma fatia, faminta.

— Boa hora para preencher o HealHearts, né? — propõe ele de repente, e pega o celular.

— Ah, é, eu já estava esquecendo...

A contragosto, deixo minha fatia de pizza na mesa e abro o aplicativo no celular. Izaak faz a mesma coisa, com um suspiro pesado.

Enquanto carrega, aparece o famoso ícone de um coração girando.

Tire um tempo para se concentrar no seu coração, Eliotte...

Desde o século XXI, a consciência do bem-estar, da positividade e também da toxicidade de certas relações foi reforçada, justamente quando o ser humano entrava em uma era de "estresse em massa", como se dizia. Os transtornos psicológicos, como depressão e ansiedade, eram cada vez mais frequentes, em todas as idades. O trabalho, os estudos, as relações humanas... Era tudo problemático. As guerras químicas e as epidemias ao final do século não ajudaram em nada: as pessoas se fechavam em si enquanto, pouco a pouco, a confiança da população e a esperança em um mundo melhor viravam pó. "Amanhã" era uma ideia vaga e incerta. Ninguém consumia mais, a economia estava correndo perigo, todos morriam de medo da instabilidade ambiental, se isolavam, a vida andava devagar... Então a saúde mental dos cidadãos virou responsabilidade do Estado.

De acordo com nossos governantes, é preciso solucionar o problema antes de tentar tratá-lo. É claro que isso anda de mãos dadas com o fato de a família estável ser a base da sociedade. Em outras palavras, se o pai ou a mãe estão mal, a família toda está mal e, *por consequência*, a sociedade também. Assim, o acompanhamento psicológico, que antes disso tudo só era garantido na infância, se prolongou até a adolescência e, finalmente, à idade adulta. Tudo graças ao aplicativo HealHearts.

No começo, ele foi lançado pelo governo para pessoas que desejassem acompanhamento psicológico e acabou sendo adotado, alguns anos depois, como aplicativo essencial do cotidiano, benéfico para todos que têm coração e cérebro. Hoje, é norma falar regularmente com psicólogos. Eles são os guias da nossa vida, membros essenciais da sociedade. Esse aplicativo, combinado com a estabilidade familiar garantida por Algorithma, seria a receita da felicidade, de uma sociedade civil unida e próspera.

Se deseja, cada pessoa preenche um pequeno relatório diário, respondendo a perguntas bem precisas. De acordo com as respostas, o algoritmo propõe a comunicação com um profissional especializado para tentar solucionar possíveis problemas. Todas as perguntas começam com "Seja sincero...":

... como você se sente?
... que situação frustrou você nas últimas horas?
... você sofre de pensamentos intrusivos? Quais são?
... você tirou tempo para falar com uma pessoa querida hoje?
... pelo que você agradece hoje?

Para garantir o acompanhamento dos novos casais nos primeiros três meses de vida juntos, Algorithma pede para todos usarem o HealHearts. Quase todo mundo, no entanto, já o faz naturalmente. Desde nosso segundo encontro, eu e Izaak combinamos que era melhor para nossa mentira que as respostas coincidissem. Ainda mais porque, agora, a aba CASAL foi acrescentada à página inicial do aplicativo.

Seja sincero...
... você disse à sua alma gêmea algo de que gosta nela?
... você acha que estão em sincronia hoje?

— Proponho dizer que a gente não pôde passar o dia todo junto porque tive compromissos, e isso afetou nosso humor, nossas conversas com os outros... — sugere Izaak, acabando de comer outra fatia de pizza. — Parece uma boa convencer esse pessoal de que a saudade é devastadora para a gente.

— Concordo. Vai mostrar nosso apego mútuo.

Ele começa a ler a primeira pergunta em voz alta, e cada um de nós mergulha na redação da resposta. Depois de alguns segundos, olho do celular para Izaak. Ele resmunga, cutucando a tela.

— O que foi?

— Não entendo nada desse app... — reclama ele, sem me olhar.

Eu arqueio a sobrancelha.

— Como assim? Nunca preencheu um relatório?

— Aos 16 e aos 21 anos, quando era obrigatório... Sabe, para aperfeiçoar a base de dados psicológicos, além dos testes de personalidade anuais. Mas depois perdi o jeito. — Ele olha para mim e pergunta: — Você preenche mesmo nos anos em que não é obrigada?

— Sim, que nem... todo mundo?

— Mas você *não* tem convicção da confiabilidade desse sistema idiota. Então por que preenche mesmo assim?

— Porque me ajuda. Quando você não tem quem te escute, nem um ombro no qual chorar, é sempre reconfortante saber que tem alguém ali, mesmo que através da tela.

Ele abaixa a cabeça e me sonda com o olhar.

— Enfim, todo mundo faz isso — acrescento, e pigarreio. — Às vezes gosto de fazer chamada de vídeo com o psicólogo e contar do meu dia quando acho que vou surtar, quando não entendo o que estou sentindo, ou quando estou estressada com as provas. Além do mais, mesmo sem a consulta, o algoritmo do HealHearts sempre me faz boas perguntas para me ajudar a pensar nas minhas emoções e ações. Eu me entendo melhor, lido melhor comigo...

O aplicativo seria bem útil atualmente... Mas não posso mais me permitir ser 100% honesta nas respostas.

— Você "se entende" melhor? — responde ele, e bufa, ultrajado. — Essa galera vigia a gente para saber o que tem na nossa cabeça.

— Só se você decidir compartilhar com um psicólogo. E ainda está protegido pelo sigilo médico.

Ele ergue o olhar.

— Tenho certeza de que não é só um algoritmo que estuda nossas respostas. Além do mais, como é que você sabe que, com essas perguntas, eles não estão te induzindo a pensar de certo modo?

— Mas, Izaak, dá para ver que é tudo feito pra te ajudar a se analisar e entender suas emoções!

— É para controlar a gente, Eliotte...

— Você é meio paranoico, né?

Ele agita o celular.

— Já falei: essa parada é perigosa.

— Para mim, é útil. Veja como desenvolvimento pessoal...

Ele se estica sobre a mesinha, pega uma fatia de pizza e diz:

— É a maior besteira. Além do mais, acho que um parente ou amigo pode fazer papel de psicólogo, se é só questão de escuta.

— Para isso, é preciso ter alguém que te escute...

Digo isso baixinho, mas Izaak parece ouvir. Ele franze a testa para mim. Eu viro o rosto e termino de comer meu pedaço.

Quando acabamos o relatório, Izaak levanta do sofá sem dizer mais nada. Cada um volta para o seu canto. É natural a gente se evitar assim: não temos nada para dizer, nada para perguntar, nada para fazer juntos.

— Hoje eu te deixo na faculdade, vou à biblioteca trabalhar num projeto, e aí a gente se encontra às quatro no estacionamento, para ir direto para a psicóloga, tá?

Nossa primeira consulta com a psicóloga desde o casamento...

Sinto um embrulho no estômago.

— Pode ser — digo, abaixando minha xícara de café. — Falando nisso... Em público, a gente precisa fazer pose de casal todo fofinho e grudado?

Um esboço de sorriso surge em seu rosto.

— A gente poderia ser do tipo discreto, né? — acrescento. — Considerando nossas personalidades, faz até mais sentido.

— Concordo. A gente precisa achar o equilíbrio, para não levantar suspeita... De qualquer jeito, vamos ver como vai ser na frente dos amigos.

Assinto. Não sei como vou conseguir fingir que sou uma mulher louquinha pelo marido. E nem é um marido qualquer. O fato de ser Izaak Meeka complica a situação.

E imagina só, Izaak apaixonado?

Mesmo que eu tenha vivido um vislumbre disso no casamento, na faculdade promete ser diferente, especialmente porque é um novo ambiente: nossos amigos, professores, inimigos, todos no mesmo espaço. Além disso, nunca sei o que esperar dele, o que me dá ainda mais medo. Às vezes, temo que a surpresa quebre a ilusão e jogue nossos planos pelos ares.

— Que apelido carinhoso você quer? — pergunto, sem pensar. — "Bebê", "querido"? Algo assim?

— “Bebê”? Que ridículo!

— Sei lá, foi o mais comum que me ocorreu.

— “Bebê” — resmunga ele. — Imagina...

Dou de ombros, encarando-o.

— Prefere um apelido brega? Espera aí, tive uma ideia... Que tal “meu docinho de coco”? — sugiro, irônica. — Não, não, melhor. Combo bichinho e doce: “meu gatinho de chocolate”.

— Izaak já está bom.

— “Meu coração”?

— Izaak.

— “Meu amor”?

— Izaak. Senhor Izaak Meeka.

— Tá, como quiser...

Ele levanta da mesa, revirando os olhos.

— ... benzinho — acrescento, com zombaria.

— Eliotte, juro, você não quer nem entrar nessa briga comigo... Eu sei ser *muito* criativo.

— Não tem nada pior que “benzinho”.

— Você vai se surpreender.

Dito isso, ele pega a mochila e vai até a porta. Eu coloco a louça que usei na pia.

— Anda logo que estou com pressa — reclama Izaak, apoiado na porta.

— Precisa ser desagradável assim?

— Estou agindo normalmente.

— Sua normalidade é um porre, cara.

Passo pela porta, fuzilando-o com o olhar. *Cretino.*

A gente sobe rápido no jipe e pega a rua a caminho da faculdade. Ele dirige com uma das mãos só no volante, sem dizer nada. Vejo a aliança brilhar no anelar dele, sem entender completamente o que representa. Aos olhos do mundo, contudo, esse pedacinho de metal é uma mensagem com potência e peso sem igual.

Em menos de quinze minutos, vejo a entrada do campus.

Izaak desacelera. Tiro os fones de ouvido com a respiração entrecortada. Chegou a hora.

E... ação!

— Obrigada, Izaak.

Eu me estico para perto dele, esperando sua reação. Um beijo na boca? Um selinho?

— Espera, eu estaciono e te acompanho até a sala. Senão pega mal.

— Não precisa...

Ele volta a acelerar, sem me dar ouvidos.

Quando estacionamos, descemos do carro com um sorriso torto colado no rosto. Andamos alguns metros sem nos encostar, fingindo conversar com entusiasmo, afeto, alegria. Ou seja, com mentiras.

De repente, Izaak segura minha mão. Meu corpo se enrijece. Antes, ele sempre pedia permissão quando saíamos juntos. Estou prestes a comentar quando uma voz me interrompe, a poucos metros de nós:

— Ei! Meeka!

Relaxo os músculos. Entendo por que ele pegou minha mão tão furtivamente. Um grupo de rapazes usando moletons com a logo da faculdade se aproxima a passos largos. As cores gritantes da roupa já me dão dor de cabeça.

— E aí, Izaak? — pergunta um deles, nos alcançando. — Tudo bem?

— Tudo ótimo — responde Izaak, e segue andando, me puxando junto.

— Você sempre faz isso? — pergunto.

— O quê?

— Ignorar as regras de convivência em sociedade. Tenho quase certeza de que aqueles caras esperavam que você interagisse com eles, ou, no mínimo, retribuísse a pergunta.

Uma risada sarcástica sai da boca de Izaak.

— Regras de convivência? São as menores das minhas preocupações.

Ele não solta minha mão. É muito esquisito tocar um homem assim em público. Eu e Ashton não podíamos fazer isso — seria muito chocante para os outros se soubessem que a gente namorava antes de casar, sem sermos compatíveis. Então, em público, nos contentávamos com abraços um pouco demorados demais para simples amigos e olhares intensos de cumplicidade.

— São oito da manhã, não socializo cedo assim — acrescenta ele. — E muito menos com qualquer um.

— Ah, entendi... Que este humilde mortal possa ser perdoado por importuná-Lo tão cedo, Senhor.

— É que não vou me forçar. Não gosto de fingir.

Eu caio na gargalhada.

— Está me zoando? — solto, respirando fundo. — A gente não está aqui, o maior casal falso do século XXII?

Ele abre um sorrisinho.

Touché.

— Não é a mesma coisa. E para me manter *honesto*, fiel aos meus valores, às minhas crenças, a quem sou, *preciso* mentir. Preciso mergulhar de cabeça nessa palhaçada toda temporariamente. É um paradoxo... mas é importante, para eu não me perder...

— Entendo... Para ser sincera, também não gosto de fingir. Mas é questão de sobrevivência.

Curvar-se diante dessa sociedade e suas leis é se assassinar, se enterrar e se ver decompor sob camadas de silêncio.

Ele assente, sem acrescentar nada, concluindo a conversa como se eu não esperasse resposta.

Ah, esqueci! Está cedo, ele ainda não quer socializar.

Reparo nos olhares fixos em nós desde que chegamos; tento desconectá-los do meu corpo, mas é impossível. Eles grudam. Os murmúrios, as olhadelas, os cochichos... É tudo muito esquisito. Nunca fui vista assim.

O efeito é por causa de Izaak.

Do meu lado ou não, sei que ele sempre despertou essa curiosidade nos outros. Quando está por perto, as pessoas reagem na hora. Ele aparece pouco, mas está sempre presente — nas conversas, nos debates, na boca do povo. Enquanto seu irmão tem um carisma solar, atraindo tudo que se mexe para sua luz, energia e bom humor, Izaak tem um carisma lunar. Ele atrai porque intriga, porque parece esconder algo, porque há tantas perguntas cujas respostas desejamos, porque ele não nos dá atenção. Izaak tem o efeito de uma nevasca.

— Bom, chegamos... Te espero no estacionamento, às quatro. — Ele se curva de repente e cochicha para mim: — E não se atrasa. Lembra: meu tempo é precioso, tá?

Mas que história é essa, honestamente?

Eu o empurro de leve, para afastá-lo.

— Você tem que ser sempre tão... tão *assim*!?

— O que foi agora? — questiona ele.

— Às vezes, você é meio grosso pro meu gosto. Dá para relaxar?

— Na real, você devia entender que não estou nem aí para o seu gosto, Eliotte. Só isso.

Como é que é?

Brasas ardem no meu peito.

— Você não é normal mesmo, né! — exclamo. — A gente não gosta de fingir, tá bom, mas também não precisa ser escroto!

— Para de falar tão alto, tem gente ouvindo — grunhe ele, olhando ao redor.

Olho para além dele. As pessoas desaceleram o passo ao se aproximar da gente, para nos observar. Mas não me importo.

— Você devia entender que não estou nem aí para essa gente, Izaak — digo mais baixo, repetindo as palavras dele. — Tá bem?

— Para, você vai estragar tudo.

— Mas foi você que...

— Cala a boca.

— Nunca!

— Cala a boca.

— Nem fod...

Minha frase morre na boca.

Porque Izaak está me beijando.

Que loucura é essa?

Dessa vez é certo: está todo mundo olhando pra gente. Não posso empurrá-lo.

Vai se ferrar...

Nesse caso, melhor dar o que as pessoas querem. Ou, pelo menos, o que ele quer.

Fecho os olhos, decidida, e seguro seu rosto, encaixando a boca na dele. Um aroma amadeirado, com notas de jasmim e limão, me envolve. Izaak usa um perfume quase igual ao de Ashton. Quase. Ele afasta a boca logo antes de encostá-la na minha de novo, e sinto seu hálito mentolado e perfumado pelas ervas do chá invadir meus sentidos.

Caramba, estou mesmo beijando Izaak. E nem queria.

Afundo os dedos no cabelo dele e puxo com um gesto seco. Ao engolir um grunhido de dor, ele abraça minha cintura. O movimento me puxa para mais perto do seu corpo, e ele me empurra contra a parede a alguns centímetros de nós. Um calor dolorido se espalha pela minha cabeça. Ele me jogou com força, para minha cabeça bater.

Sei que foi de propósito, seu babaca.

Ele está zoando com quem? É ele o nojento que, além de tudo, me obriga a dar um showzinho erótico em pleno corredor. Uma onda fervente se espalha pelo meu corpo. Eu odeio ele. *Odeio ele.*

Quando ele tenta me soltar, eu o seguro uma última vez, pegando o lábio inferior dele com uma mordida. Forte. Ele abafa outro gemido de dor e afasta o rosto com um gesto brusco.

— Calei a boca à sua satisfação? — sibilo entre os dentes cerrados, com um sorriso forçado.

Ele estica o braço ao lado do meu rosto, espalmando a mão na parede, e, com a outra, segura minha bochecha. Os dedos me machucam, tenho vontade de me desvencilhar. E de dar um tapa na cara dele. Ele me beijou sem avisar.

— Nunca mais faça isso, se tiver amor à vida — acrescento, sem parar de sorrir.

— Foi necessário, porque você estava prestes a jogar fora toda a nossa mentira, sua cretinazinha — fala ele baixo, com o mesmo sorriso falso que eu.

— E por causa de quem? Além do mais, que eu saiba, casais têm direito de brigar.

— É, mas não de confessar que estão fingindo.

— Ninguém ouviu.

— Sorte sua.

— Isso foi uma ameaça?

— Só estou dizendo que a gente podia ter se ferrado por *sua* causa.

— É *você* que me leva a esse limite.

— Não é desculpa para foder com tudo.

Inspiro fundo, encarando-o, e tento encostar ao máximo as costas na parede de cimento, para abrir espaço entre nós. Ele continua curvado sobre mim, com a mão apoiada logo ao lado do meu cabelo. Ele me olha fixamente, franzindo a testa. De fora, parece um gesto de afeto, como se quisesse delimitar o espaço do nosso universo íntimo.

Eu e ele sabemos que está longe de ser esse o caso.

— Está sujo aqui — digo, apontando para a boca dele com o dedo.

Ele passa o polegar no lábio. Uma gota de sangue brota, suave, da boca. Abro mais o sorriso, dessa vez é sincero.

— De novo: nada de beijos surpresa — falo.

— Se você calar a boca na hora certa, garanto que não vai se repetir. Me custa saúde mental.

— Saúde mental.... — resmungo, ofendida. — Até parece. Meu beijo mudou sua vida, cara.

Ele se afasta de mim, bufando com sarcasmo.

— Bom dia, Eliotte! — diz, bem alto. — Até mais tarde.

— Bom dia, gatinho.

Uma sombra passa por seu rosto, e ele levanta discretamente a mão entre nós. Ele me mostra o dedo do meio.

Trocamos um último sorriso artificial antes de ele dar meia-volta.

Cretino de merda.

Podia ter sido tudo normal. A gente podia só viver, cada um no seu canto, fingindo se amar na frente dos outros. Mas, não, a gente tinha que se odiar. *Ele* tinha que me fazer odiá-lo.

Espero que todo mundo no corredor tenha visto a gente. Que esse teatro todo sirva para alguma coisa. Eu não suportaria nenhum outro beijo ridículo desses.

E ainda não veio o pior...

A consulta com a psicóloga. A profissional que nos foi designada e que nos acompanhará como casal, como faz com todos, nos próximos três meses. Em geral, os casais fazem questão de continuar com esse acompanhamento, só que com sessões espaçadas ao longo do ano.

Por mais que eu goste de ter alguém que me escute, a ideia de expor meu relacionamento — ainda mais um falso — ao olhar curioso de um profissional me deixa desconfortável. Algorithma apresenta esses psicólogos como guias, que estão aqui para "prevenir as crises e os cataclismas do relacionamento".

E como, exatamente, eu devo fingir que amo esse desgraçado na frente de uma especialista?

8

O interrogatório

Eliotte

— Faz um século que estou te esperando aqui, que nem um palerma. A gente marcou às quatro no estacionamento. O que você estava fazendo?

— Tive umas dúvidas no fim da aula e acabei envolvida na conversa.

— Pff... Puxa-saco.

Izaak bufa pela milésima vez atrás do volante. Já estou perdendo a paciência. Bato várias vezes embaixo da janela entreaberta.

— Vai, abre essa porta logo!

— Não. Vou deixar você aí fora um tempinho, para ver o que é bom.

— Você é ridículo... Abre aí!

— Ainda não.

— Izaak!

Ele revira os olhos, faz uma careta e finalmente destranca a porta. Eu me jogo no banco, exausta.

— Tem gente por perto? Beijo na bochecha? — pergunto.

— Tá.

Eu me estico para beijar o rosto dele, mas ele se vira na mesma hora. Esbarramos o nariz e encostamos a boca, desajeitados.

— Que sincronia — reclama ele, antes de beijar minha bochecha sem o menor ânimo.

Eu me contento em suspirar e baixar o olhar. A gente já se beijou — poucas horas atrás, até —, mas esse beijo imprevisto me causa um constrangimento... Afundo na cadeira, com os braços cruzados.

O que é isso?

Tem alguma coisa nas minhas costas. Passo a mão no encosto do assento e tiro dois livros.

— Niels Durma?

— É, peguei pra você — responde Izaak, procurando alguma coisa no banco de trás. — É um titã da quântica moderna. Você vai adorar.

Encaro os livros nas minhas mãos, paralisada. Não estava esperando por isso.

— É pra se desculpar pela sua ceninha hoje no corredor?

Uma risada emerge da boca dele, que morre de rir, derramando em mim sua arrogância. Dá vontade de tampar os ouvidos.

— Não sou de me desculpar por coisas que não fiz. Porque, cá entre nós, a culpa foi *sua*.

— Você vive em um mundo paralelo, por acaso? Está viajando em outra estratosfera, só pode.

— Peguei os livros para você mostrar sutilmente para a psicóloga. Depois eu pego outros. Eles vão ver meus empréstimos na biblioteca e a gente vai marcar uns pontos. O marido fofo que reserva livros para a querida esposa... Que homem. — Ele volta a olhar para o estacionamento. — Tá, vamos lá, que não temos tempo a perder. A gente vai se atrasar. Odeio me atra... — Ao dar marcha a ré, ele para de repente. — Merda!

Ele estava prestes a bater em um carro estacionado bem atrás da gente, no meio da pista.

— Ele não viu a gente, por acaso? — exclamo, abalada. — Que cuzão!

— Nem cu é mais, é um buraco negro! Um buraco sem fundo! Deve ser algum moleque da escola aqui do lado que veio catar uma vaga. — Ele ajeita o retrovisor para ver melhor o motorista. — Não é possível...

Izaak fecha a cara.

— O que foi? — pergunto, me virando no assento para olhar pelo para-brisa.

Meu coração salta do peito.

Ashton está ao volante e nos olha fixamente — com certeza já faz um tempo que está parado ali no meio do estacionamento. Seu olhar encontra o meu por uma fração de segundo. Continua castanho-claro e profundo, mas, dessa vez, é duro.

Eu sinto muito que você tenha visto isso.

De repente, ele vira a cara e desaparece, acelerando para o outro lado do mundo, para longe, muito longe de mim.

Fico um instante olhando para o vidro, um pouco atordoada. Muito. Completamente.

Izaak dá a partida, e a gente também dispara em sentido ao Centro de Acompanhamento Matrimonial, a meia hora da faculdade.

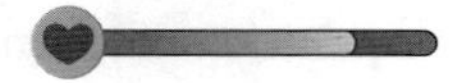

Encaro fixamente a escultura vermelha que representa um coração humano no canto da mesinha. É deprimente. Carolina, nossa psicóloga, nos encara, com um sorrisinho no rosto e um tablet na mão. Ela se faz de amiga e grande orientadora, mas sempre nos lembra do seu papel principal: garantir que a gente forme um casal tenaz, que demonstre a cada segundo a eficácia de Algorithma. Seus olhos cinzentos e grandes já nos interrogam.

Estou sentada ao lado de Izaak, no sofá espaçoso de veludo azul-marinho, com a mão no antebraço dele. Faço um esforço para respirar normalmente, me manter relaxada.

— Qual foi a maior dificuldade encontrada nessa mudança de vida, na opinião de vocês?

— Apesar de a gente ser parecido em vários aspectos, cada um tem seu jeito de funcionar — disse Izaak. — O que você acha, Eli?

Ele me olha, sorridente. Parece tudo tão natural para ele.

— É verdade que é complicado se adaptar a outro estilo de vida — respondo, tentando controlar a voz.

— É totalmente normal. Precisam apenas de tempo e de esforço para aceitar concessões, né? Vocês têm algum exemplo de situação de conflito?

Eu abro um breve sorriso.

— Izaak é muito apaixonado, quer me beijar o dia todo, toda hora. Até de manhã cedo, no corredor lotado da faculdade... e sem nem me avisar.

Ele solta uma risadinha — que eu não qualificaria como "nervosa" se desconhecesse os reais sentimentos que nutrimos.

— Eliotte não é muito de se exibir em público — acrescenta ele, com a voz bem-humorada.

— Não sou *mesmo* — solto, sorrindo.

— Mas admite, você gostou do beijo de hoje, né?

Ele se vira para mim e, com o dedo, traça pequenos círculos na minha mão que está apoiada no braço do sofá. Meu corpo se tensiona.

Eu também começo a rir.

— Adorei, você nem imagina o quanto.

Izaak se vira para a psicóloga.

— Acabei até com a boca sangrando — diz ele, com uma piscadela.

Eu gargalho mais ainda, sem conseguir me controlar.

Por que eu rio quando fico desconfortável? Será que ela percebeu?

Izaak me acompanha no acesso de riso nervoso.

Ah, não é grave, a gente fica parecendo cúmplice. Eu acho, pelo menos.

Eu me viro para Carolina. Seu sorriso desapareceu, e ela rabisca no tablet com uma caneta. Meu coração dá um salto.

Será que eu devia ter respondido alguma coisa mais leve? Talvez...

— Mas vocês estão de acordo em outros aspectos? — pergunta a psicóloga, erguendo o olhar da tela rabiscada. — Por exemplo, no campo sexual.

No quê?

Engulo em seco, com o rosto pegando fogo. Izaak não diz nada, tão surpreso quanto eu.

Merda, a gente tem que dizer alguma coisa... rápido.

— Então, para ser bem sincera — digo, sem pensar —, a gente não esperou o casamento para começar.

— Pois é — acrescenta Izaak. — Na verdade, a gente sempre sentiu muita atração... *especialmente* Eliotte, logo depois de me conhecer.

Ah, é?

— É verdade, você demorou mais um pouco... — digo. — Para você, foram nos primeiros minutos, gatinho.

Nós três rimos. Izaak me encara, segurando alguma coisa na ponta da língua. Um apelidinho? Um palavrãozinho? Uma vingancinha?

Carolina continua:

— Então, se estou entendendo bem, vocês diriam que no começo era quase urgente... E agora?

Izaak se debruça na mesinha, olhando bem fundo nos olhos da psicóloga. Ele deixa um leve silêncio no ar antes de dizer, articulando cada sílaba:

— Também. Urgente.

A palavra, na língua dele, tem outras nuances. Inspiro fundo, desviando o olhar.

Nada de rir, Eliotte. Nada de rir.

— Nunca me senti tão conectado com ninguém, na verdade — acrescenta ele. — É ainda mais forte com contato físico.

Sinto as mãos molhadas de suor, e o rosto em brasa.

Falar assim da nossa vida sexual inexistente? Sério?

Felizmente, aos olhos da pessoa à nossa frente, esse constrangimento parece pudor — especialmente porque Izaak afirmou que eu não sou de demonstrar afeto em público, então combina com o personagem. Está tudo certo.

A voz aguda de Carolina me traz de volta à conversa.

— Fantástico... Em relação à contracepção, seria bom planejar quando vocês desejam ter um filho!

9

O grilhão

Eliotte

— Fi-filhos? — repito.

Eu me empertigo, agitada. Ela está delirando?

— Imagino que ainda seja cedo para falar disso, mas você se imagina tendo filhos, Eliotte? — questiona ela. — E você, Izaak?

— Para ser sincero, sim, a gente já falou um pouco disso... — responde o suposto futuro pai dos meus filhos. — Mas a gente prefere pensar só no casal, por enquanto. Sabe, doutora, é como se a gente estivesse em uma bolha.

Enquanto diz isso, ele gesticula, fazendo a mímica de uma esfera. Lá vai mais um delírio de ator...

— Dentro dessa bolha, parece que nada mais importa, só a gente.

— Entendo. Vocês estão imersos na fase de mania, também chamada de lua de mel. Um dos períodos mais envolventes... Mas precisam encontrar tempo para abrir o coração! Vocês começaram a discutir suas histórias pessoais?

Uma sombra passa pelo rosto de Izaak.

— Como assim, nossas "histórias pessoais"? — questiono.

— Por exemplo, Eliotte, seu pai foi embora quando você tinha 4... não, 6 anos, não foi? Isso é parte da sua história, e Izaak tem que saber disso, para entender você melhor e prever possíveis conflitos.

Afundo as unhas no braço do sofá. *Meu pai*. Por que as pessoas sempre falam dele como se ainda fosse parte do meu universo, sendo que ele foi embora há anos? No mundo dele não existe Eliotte, então por que ele deveria existir no meu?

Meu estômago se revira. Quero vomitar.

— Hum... É, sim, ela mencionou brevemente que não tinha contato com o pai — anuncia Izaak, mentindo.

— Sabe, Eliotte, é importante se abrir para sua alma gêmea: pode confiar nele. É preciso se expressar em relação a esse tipo de tabu, e não só de maneira superficial. Vamos aproveitar esse tempo para imaginar alguns caminhos a serem desenvolvidos entre vocês, quando a hora chegar. O que representa seu...

— Não tenho nada a dizer — interrompo. — Meu pai existiu por meros segundos e agora é só uma lembrança distante. Um sonho desagradável, e só.

— Você acredita sinceramente no que diz? Qualquer pessoa ficaria magoada, até traumatizada, pelo pai ir embora. Eliotte... entendo que falar disso possa deixá-la paralisada, mas é preciso que você saiba que as dores da infância podem ser curadas, ainda mais pela pessoa amada. Por isso a comunica...

— Não estou magoada! — exclamo, com a garganta ardendo. — Pare de me colocar assim de vítima... Ele foi embora, e só. Já deixei isso para trás faz tempo.

Sei que eu deveria me controlar, mas não consigo. Quando minha mãe se permite mencioná-lo de maneira subentendida, consigo anestesiar o formigamento nos meus dedos, no meu peito; mas vindo de completos desconhecidos, que se acham superiores, com a dó toda embrulhada para presente... é mil vezes pior.

— Entendo, Eliotte... — Ela baixa os olhos para as anotações. — Na época, o que você sentiu quando soube que ele não voltaria?

Eu cerro os punhos, fazendo esforço para me acalmar.

Ela quer saber mesmo? Vergonha. Culpa. Eu me senti suja, que nem um fantasma empoeirado, um grilhão sujo de fuligem. Nada em mim, nada do que eu era, pôde segurá-lo. Nada. Algorithma não funcionou para os meus pais; eu sou fruto de um bug informático.

De um erro.

De um fracasso lamentável.

— Não precisa responder — murmura Izaak.

Ele encostou a mão na minha.

O contato tem o efeito de uma picada fria em todos os dedos.

Ainda assim, minhas entranhas pegam fogo. Tenho vontade de explodir. Eu me seguro para não bater o pé freneticamente, abaixo a cabeça e deixo os olhos divagarem... até a escultura de coração.

Algorithma.

De repente, tudo se apaga.

— Eu... Eu senti raiva, na época — solto, tentando conter a voz. — Enfim... é muito vago, faz muito tempo. Mas, hoje, Karl é como um pai para mim. Ele me faz até esquecer que já tive outro pai antes.

Lorota. Lorota. Lorota.

— É, isso você me disse... — intervém Izaak, acompanhando minha mentira. — Que entre você e Karl há um vínculo forte e especial.

— Muito obrigada, Eliotte, por compartilhar isso. Não está se sentindo mais leve? Mais próxima da sua alma gêmea?

Eu me viro para Izaak e finjo sorrir.

— É claro... mas preferia ter dito por conta própria. E não... assim.

— Entendo, Eliotte. Mas encare só como um empurrãozinho, tá?

Ela se vira para Izaak.

— E você? O que pode contar da sua história pessoal para sua alma gêmea?

Izaak finge mergulhar em pensamentos, com ar sereno.

— Bom... Eliotte sabe que eu vivi uma infância de ouro, entre os muros da mansão. Eu e meu irmão éramos muito ativos, um pouco espevitados, e vivíamos aprontando... Coisa de criança feliz, mesmo. Sempre nos sentimos escutados, protegidos e apoiados. Tive muita sorte, honestamente.

Eu arqueio a sobrancelha. Ashton um dia me disse que Izaak foi um adolescente difícil e que os pais não eram nada presentes. Na época, o pai estava em plena campanha para governador, e a mãe tinha acabado de ser promovida a âncora de um dos maiores noticiários do país.

— Exato — comenta Carolina. — Você se sente um pouco culpado, se comparar com a infância da sua esposa?

— Como é que é? — pergunto.

— Quero dizer...

— Eliotte acabou de dizer que ela superou bem a partida do pai — interrompe Izaak, com a voz afiada. — Karl é a figura paterna dela. Por que a insistência em duvidar?

— Porque, como psicóloga, sei o tipo de estrago que pode causar um lar instável. Está óbvio que Eliotte não viveu a mesma infância que você, por causa do progenitor irresponsável e egoísta. Quem não acredita na Ciência é, evidentemente, limitado.

— Concordo plenamente — responde Izaak, menos agressivo. — Algorithma garante certa estabilidade aos nossos futuros filhos, graças à nossa compatibilidade. Só um louco não veria isso.

Por que Algorithma não me garantiu uma boa infância? Por que não previu que ele iria embora? E tudo isso com ele sendo "compatível" com minha mãe?

Eu quero gritar na cara da psicóloga, cuspir na cara dela que tudo que ela diz é pura baboseira, que ela pode ir se ferrar... mas, em vez disso, me contento em olhar para Izaak, sorrindo, como quem não quer nada.

— Vamos formar uma família linda, não é? — afirmo. — Estável, unida e segura.

— Vamos sim, Eli.

Eli.

Ainda sinto calafrios, enjoo, coceira.

— Que tal falarmos dos seus projetos a curto prazo? — sugere Carolina.

— Que idiota essa psicóloga — cospe Izaak ao entrar no carro. — Por pouco não quebrei o nariz dela.

— E eu, os joelhos. — Seco o rosto com as mãos, ainda com um nó na garganta. — Tomara que eu não tenha estragado nada... Me deixei levar.

— Você se saiu bem... E ela estava esperando o quê? Falou do seu pai assim, à toa, com aquele tom de androide, aquele olhar lunático... Até uma escova de vaso sanitário é melhor do que essa mulher.

Eu riria do xingamento se não sentisse aquele vazio gelado no peito. Dou de ombros e olho fixamente para as mãos.

— Mentira não é — murmuro.

Por que ela quis falar disso? E com tanta insistência?

— Não sabia que seu pai tinha ido embora — comenta Izaak.

Eu me contraio toda.

— Não vem você se meter também!

— Não, estava pensando sinceramente aqui... — explica ele — Você tem vontade de encontrar com ele? Já tentou procurar, entrar em contato?

Eu suspiro. Não deveria responder, não quero, não vejo motivo. Ainda assim, mexo a língua, minhas cordas vocais vibram, e sem ter a mais vaga ideia do porquê eu digo:

— Quando era adolescente, com uns 15, 16 anos, queria respostas... mas logo entendi que ele tinha sumido mesmo. Faz sentido, porque agora ele é um fora da lei.

Izaak franze as sobrancelhas e balança a cabeça.

— O que foi?

Ele demora um pouco para responder.

— Já ouviu falar de Alma? — pergunta ele, finalmente.

Do outro lado da fronteira?

Um dos únicos lugares do mundo onde é possível viver em paz, fora dos sistemas políticos internacionais. Não passa de uma lenda urbana. E, mesmo que existisse, onde estaria, além das fronteiras? Como seria possível chegar lá? Desde as guerras químicas, os espaços habitáveis no planeta foram significativamente reduzidos: zonas amplas foram abandonadas em razão dos resquícios radioativos. O fechamento das fronteiras de todas as Grandes Nações restantes foi necessário para garantir uma vida sustentável. Intercâmbios culturais são organizados e supervisionados de tempos em tempos entre as Nações; fora isso, para sair de um território e ir para outro, é necessário uma autorização governamental — raramente concedida, fora do contexto de necessidades profissionais imperativas. Afinal, do outro lado das fronteiras, não tem *nada*. Quer dizer, para ser sincera, a gente não sabe o que tem de verdade, além do cosmo abandonado, dos vestígios de uma humanidade antiga e da natureza hostil, em estado bruto.

Antes de se aventurar em busca desse refúgio de paz, seria preciso ter certeza da sua existência.

De qualquer modo, quem gostaria de abandonar a vida entre essas pessoas emocionalmente fragilizadas criadas por Algorithma?

Evidentemente, não Ashton.

Um dia, eu falei disso com ele. Veio a mim como uma luz: era o único jeito de a gente se amar livremente, sem risco, sem estresse. Mas ele não queria abandonar a família, as responsabilidades, os holofotes.

— Por que está falando disso? — pergunto.

— Porque talvez seu pai esteja lá.

— Hum... com certeza. Se existir, né.

— Alma não é lenda. Existe, sim, Eliotte.

Eu o encaro, espantada.

Então conseguiram criar um novo sistema autônomo? Onde se vive livre de verdade?

E como ele sabe?

— De-de qualquer jeito, não tenho como confirmar se ele está lá — afirmo.

— Eu tenho. Sou um Meeka. Tenho muitos contatos... Posso perguntar para alguém se seu pai já contratou um contrabandista, ver até se dá para buscá-lo na...

— Deixa pra lá — interrompo. — Não quero nem ouvir falar dele. Esteja ele lá ou não... não muda nada na minha vida.

O que ele acha? Que vou correr atrás do meu pai para ele me apresentar a super "família estável, unida e segura" que não conseguiu construir comigo e com minha mãe? "Olha, essa é a filha que abandonei! Que menina simpática!"

Mordo o lábio e cerro os punhos.

— Enfim, você que sabe, Eliotte. Só sugeri.

Um silêncio toma a atmosfera. Izaak inspira fundo. Eu já o sentia tenso no consultório, mas, aqui, ele está pegando fogo. O carro quase cheira a napalm.

— Tudo bem? — pergunto.

— Estou até enjoado... — solta ele, rangendo os dentes. — Sério, ficar uma hora sentado naquela sala só me deixou mais furioso.

— Você já estava preparado, né?

— Já, mas... eles me deixam exasperado! Não preciso do Estado para saber quem amar, quando ter filhos, como consolidar minha relação... — diz, antes de deixar escapar uma risada sombria. — É a maior loucura saber que eles realmente acham que têm esse direito sobre mim, me-me...

Ele contrai a mandíbula e expira pelo nariz. Nunca o vi assim... dominado pelas emoções. Normalmente ele é tão escorregadio, não deixa transparecer nada. Sei, porém, que as emoções estão bem ali, galopando sob a pele, circulando nas veias.

— Sabe... — começo, me recostando no assento. — Um dia pensei: puta merda, ninguém vai acordar pra vida? Como é que todo mundo aceita a "alma gêmea", pianinho, sem perguntar nada? Certo, nossa sociedade está mesmo muito melhor que a do século XXI: as estatísticas, o clima social... Tudo é prova.

Izaak inclina a cabeça, atento, e eu continuo:

— Mas quer saber? O ser humano é medroso. Para a maioria das pessoas, Algorithma deve ser a desculpa perfeita. Para fazer amizade, por exemplo, a gente precisa se arriscar, ultrapassar nossos medos e preconceitos, ter paciência para tecer um vínculo aos poucos... E aqui eles vêm para entregar de bandeja o amor da sua vida. Por que questionar, duvidar? — Eu suspiro. — Eu me pergunto como é que faziam antes... Hoje, as pessoas não sabem lidar com o amor. Elas dependem de Algorithma.

— É, mas é justamente isso, Eliotte! As pessoas não *sabem* amar: até se a pessoa designada for mesmo sua alma gêmea... nada é verdade! É tudo limitado, controlado, artificial! Organizam encontros de merda, marcam sessões intermináveis com um psicólogo que nos guiam, como se precisássemos ser conduzidos pelas escolhas que eles já determinaram... Amor não é isso! O amor está na bagunça, nos pequenos momentos, nas dificuldades. O amor está em perder o fôlego, cair no choro, rir até chorar, gritar, suar... O amor está onde dói, não é uma porra de porcentagem.

Não desvio o olhar de seu rosto agitado, seus traços deformados por exasperação, indignação...

Por *amor*?

Izaak fala como alguém que já amou loucamente... ou que ainda ama loucamente.

Será que ele já se apaixonou? Não seria tão surpreendente. Mas eu não consigo imaginar que, algum dia, Izaak pudesse ter tido os olhos brilhando, o coração disparado e as ideias em chamas. Não esse cara frio e distante, que pisoteia o coração de todo mundo.

Abro a boca para responder, mas de repente começo a ouvir um rap no carro.

— É seu celular? — pergunto.

Izaak tateia os bolsos, cansado.

— Sério, seu toque é um rap? — insisto.

— Acha que eu nunca escutei o seu toque? Hein?

— Não dá para comparar Vivaldi com esse sujeito aí que diz um palavrão a cada segundo.

— Pau no cu do Vivaldi. Você escolheu para se fazer de fina e enganar todo mundo.

— Ei! — exclamo, batendo no ombro dele.

— O que eu disse? — retruca ele, procurando o bolso interno.

Eu me contenho para não xingá-lo — e para não lhe dar razão — e o fulmino com o olhar. Ele finalmente encontra o celular no fundo do casaco, mas fica um momento sem fazer nada, com o aparelho na mão.

— Quer que eu saia? — resmungo, já soltando o cinto.

— Não, é que... é o Ashton.

Meu coração dá um salto.

— Está esperando o quê? Pode ser urgente!

— Respira, relaxa. Vou atender. — Ele faz uma cara indignada e atende o celular. — Alô?

10

Contato

Eliotte

Izaak meneia a cabeça, pontuando o diálogo com "hum" e "tá" monótonos e guturais. Depois de alguns segundos, ele enfim expande o vocabulário.

— Ok, pode ser. Tchau, Ash.

Ele desliga, guarda o celular no bolso do casaco e liga o carro como se não fosse nada.

— O que ele falou? — pergunto, sem conseguir me conter.

— Nada de mais. Foi só um papo de irmão.

— Um papo? — repito, e bufo, prendendo o cinto de segurança. — Vocês voltaram a se falar?

— Quem disse que a gente parou?

— Para com isso. Com certeza o clima ficou meio tenso no começo, quando anunciaram a porcentagem... Não ficou?

— Digamos que Ashton... talvez tenha tentado mudar minha aparência no começo. "Tentado", eu disse.

— Como é que é? Aqueles roxos no seu rosto foram dele?

— É. Você sabe como ele é nervosinho... — resmunga. — Mas depois ele se acalmou. Eu disse que eu e você juntos éramos o maior delírio, que era *inimaginável* eu passar a vida ao seu lado.

Engulo em seco. Eu concordo, e fomos muito claros desde o começo, mas ouvir essas palavras tão cruas, ditas sem o menor incômodo, e com *esse* olhar... me dá um frio desagradável na barriga.

— Então vocês estão bem?

— É. Digamos que estamos como antes.

Isso não é muita coisa... Eles certamente se amam, mas uma mistura de coisas por dizer e mágoas de infância ainda causam atritos entre os dois.

Eu e Ashton passamos horas conversando sobre o assunto, sem nunca ir direto ao ponto. Ele me confessava, a meias-palavras, o que sentia por Izaak — e pelo restante da família —, e, às vezes, com um sorriso amargo, contava lembranças, pequenas histórias da infância "de ouro". Soube muito de Izaak por Ashton. Demais, até. O bastante para desconfiar.

Porém, ao ver Izaak aqui, na minha frente, sem ser um fantasma ou o tema de um comentário, me pergunto o que ele viveu na infância, no lar perverso do governador, ao lado do irmão mais novo.

Ashton...

— Com... com qual das mulheres você acha que ele vai se casar? — pergunto, sem pensar.

— Pelo que eu entendi, ele só tem saído com a Emily... Meu pai gostou dela.

— Como assim? Ele teve opção...

— Opção? Você acha mesmo que ele teve opção, Eliotte? Eles dão para a gente a ilusão da escolha: "Quem entre Jenny, Anna ou Karen, três mulheres que *nós* selecionamos, você escolhe como esposa?" Pfff... E a gente cai na armadilha que nem patinho, achando que estamos decidindo nosso futuro.

Emily.

É ela, então? A que ele escolheu para me substituir?

Izaak me olha sem dizer nada.

— Sabe, eu... Parte de mim grita para eu segurar firme, para seguir acreditando que não acabou — solto, sem conseguir me controlar. — Mas sei que é egoísmo, o que você mesmo disse no nosso primeiro encontro. Ele quer seguir em frente, finalmente encontrar sua maior felicidade. E essa parte de mim quer impedir. Só que... o amor de verdade envolve deixar a pessoa ir embora. Mesmo que ele leve meu coração também.

Cubro a boca com a mão. Não sei o que deu em mim para dizer isso tudo, logo para ele, mas não dá para voltar atrás.

— Claro que é egoísmo — corta Izaak, com a voz grave. — Mas o amor não é assim? Enfim, o tipo de amor que cimenta nossa sociedade.

— Como assim?

— Olha, você se apaixona porque a pessoa tem um monte de coisas sem as quais você não tem como viver... atenção, valores, segurança, humor, para alguns, às vezes, uma sensação de dominação... Então, a gente ama porque obtém alguma coisa da outra pessoa. A pessoa amada é uma dose de dopamina para o cérebro. A gente deseja essa felicidade instantânea em todos os momentos da vida. A gente fica na fissura. Porque é uma coisa primitiva: respirar, comer, amar — continua ele.

Arqueio a sobrancelha, com os pensamentos em ebulição.

— Já notou como seu coração bate, como você sua, como nem enxerga direito, quando se apaixona? Que nem um bicho fugindo do predador. Amar vem do instinto de sobrevivência. As pessoas se apaixonam para sobreviver. O amor é, acima de tudo, profundamente ligado ao eu. É egoísta por essência.

— Pensando por esse lado... Mas o que isso tem a ver com nossa sociedade? — pergunto.

— Para que as pessoas queiram se manter unidas, como sociedade, todo indivíduo precisa se dar bem. E, nesse aspecto, nosso governo entendeu tudo: para ter certeza da manutenção da nova política, decidiram concentrar o esforço no controle das relações amorosas e da família. Enfim, é minha teoria. O que seria melhor para manter a comunidade do que o egoísmo de cada um? Do que seu desejo mais ardente e primitivo: a sobrevivência?

— Tem certeza de que a gente tem necessidade absoluta de outra pessoa para sobreviver? — questiono.

Eu contraio os lábios. Não suporto a ideia de minha existência depender de outra pessoa. Porque não dá para controlar esse outro. Ele pode ir embora, se afastar, voltar, fugir para sempre...

— Quer dizer — continuo —, dá para existir sozinho, perfeitamente. Dá para encontrar em si tudo isso que a outra pessoa traria. Dá para ficar... *só*. E muito bem.

— Sim, claro, mas estou dizendo que não é instintivo. Conseguir viver sozinho, *se amar* sozinho, é amor-próprio, concorda? Mas desbloquear o amor-próprio em algum lugar dentro de si nem sempre é algo natural para todo mundo.

Amor-próprio...

— Mas não dá para reduzir o amor a um sentimento primitivo de sobrevivência, Izaak. Como você mesmo disse, o amor envolve emoções transcendentes, que nos impulsionam a agir com loucura, que nos fazem ver milhões de cores — afirmo, com um aperto no peito. — Na verdade, nem sei se o amor é mesmo um sentimento. É uma coisa que ultrapassa a própria condição da existência...

Izaak meneia a cabeça, assimilando devagar cada palavra que digo.

Nunca imaginei que me apaixonaria. Achava que tinha trancado meu coração a sete chaves, e que meu pai, esse covarde, tinha levado o chaveiro embora antes de bater a porta. Mas, um dia, aconteceu. E eu o amei.

No começo, a cada instante, eu morria de medo de cair das alturas e quebrar a cara. Mas essas emoções me transcendiam, me impulsionavam a agir com loucura, me faziam ver milhões de cores. E o medo ficava atenuado.

Izaak ergue os olhos por um momento, reflexivo. Quando finalmente se vira para mim, seu olhar me fixa de modo tão intenso que me sinto colada no assento do jipe.

— Na verdade — diz ele, subitamente —, *isso* que você está descrevendo não é o amor no estado mais bruto. É o amor *puro*. Uma devoção, um fascínio que te leva até a arriscar a própria vida por outra pessoa. Esse sentimento passa por ir além de si, por negar o instinto de sobrevivência, os reflexos mais primários... O amor puro é *raro*, pois é completamente inédito ultrapassar a própria natureza humana. Parece até impossível... mas eu acredito que exista. — Ele olha para os dedos no volante e acrescenta, em um sopro: — Existe, sim. — Ele pigarreia. — Enfim, querer estar com o outro, ser egoísta... é o *amor natural* em todo o seu esplendor, o que existe entre quase todos os casais — continua ele, com a voz nítida e firme. — Aceitar deixar alguém ir embora, até com nosso coração nas mãos, é... é puro.

Eu o encaro, boquiaberta.

Amor natural. Amor-próprio. Amor puro.

Não sei se tudo que ele diz faz sentido. O que eu sei é que há sentido ali: ele fala do sentimento amoroso com tamanha certeza que quase convenceria um cientista. Não tenta me persuadir como faria um político, como o pai. Não. Ele fala com uma certeza ardente, como se tivesse se debruçado sobre o assunto milhões de vezes, como se o tivesse dissecado, filamento a filamento, observado obsessivamente até encontrar uma resposta clara a todas as perguntas. Ele fala como se fosse uma verdade bruta e universal. Uma ciência.

Escolher Emily... foi para Ashton uma ação ditada pelo amor natural, por seu instinto? Para sua sobrevivência, para viver em serenidade?

De qualquer modo, eu duvido que ele tenha sido guiado pelo amor puro de que Izaak fala: como pode ser transcendente o que sente por alguém que encontrou apenas três vezes?

Depois de alguns segundos de silêncio intenso, Izaak pergunta:

— Bom. Onde eu te deixo?

— Pensei em ir naquele café perto da faculdade, para estudar. E você, vai fazer o quê?

— Vou estudar também, na biblioteca.

— Você passa muito tempo lá?

— Passo, sim...

— Por que nunca te vi por lá?

— Está insinuando o quê?

— Nada. Aonde você vai mesmo?

— À biblioteca, acabei de falar... E, mesmo que eu não fosse, é da sua conta, por acaso, Eliotte?

— Bem...

Ele está certo. Por que seria da minha conta? Quem sou eu para questionar? Aperto os dedos no cinto de segurança.

— Relaxa, estava só puxando papo, ó príncipe das trevas misterioso... — retruco, desviando o olhar.

— Já falei que a gente não tem obrigação de se forçar a conversar.

— A gente também não tem obrigação de fazer birra, que eu saiba.

Silêncio.

Apoio o queixo na palma da mão, vendo a paisagem desfilar pela janela. Se ele me perguntasse algumas coisas íntimas, eu certamente o cortaria também. Mas não com essa frieza toda. Izaak é duro de roer. Brutal.

Não falo mais nada pelo restante do trajeto. Queria mostrar que não me deixei abalar por sua atitude, mas não consigo.

— Tchau — diz ele, breve, antes de parar na frente do café.

Mal tenho tempo para levantar a mão e acenar antes de ele virar a esquina.

Passo o resto do dia trabalhando em uma lição. Estou morta de vontade de ler os livros que Izaak pegou para mim, mas saber que ele os selecionou para impressionar nossa psicóloga me deixa incomodada. Ler seria seguir à risca o roteiro que ele inventou.

Suspiro quando abro a porta do apartamento; o sol poente mergulha o ambiente em uma atmosfera etérea. As paredes, decoradas por quadros, são banhadas por um tom profundo de laranja. Subo a escada a passos rápidos. Estou exausta.

De fone nos ouvidos, entro no banheiro da minha suíte, balançando a cabeça no ritmo da música.

De repente, escuto um barulho grave atrás de mim. Eu me viro, sobressaltada.

Ah! Mas que...

Izaak está gritando. Pelado, no chuveiro. Ele cobre as partes íntimas com a mão e se contorce. Eu tiro os fones, em pânico, e grito:

— O que você tá fazendo aqui?!

— Fecha os olhos!

— Ai, tá bom — digo, e obedeço.

Mal tive tempo de vê-lo direito. Notei apenas uma massa musculosa e contorcida e cachos morenos encharcados. Que ideia, um banheiro sem tranca!

— Espera aí... Você não tem seu próprio banheiro? — pergunto, sentindo a vergonha tomar meu corpo. — Veio fazer o quê no meu? Os litros de chá que bebe o dia todo te subiram à cabeça?

— A água quente dos outros banheiros deu problema! O seu é o único que tem um aquecedor separa...

— Mas você podia ter botado alguma coisa na porta, ou me avisado de outro jeito! — interrompo.

— Não sabia que ia voltar tão cedo! E você podia ter notado o vapor todo assim que entrou, né!

Eu balanço a cabeça, profundamente constrangida. Não esperava vê-lo ali, pelado no meu chuveiro. Caramba. Minha cara está pegando fogo.

— Agora sai daqui, vai! — exclamo, olhando fixamente para o piso.

— Me passa alguma coisa!

— Hum, alguma coisa... — murmuro, me virando, apressada.

— Não acredito que você só tem uma toalha limpa! — diz ele, apontando a que está pendurada no aquecedor de parede.

— Não, essa não! É minha toalha de rosto!

— Depois a gente bota para lavar! Me passa logo!

— Você sabe quanto tempo demora minha rotina de *skincare*?

— Acho que você nem imagina quantas pessoas sonhariam em passar no rosto qualquer coisa que entrasse em contato com meu...

— É, você tem razão, não imagino mesmo!

— Vai, me dá a toalha!

— Tá!

Eu ando até o aquecedor, de olhos semicerrados, e... Ai, caramba! Caio de bunda, estatelada no chão. Escorreguei em uma porcaria de poça d'água. Melhor: uma piscina! Esse cara nem sabe tomar banho direito. Minha roupa já está ensopada...

Deitada no chão, eu exclamo:

— Que tanta água é essa, Izaak? Quantos anos você tem? Cinco e me...

Ah! Puta merda.

A parte inferior do corpo dele, vista de baixo...

— Porra, você é uma tarada! — grita ele, gesticulando para tentar se esconder mais.

Tenho vontade de me dar um tapa. Com o rosto queimando, fecho os olhos, tentando levantar.

— Desculpa mesmo, é que o tombo...

— O tombo fez você perder os três neurônios que sobravam! — interrompe ele, furioso. — Fala sério, você é a maior pervertida! Vou mandar botar tranca em todas as portas desse aparta...

— Desculpa, desculpa, desculpa! — interrompo. — Juro que foi sem querer...

Continuo a pedir desculpas, tateando em busca de apoio. Encosto na parede na lateral do chuveiro.

Merda!

Cambaleio em um movimento em falso e arrasto tudo que passa pela minha mão na queda. Ou seja: Izaak e a ducha.

Meu colega de apartamento, ainda encharcado, cai deitado em cima de mim e grunhe de dor. Meu cóccix e minha coxa também sofrem, mas eu fico paralisada e engulo um grito.

Izaak. Está. Pelado. Em. Cima. De. Mim.

— Você é uma catástrofe ambulante, Eliotte!

Minha franja ensopada cobre meus olhos. Fico estatelada no piso de mármore preto. Deus do céu. Solto a pele úmida dele e levanto as mãos, para não encostar em nada por acidente.

Se recompõe!

Eu pigarreio, tentando me convencer de que está tudo perfeitamente normal.

— Eu... eu proponho que você se levante para pegar a toalha — digo, com a voz calma. — Vou ficar aqui, senão vou acabar perdendo um braço.

Fico de olhos fechados, mas sinto a barriga de Izaak colada na minha, escorrendo água; as contrações ritmadas dos músculos abdominais na respiração; os cotovelos em que está apoiado, um de cada lado do meu rosto. Sinto tudo. Fico imóvel. E, estranhamente, de repente, me arrependo de ter afastado as mãos por conta própria. Eu daria qualquer coisa para sentir o toque de sua pele quente e ainda ensaboada.

Que história essa? Surtei. Ele tem razão, o tombo me fez perder neurônios.

De repente, o calor do corpo dele evapora. Ele se levantou. Continuo de olhos bem fechados. Sinto uma gota d'água cair na ponta do meu nariz, escorregar até a boca. Ele continua a poucos centímetros de mim? Seu suspiro quente roça em mim antes de ele resmungar e se levantar completamente.

— É bom ficar de olho fechado mesmo, sua tarada.

— Ei! Eu falei que não foi de propósito! Eu caí, foram as circunstâncias que...

— Entendi perfeitamente que foram as circunstâncias que obrigaram você a me secar assim — reclama ele.

Escondo o rosto com as mãos, envergonhada.

— Não tá exagerando um pouco, seu Apolo falsificado? — retruco. — Por que eu ia querer te olhar tanto assim? Você se acha um pouco demais, né?

— Quer que eu liste os motivos que te fizeram olhar para a minha virilha? O primeiro é calculado em centímetros, e o segundo...

— Deus do céu, Izaak, cala essa boca!

— Você pediu.

— Vaza do meu banheiro.

— Ah, pode deixar, vou sair...

Escuto um "pervertida" antes de ouvir a batida surda da porta. Finalmente abro os olhos, mas continuo no chão, coberta de gotas de xampu com perfume de flores e de vergonha. Estou zonza. Levanto com cuidado e saio do box. Nem acredito que ele estava pelado, bem aqui.

E nem acredito que cheguei a abrir os olhos.

A notificação indicando uma mensagem no celular me dá um susto.

Que horas são?

Pego o celular, com os olhos entreabertos. 2h36 da manhã. Recebi duas mensagens de um número que não conheço, com uma hora de intervalo entre elas:

A gente pode se ver?

PFVR ☆. Sei que você me detesta, mas preciso falar com você.

Quando a gente tinha 16 anos, Ashton me chamava de *Étoile*, que significa "estrela" em francês, o quase-anagrama do meu nome, antes de mandar qualquer uma de suas cantadas cafonas.

Um alarme soa no meu peito.

Por que ele me escreveu a uma hora dessas? Se meteu em problema?

Passo a mão no rosto e respiro fundo. Se o problema fosse sério, ele não entraria em contato ilegal com a ex.

O que ele quer comigo?

Meu coração quer encontrar com ele, mas meu cérebro grita para não sair da cama. Não só porque eu me meteria em uma encrenca feia se a gente fosse pego... mas porque faz três semanas que ele me disse que não queria me ver nunca mais. Por que, a meses de seu casamento, ele mudou de ideia de repente?

Dizer que eu estava começando a esquecê-lo seria mentira. Apesar de tudo, meu coração se virou como pôde para anestesiar a dor causada por sua ausência nos últimos tempos.

O que você quer? É grave?

Uma resposta surge antes de eu ter tempo de me arrepender da mensagem impulsiva:

Eu tô bem, rlx. A gente pode se ver na estação? Pfvr preciso falar com você.

Duas outras mensagens vêm em seguida:

Pfvr

Pfvr

Suspiro e apoio a cabeça no travesseiro.

É uma má ideia. Péssima ideia.

Mas não imagino desligar o celular, fechar os olhos e fingir que está tudo normal. Ashton quer falar comigo.

E eu quero falar com ele.

A gente pode ser descoberto.

No entanto, já estou levantando da cama e indo pegar minha jaqueta de couro. Eu a visto por cima do pijama às pressas e roubo a chave do segundo carro de Izaak, que ele deixou na bancada da cozinha. Em questão de instantes, saio do apartamento silenciosamente e pego o carro, a caminho da estação ferroviária abandonada.

Mando uma mensagem para Ash:

Tô indo.

Depois de vinte minutos, finalmente estaciono a alguns metros do ponto de encontro habitual — uma das construções perto da ferrovia — e procuro a silhueta de Ashton.

Sinto um calafrio. Está um gelo. Eu devia ter pegado um cachecol. Tento me esquentar, andando em círculos, com as mãos nos bolsos da jaqueta. Depois de um tempo sem sinal de vida, decido pegar o celular.

Cadê você?

No telhado. Já chego.

Cruzo os braços e os esfrego com a ponta dos dedos. Agora que a adrenalina baixou um pouco, um monte de perguntas me ocorrem.

O que Ashton quer? Por que não só escreveu? E se for uma armadilha de Algorithma para testar minha fidelidade? E se cientistas estiverem de olho em mim, escondidos na moita? Ou...

— Tá com frio?

Eu dou um pulo.

— Puta merda, que susto!

Ashton está aqui. Bem na minha frente. Ele sorri, com o olhar brincalhão. O rosto está nas sombras do capuz do agasalho verde-cáqui.

— Gosto de dar calafrios, sabe como é.

Estou prestes a responder, mas ele me interrompe:

— Quer meu casaco?

— Não precisa.

— Larga disso, sei que está congelando...

Ele dá um, dois, três passos até mim. Tira o agasalho e me cobre com ele, fechando o botão de cima.

— É... fofo esse pijama de estampa de coruja. Não conhecia esse.

Estou prestes a sorrir... mas me contenho. Tenho tanta vontade de dar um abraço apertado nele... quanto de dar meia-volta e ir para o apartamento. Sinto raiva dele. Muita. Tudo que senti no término vem à tona; tudo queima, arde ainda mais.

Ao mesmo tempo, eu... eu...

Eu balanço a cabeça.

— Sério, Ashton, o que você quer? Por que me procurar às duas da manhã?

11

Nunca mais

Eliotte

Ele levanta discretamente o canto da boca. Seu sorriso é tão familiar...

Uma corrente elétrica atravessa meu corpo inteiro.

Não, não, não...

Nunca mais.

Meu coração martela no peito — de amor ou raiva, não sei, nem quero saber.

E que sorriso é esse na cara dele? Que tom meloso é esse?

— Que porra é essa? — falo, enquanto tiro o casaco dele dos meus ombros.

Atiro o agasalho nele, com toda a raiva que sufoquei nas últimas semanas. Quero devolver tudo: meus sentimentos, minhas lembranças, os gritos que arranharam minha garganta quando ele foi embora... Porque, ao vê-lo assim, bem na minha frente, com *essa* cara, *esses* olhos, eu... eu...

O sorriso de Ashton murcha. Ele baixa os olhos, com ar sério.

— Entendo, Eliotte, não faz sentido, mas...

— Não — exclamo, com a garganta pegando fogo. — Não, Ashton. Não, não, não! Você não pode aparecer aqui na minha frente e fingir que está tudo normal! Eu te proíbo!

— Eu sei! Eu sei, porra... mas... mas eu fiz merda! Entrei em pânico, e tinha meu pai, e a porcentagem e... eu surtei! Fiz uma burrada do cacete!

Ele torce a boca, levanta as sobrancelhas. Seus olhos estão marejados. O vento sopra ao nosso redor, me congelando.

— Eliotte... Somos... somos nós dois. Sempre foi assim. Você conhece todos os meus segredos. Tenho umas cem fotos de você dormindo no meu celular. Meu travesseiro ainda tem seu cheiro. Tem roupas suas no meu armário. A gente tinha a vida toda pela frente. E o que eu disse não pode apagar isso. Eu e você... não temos outra combinação possível. — A voz dele está calma e ressoa no silêncio da noite. — Eu te amo, Eliotte, e nunca vou parar de amar. O que sinto por você não mudou, por mais que eu tenha tentado me convencer... *te* convencer. — Ele suspira. — Quando eu te vi com Izaak no altar, e depois na faculdade, na rua, no carro dele, eu fiquei... eu senti... — Ele balança a cabeça, tensionando o maxilar, desviando os olhos. Como se estivesse transbordando por dentro, com as lágrimas prestes a inundar seu rosto. — Entendi que não posso viver assim *nunca*.

Ele pega minhas mãos com delicadeza, mas eu me desvencilho por instinto, como se tivesse encostado os dedos no fogo.

— Só fiz pensar em você nessas últimas semanas. Vivi com seu nome na minha boca, no meu coração, na minha pele... por todo lado. *Não dá* para esquecer isso. É impossível.

Ainda assim, isso não o impediu de me largar, abandonar, me deixar sozinha no escuro. Tudo que eu temia quando fiquei com ele pela primeira vez, aos 16 anos, todas as angústias, vieram à tona como malditas intuições — porque eu estava certa. Estava escrito em maiúsculas, em vermelho, em negrito: "todo mundo vai embora".

Sinto um aperto no peito. Os olhos ardendo.

— E aí? Você veio aqui, cheio de papo, na esperança de eu me jogar no seu colo? É esse o plano, Ashton?

— Como assim? Papo? Mas você me conhece! Sabe muito bem que...

— Não, eu *achei* que te conhecia — interrompo. — O Ashton que eu achei que conhecia nunca teria deixado a gente de lado assim, tão fácil. Mas desde que você recebeu o resultado, você... me largou. Passou dias me evitando e acabou me dizendo que tinha sido burrice acreditar na gente por tantos anos. Você enterrou o que a gente construiu, o que a gente viveu, em nome de... de uma merda de porcentagem?

A palavra "porcentagem" falha na minha voz embargada de lágrimas. O choro está chegando, sinto subir... mas, que droga, não quero.

— É, mas não foi uma porcentagem qualquer, e você sabe muito bem! — responde ele, subindo a voz. — Nossa vida toda, desde criança, na televisão, nos livros, nos jornais, enfiaram na nossa cabeça que esse teste de compatibilidade é a coisa mais confiável do mundo, a única coisa da qual depende nossa felicidade. E quem mais me disse isso foi meu pai. Ó grande governador conservador, bisneto do famoso cientista Joshua Meeka… — Ele suspira e chuta uma pedrinha. — Não dá para negar. Desde pequeno, a gente aprende que nossa alma gêmea é designada pela Ciência.

— Achei que você tinha superado essas crenças há muito tempo, Ash… A gente passou cinco anos juntos! Cinco anos desafiando as porcentagens, inteiramente conscientes do que isso significava!

— Acredita em mim, por favor. Eu fiquei com medo, Eliotte. Que nem você, que está com medo também.

Eu pressiono os lábios.

É, estou surtando. Mas não é pelo mesmo motivo.

Estou com medo de ele me abandonar de novo, sendo que achei que ele ia passar a vida toda ao meu lado. Em um estalar de dedos, uma fração de segundo, o mundo girou e ele me jogou fora — tudo em que eu acreditava se despedaçou. Que nem quando entendi que meu pai não voltaria para me buscar.

Como acreditar dessa vez?

Ashton dá um passo para a frente. As mechas loiras do cabelo bagunçado cintilam sob o luar.

— Essas últimas semanas foram… insuportáveis. Para mim e pra você, sem dúvida. Certamente não fui só eu que perdi o apetite, o sono e o sorriso. Você também deve ter vivido isso, e… eu peço desculpas. Se imaginasse como me arrependo de ter dito aquilo tudo… — Ele morde o lábio e desvia o olhar. — Achei que estava fazendo o que era certo, mas… sem você, nada é certo — justifica ele. Sua voz falha nessa última frase.

Ashton vira o rosto para mim. Seus olhos castanhos estão brilhantes.

"Somos nós dois."

— Por favor, Eliotte… Eu preciso de você.

"Eu fiquei com medo."

Tudo se desconecta no meu cérebro. Nunca imaginei que ele fosse aparecer aqui, na minha frente, para dizer que ainda me ama. Mesmo que sonhasse com isso do fundo do meu coração, toda noite e todo dia, não consigo concordar. Não consigo dizer que também o desejo, que a gente pode fingir que aquela despedida horrível no quarto dele foi só um pesadelo. Sou incapaz. Meus punhos estão atados, meu lábios, selados.

Me sinto inteiramente paralisada e, ao mesmo tempo, tenho vontade de me mexer para abraçá-lo, beijá-lo, falar com ele, gritar de raiva também, contar sobre a dor que senti nos últimos meses, como me senti minúscula e insignificante. A que ponto…

Eu me sobressalto.

— O que foi isso?

— O quê? — pergunta ele, secando os olhos.

— Escutei um barulho.

Ele franze a testa e se aproxima, esticando o braço em um gesto protetor.

— Onde?

— Ali — digo, apontando com o queixo os fundos da estação.

— Pode ser um bicho?

De repente, vejo uma luz se espalhar no asfalto a poucos metros de nós. Uma lanterna.

— Ashto...

— Aqui é propriedade privada! — grita uma voz masculina ao longe. — Já chamei a polícia, seus marginaizinhos de merda! Fiquem parados! Dessa vez a gente pega vocês!

A polícia.

Fico tensa. Sinto um aperto no peito.

— Puta merda, Eliotte, a gente tem que dar no pé!

Ashton pega minha mão e desata a correr, me arrastando. Sigo o movimento, inteiramente atordoada. Polícia. Polícia. Polícia.

Se nos encontrarem, vamos passar a noite na delegacia. Como ex-par, é proibido passarmos qualquer tempo juntos. Não importa o que nos reuniu esta noite, aos olhos da sociedade, somos fora da lei.

Ashton pula uma moita, ainda me puxando. Tropeço nas folhas e caio de cara no chão. Meu joelho dói pra caramba.

— Porra! Eliotte! — exclama Ashton, se virando.

Escorrego desesperada na lama, tentando levantar.

— Vem, Eliotte, coragem! — murmura ele, pegando minhas mãos.

Para de falar meu nome, que merda! Eles vão ouvir!

Ele me ajuda a levantar, me puxando com força, e voltamos a correr desenfreados. Na adolescência, já fugimos assim umas vezes, mas, desta vez, o risco não é só uma bronca. É uma multa que não tenho como pagar, as manchetes do jornal e a fúria sombria do governador Meeka.

— Vamos pegar a trilha da mata, tá? — cochicha Ashton, virando a curva.

— Vou logo atrás!

Nós corremos a toda velocidade por vários metros, lançando olhares amedrontados para trás de vez em quando. Ainda escuto a voz dos policiais ao longe. É coisa da minha cabeça, ou está mesmo ali, a alguns metros de mim?

— Quanto tempo a gente tem que correr assim? — pergunto, sem fôlego.

— Até escapar me parece boa ideia.

Reviro os olhos e acelero. Sinto ele apertar minha mão com um pouco mais de força. Sua mão está quente, um pouco úmida, mas macia, apesar dos curativos ao redor dos dedos. Fazia tempo que eu não pegava em sua mão.

Da última vez foi no quarto dele, naquela noite.

"Eu juro que te amo, mas não teria sido pela vida inteira."

Eu mordo a bochecha. Essas imagens passam sem parar na minha memória, primeiro em câmera lenta, e depois aceleradas.

Não é hora de fraquejar.

Balanço a cabeça, sem parar de correr. Quando já estamos bem no fundo da mata, decidimos nos esconder atrás de uma moita. Nos apertamos, de joelhos encolhidos junto ao peito, dedos ainda entrelaçados. Arfamos, completamente sem ar. Daqui, escuto seu coração bater forte.

— Tá tudo bem? — pergunta Ashton.

Está escuro no meio de tanto mato, mas ainda assim enxergo a preocupação contida entre o brilho esverdeado de seus olhos, assim como a pinta no canto do olho e a cicatriz no queixo.

Eu o vejo, sim. Mas não o reconheço.

— Você se machucou com o tombo? — pergunta ele, pegando meu tornozelo.

— Deve ficar roxo, mas não foi grave.

Silêncio.

Não paro de olhar para ele.

— E você? Tudo bem?

— Tudo, mas eu devia ter verificado melhor o lugar. É que normalmente a essa hora está sempre vazio. Me desculpa. Não quis forçar você a uma fuga dessas... mas precisava conversar com você com urgência.

Dou as costas para ele, apoiando o queixo nos joelhos. Minha cabeça vai explodir.

— Eliotte?

Bem no fundo de mim, eu ouço um grito. Um buraco se abre, trazendo tudo que tentei esquecer nos últimos dias. Vai me afogar por dentro. Não consigo nem pensar.

— Ei... tudo bem? Me responde... Por favor, coração.

Eu arregalo os olhos.

— Não me chama assim, nunca mais — falo, me virando para ele. — Nunca mais. O que deu em você?

Ele fica ainda mais atônito do que antes.

— Acho que eu não devia ter vindo — afirmo. — Não, tenho certeza. Foi um grande erro.

— Você tem todos os motivos do mundo para me afastar, mas, por favor... confia em mim.

— Eu... não consigo — murmuro.

— Me entende, por favor. Eu fiquei em choque, não sabia o que fazer, e... Me perdoa. Eu imploro.

De repente, escuto galhos estalarem atrás de nós.

Merda.

— E você...

Espalmo a mão na boca dele e aponto para a trilha de areia a uns vinte metros da moita.

— Eles estão aqui — digo, sem som.

Ashton arregala os olhos e faz sinal com a cabeça.

— Acha que eles continuaram por aqui, Fred? — pergunta um dos homens que nos seguiu. — Tenho certeza de que ouvi alguma coisa.

— Vem, vamos deixar para lá, já tá tarde... Amanhã esses vândalos voltam, e dessa vez a gente pega eles no flagra.

— É, pode ser...

Eu suspiro.

Foi por pouco.

Sinto Ashton mexer a boca debaixo da minha mão. Afasto o braço imediatamente, desconfortável. Ele está prestes a falar, quando alguma coisa vibra em seu casaco.

De repente, o toque estridente do celular dele começa a ecoar pela mata.

12

Eu (te) juro

Eliotte

Meu coração dá um salto.

"We Are the Champions", do Queen, ecoa pela mata.

— Puta merda! — xinga Ashton, se atrapalhando.

— Tá no casaco! — exclamo, pegando o agasalho da mão dele.

Desdobro a peça e, com movimentos apressados, reviro os bolsos imensos. Finalmente pego o celular e desligo, apertando várias vezes a tela. Mas já é tarde. Os dois homens que nos procuram certamente tiveram tempo de nos encontrar. A gente tem que sair dessa... correndo!

Estou prestes a me levantar quando Ashton puxa meu braço.

— O que foi? — cochicho, segurando um grito de reclamação.

— Tive uma ideia. Você fica aqui, e eu saio correndo por alguns segundos, fazendo som com o celular. Eles vão tentar me pegar, e você tem como fugir tranquila. Assim, não vai correr risco nenhum.

— E você? Se for pego?

— Cadê o respeito pelas minhas dez horas semanais de treino? Nem sonhando que esses caras me alcançam.

— Tá, mas...

— No pior dos casos, vou dormir na delegacia. Além do mais, eles não têm nenhuma prova contra mim... Para de discutir e fica quieta aqui. A gente tem que se separar o mais rápido possível.

Eu respiro fundo.

— Tá... Se cuida.

— Você também. Me manda uma mensagem quando chegar em... quando chegar. Só para eu ficar tranquilo. Por favor.

— Tá bom.

Então ele foge.

Eu o vejo correr pela trilha arenosa que vai em direção aos dois homens. A silhueta some devagar no horizonte e, em alguns segundos, escuto o toque do celular dele. Depois, mais nada.

Por instinto, dou um pulo e me meto entre as árvores, pegando o caminho contrário ao de Ashton e dos dois homens.

Tomara que ele não tenha acabado encurralado...

Sinto um aperto no peito.

Tomara que ele saia dessa, que esses caras não façam nada — nem eles, nem a polícia. Se dependesse de mim, eu não o deixaria para trás... mas as consequências seriam bem mais graves se encontrassem nós dois *juntos*.

Mas não é só isso que aperta meu coração, meus pulmões, minha garganta, meu corpo inteiro.

O que ele disse é verdade? Ele não me esqueceu? Quer lutar por nós? Apesar dos riscos, das consequências e de todas as dificuldades da vida fora da lei, fora do sistema?

Balanço a cabeça, engolindo em seco. Parte de mim queria deixá-lo para trás de vez, correndo sozinha na mata. Mas essa parte não entendeu que ele ficará sempre aqui, em um canto do meu peito, incrustado em uma fissura no meu coração.

Abro um sorriso quando *finalmente* chego ao meu carro. Entro e dou a partida em gestos apressados, para sair dessa enrascada. Tenho que dar umas voltas extras para me afastar ao máximo do perímetro da estação abandonada e garantir que não encontrarei ninguém. Solto um suspiro. Que merda.

Quando chego ao prédio, pego o celular no bolso para mandar uma mensagem para Ashton, como ele pediu, mas meus dedos ficam paralisados. Olho fixamente para a tela, com um nó no estômago.

Vai, é só para ele ficar tranquilo. Nada de mais.

Fecho os olhos por algum segundo, recuperando a respiração, e digito rápido:

Cheguei. Tudo certo. E você?

A notificação aparece alguns segundos depois.

Ufa. Eu trepei numa árvore pra me esconder. Estou esperando eles desistirem.

Estou indo guardar o celular quando sinto outra vibração.

Eliotte, por favor, pensa em tudo que eu falei. Me desculpa. Por tudo. Te amo.

Aproximo os dedos do teclado... e paro. Não tenho o que responder. Ou talvez tenha, mas os cabos do meu cérebro estão emaranhados demais para pensar com clareza. E estou exausta. É tarde, estou com dor de cabeça, e tem um nó... um nó de arame farpado rasgando minhas entranhas. E meu coração.

Tomo o cuidado de estacionar o carro na vaga de Izaak e, antes de sair, pego o agasalho de Ashton, que levei embora ao sair correndo. Cheira à água-de-colônia de lavanda que ele ganhou da mãe no aniversário de 20 anos e que ele detesta, mas usa para deixá-la feliz.

Balanço a cabeça e entro no apartamento. No segundo andar, paro bem na frente do quarto de Izaak. Meu cérebro se acende. Será que eu deveria entrar, para verificar se ele está dormindo? Posso só entreabrir a porta e dar uma olhadinha, coisa de segundos. Mas ele me proibiu.

Solto um suspiro pesado e me afasto do quarto dele, indo para o meu. Me jogo na cama e me enrosco no casaco de Ash. Não consigo deixar de cheirar o tecido.

E se ele ainda me amar?

E se ele ainda me amar?

E se ele ainda me amar?

E se ele ainda me amar?

Não sei se vou conseguir pregar o olho com todas essas imagens passando pela cabeça, todas essas vozes, esses pensamentos, esses parasitas. Mas vou tentar.

Antes... dobro o agasalho e o escondo no guarda-roupa, perto da cama. Tomara que Izaak não o veja. Ele poderia deduzir que encontrei o irmão... e nunca sei o que esperar dele. Certamente ficaria com raiva por eu ter colocado Ashton em perigo. Ou, ao ver a roupa, talvez achasse que estou desesperada a ponto de guardar as coisas do meu ex. Não quero que sinta pena de mim, nem pensar. Arrogante como é, ele adoraria que eu desse mais munição para me atingir. Mas seu arsenal já está bem cheio.

Escondo o agasalho entre duas blusas minhas.

Izaak

— Jura, Ash? Um encontro na mata, às três da manhã?

— Eu...

— Que tipo de filme você acha que está vivendo?

Eu o fulmino com o olhar antes de voltar a me concentrar no asfalto esburacado à minha frente.

Que burrice tremenda!

Aperto o volante com mais força. Tento acalmar a respiração, em vão. Não estou acostumado a sentir tanta irregularidade no ritmo cardíaco. Não sou eu o nervosinho da família. E, felizmente, também não sou o mais burro...

Ashton me ligou às quatro da manhã para dizer que a polícia estava rodeando o carro dele, bem no meio de uma estação de trem abandonada, e que ele estava "numa enrascada da porra"... E, em suma, que eu precisava ir ao seu resgate. Logo eu.

— E você nem verificou se a barra estava limpa antes de encontrar com ela? Fala sério, Ashton, você enlouqueceu? Sabe o risco que corre com uma idiotice dessas, né?

— Claro que sei! Mas eu tinha que me encontrar com ela... tinha que contar a verdade.

Fico tenso.

— O que você contou?

— Que... que errei ao dar as costas, que devia ter ficado com ela, que não quero perdê-la...

Ele está de cabeça baixa, ombros encolhidos. Parece uma flor murcha.

— A gente já falou disso ontem, depois de você ligar: se quer isso mesmo...

Foi uma das raras vezes que falamos a sério de amor. E também que falamos de Eliotte.

Uma fungada corta o ar, seguida por um soluço.

— De qualquer forma, não muda nada. Eu a perdi. Como sou burro, cacete...

— Ei, Ash...

Diminuo a velocidade e paro em um acostamento deserto. Ele esconde o rosto, envergonhado.

— Estou ferrado...

— O que foi que conversamos, hein? — digo, em voz baixa. — A gente pode dar um jeito. Vai exigir sacrifícios, mas, para quem vale a pena, nunca é demais.

— Izaak, você não entendeu... Ela me rejeitou.

— Óbvio que ela te rejeitou! No lugar dela, eu teria caído na porrada com você! — Eu suspiro e apoio a mão em seu ombro. — Ashton. Ela está magoada, perdida... Tenta entender. E tem o histórico do pai dela, é mais difícil de confi...

— Ah, porque agora você a conhece bem, é? — Ele levanta o rosto encharcado de lágrimas e seca os olhos. — Claro — acrescenta, antes que eu possa responder. — Claro que já a conhece assim. É óbvio...

— Ei, é só porque a gente teve uma consulta com a psicóloga. Sei ler nas entrelinhas, sou bom de entender as pessoas, você sabe disso. É só.

Ele engasga, sem fôlego, antes de continuar:

— Agora vocês estão juntos e...

— Opa, cara. Nem diz isso. A gente *não* está junto. Ela não é minha namorada nem minha esposa de verdade. Que fique bem claro.

Além de eu não querer *nada* com Eliotte do ponto de vista sentimental, há limites que não podemos ultrapassar. Sob nenhum pretexto.

— Mas vocês são quase cem por cento compatíveis, moram juntos, saem juntos, passam o dia todo juntos...

— Mas...

— E aí, um dia, você vai enxergar nela tudo que eu amo — continua ele. — Tudo que só quem não quer não vê. Você vai se dar conta de que ela é incrível, Izaak. Que não é só bonita, inteligente, engraçada, às vezes tonta... louca, doce, frágil, e ao mesmo tempo tão forte e curiosa... — A boca dele treme, e os olhos se enchem de lágrimas novamente. — É a Eliotte — continua ele, levantando as sobrancelhas. — Claro que você vai se apaixonar por ela. E ela, por você, porque você é o Izaak. Ela vai acabar me esquecendo. Porque eu sou só o Ashton.

Nem tenho tempo de abrir a boca para responder antes de ele cair apoiado em mim, em um acesso de choro daqueles.

Ah! Ash...

Eu o abraço por instinto, como se instruído por genética.

Genética que supostamente é 98,8% compatível à da mulher que ele ama loucamente.

Respiro fundo. Detesto vê-lo desse jeito, duvidando de si mesmo. Ele, não. Meu irmãozinho, não.

Eu o abraço forte e murmuro baixinho:

— Ash... Eliotte ainda te ama. Ela só fala de você. Vejo seu rosto nos olhos dela a todo segundo. Ela tenta te esquecer para se proteger, porque não quer mais se sentir abandonada, mas... ela vai se recuperar. Porque você é o Ashton. Porque, porra, *você* é incrível.

Pego o rosto dele com as duas mãos para afastá-lo do meu ombro e o encaro para transmitir toda a convicção, a fúria e a determinação que fervem em mim. Porque tenho 300% de certeza do que digo:

— Vai dar tudo certo, Ash. Dá um tempo para a Eliotte. Enquanto isso, vou tentar falar com ela. — Paro por um momento antes de acrescentar: — Só que, antes disso, quero que você, aqui, agora, me jure que tem certeza. Você não pode nem cogitar mudar de ideia de novo e dar as costas para ela. Ela não vai superar.

— Juro, juro, sim, cla-claro.

— Está totalmente ciente dos riscos que vai correr para ficar com ela? Dos sacrifícios que terá que fazer? Das coisas a que terá que renunciar? Não vai ser nada fácil, Ashton... mas prometo que vai ser mais bonito. Você precisa acreditar. Nada de desistir no primeiro obstáculo. Tem que segurar firme e não voltar atrás de jeito *nenhum*. Entendeu?

Ele aquiesce.

— Eu nunca... nunca mais vou fazer Eliotte sofrer — sussurra ele, como se prometesse para si mesmo.

— Acordou, finalmente — digo para Eliotte, colocando a xícara de chá na mesinha. — Achei que você tinha entrado em coma... mas você é só preguiçosa.

— Bom dia, estou ótima, obrigada — responde ela, com o sarcasmo típico. — E você?

Minha colega de apartamento desce a escada às pressas, deixando esvoaçar as ondas loiro-escuras. Ela usa um suéter comprido, que bate no meio da coxa, e meia-calça preta e semiopaca. Vai até a bancada da cozinha para preparar o café da manhã com o olhar perdido no vazio.

Ainda sentado no sofá, me viro para ela. Enquanto me preparo para soltar uma resposta com meu tato de costume, seu resmungo me detém. Ela tira várias folhas soltas, de tamanhos diferentes, de uma gaveta.

Fico tenso.

— O que isso tá fazendo aqui, Izaak?

— Se está aí, é importante — respondo, sem tirar os olhos das mãos dela.

Ela seleciona uma folha ao acaso entre as muitas que segura, descuidada.

Tomara que não sejam minhas notas...

Eliotte força a vista e diz:

— Sério, quem é que ainda escreve receita à mão? Seu celular serve pra isso também, Izaak.

Ufa.

— Meu celular? A ferramenta predileta do governo para nos vigiar?

— Não começa... Até parece que alguém vai ler as anotações no seu celular, Izaak. Que palhaçada.

— Não confio. Prefiro papel.

Eliotte cai na gargalhada.

Ela está entre as raras pessoas que têm uma risada melódica, mas que, por razões fisiológicas desconhecidas, pode ser surpreendente de acordo com o grau de humor. Eliotte sobe aos tons mais agudos e respira em um ritmo entrecortado. Está rindo? Está morrendo? Às vezes, não sei. Faço mais piada? Ligo para os bombeiros?

Minha "esposa" ergue as sobrancelhas e me encara.

A verdade é que ando sempre com um caderno ou um bloquinho. Uso para tudo. É raro usar o celular. E quem negaria o charme de um recado à moda antiga? As palavras têm algo a mais quando estão no papel. Além disso, sei lá... gosto da sensação dos dedos quando escrevo à mão. Não é um toque liso, reto e frio, que nem da tela. O papel tem textura, às vezes está amassado, não é perfeitamente branco, e pode até cortar a pele na pressa. Com o papel, é preciso ir com calma.

Eliotte discorda. Ela parece incrédula antes de voltar a olhar as folhas de papel.

Vai, larga isso.

— O que foi? — pergunto, para distraí-la. — Está pensando se sou um visionário? Admite, vai, tem mais charme do que uma anotação digital qualquer.

— É verdade...

Sei que ela ama livros — até mais do que ama ler, talvez. Sei disso porque ela mandou trazerem vários e os coleciona na estante do quarto.

— Mas eu não diria que você é visionário — diz. — Só paranoico. Talvez seja até patológico.

Vou matá-la.

— A gente pode não aderir ao funcionamento da nossa sociedade e ainda assim não acreditar que ela é fundamentalmente maléfica — conclui. — Não é porque o sistema é ferrado que nosso governo é perverso a ponto de nos vigiar o tempo todo.

Aí está o abismo que nos separa. Essa sociedade *é* maléfica. Ela nos controla devagarinho, fingindo que é por preocupação com nosso bem-estar e nossa saúde mental.

— Se o funcionamento é problemático, é porque a ideia e os valores que levam a esse funcionamento têm o mesmo problema — retruco.

— Hum... discordo. Tem coisas que merecem ser recuperadas, apesar da fuligem e do pó que as cobre.

Apesar do sangue também?

Queria responder isso, mas estou concentrado demais no que ela vai fazer com meus papéis.

Quando guarda as folhas e fecha a gaveta, suspiro. Afundo o corpo no sofá e relaxo os dedos ao redor da xícara quente.

Esqueci de esconder meus arquivos mais importantes antes de ela se instalar aqui... Tenho que resolver isso logo.

Tem folhas nas quais eu rabisco banalidades, só para lembrar alguma coisa depois; e outras que ninguém deve ver, nunca.

Balanço a cabeça, levando a xícara à boca. Não posso negar que, com ela, de vez em quando, minha alma crepita, meu cérebro acende. Uma simples conversa pode virar um debate em que testamos nossos limites. Essa mulher tem convicção, isso ninguém pode negar.

Pelo canto do olho, eu a observo mexer uma xicrinha de café e esconder um bocejo com a outra mão.

Será que ela vai guardar segredo do encontro noturno com Ashton?

— Voltando à primeira pergunta — digo, depois de um gole do meu novo chá Earl Grey —, estou bem. Já você... parece que não dormiu direito. Está com a cara acabada.

— Muito perceptivo. Tive dificuldade de dormir...

— Ah, é? Por quê?

— Também quer saber se escovei os dentes direitinho antes de dormir, Izaak?

Não sei se é a personalidade horrível dela, a falta de sono ou a conversa com Ashton que a levam a ter essa postura tão defensiva.

— Acho que você devia parar com a cafeína. Talvez até mudar para o chá... Sabe, relaxa, acalma os nervos. Devo ter uns saquinhos de infusão relaxante na gaveta da esquerda. Fica de presente.

Ela levanta os olhos, mexendo seu — *eca* — café espresso.

— É só que... desde quando você se preocupa com isso, Izaak? Nossa psicóloga está escondida atrás dessa poltrona amarela horrorosa?

Ou será que sou eu que faço com que ela aja assim?

Eliotte anda até o sofá, com a xícara fumegante na mão, deixando em seu rastro um perfume suave. É cheiroso. Bastante, até. Café, entretanto, é nojento. É uma bebida imunda, na verdade. Me faz odiá-la em dobro.

— Enfim — diz ela, com um suspiro, e passa a mão no cabelo. — Vou saindo... Marquei de estudar com uns amigos na biblioteca.

Inspiro fundo.

É agora ou nunca...

— Antes de você ir embora, queria falar de uma coisa.

— Manda bala.

— É sobre o seu pai.

13

Meu Romeu

"Ó, Romeu! Por que tens de ser Romeu?
Renuncia a teu pai, nega teu nome!"
"Sublime santa, meu nome a teus ouvidos é blasfêmia,
e, por isso, a mim mesmo é detestável."

Eliotte

Meu pai?

— Como assim? Quer falar do Karl?

— Não... Estou falando do seu pai biológico.

Uma corrente elétrica atravessa meu corpo. De duzentos mil, trezentos mil volts, talvez. O que ele pode ter para falar do meu pai? Sem pensar, sento no sofá, longe do Izaak. Ele mantém o rosto calmo, mas tem algo inquieto em seu olhar.

— Eu disse que tinha contatos em Alma — anuncia. — E... acho que seu pai não foi para lá. Na verdade, parece que ele nem saiu dos Estados Unidos. Então, talvez, se eu investigar, posso descobrir onde...

— Espera, mas por que você está me dizendo isso? — interrompo.

— Sei lá, achei que fosse te interessar. Para você saber onde está seu pai.

Contraio todos os meus músculos de uma vez.

Para saber o quê?

— Por que você acha que eu ia querer saber onde ele está, Izaak? Acha que vou encontrá-lo? Por quê?

— Para consegui respostas, sei lá... Queria que você soubesse, pelo menos, que ele não está em Alma.

Abaixo os olhos e cerro os punhos. Adoraria que esse tema não me deixasse enjoada assim. Adoraria que fosse tal qual uma conversa sobre o clima.

No entanto, o que me deixa paralisada, engasgada... é *ele*. Izaak foi atrás de informações sobre *mim*. Do nada. De um dia para o outro.

O que ele tem na cabeça?

Eu me viro e o encaro intensamente.

— Por que você foi se meter na minha vida, Izaak? Está procurando o quê? O que quer comigo?

Ele arqueia a sobrancelha, ofendido.

— Como é que é? Não quero nada! Achei que você ia gostar.

— Mas desde quando você quer que eu goste de alguma coisa? A gente mal se suporta! Sou a "egoísta" com quem você é obrigado a morar!

— Não tem nada a ver...

— Então, o que foi? É algum teste bizarro de Algorithma, é isso? Foram eles que mandaram você me dizer isso?

— Larga de paranoia por cinco segundos: Algorithma nem sabe com certeza da existência de Alma e, para eles, seu pai é um fora da lei, exilado do sistema!

— Exatamente... deixa ele quieto onde está, por favor!

— Eliotte, eu não queria...

— Para com isso, que você sabe muito bem o que fez!

Sua expressão se fecha.

— Já falei, achei que fosse gostar! Foi só isso!

— Pode até ser, mas está enganado sobre as minhas intenções! — exclamo, deixando a xícara na mesinha. — E, mesmo com uma justificativa lógica, não devia fazer isso sem me consultar, Izaak!

— Faz uma infusão e sossega o facho, caramba...

— Não se mete na minha vida!

— Prefere camomila ou verbena?

Argh! Honestamente...

Respiro fundo, de olhos fechados. *Calma. Calma. Calma.* Quando abro os olhos, vejo que Izaak me encara, impassível, bebendo seu chá. Uma mistura de confusão e condescendência paira em seus olhos.

Eu suspiro.

A verdade é que não sei exatamente o que me irrita, além do fato de isso ter a ver com meu pai. Não entender o comportamento de Izaak? Me sentir analisada? O fato de ele sentir tanta pena de mim que quer me "ajudar"?

Nem isso faz sentido...

No entanto, ele age como se fosse natural querer me dar apoio. Mas *não pode ser*. Além da personalidade atordoante, da simpatia congelante e da indiferença absoluta a tudo que acontece no mundo, a gente *não* se gosta. Isso está claro. Límpido. Nítido. Então por que eu deveria achar normal ele se interessar pela minha vida? Ele querer me ajudar a dar um jeito nas coisas?

Eu me pergunto o que ele esperava ao anunciar o que sabia do meu pai.

"Parece que ele nem saiu dos Estados Unidos."

Balanço a cabeça.

— Está armando um plano para me assassinar? É isso? — pergunta ele.

Não consigo nem reagir à provocação. Queria dizer que sim, rir ou pelo menos sorrir. Mas não, nada.

Depois de alguns segundos demorados, acabo dizendo:

— Vou sair.

Pego minha mochila, solto um "tchau" um pouco tímido para o meu gosto e fecho a porta ao passar.

Se meu pai não estiver em Alma... onde ele está? Onde foi se meter nessa porcaria de país? E por que raios estou me perguntando isso?

Passo quase meia hora esperando o ônibus, sozinha, então finalmente chego à biblioteca. Procuro meu lugar de sempre — no fundo, à esquerda, perto da janela —, para aproveitar a vista do jardim coberto de geada. Tenho que terminar um artigo e começar outro.

Mas por mais que dedique toda a energia do mundo, toda a minha concentração... nada me ocorre. Esfrego o rosto, suspirando.

Uma moça se senta a duas cadeiras de mim. Ela apoia uma pilha de livros no canto da mesa, abre o notebook e começa a trabalhar com rapidez. Passo o olho no que ela pegou emprestado.

Le cinque rose di Jennifer. Clássico. *O homem que ri*. Por que não? *Romeu e Julieta*.

Eu pestanejo. Li isso mesmo?

Roméo et Jeannette.

Balanço a cabeça.

É claro que não pode ser esse livro.

Romeu e Julieta, não.

Uma lembrança me atravessa. O tipo de lembrança que não se infiltra de fininho pelas frestas, que não chega pé ante pé, que não bate na porta antes de entrar. Não, é o tipo que já chega com os pés no peito.

— Eliotte, tem certeza de que não quer fazer outra coisa?

— Quero muito ler essa peça, Ash... mas não precisa ler comigo. Relaxa.

— Não vou ficar só aqui largado, contando rachaduras no teto.

A gente devia ter uns 17 anos. Era o segundo dia do meu ciclo menstrual, e o analgésico só ajudava em parte. A única coisa que me restava era ficar deitada. A cólica tinha me feito passar a noite em claro, então ficara trocando mensagens com Ashton. De manhã cedo, ele apareceu no meu quarto com um saco cheio de chocolate, salgadinhos e balas.

Eu estava deitada no colo dele, lendo *Romeu e Julieta*. É um dos clássicos escritos muito antes das Décadas Sombrias e censurado pelo nosso governo, pois é considerado perigoso para os cidadãos.

Entendi que era um livro proibido quando, ainda criança, encontrei um exemplar escondido no sótão da minha antiga casa em Seattle, no meio de uma caixa cheia de livros. Eram todos do meu pai. Ele me fez prometer que não contaria para ninguém. Foi a primeira vez que ouvi falar que Algorithma podia decidir esconder a verdade de nós. Nada do que aprendíamos, víamos e escutávamos chegava a nós por acaso. Vinha tudo da vontade deles.

Quando minha mãe se mudou comigo para a casa de Karl, levei a caixa de livros, que também escondi. Li todo o conteúdo bem rápido: uns vinte romances que falam de amor — e não se limitam a histórias entre homem e mulher, como querem que a gente acredite ser natural —, da queda de sistemas políticos, de rebelião... Leituras que destruíram meu coração, deram um choque para ele voltar a funcionar e o jogaram de volta no peito, batendo mais forte do que nunca. Compartilhei o segredo com Ashton depois de um ano de namoro. Esperava que ele também os lesse, para sua visão de Algorithma evoluir e chegar mais perto da minha, mas ele não fez nada disso.

Ele detesta ler.

Ashton segura o livro, mastigando uma bala:

— Ah, não, Romeu! O que você veio fazer nessa varanda!

— Não foi isso que ele escreveu, Ash.

— Ah, Julieta, minha Julieta, linda como a lua, o céu, e todo o universo... vim te comer! Me deixa entrar, por favor!

Eu caio na gargalhada.

— Para de ofender Shakespeare assim!

— Ah, e você acha que, quando ele diz "Voei nas asas leves do Cupido, planando sobre o topo das muralhas. Marcos de pedra não contêm o amor", quer dizer o quê?

É um convite explícito para tirar a roupa. Romeu não escalou um muro de tijolo, de madrugada, no jardim do clã inimigo, para brincar de stop!.

A gente se entreolha por um segundo antes de cair na gargalhada, o que me causa mais cólica. Mas é mais forte do que eu. É ele. A aurora desenha no rosto de Ash ondulações alaranjadas. Seu olhar é tão suave, tão sereno.

— Tem certeza de que não quer comer nada? — pergunta ele, de repente, pegando o saco que largou na coberta. — Acho bom recuperar suas forças! Aqui tem: Haribo, Snickers, Maltesers... Tem Mars também. É gostoso, o Mars. Ah, e tem...

— Não, sério, juro que não estou com fome. Mas muito obrigada, Ash.

Os cantos de sua boca caem.

— Tenho horror de te ver assim, coração. Me sinto muito impotente.

Ele me abraça mais forte e dá um beijo na minha cabeça. Ficamos alguns minutos assim, em silêncio. A cólica tortura meu ventre, minhas costas doem até não poder mais... mas, mesmo assim, me sinto bem. O mundo parou de girar ao nosso redor.

Estávamos em nossa ilha imaginária, afastados de tudo, deitados na minha cama de solteiro, pequena demais para dois... quando, de repente, Ashton se endireita e pega o livro.

— Então! Parei onde? Ah, sim! — diz, e pigarreia, teatral. — Ó, Romeu! Meus pais... Se te pegarem aqui, vão te matar. Não quero que eles te vejam aqui de jeito nenhum. Então...

O celular dele toca, interrompendo a frase.

— É meu alarme — diz ele, desligando. — Faz duas horas que você tomou o remédio. Pode tomar outro comprimido, se quiser.

— Não precisa, não. Estou me sentindo melhor — respondo, sorrindo. — Graças a você.

— Tem certeza?

Faço que sim com a cabeça.

— Bom, já que você está melhor, a gente não precisa mais ler essa cafonice?

— Se você estiver achando chato mesmo, podemos fazer outra coisa.

— Ah! Graças a Deus!

Ele joga o exemplar para o outro canto do quarto.

— Ei! O livro já está todo surrado! — exclamo, bufando.

— Desculpa... não me mate! Sou jovem demais para morrer! — Ele ri antes de acrescentar, com um tom mais sério: — Por que você gosta tanto dessa história, Eliotte? Eles se conhecem há um dia e já estão prontos para morrer por amor... Sério, não é realista.

— Tá, mas... Espera. Imagina que eles se apaixonam, mal se conhecendo, mas com compatibilidade de mais de cinquenta por cento... Nesse caso, te parece mais realista que eles estejam dispostos a morrer por amor?

— Bom, até que sim! Eles se apaixonam, a magia fez seu trabalho, e eles têm garantia de que vai dar certo. Eles podem se entregar de corpo e alma à relação.

Na época, a resposta não me surpreendeu tanto. Mas lembro de querer perguntar o que ele achava de Romeu e não conseguir. Esse personagem que enfrenta a família em nome da mulher que ama, desafiando a sociedade, o mundo inteiro. Também não tive chance de perguntar se ele estaria disposto a agir como esse herói, no caso de não sermos compatíveis aos olhos de Algorithma. Mas acho que tive minha resposta mesmo assim...

Então por que ele me fez acreditar no contrário ontem?

O brilho dos olhos dele não mentiam. Nem as lágrimas. Não dá para negar: Ashton pareceu sincero. Em questão de segundos, reencontrei o garoto por quem me apaixonei. E não o covarde que me afastou, dizendo que tudo estava perdido.

Mas por quanto tempo o reencontrei? Por quanto tempo?

De repente, meu celular vibra no bolso.

É um e-mail de Algorithma.

14

Nômade

Eliotte

Leio rapidamente, já irritada. "Encontro com sua alma gêmea no cinema Richard Hills para uma sessão imersiva na intimidade da sétima arte."

Suspiro. E lá vamos nós de novo...

Bom, ok. Concentração. Mais meia hora, e deu.

Deixo os dedos dançarem no teclado sem pensar.

A posição de Ashton Kannam em relação às pressões liberais do período é muito interessante. A criação de unidades sublaterais ao poder estabe...

Ashton?

Suspiro e corrijo:

Ashley Kannam.

Encosto os dedos no teclado.

E nada. Fico parada.

Como posso ficar aqui sentada, escrevendo um artigo de história ridículo, depois do que *ele* me disse ontem? Como é que ainda posso fingir indiferença?

Um raio me atravessa. Levanto, guardo minhas coisas e reúno toda a minha coragem a caminho da saída da biblioteca.

Passei dias esperando um discurso como o que ele declamou ontem. Não posso continuar mentindo para mim mesma assim. Tenho que encontrá-lo. Não tenho mais nada a perder — apenas tudo, se ficar aqui à toa.

É meio-dia. Sei que Ashton acaba o treino de hóquei às onze. Volta direto para casa, para ver um filme ou uma série, é sempre o mesmo ritual. Ele deve estar agora mesmo no quarto, comentando cada cena e caindo na gargalhada. Vou encontrá-lo. Vou falar com ele. Vou resolver tudo.

Logo antes de sair, mando uma mensagem para o número que ele usou para a última comunicação.

Tá em casa?

Impaciente, saio em disparada da biblioteca, trombando com um cara que chega a me mostrar o dedo. A passos largos, consigo pegar o ônibus no último segundo.

Certamente é um risco eu aparecer na casa dele assim, no meio do dia. Seria melhor preparar o terreno, avisar Izaak... Se eu for pega, poderia dizer que foi ele quem marcou de me encontrar ali.

Sendo que ele tem um apartamento próprio?

Não... que desculpa ridícula.

Além do mais, sinceramente, quero mesmo que Izaak saiba que quero voltar com Ashton?

Não tive coragem de contar a verdade hoje cedo, quando ele me perguntou por que dormi mal. Fico na dúvida se ele não desconfia de alguma coisa... Conhecendo ele, acho que impediria Ashton de agir, para protegê-lo. Assim como me proibiu de voltar a falar com Ashton no dia do nosso primeiro encontro, no café-biblioteca. Meu Deus, ele estava *insuportável* naquele dia. Eu estava preparada... mas o idiota conseguiu se superar. Ele despertou a animosidade vaga que eu sentia, sem que eu me desse conta. Eu queria ignorar a emoção silenciosamente, levo jeito para isso, mas, com ele, por mais que tente, não dá. E isso faz a irritação se multiplicar.

Quando chego ao bairro residencial dos Meeka, paro em uma rua perpendicular ao terreno deles e fico de olho no quintal dos fundos. Sinto um frio na barriga, as mãos suando. Não sei exatamente o que vou dizer para Ashton, nem o que *quero* dizer, mas nunca tive tanta certeza de que preciso encontrá-lo.

Ele ainda não respondeu à mensagem. Quem sabe pegou no sono. O treino é exaustivo. Ele sempre me dizia que detestava hóquei, mas, quando o pai recomendou que ele entrasse no time da escola, sendo que mal sabia das regras, ele se esforçou ao máximo para virar o melhor jogador. E conseguiu: capitão Ashton Meeka. Centroavante. Número 4. É isso que mais adoro nele: a garra. Quando ele mira em alguma coisa, faz tudo que puder para atingir o alvo. Quaisquer que sejam os obstáculos, os machucados e os sofrimentos, ele se entrega sempre ao máximo.

E se eu ligar? Talvez o acorde, mas não posso mais esperar. É urgente.

Toca, toca, e ninguém atende. Deixo meu olhar se perder na casa, com o celular colado no rosto.

De repente, uma silhueta aparece na frente da casa. Eu me empertigo e forço a vista para discernir melhor quem é.

É ele!

Ele sai pela frente, cumprimenta um segurança com um sorriso... e está abraçado a uma mulher.

Boquiaberta, afasto o celular da orelha e desligo. Cinco letras de fogo queimam na minha boca.

Emily.

Os cachos loiros esvoaçam no ar enquanto eles riem. Ash pega a mão dela, e alguma coisa se contorce no meu peito. Eu me reconheço nos traços dela. No nariz, nos olhos um pouco alongados... Ela se parece comigo. Mas é uma versão melhor. Tudo nela é perfeito, alinhado, liso, sem discordância. E quando vejo o cabelo dourado dela descer até a cintura, perto da mão de Ashton, entendo melhor por que quis pintar o meu da mesma cor. Porque, sem me dar conta, entendi que ele tinha uma queda por loiras.

Eu não era Eliotte. *Era só o tipo dele.*

Eles avançam pelo caminho florido do terreno, lado a lado. Algorithma nunca obriga a levar os *dates* para casa. Então foi Ashton que quis trazê-la para cá, para a casa dele. Para o quarto dele. Meus pulmões se comprimem de repente. Quero chorar, sinto um nó na garganta... mas nada sai.

Como se, na verdade... eu estivesse preparada.

É, é isso. Eu estava preparada.

Cerro os punhos e olho uma última vez para eles; as gargalhadas idiotas queimam meus tímpanos.

Vou embora.

Espero o ônibus no ponto seguinte para não correr o risco de esbarrar em Ashton com sua "alma gêmea". A lembrança de seu sorriso platinado ainda queima minha retina. Do brilho labial cor de cereja reluzindo ao sol, do cabelo loiro que quase chegava na bunda.

Você estava preparada. Estava preparada. Estava preparada.

Subo no primeiro ônibus que passa. Nem sei para onde vai, só tenho que ir embora. Encosto a cabeça no vidro, sacolejando a cada lombada. A paisagem desfila, a neve vira uma chuva suave. O sol da tarde gira no céu, entre as gotas geladas.

Não consigo deixar de passar a mão no cabelo, nas pontas duplas de descoloração. Fecho os olhos, que começam a arder. Continuo com os punhos tão apertados que as unhas quase rasgam a pele.

Você estava preparada.

Uma lágrima escorre pelo meu rosto. Nem tenho forças para secar. Eu me sinto tão idiota. Devia saber o que esperar. Como é que caí nessa?

Meu celular vibra no bolso.

É Ashton.

Ai merda não vi a mensagem, foi mal. Apaguei depois do treino. É urgente? Tudo ok?

Apagou antes ou depois de transar com sua namorada?

Tenho vontade de arremessar o celular para o outro lado do ônibus. Ele realmente não está nem aí para mim. Bloqueio a tela, sentindo um nó na garganta de novo.

Acho que não teria sentido tanta raiva de Ashton se tivesse visto essa cena com Emily *anteontem*. Antes da declaração. Antes de ele me olhar nos olhos e dizer que me ama. O que foi aquilo tudo? Uma mentira? Uma piada? Mais uma reviravolta escrota?

Escondo o rosto nas mãos e solto todo o ar do peito.

Espero chegar no ponto final, e de lá pego outro ônibus, também até o ponto final... Vou fazendo isso até não sentir mais o tempo passar.

São dez da noite quando decido pisar em terra firme de vez, que nem uma nômade completamente perdida. Segundo as placas, parece que estou em Blossom City, a alguns municípios de Portland. Começo a perambular pela rua, com as mãos no bolso do casaco largo. Quando era pequena, às vezes Karl me trazia aqui com minha mãe. A gente voltava para casa bem sorridente. De barriga cheia, a gente pensa muito menos nos problemas. No que não tem. No que deseja.

Mas, de repente, não tenho nem apetite. Quero é beber. Quero afogar meus problemas, sufocá-los, matá-los, talvez.

Eu me meto em uma ruela animada. Encontro bares, restaurantes, luzes coloridas, gargalhadas.

Uma placa ao longe chama minha atenção; as luzes lá dentro são azuis e violetas: A Tulipa.

Sem pensar duas vezes, entro com passos decididos. Sento ao balcão e peço um drinque.

Vai, pensa em outra coisa.

A música que está tocando até que é legal, e alta o suficiente para abafar as vozes da minha cabeça.

Suspiro, olhando fixamente para meu reflexo no mármore do balcão. Tenho a impressão de ter entrado em um ciclo infernal desde que anunciaram o resultado do nosso segundo par-teste. Tento levantar depois dos tombos, mas parece que é só para cair de novo.

Não espero que ninguém me ofereça a mão, mas a verdade é que esta noite não estou solitária. Estou sozinha.

Caramba, quero sair desse ciclo. Eu me recuso a ficar deprimida. Me recuso a aceitar esse estado.

Seco o rosto, perdendo o fôlego.

— Aqui seu *blue philippines*.

Olho fixamente o drinque azul-turquesa; o gelo picado na superfície emana um leve vapor. Mal dá tempo de sentir o perfume de mirtilo antes de eu botar o canudinho na boca.

Alguns segundos depois, meu celular acende. Ashton manda pontos de interrogação, preocupações falsas, emojis sofridos...

Vai para o inferno.

Deixo o celular ali e bebo do fundo do copo.

— Eliotte?

Eu me viro de repente para a voz grave e familiar que acaba de me chamar.

15

Só um uísque

Eliotte

— Posso sentar, ou você está esperando alguém?

— Está vago, pode sentar.

Matthew Rivera se acomoda no banquinho ao meu lado e toma conta do espaço com seu porte imponente. Ele faz um pedido para o barman. Eu aproveito para pedir mais uma bebida.

Meu coração dá um pulinho quando olho para Matthew, sentado aqui do meu lado.

O barman demora alguns minutos para trazer nossas bebidas.

Matthew solta uma risada rouca.

— Caramba, ele sabe como estou precisando... Obrigado! — diz, e se vira para mim. — E você, um uísque, assim de cara? Não está muito bem?

— Minha bebida deixou transparecer a esse nível meu estado emocional?

— Então estou certo? — pergunta ele, com um sorrisinho.

— Na verdade, não. É que eu adoro uísque — digo, sem pensar, e tomo o primeiro gole. — Vim com uma amiga, que acabou de ir embora. E você, veio fazer o que aqui? A gente está longe de Portland.

— Quis dar uma relaxada... e esse aqui é um dos melhores bares que conheço. — Ele bebe mais um pouco e acrescenta: — Fico feliz de te encontrar aqui, Wager. A gente não se vê desde... o início das aulas?

— Faz um tempinho mesmo...

Ele esbarra o ombro no meu.

— Vai, pode falar.

— Falar o quê?

— Que sentiu saudade.

Eu sorrio.

— Tá bom, Matt, senti saudade, sim.

Ele gargalha.

Será que é mentira?

Olho fixamente para meu copo. Eu nem sei.

Sempre me poupei de formar vínculos com as pessoas. E, quando Ashton me incluiu em seu círculo de amigos, sem dúvida para passar o máximo de tempo comigo sem que parecesse suspeito, visto que não éramos casados, eu aceitava, sem me apegar. Só que sempre gostei da companhia de Matthew, mais do que de todos os outros amigos de Ashton. Quando não estava a sós com Ashton, muitas vezes estávamos em três, eu, ele e Matthew. Na presença dele, eu parava de me questionar. Certamente porque estava com Ash, mais firme do que nunca. Sei lá.

Mas tudo mudou. E agora, sem Ashton, a equação se desequilibrou. Qual é o sentido de Matthew e Eliotte sem ele?

Será que Matthew é apenas o fantasma de uma vida antiga, quando achei que acabaria com Ashton? O fantasma de meus sonhos iludidos de adolescência?

— E aí... Te deixei o outono sozinha, e quando te encontro você está casada. Loucura — comenta Matthew, sorrindo.

— Na verdade eu também não estava esperando.

— Como assim?

— É... Eu acho que ninguém espera sentir esse grau de conexão — balbucio, atrapalhada, mentindo.

— Verdade, com compatibilidade de quase cem por cento...

Eu me contenho para não revirar os olhos. Se ele soubesse...

— Eliotte... — diz ele, em voz baixa. — Ao contrário dos outros, eu sabia muito bem que você e Ashton eram... mais que amigos.

Quando estávamos só nós três, nós dávamos a entender a verdade, mas manter um relacionamento fora do casamento é muito mal-visto. Ashton *Meeka* nunca poderia admiti-lo para ninguém — além do irmão e do pai, as constantes indispensáveis de sua vida.

— Então imagino que, no começo, não tenha sido simples... — continua ele.

Tensiono a mandíbula, tentando respirar mais devagar. Um milhão de lembranças enfiam as garras no meu peito.

— Que talvez até... continue sendo complicado?

Levanto o rosto para Matt. Ele me olha com uma expressão de pesar.

— Não... não, não — respondo, sem pensar. — Quer dizer, foi mesmo uma situação *peculiar*, no começo. Mas agora está tudo perfeitamente normal... Diria que está tudo claro. Nossa compatibilidade amorosa *é* evidente.

Ninguém pode desconfiar da fraude que eu e Izaak cometemos.

Matt relaxa a expressão, mas sinto que continua um pouco tenso, como se estivesse mal. Ele precisa acreditar em mim. Tomo outro gole.

— E você? — pergunto, com um ar animado. — Disse que veio relaxar. Semana pesada?

— *Cabeça* pesada.

— Quer desabafar? — proponho, por instinto, apoiando a bebida no balcão.

— Deixa quieto... Só estou sobrecarregado de trabalho, e daqui a pouco tenho um encontro com minha primeira alma gêmea. Ela se chama Hanna. Não sei o que esperar.

— Melhor não esperar nada, isso só atrapalha.

Ao dizer isso, bebo metade do copo. Um calafrio me percorre. Acho que fiz bem de sair. Sinto uma nova energia crepitar no ventre, nas veias.

— Parece que está falando com conhecimento de causa, Eliotte...

— É só que, se não esperar nada, não vai ter por que se decepcionar.

— Isso é... — diz ele, e dá de ombros. — Você esperava algo de Izaak no começo?

— Hum...

— Não precisa responder! Eu nem devia ter perguntado, na real, desculpa. É que... como você sempre foi a mais lúcida do grupo, quem a gente procurava quando precisava de ajuda ou de um conselho... achei natural.

Eu era aquela que todo mundo deixava entrar, sem nunca abrir minha própria porta em troca.

— Não é nada, Matt... É verdade que sempre estive disposta a ajudar. Por que agora seria diferente?

O canto dos seus lábios se estica timidamente. Ele se inclina, chegando mais perto de mim. Os olhos dele brilham.

— E você sabe que tô aqui, né? Mesmo que muito do nosso cotidiano tenha mudado, nossa amizade não precisa mudar. Pode contar comigo, como antes.

— Sei, sim.

Mentira. Você está mentindo, Eliotte. Você nunca se permitiu contar com ele, com ninguém além de Ashton.

Ele passa a mão no cabelo e inclina a cabeça. Seu queixo e parte do pescoço, mergulhados na luz do bar, estão pintados de azul e fúcsia...

Concentração.

Eu pigarreio.

— Na verdade... com quase cem por cento de compatibilidade, é complicado não criar expectativa. A gente imagina que vai ser amor à primeira vista, uma conexão imediata, ou, pelo menos, que logo vai gostar da companhia da outra pessoa.

— E não foi assim? — pergunta ele.

Não, de jeito nenhum.

— Foi! Foi, sim. Foi instantâneo.

— Então no seu caso não atrapalhou!

— Não, em nada. Obrigada, Algorithma — respondo, rindo de nervoso.

Eu me viro para o barman para pedir outro uísque. E uma dose de vodca... não, duas.

— Bom, e que tal agora você me dizer por que está aqui, de verdade? — solta Matt, de repente.

Eu me viro bruscamente, no meio de uma gargalhada.

— Mas eu já disse!

— Sei lá... você está bebendo muito. Mais do que de costume. E está com uma expressão totalmente perdida, que não combina com você — diz ele, tentando falar mais alto do que a música, cujo volume acaba de aumentar consideravelmente. — Dá para ver que alguma coisa está indo mal, Wager. Você sabe que pode me contar, né?

Uma onda de calor se espalha pelo meu peito.

— Obrigada, Matt. Mas juro que está tudo bem. Só estou meio cansada... já está tarde.

Ele chega mais perto. O cheiro de seu perfume e da menta no copo se misturam no ar.

Finalmente, eu arrisco encará-lo. Seu olhar me atravessa, quase me derretendo.

— Não vejo apenas cansaço no seu rosto, Wager.

Respiro fundo e viro o rosto. Seus olhos azuis são uma provação. O barman volta — graças a Deus — com meu uísque e minhas duas doses de vodca. Matthew tamborila no balcão, no ritmo da música. Não tinha notado as tatuagens novas. Cobras enroscadas no antebraço musculoso, descendo até as falanges, e misturadas a um ramo de cerejeira em flor. Esses desenhos em sua pele marrom-clara são incríveis...

De repente, um cara passa ao meu lado e solta:

— Bonito o vestido... Só me chamar se quiser que eu tire.

— Cala a boca, filho da mãe — dispara Matthew, antes que eu reaja.

O sujeito se vira para a gente.

— Relaxa aí, cara, não sabia que ela estava com você.

— Não estou com ele, mas é bom mesmo você calar a boca — respondo, me virando para o cretino.

O homem faz uma expressão de escárnio e se perde na multidão, sem causar mais problema. Matthew fica de olho até ele desaparecer.

— Deixa para lá, Matt...

Olho para a meia-calça preta colada na minha coxa. Tento puxar mais um pouco a barra do vestido, para esconder mais alguns centímetros de pele. De repente, me sinto nua.

— Quer meu casaco? — propõe Matt, tirando a jaqueta de couro. — Mesmo que certamente não seja responsabilidade dele mudar nada. O que acabou de rolar não é culpa sua, que fique bem claro.

Ele está certo...

Mas ainda assim respondo, com um sorrisinho ridículo:

— É... aceito, sim, por favor.

A vergonha esquenta meu rosto. Enquanto Matt coloca a jaqueta sobre minhas coxas, pego meu copo e o termino de uma vez.

— Enfim... O que a gente estava falando antes desse cuzão se meter? — pergunta ele, levando à boca a dose de tequila. — Ah, é, você estava mentindo sobre o verdadeiro motivo para estar aqui.

Ele vira a dose em um gole. Eu suspiro.

— Matt... estou sentindo a bebida subir à cabeça, e sei que vou dizer só besteira. Melhor a gente proibir perguntas profundas, tá?

— Gosto de muita coisa em você, mas essa mania de intelectualizar tudo...

Arqueio a sobrancelha e o encaro.

— Tem certeza de que a bebida também não está fazendo efeito aí também? — questiono.

— Pode até ser. É grave?

— Se você continuar a falar, é.

Um olhar. E a gente cai na gargalhada por uns bons dez minutos.

Faz bem...

Estou me sentindo flutuar. Fazia tanto tempo que eu não ficava tão leve, que não sentia a cabeça fora d'água. Como se tivesse acabado de perceber que, durante esse tempo todo, estava me afogando.

E, caramba, como ele é bonito...

Mas que ideia foi essa?

Passo a mão no rosto, respirando com dificuldade.

De repente, sinto a mão dele nas minhas costas, a boca dele perto da minha orelha.

— Tudo bem, Eliotte? Você está com uma cara estranha.

Eu me sobressalto. Um calafrio me atravessa.

— Tudo, tudo... tô legal.

Não está nada bem. Nada.

Eu me levanto e me afasto da sua mão grande, que, nossa, eu adoraria sentir de novo em mim. Tenho que me recompor.

— Vou ao banheiro, volto em cinco minutos.

— De boa.

Meus hormônios estão dançando tango na minha cabeça. Que besteira. E essa bebida... Eu me misturo à multidão que dança com vontade. Estou prestes a empurrar a porta do banheiro quando paro abruptamente.

Merda, minha mochila.

Matt, alegrinho assim, certamente não vai ficar de olho.

Volto e esbarro em uma moça no caminho. Vejo Matthew de longe.

Ele não fica nada mal mesmo nessas luzes coloridas.

Ele passa a mão por cima do meu copo.

Ele jogou alguma coisa ali dentro?

Meu coração para de bater. Estou zonza.

Ele botou alguma coisa na minha bebida. Está óbvio.

O que eu faço? Agora? Imediatamente? Rápido. Pensa!

De repente, os olhos azuis de Matthew encontram os meus.

— Eliotte...

Minha respiração acelera. Vou sufocar.

Avanço a passos largos de volta ao meu lugar, pego a bolsa e sigo para a saída.

— Aonde você vai, Eliotte? Tudo bem?

Ele me pega pelo braço, interrompendo minha fuga.

— Me solta! — grito, tentando me soltar.

— O que foi? Tá tudo bem? Foi aquele cara que...

— Tá tirando uma com a minha cara, é? Eu vi essa sua mão imunda botar alguma coisa na minha bebida! Me larga!

Minha voz está falhando, fraca... Queria conseguir ribombar, rosnar. Botar medo nele. Mas não dá.

— Como é que é?! Que delírio é esse? Eu não estava com nada na mão! É a bebida que está te fazendo alucinar, Eliotte... Não botei *nada* na sua bebida. Juro!

— Matthew, me solta, senão eu grito. Me larga já!

— A gente estava curtindo tanto, não entendi o que está rolando...

— O que está rolando? É você soltar meu braço que eu vou embora desse bar. Imediatamente.

Ele coloca a mão na coxa. Eu dou meia-volta e fujo.

— Por favor, Eliotte... Larga de paranoia.

Matthew me alcança em poucos passos.

— Vai embora! — vocifero, olhando para trás.

— Mas não quero que você fique achando que meti alguma parada na sua bebida!

Eu sei o que vi!

— Eliotte!

Eu nem penso. Começo a correr. Disparo até a saída e pela rua inteira. Ainda assim, o escuto atrás de mim. Ele está me perseguindo.

Puta que pariu! Me deixa!

E se ele já tivesse mexido com minha bebida quando eu estava me fazendo de tonta, rindo de suas piadas idiotas?

Meus pulmões se contraem. Sinto os olhos arderem.

As ruas estão vazias, as luzes mal funcionam, está tão escuro... Caramba, onde é que eu estou?

Era para a esquerda ou para a direita?

Nem sei mais!

O que eu faço, o que eu faço?

Correr. Matthew ainda está aqui, gritando meu nome. Disparo, tentando não escorregar no asfalto molhado. Chove muito. Depois de alguns segundos, vejo um cruzamento. Dá para escapar se chegar rápido ali...

Vai, Eliotte!

Corro mais rápido e viro à direita. Tem uma lavanderia a poucos metros daqui. Entro correndo, rezando para ter despistado Matthew. Eu me jogo no chão, me escondendo abaixo da vitrine. Se ele não tiver me alcançado no cruzamento, deve achar que ainda estou correndo.

Vejo uma sombra se estender nos azulejos brancos... Fico imóvel, mordendo o lábio para acalmar a respiração. Será que ele consegue me ouvir aqui? Olho as gotas d'água que pingam do meu cabelo no chão.

Espero um bom minuto, talvez três... ou dez, antes de me levantar discretamente para olhar pela vitrine.

Nada.

A rua está vazia.

Eu me deixo escorregar pela parede até sentar. Minhas mãos estão tremendo.

O que ele queria comigo?

Não estava esperando isso... de Matthew Rivera! Porra, logo ele!

O pior é que eu podia ter feito a imensa burrada — seriamente proibida pela lei — de passar a noite com ele, se não me contivesse. Sinto tanta raiva de mim por ter cogitado isso.

Minha garganta arde, e lágrimas escorrem sem parar pelo meu rosto. Tento secar, mas sinto meu estômago revirar. Eu vomito no chão.

Isso tudo para esquecer alguém que te esqueceu em um piscar de olhos... Sério, Eliotte? Que ridícula.

Tusso por alguns segundos antes de me endireitar. Eu me estico por cima da mochila para pegar a garrafa d'água, e engulo três quartos para expulsar da boca esse gosto nojento. Borrifo spray de menta na língua, ainda fungando para segurar as lágrimas. Seco o rosto encharcado e afasto algumas mechas grudadas da pele. Estou enjoada, o lugar está girando.

Viro a cara para o teto e fecho os olhos, tentando acalmar a respiração descontrolada, concentrada no barulho das máquinas de lavar rodando. Da chuva batendo no vidro. Do tique-taque do relógio.

E agora, o que eu faço?

Olho para o celular. É uma e meia da manhã. O próximo ônibus vai levar um século para sair. Não posso ficar tanto tempo esperando em um canto tão infame quanto esse, ainda mais com Matthew por aí...

Me sinto uma presa jogada numa jaula.

Eliotte, você não é presa de ninguém. Acorda. Vai ficar tudo bem.

Vai ficar tudo bem, sim. Posso ligar para minha mãe... ou até para Karl, pedindo para ele me buscar.

Ligo para o telefone dos dois, três vezes. Caixa postal. Caixa postal. Caixa postal. Fecho o punho.

Dane-se, me viro sem eles.

Checo o horário dos ônibus com os dedos ainda trêmulos: o próximo sai às três da manhã, de um ponto a vinte e cinto minutos a pé daqui. Eu adoraria ter uma superamiga para quem ligar, mas não tenho ninguém. Nem super, nem amiga, nem nada.

Mecanicamente, percorro os contatos do celular. Só nomes "das oito às seis": esses nomes que a gente só conhece durante o dia de aula, ou de trabalho em grupo. "Amigos" por conveniência.

Meu olhar se demora em um novo nome na lista.

Izaak MEEKA

Pressiono o botão de ligar sem pensar duas vezes.

16

A escolha

Eliotte

Depois de tocar cinco vezes, eu desligo. Isso é completamente idiota. Até parece que ele viria. Estamos brigados desde de manhã e, mesmo que não estivéssemos, ele não tem motivo nenhum para vir. Eu nem ficaria ofendida.

Estou prestes a guardar o celular quando ele começa a vibrar. É Izaak. *O quê?*

Estou com medo de falar com ele nesse estado. Mas ele pode ficar preocupado se eu não atender logo.

Izaak? Preocupado? Estou tão bêbada que acho isso possível? Melhor...

O celular para de vibrar. Ele já desligou.

Mal tenho tempo de piscar antes de entrar uma nova ligação. Será que...? Encaro a tela, os lábios comprimidos.

Dane-se.

— Alô?

— Eliotte? Tudo bem?

A voz dele está muito menos relaxada do que de costume. Está vibrante... e muito mais grave do que o habitual. Um pouco rouca.

— Tudo bem.

— Se estivesse, você teria atendido a primeira ligação.

— É que eu tinha guardado o celular na bolsa, aí demorei para pegar...

Minha voz está normal, graças a Deus. Volto a respirar tranquila.

— Demorou para pegar? — resmunga ele. — Enfim, tá, por que você me ligou?

Eu suspiro.

Mesmo que seja a ideia mais ridícula do mundo, eu digo:

— Estou com um probleminha, será… será que você tem como vir me buscar em Blossom?

Silêncio.

Eu me sinto ridícula.

— O que você foi fazer em Blossom?

— Saí com uma amiga depois de estudar, e ela foi embora mais cedo. Eu quis ficar mais um tempo…

— E qual é o "probleminha"?

— Tô sem dinheiro para um táxi de volta para Portland… e meus amigos não estão atendendo o celular, acho que estão numa festa.

Olho para meu vestido amarrotado, a meia-calça com fio puxado na coxa direita. Espero a resposta, tentando desatar o nó na garganta enquanto respiro.

— Chego em meia hora — anuncia ele, depois de um silêncio. — Não estou tão longe. Manda o endereço do bar.

— Obrigado, Izaak.

— Eu…

Um bocejo interrompe as palavras dele. Arqueio a sobrancelha.

— Você estava dormindo quando eu te liguei?

— Não.

Estou prestes a responder, mas ele desliga. Fico me sentindo mal. Com certeza o acordei… Eu devia ter pensado melhor.

Tento conter a culpa e envio o endereço da lavanderia, compartilhando minha localização. Suspiro de alívio. Ele vai chegar. E eu vou voltar para o loft.

Nem acredito que ele topou.

Após alguns minutos, meu celular toca de novo.

— Oi?

— Estou a caminho, já chego.

— Tá… Valeu.

Silêncio.

— Hum… Até mais? — digo, indo desligar.

— Espera. Fica na linha.

— Mas você….

— Ah, filho da mãe! Não, porra, não viu o sinal? Tá FECHADO, cuzão!

Afasto o celular da orelha enquanto ele grita com um infeliz qualquer, descendo a mão na buzina que nem um doido.

— Izaak, melhor desligar — digo, arriscando aproximar o celular da orelha. — Você está dirigindo, é perigoso.

— O perigoso é você estar numa cidade aleatória da Nova Califórnia às duas da manhã.

— Relaxa, está movimentado por aqui. Eu teria voltado de ônibus, mas o próximo só chega daqui a duas horas. Então não tem por que se preocupar.

— Não.

— É muito perigoso dirigir assim!

— Menos perigoso do que ficar sem contato aí nesse lugar.

— Vou desligar.

— Eliotte, se você desligar...

Desligo sem hesitar. Eu me recuso a deixar que ele sofra um acidente por minha causa. Estou prestes a fechar os olhos quando o celular vibra no meu colo de novo.

Izaak...

Eu recuso a chamada. Ele liga de novo. Eu recuso. Ele liga.

Depois de vários segundos, acabo atendendo:

— Você sabe quantos pontos na carteira vai perder nessa gracinha? Isso sem falar na sua vida.

— A gente não precisa conversar. É só deixar o celular ligado.

— E se acontecer alguma coisa, você vai fazer o quê? Além de me ouvir rezar e chorar pela minha mãe?

Acho que o escuto abafar o riso.

— Tá bom. Aceito deixar você desligar.

— "Aceita"?

— Autorizo, se preferir.

— Você é o maior cu...

— ... rioso? Curtidor? Culto? Cu...

— Não, estava pensando mais em culpado, talvez custoso... Hum... Cuzão, mesmo.

— Acho que você está equivocada quanto à pessoa ou à escolha lexical.

Minha boca abre um sorriso por contra própria.

— Tá bom, Izaak.

— Melhor desligar, agora que eu autorizei.

— Você é doido.

— Agora é você que está insistindo para ficar no telefone.

— Para, que tá parecendo coisa de casal cafona de mimimi pra ver quem desliga primeiro, Izaak.

— Ai, que nojo... Nem vem.

Ele desliga. Respiro fundo e abro um sorriso. Ainda sentada atrás da vitrine da lavanderia, abraço os joelhos e seguro firme o celular. Faz um tempinho que não escuto risadas estranhas ecoando na rua nem pedestres tão bêbados quanto eu. A chuva escorrendo no vidro começa a me ninar. Fecho os olhos e espero.

Em questão de instantes, eu me sobressalto. O celular vibrou.

Cheguei.

Quero sorrir de alívio, mas tenho medo de ser tudo uma grande piada. Izaak se deslocaria tarde assim para ajudar alguém? Para *me* ajudar, ainda por cima?

Não penso mais, apenas saio dessa porcaria de lavanderia. Paro de repente na calçada. O jipe dele está ali, parado no meio-fio, sob a chuva forte. Escuto o ronco do motor, não é sonho nem alucinação do álcool.

Corro até o carro e me jogo no banco do carona. O cheiro do pinheirinho pendurado do retrovisor, o couro do assento, o encosto de cabeça... Nunca imaginei que fosse me sentir tão segura nesse carro. Uma risadinha nervosa escapa de mim. Pronto, acabou. Outra vem, e preciso cobrir a boca com as mãos para me conter. *Acabou.*

Izaak me olha sem dizer nada por alguns segundos.

— Eliotte, você sabia que a gente tem máquina de lavar em casa?

Não consigo me conter. Outra gargalhada soa.

— E realmente, o bairro está muito movimentado... — acrescenta ele, olhando para as ruas desertas.

Eu pressiono os lábios e finalmente ouso encará-lo. Os olhos dele estão inchados de sono. O cabelo castanho está bagunçado, e ele veio com o conjunto de moletom cinza que usa para treinar em casa.

— Você não estava por perto, estava em casa, né? E não deu nem meia hora... Como é que você chegou tão rápido?

— Sinal fechado e limite de velocidade é besteira.

Abro um sorriso tímido.

— Obrigada por ter vindo... e desculpa pelo incômodo.

— Não desculpo... porque você mentiu. Está óbvio que você não estava de boa nessa rua vazia. E tenho quase certeza de que você veio a Blossom *sozinha*.

— Que diferença faz? Estou bem. Só tive um probleminha.

Ele cerra a mandíbula.

— Você está cheirando a bebida e a perfume masculino, Eliotte...

— Estou bem — repito.
— O que aconteceu? Está tudo bem mesmo?
— Está, não foi nada... Para de inventar coisa. — Baixo os olhos para meus dedos, que enrosco e solto sem parar. — Só fui tomar uns drinques para relaxar. Ando estressada com a faculdade.
Sinto minha voz falhar. Meu coração volta a apertar, como no momento em que vi Matthew mexendo na minha bebida; quando me senti um alvo.
"Que delírio é esse? Eu não estava com nada na mão!"
— Só tomei uma bebidinha, na-nada mais. Tá tudo... — Toda a angústia grudada no peito; todo o medo revirando o estômago; explode *tudo*. — ... bem.
Encolho as pernas no banco e escondo o rosto entre os joelhos.
Que noite caótica.
Estou ao mesmo tempo aliviada e apavorada por estar aqui. Caramba, que medo eu senti. Como eu me senti idiota, fraca, e...
— Eliotte, tá tudo bem. Você está comigo agora. Juro que não vai acontecer mais nada... Acabou.
Ele pousa a mão nas minhas costas, faz um carinho leve. A voz dele é... reconfortante. Nunca o ouvi falar com tanta delicadeza.
— Ei...
Sinto ele encostar as mãos no meu rosto... e eu deixo. Ele me solta quando eu o encaro. Seus olhos verdes se fixam nos meus por alguns segundos; estão menos reptilianos do que de costume. Não sei se é o reflexo dos postes, ou a atmosfera da chuva, mas estão muito mais suaves. Quase carinhosos.
— Pode falar... Mas se preferir não falar, a gente volta para casa e finge que não aconteceu nada, tá? — Ele respira fundo. — Mas, independentemente do que você quiser fazer, saiba que estou aqui, e que não vou embora.
Um tapa na cara. Levei um tapa na cara imenso. Um tapa na cara de doçura. Caramba, dor e cura ao mesmo tempo.
Caio no choro. Não sei por quê, mas... eu me deixo cair no abraço dele. Estou exausta. Só quero entrar em uma bolha. Os braços dele parecem uma bolha segura. É. Meu estômago se revira, meus dedos voltam a tremer.
Izaak me abraça e diz, com a voz um pouco mais grave do que antes:
— Está tudo bem. Já passou...
— Eu não devia ter ido ao bar, Izaak.
Ele não diz nada, apenas me deixa falar.
— Eu bebi com um cara... que conheço bem, quer dizer, achei que conhecia... Ele foi superlegal, simpático e... fui ao banheiro... — Izaak aperta mais meu casaco, e continuo: — Na volta... acho que o vi colocar alguma coisa

na minha bebida. Peguei minhas coisas para ir embora, mas ele me seguiu. Tive que me esconder nessa lavanderia, que nem uma idiota.

— Você não é idiota. E, se te conheço bem, se ele te alcançasse, tenho certeza de que você teria quebrado a cara dele. Nada teria acontecido. Você não fez nada de errado, Eliotte. *Nada.*

Permaneço em seus braços, encharcando a blusa dele de lágrimas. As gotas de chuva param de esmurrar os vidros e começam a tamborilar de leve. *Pop. Pop. Pop.*

— Eliotte.

— Oi?

— Esse cara ainda está no bar? Você aguenta me esperar aqui?

Eu me solto de seus braços fortes.

— Sei lá. Só quero ir embora.

— E eu só quero ver a cara dele. Volto em dez minutos, no máximo.

— Não, ele com certeza foi embora e...

Abaixo os olhos. E se Izaak aparecer lá, mas... mas Matthew não tiver botado nada no meu copo? Talvez fosse delírio meu mesmo.

Bebi demais...

Tenho quase certeza de que vi a mão dele em cima do copo... mas sem virar nada.

Izaak suspira. Dá a partida.

Eu me afasto, me encolho no assento. Estou zonza.

Foi bom esse abraço. Muito, muito bom.

— Dizem que você é o maior babaca, mas... eu gosto quando você é fofo.

Ele fica em silêncio por um instante, antes de dizer:

— Eliotte nunca diria isso sem estar alcoolizada.

— Porque ela mente e esconde muita coisa.

— Sei bem. Parece que a gente não é tão diferente.

— Que cara é essa? É a ressaca ou o prazer que você sente quando me vê? — provoca Izaak.

Eu o encaro enquanto ele desce a escada a caminho da cozinha.

— Acabou o café. Como é que você quer que eu sobreviva?

Ele levanta o indicador, pedindo para eu esperar, e vai para trás do balcão. Revira um dos armários e tira uma caixa de madeira decorada com uma fita roxa.

— Comprei um chá novo terça-feira. Uma mistura de tamaryokucha com Earl Grey clássico. Amadeirado, leve, suavemente adocicado... incrível.

— Prefiro dormir em pé a te dar a satisfação de tomar seu chá.

— E você acha mesmo que eu ia deixar você mexer nisso? Fique à vontade com os saquinhos de chá de menta, mas essa maravilha... nunca. Você não merece.

— Aff... Aposto que tem gosto de xarope, mas você pagou caro demais para jogar fora.

Ele passa a mão no rosto, ultrajado.

— Quer saber? Quero que você prove, sim. Mas só para você engolir o que disse. Além do mais, dizem que é bom pra ressaca.

Abro um meio-sorriso.

Ele ia me dar mesmo, desde o começo... Sério? Mas por quê?

Por que não ser egoísta e não-tô-nem-aí daquele seu jeitinho, Izaak?

— Tá — respondo depois de alguns segundos. — Vamos provar.

Ele me olha com confiança antes de tirar um monte de utensílios da gaveta. Minuciosamente, com precisão científica, ele pega as folhas secas, mede a quantidade, mistura, mexe...

— Izaak, é chá, não maco...

— Silêncio. Estou concentrado.

Fico parada, encostada no balcão, por vários minutos, observando-o preparar a poção. Para *mim*. Como se, desde ontem, o sistema dele estivesse bugado. Erro 404. Eu esperava tudo, menos isso. Estou preparada para qualquer sarcasmo, um "te peguei!", ou um sorriso zombeteiro que me faria entender que foi tudo piada.

Mas não tem nada disso. Só ele mexendo o chá, absorto pelas ervas e... minha ressaca.

Izaak...

As ondas castanhas indomáveis do cabelo roçam timidamente sua nuca. Ele usa uma camiseta branca, menos larga do que de costume; é colada o suficiente para eu ver os músculos se desenharem sob o tecido a cada movimento. Desvio os olhos quando ele levanta o rosto. Izaak me oferece uma xícara fumegante. Eu aceito e aproximo o rosto, desconfiada, para inspirar o vapor. É cheiroso.

Quanto vale esse elixir divino?

Dou um gole hesitante.

— Seja bem-vinda ao outro lado, Eliotte. O que acha de se livrar do lado sombrio da força?

— Para ser sincera... tem gosto de xarope.

— Está me zoando? Espera aí... Vou ter que fazer o sinal da cruz. Talvez te exorcizar. O que aconteceu com você, Eliotte? Que presença nefasta te possuiu?

— Sério! Esse negócio não é tão impressionante, Izaak. Com água quente e um xarope de qualidade, faço igual. Melhor, até.

Dou uma piscadela convencida, e sorrio. Ele balança a cabeça, cheio de desprezo.

— Eu estava certo: você não é digna desse preparo. Enfim... acaba a xícara mesmo assim, que faz bem. Para a ressaca.

— Valeu.

Eu sento no banquinho enquanto Izaak prepara o café da manhã. Vejo ele cortar frutas enquanto me forço a beber a xícara de xarope quente.

— E aí... — diz ele, continuando a cortar as frutas. — Não precisa responder. Sério. Mas fiquei pensando...

— Pois não?

— Por que de repente você ficou com vontade de encher a cara em um bar ontem?

17

Meu carro

Eliotte

Fico de estômago embrulhado.

Não consigo decidir se quero mentir ou contar a verdade. Tenho a estranha sensação de que ele não merece uma desculpa qualquer. Por outro lado, a verdade ainda não está pronta para sair da minha boca.

— Eu não devia ter perguntado — diz ele.

— É que ainda é muito recente, e...

— Eliotte. Não precisa se justificar — interrompe ele, e me encara. — Muito menos para mim. Não devemos absolutamente nada um para o outro.

— Verdade.

— Fui te buscar ontem por princípio. Não para você ficar em dívida comigo.

Abro a boca para agradecer, mas ele interrompe:

— A gente não significa nada um para o outro.

Fecho a boca. Boa lembrança. Não devo nada a ele. Ele não me deve nada. Somos dois desconhecidos, obrigados a morar debaixo do mesmo teto; dois desconhecidos, obrigados a fingir que se amam.

Eu suspiro.

Enquanto ele termina de preparar a salada de fruta, bebo o resto do chá e volto para o quarto. Eu me arrumo rápido e desço para esperá-lo na sala, para irmos juntos à faculdade. Izaak aparece depois de uns quinze minutos, com um suéter cinza e a jaqueta vintage de couro marrom. Ele gosta de se fazer de desleixado, mas dá para ver que presta muita atenção às roupas que escolhe. Ainda assim, não consigo deixar de pensar que prefiro a camiseta branca um pouco colada.

Quando sento no jipe, sinto uma onda de calor se espalhar pelo peito. Esse carro foi tão importante na noite de ontem, sob a chuva forte. O único lugar onde consegui voltar a respirar.

— Fiquei pensando, Izaak... o que eu falei quando estava bêbada? — pergunto, quando ele se senta ao meu lado. — Mal lembro do que aconteceu depois de você chegar.

— Nada de mais. Você caiu no choro e depois dormiu.

Uma onda de calor se espalha pelo meu rosto.

O que eu fiz, senhor amado?

— Houve um diálogo curto entre essas duas etapas, mas não se preocupa. Você não disse nem fez nada de constrangedor.

— Além de chorar.

Ele ri pelo nariz.

— O que foi?

— Você fica com o nariz todo vermelho quando chora, parece um filhote de husky abandonado no abrigo.

— Não tem a menor graça essa piada. Você já foi mais criativo.

— Foi só uma descrição. Ah! Pronto! Esse sim é um apelido merecido: filhote de husky. Da próxima vez que tiver a audácia de me chamar de "gatinho", já tenho uma resposta. Isso, *sim*, vai ser constrangedor.

— Que demoníaco, Izaak — retruco, sem emoção na voz. — Um apelido para calar minha boca? Que infame. O que vou fazer da vida? Estou ferrada.

— Você nem sabe como está certa.

Depois do trajeto animado por um debate sem fim, como é de costume com ele, finalmente encontramos uma vaga no estacionamento.

E lá vamos nós para mais um dia de aulas intermináveis.

— A gente se encontra aqui às duas para ir direto ao compromisso? — pergunta Izaak, desligando o motor.

— Pode...

Não acredito.

Meu corpo congela. No fundo do estacionamento, eu vejo *ele* correr até nós na maior velocidade.

— O que é mais interessante do que nossa pontualidade? — pergunta Izaak, se virando.

— Nada. Vou lá. Até.

Sopro um beijo antes de abrir a porta... mas *ele* já está na frente da porta de Izaak.

Matthew.

Ele se apoia no vidro.

— Pode vazar, valeu — diz o Meeka mais velho, vendo o braço a
no jipe.

— Tenho que falar com Eliotte.

Ele suspira e se desloca para abrir espaço.

— Não tenho nada a dizer — declaro, firme.

— Wager, a gente...

— O que foi, tem algum problema aqui? — corta Izaak, e se vi
mim. — Quem é esse?

— Ninguém.

— Eliotte, a gente pode conversar a sós? — insiste Matthew.

Izaak se vira bruscamente para ele, e empurra o cotovelo dele co
lência para que se afaste do carro.

— Acho que minha esposa não quer conversar com você. Muito
a sós. Agora, vaza.

— Por favor — insiste Matthew, ignorando meu acompanhant
gente tem que falar de ontem.

Quando me preparo para responder, noto a cara fechada de Iz
sobrancelhas franzidas.

Ele abre a porta abruptamente, fazendo Matthew recuar, e, nu
desce do jipe.

— Quem é você, mesmo? — solta ele, com a voz contida, mas du

— Izaak, deixa quieto, vamos lá — peço, indo até ele.

— Repito: quem é você? — insiste Izaak.

— Sou só um amigo de Ash e Eliotte.

— Tá tirando uma com a minha cara?

— Escuta, houve um mal-entendido que quero esclarecer com E
ponto. Não quero causar problema nenhum.

Um mal-entendido?

— Espera aí um segundo... é o cara do bar? — pergunta Izaak, se v
para mim.

Não tenho coragem de responder.

Uma veia lateja no pescoço dele, e um soco é disparado. E depois
Izaak está espancando Matthew.

— O que você tá fazendo? Izaak!

Ele empurra Matthew contra um carro, prestes a quebrar a ca
Sem pensar duas vezes, eu me coloco entre os dois, de frente para

a de repente, arfando. Encosto a mão no braço dele, para ancorá-lo,
aro, confusa.

hega, eu resolvo sozinha... Vo-você pode deixar a gente conversar
os?

u é que não saio daqui.

10 é que é?

or favor, Izaak. Quero ouvir o que ele tem a dizer.

Ias está esperando que ele diga o quê? "Foi mal por tentar te drogar"?

u nunca faria isso! — intervém Matthew.

'arou! — exclamo. — Você também, Izaak! Não precisa sair gritando

)esculpa... — diz ele, e fuzila Matthew com o olhar. — Mas, ainda
não vou sair daqui.

o o braço dele com um gesto brusco e me afasto.

'á bem, como você quiser.

andando até uma árvore no gramado perto do estacionamento.

ne viro para Matthew e grito:

stou com pressa, então, se quiser dizer alguma coisa, tem que ser
/ocê tem cinco minutos!

i vou...

ne alcança a passos largos. Verifico se Izaak não vem atrás, mas ele
ıa parado no meio do estacionamento. Ele cerra os punhos, sem
de nos olhar. Eu me viro para Matthew.

você consegue.

stou escutando. Quatro minutos.

u juro, Eliotte, por tudo que é mais sagrado, que não tentei te

o que diria alguém que peguei tentando me drogar.

Ias por que eu faria isso? A gente se conhece há anos, vai juntos a
á anos, e eu *nunca* fiz nada com você. Pelo contrário, sempre cuidei
, junto com Ashton.

ıprimo os lábios. É verdade. Quando Ashton não podia dirigir, era
Matthew que me dava carona. Ele sempre ficou de olho em mim
) Ashton não estava. Não sei o que aconteceu ontem, mas não posso
ue ele *nunca* errou comigo antes, nem chegou a tentar nada.

) que me lembro, Matthew Rivera sempre me respeitou.

s eu vi a mão dele perto do copo... Eu...

N-não sei, Matthew.

— Por favor, Eliotte... Não sei o que fiz naquele momento para você achar que eu estava botando alguma coisa na sua bebida, mas juro que não foi isso.

Eu o encaro de punhos fechados. Seus olhos azuis me fitam, esperando a resposta. Não sei exatamente o que vejo ali, mas meu coração para de palpitar. Não estou mais enjoada que nem ontem. Me sinto serena.

Você conhece Matthew. Ele não é assim.

— Vou para a aula — falo, e me viro.

— Espera... Vo-você acredita em mim?

— Por que quer tanto que eu acredite?

— Porque é insuportável saber que me acha um lixo humano.

Olho para a grama aos nossos pés.

— Não acho.

Falo isso e vou embora. Matthew não me segue — melhor assim. Vou até Izaak, que não se mexeu meio milímetro.

— Tudo bem? O que ele falou? Era o cara do bar? — questiona Izaak quando me aproximo.

— Está tudo bem. Obrigada, Izaak.

Sorrio para ele antes de pegar a mochila que ficou no carro.

Nós seguimos caminho juntos para o campus.

— Ele veio correndo que nem um degenerado com aquele moletom imundo... — diz Izaak, de repente. — E ainda meteu aquele cotovelo no *meu* carro. *Bostinha.*

Nós atravessamos as alamedas do jardim do campus.

— E viu a cara dele, aqueles olhões azuis? — continua. — Parecia uma porra de um tarseiro.

— O quê?

— Pesquisa uma foto do bicho à sua própria conta e risco.

Eu rio antes até de pegar o celular. Depois de digitar na barra de pesquisa, caio na gargalhada.

Não acredito...

— Tarseiro.... não conhecia. Mas dá um bom apelido fofo. Né, meu tarseirinho querido?

— Nem vem, minha filhotinha de husky.

Ajeito as alças da mochila no ombro.

— Eliotte, se foi ele o cara de que você falou, ele não tem *nenhuma* desculpa — diz Izaak. — Você pode até achar que é um bonitão, com aquelas tatuagens toscas e aquele moletom amarelo nojento, mas não se deixe convencer pelo charme desse doente. Você tem que me prometer que vai cortá-lo da sua vida.

Eu me viro para ele.
— Por quê?
— Porque ele é um doente, acho que já fui bem claro.
— Achei que eu não te devesse nada, Izaak, e agora tenho que te prometer essas coisas? E por que você ficou tão... envolvido, quando ele quis falar comigo?
Ele me encara, com o olhar frio.
— Larga de inventar coisa. E pode fazer o que preferir, Eliotte. Não estou nem aí.
Sou eu inventando coisa? Quem ele acha que é?
Olho para o céu, e continuamos andando. Só quero que ele seja um pouco mais coerente. Porque nunca sei em que pé estou com ele. Para ser sincera, não quero estar em pé nenhum!
Não quero mais.
— Obrigada por intervir, mas... não precisa desse trabalho todo. Não sou ninguém para você. Você é só meu marido fictício.
— É, mas isso não significa que eu não tenha sentimentos. Posso ficar indignado, sentir vontade de esfregar a cara de escrotos no chapisco, ajudar quem precisa... Não é?
Meu coração para.
— "Quem precisa"? Sou sua boa ação do dia, por acaso?
Baixo os olhos para meus sapatos no asfalto e tensiono a mandíbula. Não suporto a ideia de ele sentir pena de mim. E ele sente desde o *começo*.
— Primeiro, você investiga meu pai, agora me protege que nem um herói vindo ao socorro de uma donzela indefesa... Você sente dó de mim, Izaak.
Levanto o nariz para observá-lo.
— Dó? Não tenho tempo de sentir dó de ninguém. Não é caridade.
De ninguém.
A resposta me cala.
Eu nem tinha notado que chegamos ao anfiteatro. Izaak pigarreia diante da minha expressão atordoada, para indicar que tem outros alunos ao nosso redor.
— Não esquece que sou sua alma gêmea e que você não quer me matar — cochicha ele.
Ele pega minhas mãos, sorrindo. Nunca vou me acostumar com essa cara de anjo. Também sorrio, inclinando a cabeça.
— Até mais tarde, Izaak.
— Você vai sobreviver a três horas sem mim?

Um sorriso zombeteiro se desenha discretamente na boca dele. esse é o Izaak que conheço.

— Já me sinto vazia sem você — respondo, sarcástica. — Estou mo devagarinho.

Com esse tom seco, levo a mão ao coração, imitando a dor de un nhalada no peito. Ele ri.

— Não esquece o compromisso mais tarde. A gente se encontra à no estacionamento, tá?

Concordo, e ele inclina o tronco largo para mim. Ele para por u tante a alguns centímetros do meu corpo, como se estivesse questio o que fazer.

Devo beijá-lo? Na bochecha? Na boca? Na testa?

Sinto um breve momento de pânico antes de abrir os braços, sem mais. A gente se abraça por alguns segundos. A jaqueta dele está impr de um perfume de cereja e limão. E também de menta.

Finalmente, minha "alma gêmea" se afasta, beija minha cabe deseja um bom dia.

Sinto meu coração apertar no peito. Não é natural ir de oito a assim, em segundos. No nosso caso, está mais para ir de zero a c desconhecidos a grande alma gêmea. Às vezes, eu queria só me sit um ponto no meio do caminho.

Além dessa situação perversa, Izaak tem um jeito próprio de qu fingir, de se mostrar atencioso e então mandar tudo às favas, de ser c comigo e então nem olhar na minha cara.

Por que tudo com ele é tão complicado? Como funciona sua cabeça?

Franzo a testa e entro no anfiteatro.

Assim que encontro um lugar, abro o laptop na carteira de mad

— Como vocês sabem — declara o professor de ciência psic moderna —, há cerca de vinte anos, o sonho lúcido pode ser contr influenciado por um terceiro, um indivíduo externo à experiência psí Kendra Löch quem teoriza o movimento por inércia mental compart ou, em outras palavras: como sonhar a dois. Seus trabalhos de 207 pilares desta ciência "moderna".

Sonhos lúcidos a dois...

Enquanto escuto, sem prestar muita atenção na análise do pr Kawthar, ocupada demais em terminar uma outra tarefa no comp ouço a porta de trás do anfiteatro ranger ruidosamente. Observo a s que se revela e estreito os olhos, achando que reconheço o casaco ar e cabelo castanho penteado com pressa.

tthew.

sobe a escada pulando degraus, procura um lugar e... me olha. Finjo bsorta na tela do computador, mas não funciona. Ele vem andando u lugar, tira minha bolsa na cadeira vazia ao meu lado, e senta como fosse nada de mais.

Vem vai perguntar se o lugar está vago? — cochicho, digitando no palavras soltas do que o professor diz.

Não tem a menor chance de alguém chegar mais atrasado do que ger.

Tem mais de trinta lugares vazios aqui.

É, mas só um é do seu lado.

abre um sorriso angelical.

tt...

vio a atenção dele, e tento retomar o fio da meada das anotações.

stá no item b, ou c? Ou será que... Já nem sei.

Não acredito... — diz ele.

) que foi?

Você mentiu. Disse que acreditava em mim, mas está agindo como sse um tarado pervertido que...

Espera aí, espera aí... Que história é essa? — pergunto, me virando mente. — Eu *já* achava isso de você, muito antes de ontem.

me encara com um olhar sarcástico.

Hilário. Que piada. Morri de rir. Nossa, que comédia.

Cuidado para não sufocar. E, não, não menti, Matthew. Acredito em ó estou agindo... normalmente.

levanta as sobrancelhas, baixando o canto da boca. Acho que minhas as o afetaram.

Normal? *Comigo*? — responde ele, retomando o ar confiante. — No diferente.

No bar, eu estava bêbada.

engraçada. E simpática. E muito mais...

Matt, estou tentando prestar atenção na aula.

Você realmente está prestando tanta atenção que não tem quase scrito na sua tela — retruca ele, se inclinando para dar uma olhada nhas anotações.

me sobressalto. O perfume dele parece mais adocicado do que no ais suave.

Viu? Preciso de extrema concentração e muita capacidade mental anscrever a aula — comento, apesar do constrangimento pela pro- de. — Então me deixa trabalhar.

Ele suspira e recua.

— Só porque é você.

Eu me concentro na voz do professor.

Depois de alguns segundos, Matthew bate o ombro no meu.

— Tem uma folha sobrando, Wager? Estou sem computador.

— Veio para a faculdade de mãos abanando, foi?

— Meu notebook pifou na última aula.

Olho para a sua mochila.

Está de brincadeira?

— Sua mochila está vazia.

— Que nem meu coração quando você fala nesse tom, Eliotte — graceja ele, fazendo um biquinho.

Ele faz um coração com as mãos e o parte, separando os dedos.

— Foi mal, trouxe só o computador — respondo, contendo um sorriso. — Eu te mando o arquivo... então melhor me deixar digitar.

— Acabou essa conversinha aí?

Matthew e eu nos viramos ao mesmo tempo para a garota que nos interrompeu.

— Nem começou, para ser bem sincero — retruca Matt.

— Manda pra gente suas anotações da matéria, Maggy, e prometo que não vai mais ouvir uma palavra das nossas bocas. — Faço o pedido com um sorrisinho.

— Você é cara de pau mesmo, hein! — responde ela, rindo.

Matthew se debruça tranquilo no encosto da cadeira, para chegar mais perto de Maggy.

— Anota aí. Matthew-ponto-Rivera-arroba-universidade...

— Vai sonhando.

— Ah, Maggy, nós dois sabemos muito bem que, em sonho, eu não uso roupa.

Ela está prestes a responder, mas muda de ideia. Está com o rosto vermelho.

— Tá, eu mando à noite, quando sair do estágio... agora me deixem ouvir a aula.

Matthew agradece com um elogio que parece tirado do bolso — ou da cueca —, e eu me viro de volta para o computador.

Esse maldito estágio... Mais outro problema para a lista.

Passo a mão no cabelo e suspiro. Estou procurando estágio desde o mês anterior, mas tudo foi perturbado por um evento um tanto inesperado: meu casamento com Izaak Meeka.

— Que cara é essa, Wager?
— É que estou pensando no estágio... — resmungo, desesperada. — Ainda não arranjei vaga.
— Sério? Onde quer fazer?
— Pensei no Departamento de Saúde e Bem-Estar, ou quem sabe em uma consultoria psicológica.
— Sabia que minha mãe trabalha nesse departamento? Posso perguntar se tem vaga para você.
Meus olhos brilham.
— Ia me salvar, Matt.
— Viu, tem vantagem em me aguentar de vez em quando.
Finjo que me ofendi, mas sorrio.
— Sério, mas não precisa se sentir obrigado — acrescento. — Já disse que acredito em você.
— Não é obrigação, é pela Eliotte simpática que encontrei no bar. Ela é muito menos ácida. E mais sorridente.
— Ontem não era eu. Agora, sim, é a Eliotte de verdade.
— No bar, você não estava com essas barreiras todas. Devia baixar a guarda de vez em quando.
— Por quê?
— Para fazer amizade. Sua vida não se limita ao seu marido e a seus pais.
Eu baixo os olhos. Se ele soubesse quão errado está...
— Bom, eu vou indo... — diz ele, pegando a mochila. — Nem preciso ficar, se a ruiva vai mandar a matéria.
Sorrio de novo. O cinismo dele me lembra Izaak. Eles se dariam bem. Quer dizer... se não tivessem começado com o pé esquerdo, ou, no caso de Izaak, com a mão direita. Mas talvez tenha conserto.
Você está realmente pensando em formar amizade entre outras pessoas, sendo que você não tem nenhum amigo?
Reviro os olhos. Não preciso de marido, dos meus pais, muito menos de amigos. Eu me viro muito bem sozinha.
Não era o que você estava pensando ontem no bar.
Eu estava... exausta. E tentando digerir a traição de Ashton. Só isso.
Eu me viro muito bem sozinha.
— Eliotte? Escutou?
— Ah, oi — digo, voltando a atenção para Matthew.
— E aí, vamos? Quer que eu te dê uma carona, se não tiver mais aula?
— Não, não, relaxa. Vou ficar.
Ele assente.

— Tá bom. Até mais, Wager.

Matthew se despede com um aceno rápido antes de sair do anfiteatro. Espero alguns minutos, para garantir que ele foi embora e também arrumo minhas coisas. Ele está certo: nem adianta ficar aqui, até porque estou morrendo de tédio. Ele só não pode saber que preferi ir embora sozinha.

O dia continua sem notícias de Izaak.

De qualquer forma, vou encontrá-lo daqui a dez minutos no estacionamento. Marcamos às duas horas para então irmos ao cinema. Pela primeira vez, chego adiantada. Espero na frente do jipe, com as mãos nos bolsos do casaco. Está um frio danado.

Eu não devia ter falado tão abertamente sobre o que sinto em relação às atitudes dele. Achei que teríamos uma conversa sincera, mas quebrei a cara. Ele não está nem aí pra nada. Vive no mundinho dele, no tempo dele, nas regras dele. Nem por um segundo ele pensaria em dar uma olhada para ver o que acontece no meu mundo. O comportamento dele ontem foi um engano. Ele agiu por pena, e só. Fui seu caso de caridade. Sinto um aperto na garganta.

Olho para o relógio. Ele está quinze minutos atrasado. Esse não é o tipo de coisa que ele costumar fazer… Espero mais uns dez minutos, até não sentir mais os dedos de tanto frio.

Que bizarro…

Abro a mochila rapidamente para pegar o celular. Ligo para ele, batendo o pé, ansiosa. Ele atende no quarto toque.

— Izaak? Tudo bem aí?

— Hum… tudo. Por quê?

Estou sonhando?

— Porque a gente marcou às duas! Você tá atrasado!

— Ah, puta merda! Esqueci!

— Sério? Faz meia hora que estou esperando aqui.

— Caramba. Finalmente pontual, Eliotte. Que orgulho.

— Quer saber? Vou de ônibus. Pode ir sozinho.

— O quê? Não, não faça isso! Ia pegar muito mal se a gente chegasse separado. Estou do ladinho do estacionamento, já chego, Eliotte.

Quando ele finalmente aparece, estou batendo os dentes de frio.

— Valeu por esperar — diz ele, destrancando o carro.

Eu entro correndo e tento ligar o aquecedor, batendo no painel... mas não é *touch*. Tinha esquecido totalmente que era um modelo antigo.

— Como você pôde esquecer, Izaak? — exclamo, apertando todos os botões. — Foi você quem insistiu para eu chegar na hora!

— Você só me fugiu da cabeça.

Eu fugi da cabeça dele.

Como se eu fosse só um momento. Esqueço o aquecedor e me viro para o vidro, cerrando os punhos. Será que daria tanto trabalho mesmo para ele formular frases com um mínimo de tato? Na real, não. Eu nem devia esperar tanto. O que estou...

Uma bola de lã acerta minha cara.

— Toma meu cachecol. Para não morrer de frio.

— E a culpa é de quem, hein? — resmungo, enroscando o cachecol no meu pescoço.

A lã tem o cheiro de Izaak. Amadeirado, um pouco ácido. Enquanto esfrego as mãos, Izaak aperta um botão e, finalmente, o ar quente preenche o ambiente.

Talvez o calor me deixe menos sensível...

E ele, menos babaca, quem sabe.

— Vai passar o encontro todo fazendo cara feia para mim? — diz ele, depois de alguns segundos.

— Por quê? Se eu disser que não, você nem vai se desculpar.

Ele bufa.

— Pelo menos me pouparia um pouco de energia. É um bem precioso, sabia? Mas, primeiro, quer que eu me desculpe pelo quê?

— Por me deixar plantada aqui. Por me esquecer.

— Ah, isso... — Ele revira os olhos.

— Você não me leva a sério mesmo, né? — reclamo.

Olho para o outro lado.

— Seu tarseiro, é cada uma que parece duas — afirmo.

Ele solta uma risada.

— Gostou mesmo do tarseiro, né? E duas do quê, me diz?

— Tem muita coisa no mundo que vem em duas.

— Ah, nossa... lembrei daquela lenda idiota que contavam pra gente no maternal. Lembra?

Arregalo os olhos, lembrando a historinha infantil.

— Lembro! Você também teve que decorar? Como era mesmo? "Crianças, quantos braços vocês têm? Dois! Quantas narinas? Duas! E quantas mãos? Duas!"

— "Mas quantos corações vocês têm?" — continua Izaak. — "Só um! Porque o segundo é o da sua alma gêmea, que espera em algum lugar..." As pessoas estariam condenadas a passar a vida toda em busca da outra metade... Dá para acreditar nessa besteira que mandavam a gente engolir?

Seríamos apenas metades perdidas, a esmo na existência, sofrendo com a falta insustentável e destinados a nos unir a outro, para formar um todo. Como se eu, sozinha, já não bastasse. Como se alguém pudesse aparecer do nada e dizer: "Graças a mim, agora você está completa". Que erro. Eu *sou* completa. Algorithma quer nos fazer acreditar que somos incompletos, vazios, e que precisamos encontrar outro igual, para não ficarmos assim para sempre. Mas eu não quero outro inteiro. Um outro humano.

Ao meu redor, parece que todo mundo tem uma metade de plástico, um buraco imenso às vezes preenchido com artifícios. Ao pensar em encontrar sua outra metade, parecem esquecer a que já possuíam. A ponto de negligenciá-la. Até ela deixar de existir.

— Isso sem falar nos contos de fadas... — acrescento, bufando, para expulsar esses pensamentos que me deixam enjoada. — Era ridículo. Mesmo aos 4 anos, eu sabia que era uma bobagem.

Ele sorri até enrugar os olhos.

— O que foi? — pergunto.

— Sinceramente? Eu gostava dos contos de fadas.

— Como é que é? Aquelas cafonices?

— Para... *A bela e a fera*, com a heroína que ama apesar das aparências, *A pequena sereia*, que fica muda por amor... É... hum...

— Meloso? Derrete seu coraçãozinho?

Ele pigarreia.

— Não, não, mas... narrativamente, é irado. Tem... é... tem belas peripécias. E a moral é nobre.

— A moral é nobre? Que jeito interessante de falar que é meloso.

Eu o observo, concentrado na rua. O rosto duro, a jaqueta de couro... Eu me engasgo com um riso.

— Nem acredito... Izaak Meeka adora contos de fadas.

— Não, sério, é que do ponto de vista literário não dá para negar...

— Pode parar, meu gatinho de chocolate. Você foi desmascarado.

— Seu... o quê? Nunca mais diga uma coisa dessas.

— Ah! Foi mal. Prefere meu príncipe encantado? Melhor: meu amado, com seu corcel fiel?

— Chega. Assunto encerrado. Vamos mudar de tema.

— Pode assumir seu gosto e seu coração sensível, mocinho.

Ele me olha irritado, prestes a retrucar, mas já estamos chegando no cinema, um pouco atrasados.

Na sala, a tela está iluminada, e os hologramas que representam os atores já se mexem ao som da música. Nem sei que filme viemos ver... Olho para o ingresso, reservado por Algorithma. Poltrona 29K.

Procuro a fileira K, que Izaak aponta para mim. Vou até lá, tentando não tropeçar no escuro nem derrubar o balde de pipoca.

De repente, sinto Izaak pegar minha mão. A dele está quente, e é calejada em alguns pontos. É chocante, porque não imaginei que ele fosse de praticar contato físico... Ele chega perto da minha orelha, e eu sinto outro calafrio quando ele apoia a outra mão nas minhas costas.

— Ainda está de cara feia?

— Claro... meu tarseiro — acrescento, com a voz clara.

— Sou eu que vou acabar emburrado, sabia? Acho que preferia gatinho. Não, esquece. Retiro o que disse, senão você vai levar a sério. Nunca me chame assim, Eliotte. *Nunca*. — Ele ri baixinho antes de parar de repente. — Espera aí, você ainda está chateada mesmo? Nem riu comigo.

Viro o rosto para ele.

— Porque não teve graça.

Sua expressão murcha. Eu me seguro, mas uma gargalhada irresistível coça na garganta. Acaba saindo, a contragosto. Um cara sentado perto de onde estamos diz, a meia-voz:

— Cala a boca!

— O que foi? É proibido se divertir?

— Estraga-prazeres — diz Izaak, atrás de mim.

Seguimos até a fileira certa.

— Licença... Perdão, senhora. Por...

Eu fico paralisada.

Ashton está bem aqui, sentado a duas poltronas das nossas, com Emily.

— Vai, Eli... Anda, por favor — cochicha Izaak, com um sorrisinho.

Eu fico plantada. Como se meu coração tivesse parado. Eu os encaro, pressionando o maxilar.

— Ah, oi, mano — diz Izaak. — Tudo bem? Bom filme!

Ele faz um pouco mais de pressão na minha cintura.

Merda, preciso me recompor.

Balanço a cabeça e me jogo no meu lugar. Izaak senta ao meu lado e eu estendo a pipoca sem olhar para ele, encarando a tela. Estou suando. Meu casaco pinica.

Ele cochicha no meu ouvido:

— Tem cientistas na antepenúltima fileira.

Mas é óbvio... Eles também estão aqui.

— A pipoca é doce, viu? — informa ele, sorrindo, em simbiose com o marido modelo. — É a sua preferida, não é?

Ashton está bem aqui. Grudado com a nova namorada. Sua alma gêmea.

— E você viu o trailer, Eli? O trailer parece incrível, não?

— Hum... Eu... É, vi, sim.

Respiro fundo.

De repente, ele chega mais perto ainda e murmura:

— O encontro de Ashton também foi programado por Algorithma... Esses filhos da mãe calcularam tudo. Vão testar a gente hoje, Eliotte. A gente não pode errar.

Ele tem razão. Vamos ser observados pela sessão inteira. Será que ficaremos distantes da nossa alma gêmea? Será que vamos espiar a outra dupla?

Preciso me mostrar indiferente ao outro casal e próxima a Izaak, para persuadi-los de que eu e Ash seguimos em frente.

— Sinceramente, essa situação não é fácil para ninguém — continua ele. — Sabe... notei uma tristeza absurda nos olhos do meu irmão quando ele me viu com você. E isso me afeta. Não quero fazer mal a ele... mas, se esses caras do fundo da sala perceberem, vão deduzir que sei que Ashton ainda tem sentimentos por você.

Eu expiro, passando a mão no rosto.

Que situação...

18

Borboletas

Também não quero magoar Ashton. A ideia é inconcebível para mim. Mas na verdade, me pergunto se ainda sou capaz de machucá-lo. Naquele dia, na porta de sua casa, ele estava bem com Emily. Emanava felicidade... e *amor*.

Sei que não deveria, mas não consigo me conter. Não consigo me controlar. Finjo pegar a pipoca do colo de Izaak e dou uma olhadela neles. Encontro o olhar de Ashton, que logo vira a cara. Ele estava nos olhando desde o começo... A mão de Emily está apoiada no peito dele, e o braço dele, nos ombros dela.

Mordo minha bochecha e apoio o balde de pipoca no assento vazio do meu lado.

— Acho que... que...

— O que foi? — cochicha Izaak.

Afundo as unhas no braço da cadeira. Sinto um aperto tão forte no peito que parece que vou explodir.

— Eli?

— Acho que ele ama mesmo essa mulher — comento.

— Por que acha isso?

Abaixo a cabeça, meu olhar perdido no carpete furado.

— Porque ele está abraçado nela? Eliotte, a gente também faz essas coisas em público, sendo que, obviamente, não tem nada entre a gente, então...

— Sabe por que fui ao bar ontem? — digo, me virando para ele.

Ele balança a cabeça com o olhar sério.

— Na véspera, Ashton me chamou para conversar de madrugada, para pedir desculpas e dizer que precisava de mim... que... que me amava. Parecia uma porra de um filme. — Olho fixamente para meus dedos entrelaçados e continuo: — Hesitei muito, mas... fui encontrá-lo. No dia seguinte, eu o procurei depois do treino, para dizer que sentia o mesmo.

— E... o que ele falou?

— No fim, a gente nem se viu. Mas minhas dúvidas foram todas respondidas quando ele saiu de casa, sorridente, abraçado em Emily.

Sinto a garganta apertar.

Puta merda, não é hora de chorar!

Respiro fundo, tentando acalmar meu coração, que bate numa velocidade desvairada. Abro a latinha de refrigerante e bebo mais da metade em um gole só.

Acorda, Eliotte: tem cientistas a poucos metros de você, prontos para complicar sua vida se você vacilar.

— Tem certeza?

— Tenho, Izaak. Garanto que Ashton não leva ninguém para o quarto só para mostrar a coleção de selos.

Izaak fecha os olhos por um segundo.

— Vamos ficar de mãos dadas, absortos nesse filme fascinante. E o resto que se dane — digo, acionando a função 8DX do meu assento.

A poltrona começa a balançar no ritmo da trilha sonora e dos movimentos dos hologramas. Acho que é um filme de fantasia... Garotos de uniforme jogam bola em uma coreografia mágica. As luzes mudam de cor, uma brisa suave atravessa a sala. O que eu mais amo no cinema é a imersão. A cadeira mexe, os cheiros da sala mudam, dá para chover, ventar... Somos inteiramente mergulhados no longa-metragem, para ser mais fácil esquecer o que acontece ao nosso redor, fora da sala... na vida real.

De repente, sinto a mão de Izaak escorregar no braço da cadeira, junto à minha.

— Sinto muito, Eliotte — cochicha ele.

Eu dou de ombros.

— Sabe, prefiro saber a verdade a arriscar tudo com pó de pirlimpimpim.

Ele abre um meio-sorriso.

— Imagino que esteja doendo... — diz, em voz baixa. — Mas vai passar.

— Não dói. Estou só... decepcionada.

Ele me dá uma olhada discreta, com a boca tensa. Também não acredita no que acabei de dizer.

— Você devia ver o filme, é legal — acrescento, fingindo me divertir. — É do século passado. São crianças em uma escola de magia.

— Isso deveria despertar meu interesse?

— Não é nenhum conto de fadas, mas é quase.

Ele responde jogando um pouco de pipoca na minha cara.

— Ei!

— Mirei direitinho, não caiu no chão, ainda dá para comer.

Pego o cachecol que ele me emprestou e bato com o pano na cara dele, bagunçando seu cabelo.

— É guerra que você quer, Eliotte? — pergunta ele, empurrando meus braços.

— Não, só sua morte — solto, e volto a me concentrar na tela. — Mas agora estou vendo o filme.

— Covardia...

Passam-se alguns minutos. Um cheiro de especiarias invade a sala: os personagens estão em uma aula de magia, preparando poções. Eu rio. Parece até Izaak preparando chá. Eu me viro para ele para fazer a piada.

Ele olha fixamente para Ashton.

— Ei, o que você tá fazendo? Vão pegar a gente! — cochicho, puxando a manga do casaco dele.

— Só queria verificar.

O quê, que ele ama mesmo essa mulher?

Fico arrepiada. Não quero nem saber o que ele achou.

— Bom, agora pega minha mão, e olha *só* para o filme. Ou para minha cara de deusa grega.

— Acho que não...

— Mas é claro que sou uma deusa grega. Vivem me dizendo que tenho cara de Afrodi...

— Não, não — corta ele. — Eu ia dizer que acho que não devia me contentar em pegar sua mão.

Eu o encaro, perplexa. Não consigo formular um pensamento. Não me ocorre nada. Odeio essa sensação.

Izaak estica o braço até o lado oposto da minha cadeira, grudando em mim, com a cabeça perto do meu peito. Ele desativa a função "movimento" da cadeira e se endireita.

— Eles estão mais carinhosos do que a gente. É suspeito. Estou com medo de notarem.

Me viro um pouco mais para ele.

— Quer que eu apoie a cabeça no seu ombro? Ou que te dê pipoca na boca? Talvez os cientistas achem tão nojento que parem de olhar. Ajudaria.

Ele abafa o riso e me olha fixamente. As luzes azuladas da sala, para imitar um céu de verão, ondulam no rosto dele. Ele ajeita uma mecha de cabelo atrás da minha orelha e encosta a mão no meu rosto, fazendo minha

19

Um suplício

Eliotte

Finalmente, ele pega o celular e baixa a luz da tela. Abre o app de mensagem e digita correndo:

> Tá curtindo o filme? Acho que já vi. Fica bem concentrado, para não perder nada... senão, vai ficar confuso com o plot twist no final 😉

Esperto...

Ele logo manda outra:

> Desculpa.

E acrescenta, com gestos apressados:

> Sei que NÃO FOI um spoiler DE VERDADE dizer que tem plot twist... mas desculpa mesmo assim, Ash.

Apesar de eu ter quase certeza de que Algorithma não hackeou nossos celulares, não dá para negar que Izaak leva jeito para transmitir a mensagem sem que um olhar desatento desconfie da verdade.

Ashton responde logo:

> Com ou sem spoiler precisava msm me contar do plot twist? Não podia se conter agora? Estragou td né?

Finjo pegar pipoca para enxergar melhor a tela e pego o balde do colo dele, para deixá-lo digitar mais fácil. Sei que não devia, mas meu olhar acaba se voltando para a conversa, que vai fluindo rápido.

Eu te vi e não te achei tão concentrado nas imagens, Ash... Só queria que você aproveitasse o filme. Desculpa.

Depois de mais alguns segundos:

Não está mesmo chateado comigo? Hein?

Não sou de guardar rancor mas esse filme é especial, parece bom de vdd, e agora acabou o suspense. E foi meu irmão estragando...
Tô meio bolado. Acho até que vou sair da sala, de vdd.

Não tá exagerando? Sair da sala por causa de um spoiler que não significou NADA?

Parece ser um baita spoiler na real. De qq jeito, estragou o filme.

Não, Ash, juro... Aproveita o filme e não estraga o encontro com Emily. Ela está parecendo gostar desse momento juntos.

Izaak se vira para mim. Ele me olha por alguns segundos antes de pegar o celular. Eu me afasto um pouco, para não parecer intrometida, mas ainda assim acabo lendo.

De qualquer jeito, vocês andam passando tanto tempo juntos que perder uma sessão de cinema não vai mudar muita coisa. Se precisar, procuro até o filme em algum streaming pra vocês... Dá para curtir em casa a sós com a Emily.

A mensagem de Izaak é lida, mas fica sem resposta, então ele guarda o celular. Volto a atenção imediatamente para os hologramas.

Izaak não tenta mais se aproximar de mim durante a sessão, contentando-se em segurar minha mão por alguns segundos. Vez ou outra, cochicha alguma piada ao pé do meu ouvido, às vezes criticando os personagens — ele não simpatizou com o dos óculos redondos —, ou me oferecendo um gole de refrigerante.

— Você me disse isso da primeira vez e, olha que estranho, ainda não confio.

— É estranho mesmo. Depois desse tempo todo, você não acha que sou capaz?

— Acho.

— Mas acha que não sou digno de confiança. É isso?

Dou de ombros, como quem não quer nada. Ele solta um suspiro pesado e volta a olhar a rua.

— Não confio no tarseiro — corrijo, sem pensar, como se obrigada a aliviar a atmosfera.

Ele bufa.

— O tarseiro é aquele tal de Matthew, não sou eu.

Matthew...

Eu abaixo o olhar, torcendo os dedos.

Izaak me deixou a algumas quadras da minha casa, para evitar minha mãe e Karl. Falei para ele que morava algumas ruas antes do meu endereço de verdade. Agora tenho que andar por uns quinze minutos. Fico envergonhada de mostrar para ele meu bairro. Não tem *nada* a ver com o que ele conhece. Eu não devia dar a mínima, especialmente porque é ele, mas não consigo. Levei dois anos de namoro para levar Ashton lá em casa. Mais um ano para eu não me envergonhar na presença dele.

Karl está trabalhando, então vou ficar sozinha com minha mãe. Eu temo esses momentos com ela, tanto quanto às vezes os desejo.

Quando chego, ela me recebe de braços abertos na porta.

Nossa.

Ela emana felicidade. Tenho a clara impressão de que é porque não estou mais aqui. É verdade que, agora, não tem mais nenhuma mancha no retrato da família, mais nenhuma anomalia. Ela e Karl formam uma família normal. Eu queria poder provocar esse sorriso.

Quando ela me solta, olho para o espelho de pé na parede da entrada. Fico tensa.

Desde quando sou essa mulher do reflexo?

Chego mais perto do espelho, com as mãos no cabelo.

Não suporto mais essa imagem.

— Mamãe — digo, sem tirar os olhos do reflexo —, acho que... que vou dar um pulo no mercadinho. Já volto.

— No mercadinho? Do que você tá precisando, meu bem?

— De uma cabeça nova. Quer dizer, da minha cabeça *velha*.

Volto para a porta, deixando-a com uma expressão perplexa. Vou a passos rápidos até o comércio mais próximo e volto correndo.

Quando retorno, minha mãe está preparando um bolo de chocolate. Dou um oi e vou me trancar no banheiro apertado. Abro a caixa de tinta castanha, da cor correspondente à minha raiz, e pego na gaveta a tigelinha de plástico que eu usava regularmente. Lavo o cabelo com pressa e preparo a mistura. Visto as luvas e pego também o tubo de tinta vermelha, para o castanho não ficar esverdeado na minha cor atual. Quando estou prestes a espalhar creme nos cachos, paro de repente. Meu reflexo me encara, sério.

Dou uma olhada na gaveta e pego a tesoura lá dentro, e sem nem pensar corto o cabelo. Estava na altura do peito, e agora quero que fique acima do ombro.

Quando era adolescente, eu tinha cabelo chanel, castanho-escuro. Era uma garota um pouco perdida, essa que Ashton conheceu, mas ela tinha personalidade. Tinha caráter, e uma determinação de aço.

Sinto saudade dela.

Quando termino de cortar, pego a mistura escura e cubro a cabeça toda, mecha por mecha. Espalho minha identidade com pincel, devagar, puxando as raízes. Não sei o porquê, mas meus olhos estão ardendo. Talvez porque estou cobrindo tudo que me conecta ao meu passado com Ashton. Porque, ao lado dele, eu mudei nesses últimos anos. Mentalmente. Fisicamente. Internamente. Agora, ao me ver, ninguém nem sequer cogitará que ele cruzou meu caminho.

Nunca achei que fosse ser assim, Ash.

O que aconteceu com a gente?

Sinto um aperto no peito. Fungo, fechando a boca, para engolir as lágrimas que sobem.

Finalmente deixo o pincel sujo na pia branca, com o cabelo coberto de tinta — menos na raiz. Quando saio do banheiro, é com o cabelo castanho-chocolate, esvoaçando sobre os ombros. Seco os olhos ardendo e respiro fundo.

— Ah! Eliotte...

Minha mãe, curvada na frente do forno, quase derruba o bolo que está tirando.

— Tinha esquecido como... — murmura ela, apoiando a travessa no fogão.

Seu olhar assombrado não se deve ao fato de que ela gostava tanto do loiro, afinal. Deve ser porque eu lembro alguém.

O único homem moreno que foi importante nas nossas vidas.

— Tinha esquecido como você fica bonita morena — diz ela, se recompondo. — Linda, mesmo.

Sorrio apesar do mal-estar que me atravessa. É como se ele estivesse aqui, entre nós. Pior: como se eu encarnasse seu fantasma.

— Obrigada, mamãe.

Papai...

A expressão de minha mãe fica mais animada, e ela me convida a comer bolo. Entusiasmada, sento com ela à mesa e começamos a conversar. Ela pergunta sobre minha nova vida com Izaak. Previ todas as dúvidas faz um mês, e a mentira me vem naturalmente.

Antes de eu ir embora, ela convida nós dois para um jantar na semana seguinte, para conhecer melhor — e a palavra me dá enjoo — meu "marido". Uma ideia sugerida pelo aplicativo HealHearts.

Chego no apartamento depois de anoitecer. Passei mais tempo do que previa com minha mãe. Quando abro a porta, paro no lugar. Izaak está sentado no sofá, acompanhado de duas pessoas.

— Hum... Boa noite, pessoal.

— Oi, Eliotte! — diz um cara sorridente, que, pelo ângulo do sofá, não precisa se virar para me ver. — Que engraçado, você não se parece nada com as fotos.

Com o quê?

Ele abana a mão freneticamente para me cumprimentar. Ele tem a pele marrom-escura e usa o cabelo em trancinhas, presas em um coque atrás da cabeça. Seu sorriso é matreiro, um pouco infantil, com os dentes da frente separados. Ele me parece familiar.

Ao lado dele, uma moça me olha. Ela é parecida com ele: mesma pele marrom-escura, mesmos olhos castanhos, mesmo sorriso devastador. Ela é *muito* bonita.

— Tudo bem? — pergunta Izaak, ao se virar para mim.

Ele arregala os olhos ao ver meu cabelo novo, e um rubor sobe ao meu rosto.

— Tudo... e você? — pergunto, como se não fosse nada.

— Izaak já tomou a dose de chá diária, então a Terra voltou a girar — retruca a moça, trocando um olhar de cumplicidade com ele.

Ele ri com ela. Ri bem alto. Mais do que de costume.

— Bom, tá legal... Vou deixar vocês curtirem — digo, indo em direção à escada. — Boa noite!

— Ah, não! Não vai vazar assim, vai? — protesta o cara de tranças. — Sei que a gente pode até ter uma cara estranha, mas a gente nunca matou ninguém. Quer dizer, eu, não. Izaak, já não sei.

— Francis, você não sabe ficar quieto? — pergunta a moça, segurando o riso.

— Ah! Cala a boca, Charlie!

Essa voz um pouco rouca...

Finalmente me ocorre: Francis era o cara com quem Izaak conversava discretamente, na primeira manhã em que acordei aqui.

— Bom, você devia ficar aqui com a gente, Eliotte — acrescenta ele, sorrindo.

Izaak olha para ele de soslaio, visivelmente desconfortável. Ele *não* quer que eu participe da conversa.

É um excelente motivo para participar.

20

Os três

Eliotte

Francis começa a rir, esfregando as mãos.

— Qual é a sua? — pergunta Izaak.

— É a Eliotte! Vou conhecer a Eliotte! Vai ser legal.

Izaak o encara, incrédulo. Enfim, diz:

— Tá! O que a gente estava falando mesmo?

— Nada de interessante.

Francis se vira para mim, apoiando o queixo na mão.

— E aí? Tudo legal?

— Hum... Já não respondi essa pergunta?

— Não foi uma pergunta, apenas um elemento socioestrutural da linguagem necessário para dar início a uma interação. Estou interagindo com você.

— Ah, saquei...

Desconcertada, não sei mais o que dizer. E fico incomodada. Esse jeito atípico dele me diverte e não quero que ele me ache antipática, ou, pior, que está me assustando. Então abro um sorrisão.

— Como é estar casada com esse filho da puta? — pergunta ele, apontando para Izaak.

— Como é que é? — solta o homem em questão.

— Permita-me reformular: como é estar casada com esse lindíssimo filho da puta?

Izaak revira os olhos.

Será que me faço de apaixonada louca ou mais tímida?

— Hum... Izaak é...

— Relaxa, Eliotte, eles já sabem — diz ele.

Eu recuo.

— Sabem... do quê?

Francis volta a rir.

— Ela paga de atriz e tudo! Verdade, ela não vacila!

— Eles também não acreditam em Algorithma — explica meu "marido", em meio à risada de Francis.

— Então você contou tudo para eles? Simples assim?

— É. Eu confio neles. Charlie e Francis são que nem a gente, Eliotte.

Sério? Perturbada, deixo essa informação de lado e continuo:

— E foi só para eles que você contou?

— Só eles, sim. Além de Ashton.

Olho para os amigos dele. Essas duas pessoas, sentadas a meu lado, são tão importantes para Izaak que ele lhes confiou um segredo que, se divulgado, poderia custar nossa liberdade.

Quem são eles?

Queria ficar apenas curiosa e intrigada, mas não consigo deixar de sentir certa irritação. Ele devia ter me dito que abrira o jogo para os amigos; eu tinha o direito de saber. Afinal, tenho tanto a perder quanto ele. Não é só ele que está fingindo.

Charlie parece notar minha irritação, pois me oferece um prato de sushi com um sorriso bobo.

— Tá com fome? Fica à vontade!

— A casa é sua, Eliotte... — diz Francis, se esticando no sofá, com as pernas para cima. — Ah! Que besteira: é sua de verdade!

— Não é bem assim— murmuro, aceitando um sushi. — Obrigada, Charlie.

Detesto peixe cru. Detesto ainda mais o riso de Izaak quando Charlie quase derruba o prato ao deixá-lo na mesinha. Ele se serve de mais um copo de saquê, que toma de uma vez.

— Como e quando vocês se conheceram? — pergunto, pegando a salada de repolho abandonada no canto da mesa.

— Ah, faz um tempão... — diz Francis, sorrindo para o amigo. — A gente devia ter uns 6 ou 7 anos, e eu briguei com Ashton. Quer dizer, Ashton brigou comigo... Ele era todo esquentadinho quando moleque. Aí Izaak foi me moer na porrada.

— E eu me meti para acalmar os ânimos! — exclama a mulher, pegando o braço de Izaak.

— Pena que ele quebrou meu nariz — diz Francis. — Devo confessar que, antes desse acontecido, eu era secretamente parte de seu fã-clube... mas isso é detalhe. Enfim, nós três acabamos de castigo... Pois é, Ashton se safou a tempo, o espertinho. E desde então...

— Desde então, eles não largam do meu pé, Eliotte — diz Izaak, me olhando. — Não aguento mais.

Ele articula um "socorro" discretamente.

— Aff... Logo você dizendo isso? — exclama Charlie, dando uma cotovelada nele.

Eu arqueio a sobrancelha.

— Como assim? Não sabia que Izaak era tão... investido nas amizades — respondo, olhando para Francis, pois não aguento sustentar o olhar dos outros dois.

O vinagre da salada arde no meu nariz.

— Se você soubesse, minha cara... Sou o único que não está achando esse sushi tudo isso hoje? — pergunta Francis, com uma careta.

— Para de comer *imediatamente*. Sua barriga é frágil demais... A gente aprendeu nossa lição na festa de Alex.

— Ah, não! Nem começa! Vocês prometeram que *nunca* mais iam falar disso!

E lá vão eles, rememorando um evento do qual não participei — e do qual sem dúvida nunca poderia ter participado. Eles gargalham, lembrando do que Francis fez na quinta-feira. Tento entender a conversa, para fazer algum comentário, mas eles mencionam nomes que são totalmente desconhecidos para mim: Alex, Rita, Michels... E mencionam detalhes da festa sem contextualizar nada para eu acompanhar. Eu solto murmúrios de "nossa" e "ah..." que se perdem ridiculamente na bagunça jovial.

— Izaak, você estava tão mal-humorado naquele dia! — exclama Francis.

— Talvez porque *você* estava tão chato!

— E aquela coitada que você queria levar pra cama, Francis — solta Charlie, às gargalhadas. — Ela ficou abismada com suas técnicas de paquera.

— Ela não entendeu meu humor refinado.

— Não, Francis, fala sério, suas "técnicas" de paquera são uma ameaça à humanidade — opina Izaak. — Se todo mundo flertasse que nem você, garanto que ninguém se reproduziria.

— Extinção em massa garantida.

Parece que estou na frente de uma tela. É isso: estou no cinema, vendo uma cena que o roteirista do filme escreveu apenas para mostrar como os personagens são unidos e respiram o poder do arco-íris da amizade. Nem tento mais me localizar.

De repente, me levanto na maior calma, vou buscar um refrigerante de mirtilo e um garfo, porque eles só pegaram essas porcarias de hashis, e...

— Eliotte?

Eu me viro com um movimento brusco. Izaak. Ele me olha do sofá. Aparentemente, minha microausência chamou a atenção de...

— Me traz um guardanapo, por favor?

Repuxo os lábios em um gesto mecânico. Sério, eu sou uma palhaça. Sou a porra da palhaça de Izaak Meeka.

— Claro.

— Obrigado, Eliotte.

Como eu sou idiota.

— É, e traz um refri para ele também — acrescenta Francis. — Ele tá virando demais esse saquê! Sério, Izaak, vai mais devagar aí. Eliotte não vai segurar seu cabelo para você vomitar...

— Só estou relaxando...

Volto ao meu lugar depois de entregar sua porcaria de refrigerante e seu guardanapo. Abraçando os joelhos, como tranquilamente a salada de repolho, tentando abstrair as gargalhadas e os gritinhos alegres.

Até que a salada não é ruim. Gosto do sabor agridoce. Ah! E o design das embalagens até que é simpático. Diferente das embalagens monocromáticas de papelão.

— Eliotte?

— Oi? — digo, olhando para Francis.

— Você tem ido a alguma festa da faculdade?

Sinto um calor no peito. Agradeço pelo esforço de me incluir na conversa.

— Não... Não sou muito de festas.

— Nem Izaak... mas ele sempre acaba aparecendo.

— Como é que vocês convencem esse cabeça-dura? — pergunto, sorrindo, mais para Francis do que para o grupo.

— Meus poderes de persuasão são tremendos. E o carisma ajuda muito — responde ele, se inclinando para a frente, mergulhando o olhar no meu. — Quem sabe eu não te convenço a ir a uma festa também?

Abro mais o sorriso e me endireito no assento.

— Essa eu gostaria de ver.

— Foi um desafio? Cuidado que eu gosto de apostar.

— Menos do que eu, Francis.

Dizendo isso, abaixo suavemente a cabeça, encarando-o. Nem penso no que faço, só que ele me diverte.

— Enfim, a gente estava falando do quê mesmo? — pergunta Izaak, com a voz arrastada.

Ele sustenta o olhar de Francis por uma fração de segundo antes de se voltar para Charlie.

— Vocês acham que a Rita ainda está nervosa? — pergunta ele, tomando um gole da bebida.

— Você sabe como ela é, Izaak...

E a conversa volta ao ritmo deles. Me sirvo de um copo de saquê, e outro... e mais um. Fico afastada, e parece que passo horas na tela do cinema.

Pela segunda vez hoje...

Não consigo parar de pensar na cara de Izaak quando estávamos sentados lado a lado, nas sombras da sala vasta. Ele estava tão diferente. E tinha me pedido um beijo...

As mãos dele. A boca. O calor. A eletricidade.

Engulo em seco.

De qualquer modo, eu existia no espaço daquele mundo. Pelo menos no tempo que durou o filme.

Agora, não. Mas é lógico: no cinema ele era "Izaak, minha alma gêmea" e aqui... é só ele. Entre seus amigos. Sou apenas uma sombra em seu campo de visão. Afinal, há algumas semanas éramos apenas desconhecidos. É um fato.

E não continuamos assim?

Dane-se, eu nunca conhecerei Izaak de verdade. Porque ele nunca me deixará entrar em seu mundo.

Como se você quisesse isso...

Na verdade, talvez eu quisesse por um instante, pelo menos, para ver o que ele está tramando. Só dez segundos, é tudo o que peço.

Pode admitir, Eliotte. Ele existe inteiramente no seu mundo. Não é só uma sombra na paisagem. Admita.

Izaak e Charlie finalmente se levantam para lavar a louça. Izaak ri com vontade, e sua voz está muito mais rouca do que de costume. Eu acabo sozinha com Francis. Ele estende o braço no encosto do sofá, emanando confiança. Quando estou prestes a puxar assunto, logo atrás dele, vejo Izaak brincar com a amiga. Ele joga um jato de detergente em Charlie, que revida, espirrando água nele. Entre gargalhadas, ele a segura e esfrega espuma no cabelo crespo dela. Francis se vira para ver o que estou encarando há uns bons vinte segundos.

— Ah, não, pessoal! Sem mim, não!

Ele pula o sofá e corre até eles. Pega outro detergente e joga um jato na irmã. A cozinha vira um terreno de guerra escorregadio, coberto de espuma. Vejo eles se divertirem, com o coração batendo forte. Algorithma pode dizer o que quiser, mas o "flagelo da solidão" não se soluciona com uma simples aliança no dedo. Não há apenas o amor romântico. Há também esses fios vermelhos que se emaranham inexplicavelmente com os outros, por acaso. Nós simples que viram amigos. E, depois, pessoas indispensáveis para sua existência.

Desde criança, me convenço de que não consigo fazer amizade. Mas é mentira. Tenho que admitir. Eu me proibia de fazer amizades. Porque não quero uma punhalada nas costas, falsas esperanças, amarras no pulso que podem cortar a qualquer momento. Não quero nada disso.

Mas o que eu achava que estava fazendo, fingindo que queria só ficar sozinha no meu mundo?

Simplesmente não conseguia abrir a porta para ninguém entrar.

Mas teve uma pessoa que mesmo assim não recuou.

Uma pessoa que tamborilava devagar todo dia, que chegava a chamar pelas janelas. Até eu abrir, ele causar um *pandemônio* aqui dentro, e sair de fininho pela janela.

Respiro fundo, olhando para a garrafa vazia de saquê, os hashis espalhados pela mesa, os guardanapos embolados.

Por que estou pensando nisso?

Fecho os olhos por um segundo. A bebida me deixa reflexiva demais.

Quando levanto o rosto, vejo Francis e Charlie na porta. Eles se despedem de Izaak, me dizem "até a próxima". Francis chega a me lançar uma piscadela e acena. Izaak ri baixinho ao fechar a porta. Com a aparência leve, ele sobe a escada, sem dizer mais nada.

Vou me sentar no sofá, apoiando as pernas na mesinha. Solto um suspiro pesado, e jogo a cabeça para trás. Sinto um aperto no peito, sufocada pelo suéter. Talvez seja efeito do álcool. Eu devia ter bebido menos. O líquido começa a se agitar nas minhas veias, dá para sentir.

E pensar em todas as páginas que podia ter lido em vez de ficar aqui...

Eu me sobressalto. Izaak reapareceu na sala, com uma camiseta limpa e o cabelo quase seco. Para meu imenso espanto, ele senta ao meu lado.

21

Elétrico

Eliotte

Ele estende o braço no encosto do sofá e suspira. Eu não me arrisco a levantar.

— E aí... foi tudo bem na sua mãe?

— Foi, sim — respondo, sem muita vontade.

— Que bom...

A voz dele está um pouco rouca: consequência da bebida ou das gargalhadas que deu com Charlie e Francis. Eu devia levantar, mas estou grudada nesse sofá maldito.

— Como ela está? Não sofre demais com saudade?

Eu me viro bruscamente.

— E o que você tem com isso? — solto de repente.

— Eu...

— Você me ignorou o jantar todo, um jantar do qual *nem* queria que eu participasse, e agora está se fazendo de amiguinho, preocupado com... a minha mãe? Você acha que isso é um circo? Eu por acaso tenho cara de palhaça, Izaak?

Ele baixa os olhos. Nunca vi esse tipo de reação nele. Izaak está sempre de queixo erguido, cabeça ereta, olhar penetrante. Isso só pode significar uma coisa, e quando compreendo sinto outro chute no meu ego: *estou certa.*

— Não tenho saco para essa hipocrisia — acrescento, com a voz pegando fogo.

Ele inspira fundo e volta a me olhar.

— Você não é palhaça, nem eu, hipócrita. Longe disso.

— Até parece — retruco.

— É sério. Não sou nada hipócrita. Estou só tentando ser coerente.

— Fala sério, cara, é exatamente isso que você não é.

— "Cara"? Jura? E, por favor, para de falar tão alto... estou ficando zonzo — diz ele, levando as mãos ao rosto.

— Se coloca no meu lugar. Eu não entendo *nada* do que você faz. Cansei — solto de uma vez.

— Eu também ajo sem pensar às vezes. Para de pensar que você merece que eu calcule todas as nossas interações.

Perco o fôlego. Eu o encaro, paralisada.

Mas... mas o que estou fazendo aqui?

Nem sei por que debater isso com ele. Eu me levanto do sofá. O sangue pulsa na minha cabeça. Estou a segundos de botar o estômago para fora...

De repente, meu pulso é segurado, me fazendo parar bruscamente. Fico de frente para ele, ainda sentado.

— Espera, Eliotte... me deixa terminar o que ia falar, por favor.

— Não.

— Eu... eu quero que você fique aqui.

Ele deixa a mão deslizar pela minha até voltá-la à própria coxa.

— Já falei: não sou palhaça.

Ele me encara, sem responder. Seus olhos verdes, pintados de cobalto à luz noturna, me fazem derreter. Sinto seus dedos tocarem discretamente a parte de trás dos meus joelhos. Meu fôlego fica preso nos pulmões. Fico parada diante dele, sem conseguir me mexer; não conheço outro caminho. Na verdade, com ele, acabo completamente perdida.

— Se tem uma coisa que você não é para mim é palhaça, Eliotte.

Ele roça as mãos na parte de trás das minhas coxas. Um calafrio sobe pelas minhas costas e percorre minha pele inteira, como se despertasse toda a eletricidade do meu corpo.

— Então por que você...

— Não sei. Não sei de nada.

— Mas...

— Não quero pensar.

Seu olhar me percorre da cabeça aos pés... mas não me deixa incomodada. É como se tivéssemos voltado ao cinema, e eu fosse a estátua em um museu antigo, e ele, o turista. Eu seria feita de mármore, de bronze, de prata? Sem desviar o olhar, ele puxa suavemente minhas coxas, para eu dobrar os joelhos.

Não sei como acabo montada no colo dele.

Estou bem aqui, a dois centímetros do corpo dele. E ele, bem aqui, a dois centímetros do meu, incandescente. Não sei o que está acontecendo. Um brilho diferente oscila em seus olhos. Sinto ele passar os dedos por baixo da minha blusa, subindo pela minha coluna... minha pele vibra sob o gesto.

Meu olhar está fixo em sua boca. Só consigo pensar nela, desde o cinema.

— E você, quer pensar? — murmura ele com a voz alcoolizada, mais grave.

— Cansei de pensar.

— Ah! Eu também...

Os dedos que passeiam pelas minhas costas pressionam minha cintura com força. Eu solto um suspiro seco, com os pulmões pegando fogo. Não tenho coragem de encontrar seu olhar de jade... então prefiro me demorar nesse peito, nessa barriga... nesse corpo que criou em mim uma energia ardente. Uma energia que quero conter desesperadamente desde que a senti brotar, dias atrás.

E na qual, agora, quero é me afogar.

Izaak, Izaak, Izaak...

Esse corpo, que eu quis colar no meu no cinema, está bem aqui. Sem braço da cadeira para impedir os movimentos. Sem espectadores. Sem barulho de fundo. Sem mais nada. Só *ele* e *eu*.

Então, finalmente, ouso passar a mão em seu abdômen, que ele contrai por um instante sob o meu toque. Sinto os músculos esculpidos por baixo da camiseta enquanto subo delicadamente os dedos pelo peito, pelos ombros poderosos. Ele solta um suspiro fraco e aperta mais minha cintura. Um arfar surpreso me escapa. Nunca achei que fosse gostar tanto de seus movimentos brutais e inesperados.

Encontro o olhar dele; Izaak parece fascinado, mas também exausto de se conter. Ele passa a mão nas minhas costas para me puxar, e depois pega meu queixo. Meu coração dá um salto. Ele me fita, centímetro a centímetro. E meu coração parece prestes a explodir, como se ele já me tocasse a cada piscar dos olhos.

Izaak, está esperando o quê? Está fazendo o quê comigo? Estou...

Ele cola a boca na minha em um sopro. Ah! Puta que pariu. Nossas línguas se encontram imediatamente; ajusto a boca para encaixar melhor, com as mãos no rosto dele. Meus dedos formigam, meu coração bate loucamente. Não consigo mais pensar, resta apenas essa energia, que varre todas as palavras tentando se formar na minha cabeça. Ela se agita, bate no meu peito, antes de escapar e explodir entre nossos corpos.

A pele dele, a pele dele, a pele dele.

Eu fico ainda mais grudada nele, o máximo que dá.

Nós nos beijamos desesperados, ávidos, imprecisos, intensos.

— Eliotte... — murmura Izaak, descendo a boca para o meu pescoço. — Você não imagina como pensei nisso, desde o começo da noite...

Um milésimo calafrio me atravessa. Essa voz. Meu Deus, que voz...

Queria ter coragem de pedir para ele repetir meu nome, para sussurrar bem ao pé do meu ouvido.

— Quando te vi chegar, fiquei de queixo caído, e aí você sentou na minha frente... e começou a tortura — murmura ele. — Fiquei te olhando, em silêncio, quando você desviava o rosto. Seu rosto, suas mãos... Caramba, e o cabelo.

Ao dizer isso, ele passa a mão no meu cabelo com vigor, grudando de novo a boca na minha.

— Quase engasguei com a bebida quando te vi assim na porta — murmura ele. — Se bobear, meu nariz chegou a sangrar.

Eu quero rir, mas estou concentrada demais no nosso amasso para qualquer movimento supérfluo.

— Você sempre foi bonita, e nunca precisou que eu dissesse... mas agora, morena... Caramba. Você é mesmo uma deusa, Eliotte.

Ele semicerra os olhos.

— Izaak...

Reencontro a boca dele imediatamente. Eu não aguentaria mais um segundo sob seu olhar penetrante.

Ainda não sei se ele está pensando no que diz ou se, que nem eu, todos os seus pensamentos racionais foram afogados pelos copos de bebida que emendamos a noite toda.

Uma deusa grega.

Passo a mão pelo pescoço dele, os dedos em seu cabelo macio, e me esfrego um pouco mais no seu tronco. Com um grunhido, Izaak me pega pelo quadril e me derruba de costas. Deitada sob sua silhueta enorme, eu o olho por um instante, hipnotizada, antes de ele voltar a beijar meu pescoço. Seguro um gemido, fechando os olhos. Seu perfume me deixa tonta... Merda, ele cheira a primavera, a verão, as duas outras estações e tudo que elas trazem. *Quero mais.* Sua mão desliza sob meu suéter, acaricia minhas costelas, e se aproxima perigosamente do meu peito. *Mais, mais, mais.*

Que se dane.

Pego a barra da camiseta dele e começo a puxar. Ele se endireita, com um sorriso na boca, e, sem parar de me olhar, a tira. Um segundo. Dois segundos. Três segundos, prendendo a respiração. E ele volta para cima de mim.

Agora vejo os ombros musculosos se mexerem enquanto ele deixa um rastro de beijos no meu pescoço, os braços se contraindo no ritmo do movimento.

— Você também estava me olhando? Também só conseguia pensar nisso? Também precisou me ignorar para manter a concentração?

A vibração da voz dele palpita na minha pele. Sinto ela se infiltrar, entrar nos meus poros e fazer o meu corpo inteiro vibrar. Nenhuma voz nunca teve esse efeito sobre mim. O braseiro no meu peito podia botar fogo no sofá, na sala, na cidade inteira.

Estou prestes a falar quando ele passa devagar a ponta da língua do canto da nuca até minha orelha.

— Perdeu as palavras, Eliotte? O que será que causou tal efeito inédito em você...

Eu rio, dou um tapa no ombro dele.

— Nunca fico sem palavras — respondo, com um sorriso muito bem-humorado. — Também estava olhando para você. Olhei para tudo. Sua boca, seu cabelo, seu...

Um suspiro abafado me escapa. Ele acaba de soprar suavemente no rastro que deixou com a língua. Sinto meus pelos se arrepiarem na sequência de calafrios que ele desencadeou.

Caramba.

— Tá, tá bom — murmuro, com a voz esganiçada. — Acho que fiquei sem palavras, sim.

Ele solta um risinho rouco antes de afastar a boca do meu pescoço.

— Me dá um bom motivo para parar — pede ele.

— Só me ocorrem bons motivos para continuar.

— Você é incorrigível... O que é que eu faço com você, Eliotte?

— É o que eu disse: não me faltam ideias.

Ele olha para mim, rindo com vontade, e desce devagar até meu umbigo. Levanta a barra da minha camiseta, sem parar de me olhar, e passa lentamente a boca na minha barriga. Contraio o corpo todo. Um calafrio, dois, três... cinco... Tensiono até os dedos dos pés.

Izaak...

De repente, um estrondo de rap começa a tocar, me causando um sobressalto.

Izaak não dá atenção e continua a beijar minhas costelas, minha cintura... Eu fecho os olhos, mergulhando de novo na nossa bolha. Seguro o cabelo dele com um pouco mais de força.

O toque soa de novo.

— Izaak... Seu celular.

Ele se levanta com um movimento seco, mas se desequilibra e cai do sofá, se estatelando no chão. Completamente zonzo, pega o celular na mesinha e senta no chão.

— Alô? Sua bolsa, é isso? Deve ter ficado aqui, sim, relaxa. Vou... hum... vou procurar. Não, que isso, não estou tão zoado... Tá... É, eu levo amanhã pro QG. Tchau.

Ele desliga. Deixa o celular na mesinha. Levanta. E sai da sala.

O que aconteceu?

Levo a ponta dos dedos à minha boca inchada. Meu cabelo está uma bagunça. A gente se beijou. Sem câmeras, sem cientistas, sem estudantes. Só nós dois. E a gente se beijou.

Não tinha nada de leve, de carinhoso, de pudico. Foi vulcânico, como uma necessidade que precisava ser aliviada imediatamente.

Se não tivéssemos bebido tanto, será que ainda nos beijaríamos hoje? E por que eu fiz isso? Por que...

Eu desabo no sofá, suspirando. Estou cansada e com um início de dor de cabeça. Fecho os olhos para tentar me acalmar.

Puta que pariu, que noite...

— Corre, Eliotte! Tem aula!

Hein? Oi?

Arregalo os olhos e afasto o cabelo da cara. O que estou fazendo no sofá da sala?

Dormi aqui?

Izaak me diz, com o tom cansado:

— Parece que você também perdeu a hora... moreninha.

Moreninha?

Meu corpo se derrete no sofá.

Acordei abruptamente. Sinto minha respiração acelerar.

Ontem, a gente quase...

— Hum, que horas são, Izaak? — pergunto, me esforçando para me concentrar no mais importante.

— Dez e tanto.

Eu me levanto num salto.

— Oi? Eu já perdi duas aulas!

Com um pedaço de pão na boca, meu colega de apartamento prepara uma bebida quente na bancada.

— Deche em chinco minutos — avisa ele, de boca cheia. — Churo que não vou experar.

Subo correndo e me troco em um piscar de olhos. Quando saio pela porta, esbarro o ombro no peito dele, um pouco perto demais. Balanço a cabeça, e saímos.

Izaak me oferece uma garrafa térmica quando eu embarco no jipe. Achei que fosse dele, mas vejo que ele bota outra garrafa térmica no porta-copos. Abro a minha e seguro o sorriso quando o calor sobe ao meu nariz. Hum... café.

— Já vou dizendo: não vou furar tanto sinal quanto na vez que fui te buscar em Blossom — declara Izaak, saindo com o carro.

— Então me deixa dirigir!

— Prefiro me jogar na frente de um ônibus. O carro é *meu*.

— E o que tem de tão especial nesse seu calhambeque do século VIII, hein?

— Sabe, estou considerando jogar você pela janela do meu "calhambeque" e deixar você encontrar seu velho amigo ônibus.

— Tá bom, já entendi, é seu bebê.

Cruzo os braços, fazendo biquinho, e seguimos para a universidade.

Pelo canto do olho, observo Izaak, com as mãos apertando o volante, as veias saltadas; a nuca, e os cachos que a acariciam. Será que... será que aquilo aconteceu ontem mesmo ou foi coisa da minha cabeça? A gente se agarrou assim mesmo?

Foi verdade, sem dúvida. Senão, meu coração não bateria assim só de lembrar.

Merda, e a gente estava totalmente bêbado.

E pegando fogo. De todos os jeitos. A gente surtou.

Você estava subindo nos tamancos... e acabou querendo abaixar a calcinha.

Ele me ignorou a noite toda e só lembrou que eu existia depois dos amigos irem embora. Não devia me ofender por ele me ignorar, porque a gente não deve nada um ao outro, como ele tanto insiste... Mas a bebida confundiu meus sentimentos.

Foi só a bebida, Eliotte.

Eu suspiro, olhando pela janela. O trajeto continua em silêncio... até eu não aguentar mais, pigarrear e falar:

— Minha mãe convidou a gente para jantar semana que vem.

— Ah... Ok. Quer ir ou prefere dar uma desculpa?

— Não sei... Acho que alguma hora a gente vai ter que ir. Ela quer muito te encontrar.

Izaak. No meu apartamento. Ele vai ver onde eu cresci.

Sinto um nó se formar no meu estômago.

De repente, o celular dele toca de novo.

Não consigo deixar de pensar no que teria acontecido se o celular dele estivesse no silencioso ontem. Um leve detalhe que teria consequências consideráveis. Izaak resmunga e recusa a ligação.

— Você não avisou para todos os contatos que não gosta de socializar de manhã? — pergunto, com um sorrisinho zombeteiro.

— Avisei. Mas ele... é o estilista da família, Bruyot. Está me enchendo desde a semana passada para tirar minhas medidas.

— Por quê?

— O baile de caridade anual do meu pai está para acontecer. É óbvio que tenho que ir, porque vai estar a imprensa toda, os amigos deles, os sócios...

Sorrio e cruzo os braços atrás da cabeça.

— Excelente. Finalmente vou ficar sozinha no loft.

— Está me zoando? Você vai comigo.

— Nem em sonho.

— O sonho não é meu, é do meu pai. O que os eleitores dele pensariam se a esposa do filho não estiver presente? — perguntou ele, forçando uma voz altiva e empolada, para imitar um jornalista ou cientista. — E o retrato da família unida, Eliotte? E o que queremos para os Estados Unidos, ao votar em Meeka nas próximas eleições?

Eu abaixo a cabeça, soltando um grunhido.

— Eu odeio esse tipo de evento...

— Nem me fala... Mas a gente não tem opção. Nunca tem.

22

Espuma e lantejoula

Ashton

Minha mãe aperta o nó da minha gravata. *Flash*. Eu sorrio, virando o rosto um pouco para a esquerda. *Flash*. *Flash*. Ela ri, me olha nos olhos. *Flash*.

— Fantástico! Tudo certo. Estão liberados, porque devem ter tanta coisa para fazer essa noite… Muito obrigado, sra. Meeka — diz o fotógrafo, e se despede de mim com um pequeno movimento de cabeça. — Sr. Meeka.

Com isso, ele sai.

Minha mãe me solta.

— Você está com a cara tão perdida hoje, Ash…

Arqueio a sobrancelha. Sou tão transparente assim?

— Não se preocupa, mamãe — respondo, com um sorrisinho, para tranquilizá-la. — É só que…

— Você tem que aprender o sorriso de fachada, meu bem. É essencial! Não pode deixar ninguém ver que a situação está pesada, que você está cansado, ou de saco cheio. Fachada, meu amor. Fachada — repete ela, fazendo carinho no meu rosto.

— Sim, sim. Você está certa. Vou me esforçar, não se preocupe.

— Eu sei, campeão! Você é impecável. Mas tente não se preocupar demais hoje. Você também tem o direito de se divertir.

Impecável.

Ela diz isso para compensar a mão de ferro do meu pai, porque se sente obrigada a interpretar com perfeição seu papel de mãe carinhosa e amorosa.

Ela dá um beijo rápido na minha bochecha e sai do quarto, onde estávamos planejando minha preparação para a festa de hoje, para a imprensa. Quem me vestiu foi o estilista do meu pai, e quem cuidou da minha pele e apertou minha gravata foram as maquiadoras. Não foi a minha mãe.

Me aproximo do espelho de corpo inteiro e observo meu reflexo. Passo os dedos no queixo, mudando de perfil.

Sorriso de fachada.

Levanto os cantos da boca. Não, não convenceu. Mudo de ângulo e enrugo um pouco os olhos. Meu sorriso aumenta. Talvez de longe funcione...

— O que você está aprontando aí, Ashton?

— Pai?

Achei que ele tinha saído, mas está ali, de terno cinza. Ele tem tanta presença. Sua silhueta já esfria o ar.

— Em vez de palhaçada na frente do espelho, você deveria revisar seu discurso.

— Eu não... Quer dizer, eu já acabei.

— Venha.

Ele me olha atentamente, analisando minha roupa em busca do menor defeito. Endireita minha camisa e pergunta:

— Você se preparou como pedi para as perguntas dos jornalistas sobre o projeto de lei dos antipares?

— Sim.

— Porque se repetir aquelas besteiras que soltou quando perguntaram sobre as experiências de sonho lúcido e a compatibilidade do inconsciente psíquico...

— Eles tentaram me levar à contradição por sofismo, então eu...

— Basta! — interrompe ele. — Desculpas são para os medíocres. Nunca mais. Você errou, e ponto-final.

Abaixo a cabeça. Ele está certo. O que eu falei na entrevista foi incoerente. Foi ruim. *Eu* fui ruim.

— Da próxima vez, quero respostas claras, diretas, mas com nuance. Sempre natural.

— Vou melhorar.

— Você sempre diz isso! Mas eu quero *ver* a excelência. Você não se esforça o suficiente, Ashton.

Eu sei, ele está certo.

— Meu filho, você não é um qualquer — diz, com a voz mais calma. — Você é o herdeiro dos Meeka. Não pode se contentar apenas com o seu melhor. Nunca.

— Eu sei.

— Então aja de acordo. Concentração. Precisão. Perfeição.

Faço que sim, fechando a boca. Passa um momento de silêncio. Meu pai solta minha camisa.

— E então... a filha dos De Saint-Clair chegará a que horas?

— Emily? Ela... ela não vem hoje.

Ele franze as sobrancelhas.

— Por que não?

Porque eu não a *convidei.*

— Ela teve um imprevisto.

— Que absurdo. O evento mais importante de toda a Costa Oeste, *meu* baile beneficente... e ela teve um imprevisto?

— Acontece, pai.

— Nada acontece por acaso, deixe de ser ingênuo.

Ele olha ao redor do meu quarto e pergunta:

— E como estão as coisas entre vocês?

— Estou tentando respeitar o ritmo dela.

— Como assim? Ashton, você precisa conquistá-la de vez — diz ele, e um sorriso diabólico corta seu semblante duro. — A filha do presidente do Partido Conservador Científico, casada com meu filho... Imagina só? Pode ser decisivo para as eleições! Se fecharmos a coalizão...

E ele começa um daqueles monólogos intermináveis. Estrelas brilham em seu olhar, como toda vez que ele menciona seu grande sonho: ser presidente dos Estados Unidos. Ou melhor, seu *futuro*. Para ele, é a presidência ou nada, desde os 20 anos.

— Vamos convidá-la para vir à nossa casa semana que vem. Você pode dizer que quer nos apresentar logo para oficializar, ou qualquer outra besteira... Isso é com você.

— Precisa mesmo ser semana que vem?

— Sim, sim.

— Mas eu...

— Não! Melhor: convide-a para sua própria partida de hóquei. O compromisso dominical da família, ao qual ela está convidada... Será um convite mais sutil.

— Eu...

Ele me fulmina com o olhar.

— Claro... Falarei com ela, sim.

— Que bom... Termine aí suas... — diz, indicando o espelho com um gesto vago. — ... suas coisas. E venha para a festa o mais rápido possível.

— Chego em quinze minutos.

Ele dá um tapinha nas minhas costas, rindo um pouco, como se estivesse tudo perfeitamente bem. Como se quisesse me dizer que era o político falando há apenas um segundo, e não meu pai.

— Está bem, meu filho.

Ele sai do quarto sem dizer mais nada. Eu inspiro profundamente. Expiro. Endireito os ombros.

Tenho que ser claro e preciso, sem perder a sutileza. Não posso fazer merda de novo.

Está tudo bem. Tudo sob controle. Cerro os punhos, tentando soltar o ar do peito. Corro até o banheiro da suíte e jogo um pouco de água no rosto. Cacete, estou sem ar.

A imprensa estará toda lá, o mundo inteiro registrará minhas palavras. Desta vez, não posso falhar. Tenho que ser perfeito.

Fecho a torneira com a mão trêmula, recuperando o fôlego a duras penas.

Nunca vou conseguir. Nunca vou conseguir. Nunca vou conseguir.

Eu me permito deslizar pela parede, com as mãos no cabelo. Sinto o sangue latejar nas têmporas. A gravata está sufocante.

As rosas são ver-vermelhas... O mundo inteiro ainda gi-gira...

Repito o poema sem parar, como aconselhou o dr. Rasheed, meu médico, para tentar me distrair e canalizar minha energia.

Em vão.

Ajoelhado, me arrasto até o armário embaixo da pia para pegar meus ansiolíticos. Eu me levanto, titubeando, para encher um copo d'água, e engulo um comprimido com pressa. Fixo o olhar no reflexo.

A-as violetas são azuis... Então se mexe, e não pira.

Meus pulmões expulsam um sopro demorado de ar. Eu me empertigo e passo a mão no cabelo para ajeitá-lo. *Sorriso de fachada, Ashton. Perfeito.*

Saio do quarto a caminho da festa, fingindo estar confiante e relaxado. As luzes alaranjadas ofuscam minha vista. O cheiro forte de rosas, champanhe e perfume me deixa tonto. Sinto uma onda de enjoo, e me seguro em uma pilastra para recuperar o fôlego. É tudo lantejoula, espuma e artifício.

Controle-se.

Entro na sala principal, em meio às pessoas. Aperto a mão de homens de terno que mal reconheço, rio de piadas idiotas, atravessando a multidão para cumprimentar os convidados do meu pai. Ele, no lado oposto de onde estou, faz um sinal para eu me juntar ao seu grupo de amigos... perto da câmera. Sorrio e começo a atravessar a sala, mas, de repente, fico paralisado.

Espera, será que...

Não. Achei que tinha visto Izaak ali ao longe, mas é apenas um homem de cabelo preto, como tantos outros. Suspiro e levo a mão ao peito, meu coração está acelerado.

Será que ele vem?

Se vier, certamente estará acompanhado... por Eliotte.

Esse tipo de festa me custa muito mentalmente, e ela sabe disso. Quando éramos mais novos, ela insistia em vir me dar apoio, mas eu recusava, porque não podia mostrar que mantinha uma relação amorosa antes do casamento. Meu pai nunca toleraria. Mas, em *todas* as festas, eu me arrependia de recusar. Com Eliotte ao meu lado, o mundo nos meus ombros pesava meros gramas.

Quando estou a caminho do meu pai, uma horda de jornalistas entra na minha frente. Engulo em seco, sorrio mais ainda.

É a hora. Você consegue.

— Senhor Meeka! Senhor Meeka!

Olho para as câmeras, orgulhoso.

— Sim, senhores, senhoras?

— O que o senhor tem a dizer para as pessoas que acreditam que devemos tornar obrigatório o relatório diário do HealHearts?

— Aproximadamente 75% dos adultos americanos utilizam o HealHearts mais de três vezes por semana... Esse número me parece mais do que correto! Enquanto o acompanhamento do HealHearts nos permitiu agir eficientemente na prevenção contra os males da sociedade, sigo convencido de que deixar os indivíduos livres para compartilhar suas emoções com um profissional é fundamental. É preciso, a meu ver, continuar a normalizar o diálogo e rejeitar todo tipo de processo de validação emocional que negue as dúvidas do indivíduo. Que nunca obriguemos a população a nada. A liberdade é nosso valor principal nos Estados Unidos, não é?

— É preciso proibir os casais formados antes do casamento?

— Creio que o debate é deturpado por considerações altamente ideológicas e que é preciso voltar à essência de nosso sistema: a felicidade dos cidadãos americanos.

— Dizem os boatos que, se seu pai for eleito presidente na próxima campanha, o senhor gostaria de se candidatar ao governo da Nova Califórnia. É verdade?

— Seria uma honra seguir os passos de meu pai.

— E o que...

— Perdão, senhoras, senhores, adoraria responder a mais perguntas, mas tenho outras responsabilidades nesta noite de festa, tão importante para nós.

Abro um sorriso educado antes de me desvencilhar do bando. Dou de cara com alguma coisa. Com alguém.

— Izaak?

— Ash...

— Você veio, afinal?

— Claro... Eu não perderia este evento por nada. — Então acrescenta, com a voz mais alta: — Você sabe como é importante para mim!

Ele abre o sorriso de anjo... Merda, eu tinha esquecido dos jornalistas.

— Izaak Meeka! — grita um deles. — Izaak Meeka?

— É esse meu nome, parabéns... e espero que não seja a única informação correta que eu escute da boca de vocês esta noite — responde ele, com a voz relaxada.

— Uma palavrinha sobre sua taxa de compatibilidade com sua esposa, Eliotte?

— Elevada.

Sua esposa.

E pensar que, um dia, achei que fosse ser eu no lugar dele, respondendo a essas perguntas sobre Eliotte. Eu tinha imaginado todas as respostas, todas as anedotas que incluiria sobre nós, para mostrar como éramos perfeitos um para o outro.

— Foi surpreendente ela ser tão elevada? — pergunta um jornalista.

Foi devastador.

— Com quase cem por cento de compatibilidade, vocês são opostos absolutos, ou cópias conformes? — acrescenta outro.

Eu e ela nos completamos, na verdade. Um pouco de yin e yang. Nós nos nivelamos mutuamente, nos equilibramos.

— Foi amor à primeira vista com Eliotte?

Foi. Eu me apaixonei por ela aos 12 anos, mas, na escola, ela não me dava bola. Ela não dava bola para ninguém, na verdade... antes de mim, aos 16 anos.

— E o que acha da última declaração do seu pai?

— Meu pai... — repete Izaak.

— O governador mencionou os problemas sociais nos guetos de certas metrópoles — interrompo, para que ele não fique em silêncio.

É preciso evitar revelar que ele não sabe qual foi o último discurso do nosso pai.

— Ah... Bem, e o que eu penso dessa declaração? Na minha opinião, já é hora das elites desconectadas das massas voltarem ao centro do problema e recuperarem sua perspectiva.

Ele enlouqueceu?

Eu o encaro, pasmo.

— Pode desenvolver? — pergunta o jornalista.

— Senhor, nós hoje viemos aqui em benefício das crianças do hospital Mills Burn e do orfanato Luigini. Não pela política. Vocês têm alguma pergunta a respeito disso? Pois é, foi o que imaginei... e lamento, sem dúvida. Dito isso, peço licença.

Izaak me pega pelo braço e me arrasta. Vejo nosso pai, atordoado, do outro lado do salão. Achei que ele tinha se acostumado com o estrondo de Izaak na mídia. Ele é conhecido por seu temperamento explosivo, virou quase uma marca registrada — ou viraria, se ele não recusasse todos os convites das emissoras de televisão.

Talvez meu pai esteja fazendo essa cara por causa do que eu falei? Fui factual demais, não falei com emoção... Como Izaak disse, falei como um filhinho de rico, desconectado da realidade. Puta merda, o que...

— Ei, está me ouvindo?

Eu balanço a cabeça.

— Desculpa, o que foi?

— Está tudo bem, Ashton?

— E-Eu...

— Você brilhou na frente das câmeras. Foi carismático, preciso, eloquente... Como sempre, Ash.

Ele me olha com um sorriso tímido. Agradeço pelas palavras. Ele sempre sabe ir direto ao ponto que contém as guinadas do meu coração. Queria dizer isso, mas agora, toda vez que o vejo, meu peito é esmagado. A pressão duplicou quando eu o vi beijar Eliotte no cinema, semana passada. Estava a dois centímetros deles, e ele sabia muito bem disso. E ainda assim não teve uma ideia melhor do que agarrar a mulher que eu amo? Izaak pode ser a pessoa mais empática que eu conheço e, ao mesmo tempo, pisotear minhas emoções sem mostrar o menor arrependimento.

— Tenho que ir...

— Espere, Ashton! O que houve?

— Quero ficar sozinho. Me deixa.

— Mas...

Eu me desvencilho da mão dele e me afasto a passos largos. Mal avancei alguns metros antes de paralisar, com um aperto no peito.

Eliotte está aqui. Mais sublime do que nunca.

Tenho que falar com ela.

Eliotte

Esse tecido pinica. Odiei. Fui obrigada a usar um vestido verde longo, com decote canoa e mangas compridas bordadas com pequenas lantejoulas. O estilista dos Meeka tem bom gosto, mas aposto que ele nunca ouviu falar em conforto. Como vou respirar com o peito esmagado assim? E esse tule na clavícula... Suspiro, pegando uma taça de champanhe em uma bandeja que passa por mim. Olho ao redor da sala. É tão chique... Nem sei o que estou fazendo aqui. É uma loucura pensar que o salário mensal dessa gente toda com certeza equivale ao salário anual de Karl. Se eu vendesse esse vestido, poderia consertar os problemas hidráulicos e de aquecimento no apartamento da minha mãe.

Fecho os dedos ao redor da taça.

Ashton.

Ele me encara, boquiaberto. Está aqui no meio do salão, entre os casais dançando, a orquestra e os garçons dando voltas pelas mesas. O terno cinza é de parar o trânsito, o cabelo está cuidadosamente penteado. Ele brilha.

No entanto, tem alguma coisa... diferente no rosto dele.

— Eliotte, te achei...

Eu me viro para a voz grave atrás de mim.

— Os jornalistas não pegaram pesado demais? — pergunto para Izaak.

— Mandei catarem coquinho, como sempre.

Volto a olhar para onde tinha visto Ash, mas ele não está mais lá. Eu o vejo alguns metros mais longe, gargalhando com o pai.

— Será que os jornalistas podem vir me perguntar alguma coisa? — pergunto para meu marido falso.

— Não, acho que não... mas sempre tem um maluco. Se acontecer, é só sorrir e parafrasear o que eles disserem, mexendo a cabeça. Parece que a televisão adora quando as mulheres fazem cara de burra.

Eu abafo o riso.

— O que foi? — diz Izaak. — É verdade. Como você acha que minha mãe virou uma apresentadora famosa? Não estou dizendo que ela é burra de fato. Pelo contrário, ela sabe muito bem o que esperam dela.

— É, mas nem todo mundo acaba na televisão só mexendo a cabeça. Ela também é muito carismática, bonita, charmosa...

— É, verdade... Realmente, para você seria um dom nato.

Ele me dá uma piscadela que me faz sorrir.

Mas aí eu congelo. Um segundo. Izaak Meeka acabou de me elogiar?

Dou meia-volta, procurando grupos de olho em nós, que Izaak teria visto antes.

— Tem cientistas por aqui? Será que estão escutando?

Izaak não está mais ao meu lado, mas a um metro de mim, puxando papo com uma garçonete... como se não estivéssemos no meio de uma conversa. Eu suspiro. Ele ultrapassa os limites da educação um pouco mais a cada interação.

Quando ele volta com duas taças de champanhe, eu mostro a minha e digo:

— Já peguei bebida, não precisava.

— Ah, essas duas são para mim. Não sei como vou aguentar a noite toda sem me jogar da janela.

— As festas beneficentes são tão terríveis assim?

— Não. Os convidados que fingem ser caridosos, por outro lado... Mas o que faríamos sem sua generosidade anual?

Eu rio. Ele dá um peteleco no meu ombro.

— Para com isso, Eliotte. Esses são nossos heróis. Eles lembram, uma vez por ano, que há pessoas pobres e com deficiência neste país. Eles têm tão bom coração... Merda, já era, fiquei emocionado de novo.

Minha gargalhada fica mais intensa, e seu sorriso irônico, maior. Estou prestes a retrucar, mas Izaak para bem atrás de mim. Ele cola o peito nas minhas costas. Aperto minha taça de champanhe, fazendo esforço para me manter bem ereta sobre os saltos. Não posso me permitir me mostrar perturbada, mesmo que seja o que sinto.

Ele se abaixa na altura do meu ombro, e sinto sua respiração perto da minha orelha.

— Está vendo aquele casal perto das rosas, ali na frente da pilastra esquerda?

Eu confirmo.

— Eles chegam cedo todo ano, para aproveitar o bufê e desaparecem por uma ou duas horas. Eles voltam quando o jantar está sendo servido. E, quando acaba o jantar...

— Vão embora de vez?

— Bingo.

— Como você reparou?

— Quando você tem 14 anos e não quer falar nem com os outros jovens na festa, nem com os colegas do seu pai, tem que se distrair.

— Mas por que você não queria falar com os outros da sua idade?

— Além de achar todos uns idiotas, eu não via sentido nessas conversas. Não dá para compartilhar ideias, pensamentos e momentos sinceros com pessoas tão diferentes.

Eu faço que sim com a cabeça. Sabia que ele era solitário e distante, mas não que era assim desde muito jovem. Achava que era só antipatia, mas, na verdade, ele decidiu pela solidão muito cedo e escolheu com quem podia se abrir — no caso, com ninguém.

De repente, reparo que a música da orquestra ficou mais lenta. Luzes arroxeadas se espalham pelo piso de mármore. Olho para o teto e seus lustres iluminados, e depois para os arredores, espantada. A luz brilhante flutua ao nosso redor.

— Merda, lá vem de novo... — resmunga Izaak.

Ele olha fixamente para a frente, blasé como sempre.

— O que foi?

— Se eu fosse você, tomaria mais champanhe. O que vem por aí é uma vergonha sem limites.

A sala é mergulhada em uma atmosfera etérea, o ar um pouco celestial. A pista de dança abre espaço para o governador e a esposa. Eles se abraçam e começam a dançar.

— O que foi? Qual é a vergonha? — pergunto.

— Ver meus pais transbordarem de amor para as câmeras, e todos os casais começarem a dançar imitando os dois, me dá é nojo, isso sim.

— Todos os casais? A gente também precisa dançar?

— Eu disse para tomar mais champanhe.

Engulo em seco. Dançar com Izaak? Em público?

Na frente de Ashton. Do governador. Das câmeras. De todo mundo.

De repente, Izaak vira o resto de uma das taças e a deixa na mesa ao lado. Pega minha mão e me conduz ao centro da pista. Largo minha taça em uma bandeja, sem jeito, antes que ele nos misture à multidão dançante.

— Quanto mais cedo a gente começar, mais cedo vai acabar.

Ele pigarreia e envolve minha cintura com a mão. O contato me causa um calafrio. Eu prendo a respiração.

Concentração, Eliotte. Ele está inteiramente relaxado, como se nada tivesse acontecido recentemente. Por que você não relaxaria também?

Passo a mão livre na nuca dele, e preciso erguer o rosto para olhá-lo. Izaak é mesmo muito mais alto que eu. É desconcertante. Seus olhos cintilam com um brilho particular sob as luzes arroxeadas. Parecem cinza, e é estranho, mas, ao mesmo tempo, lindo.

Izaak respira fundo, me arrancando do devaneio, e me conduz em uma dança lenta, no ritmo da orquestra. Balançamos devagar, juntos. Sempre detestei esse tipo de dança. É íntima demais para o meio da multidão, ainda mais sob o olhar de toda a sociedade do Estado. Sob os lustres, reparo na aliança que cintila em seu dedo. Desde o primeiro dia, vê-la me causa uma sensação estranha.

Izaak parece distante, até entediado. Lampejos daquela noite me invadem. Sinto os dedos formigarem. Sua proximidade me deixa zonza. Seu perfume. O calor. Os calafrios. O couro do sofá na minha pele nua.

— Não entendo por que você não adora esse momento da festa — começo, para me distrair. — Quer dizer, as luzes, os efeitos especiais, a música... É um bom conto de fadas, não é? Achei que fosse sua praia.

— Eu te odeio, Eliotte.

— Você está aqui dançando com uma princesa. Está vivendo seu sonho de menino, graças a mim.

— Jura que você quer que eu me jogue pela janela antes da festa acabar?

— Que ingratidão, meu jovem donzelo.

Faço uma careta e deixo meu olhar vagar pela sala que, admito, toma ares feéricos. Todos os casais se olham com carinho ou se balançam num abraço. Parecem tão felizes, tão apaixonados, tão vivos. E todo dia eu encontro na rua outras duplas com a mesma alquimia. Todo dia, porra. Nesses momentos, não consigo deixar de pensar que Algorithma funcionou para eles.

Quando esse pensamento me ocorre, Ashton passa ao nosso lado, fazendo rodopiar a mãe, que gargalha. Um sorriso brilha no rosto dele.

Assim que me olha, o sorriso desaparece.

Os olhos dele estão tão... vazios. Ou melhor, inteiramente repletos. De uma tristeza silenciosa. De repente, esqueço as mãos de Izaak na minha cintura, os sapatos que machucam pra cacete e o tule irritante do vestido sufocante. Sinto apenas o sal ardendo na carne do meu coração.

Mas sou obrigada a manter uma máscara de indiferença. A fingir que não sinto a dor nos olhos do garoto que, pouco tempo antes, eu chamava de "meu amor".

Volto a olhar para Izaak, com a expressão cansada.

Depois de um momento, ele chega mais perto do meu ouvido e murmura:

— Vou lá fora tomar um ar...

— Tenho que ir ou você acha que aguenta sobreviver longe de mim por alguns minutos?

Ele sorri.

— Divirta-se... *princesa*.

E ele me solta. Flutuo por uma fração de segundo na pista antes de voltar à terra. Eu também preciso me isolar um pouco. Subo discretamente para o segundo andar, que já conheço de cor, e me dirijo a um dos banheiros. Lembranças emergem entre as tábuas do assoalho e as rachaduras da parede. Não que eu viesse tanto à casa dos Meeka, já que Ashton tinha medo de nos encontrarem.

Diminuo o passo ao me aproximar do quarto de Ashton. Era meu refúgio. Ou talvez fosse seu abraço. Não sei. Já faz tempo.

Chego mais perto e noto que a porta está entreaberta. Não sei o que acontece, mas dou um passo, outro, e a abro. Entro timidamente no quarto, verificando se não tem ninguém no corredor. Sei que posso ser descoberta a qualquer momento, e que haveria todo tipo de teoria sobre a ex de Ashton entrando em seu quarto. E com razão.

Da última vez que estive aqui, parei na frente dessa cama, aos prantos.

A lua, pela vidraça da varanda, ilumina suavemente o chão, onde encontro uma gravata caída e meias emboladas. Está tudo como antes. Eu me pergunto se Emily achou o colchão confortável. Se ela riu quando viu o pôster retrô do James Bond pendurado atrás da porta. Se gosta do cheiro do quarto — essa mistura de amaciante e madeira. Se ela...

— Está procurando algum sutiã que esqueceu aqui?

Eu me sobressalto.

— Ashton? — exclamo. — Desculpa, eu não devia...

— Não, não tem problema — assegura ele, entrando também.

Eu avanço por reflexo, e ele fecha a porta, se recostando na madeira. Ele me olha, tensionando a boca. Esse rosto tão familiar me dói no peito.

— Você está linda hoje — diz ele, por fim. — Quer dizer, não que você não esteja sempre linda, mas é que... eu... Você entendeu.

— Entendi... Obrigada. Você também está elegante.

Ele meneia a cabeça antes de olhar para o chão. Ficamos parados, frente a frente, sem dizer nada.

Ele acaba pigarreando.

— Vim só buscar...

— O ansiolítico?

— É. E um pouco de descanso.

Sinto um aperto no peito. Mesmo que ele tenha me traído, mesmo que meu coração esteja em frangalhos, não consigo deixar de dizer, como se por instinto:

— Tenho certeza de que seu pai te achou genial no meio dos colegas. Ele estava olhando para você, sorrindo. E com razão.

— Acha mesmo? Obrigado, Eliotte.

Ele morde a bochecha, ainda encarando o chão. Mesmo com o porte largo e parecendo ter cinco anos a mais com esse terno, ali ele chega a lembrar uma criança pequena. Os braços atrás das costas. A cabeça baixa. Decepcionado, perdido, assustado.

— Para ser sincero, não é o olhar do meu pai que me... que mais me angustia, hoje.

Eu aperto os punhos.

Ele não tem direito de me fazer acreditar que fui eu quem o deixou assim. Foi ele quem provocou isso. Ele. Não eu.

— Eu te mandei um monte de mensagens depois do que você me escreveu no outro dia, mas você nunca respondeu. Achei que...

Eu balanço a cabeça e enfim encontro seu olhar castanho. Tenho medo de mergulhar em seus olhos. Pavor de cair lá dentro.

— Por que você se fez de morta, de repente? — pergunta ele, bruscamente.

Ele age como se estivesse tudo bem, como se não fosse um mentiroso hipócrita. Não tem a menor culpa na voz. Nada. Eu deveria gritar na cara de Ash que ele não tem nada do garoto que eu amei, que é um safado que joga para os dois lados e não tem o menor princípio; mas não sai nada. Não tenho coragem de me humilhar assim.

— Porque... — digo, e pigarreio. — Porque foi um equívoco tentar retomar contato.

— O que você queria me dizer?

— Eu queria...

Eu fecho os olhos, cerro a mandíbula.

— Não faz mais diferença. Eu tenho que ir.

Eu avanço, mas ele não se mexe.

— Eliotte... Você pensou no que eu falei no outro dia?

Eu engulo em seco.

— Não. Porque já é tarde.

— Como assim? Mas você...

A voz dele falha. Parece até que levou uma flechada no coração, em cheio. Posso pensar no que quiser, mas o rosto dele me causa dor. Eu sofro com ele, e uma dor excruciante se espalha também pelo meu peito.

— Eliotte, eu posso compensar, eu juro... Eu...

Os olhos dele brilham. Eu continuo a avançar, e ele se afasta. Aliviada, eu abro a porta, mas ele pega meu punho com um toque leve. Olho para fora, para verificar se não tem ninguém no corredor.

Eu me viro para ele.

— Ashton, eu...

As palavras não saem. Ash me fita intensamente. Sinto a mão dele na minha. O rosto que me conta um milhão de lembranças; o quarto que me lembra que acolheu meus mais belos sonhos, que me foram roubados com uma porcentagem. Meus olhos ardem. É... É demais para mim. Demais. Meu corpo todo me manda bater a porta, voltar para casa. Mas um peso me prende no assoalho.

O mesmo assoalho em que Emily certamente pisou um milhão de vezes.

Um calor surdo revira meu estômago.

Ela.

Sem nem avisar ao resto do corpo, minhas mãos pegam o rosto de Ashton e minha boca encontra a dele. Eu o beijo.

Sinto que estou em um desses sonhos que tinha às vezes. O calor dele no meu, um frio na barriga, as mãos dele na minha cintura. Contudo, o gosto que sinto na boca é de combustível. De fúria. De dor.

Ashton também leva as mãos ao meu rosto. Sinto sua língua encontrar a minha.

O que estou fazendo?

De repente, um rangido no assoalho me traz de volta à realidade.

Merda.

Eu me viro para olhar o corredor. Não tem ninguém.

Merda, merda, merda.

Cubro com as mãos a boca ainda úmida. Estou completamente louca. O que aconteceu? Por que fiz isso?

Eu me afasto dele abruptamente.

— Preciso ir...

— Espera, Eliotte!

Eu não o escuto. Fujo para o lado oposto do andar, rezando para não esbarrar em ninguém.

Nossa senhora... Eu beijei Ashton. Enlouqueci de vez! Qual é meu problema? Sou tão idiota. Tão ridícula. Tão patética. Suspiro, avançando pelos corredores. Nem sei aonde vou.

No fundo, espero ter deixado um gosto na língua dele, que se misture ao do combustível que senti. Espero que Emily se deleite, toda vez que o beijar, antes de entender que não é o sabor de Ashton, e sim o meu. Muito mais ácido. Amargo. Acre.

Escuto um barulho no fim do corredor. Paro de repente. Após um momento de silêncio, vejo Izaak sair de um cômodo, com ar despreocupado. Se minha memória não se engana, acho que é o escritório do pai dele.

— O que está fazendo aí, moreninha? — pergunta ao me ver, espantado. — Está procurando um pouco de conforto, depois de ser traumatizada pelo pessoal caridoso lá de baixo? Não se preocupa, vai ficar tudo bem.

— Eu só queria... me recompor, longe do tumulto.

Arqueio a sobrancelha e o encaro, intrigada.

— E você? Estava com seu pai?

— Não, não...

Então o que estava fazendo aí?

— Melhor a gente voltar para a festa — diz ele, ao me alcançar.

— Quanto tempo a gente ainda tem que ficar?

— Ah, Eliotte... se você for o lado da dupla que só quer ir embora da festa, como é que a gente faz? É para você equilibrar minhas tendências solitárias.

— Eu diria antissociais, mas...

Estou prestes a acrescentar alguma coisa quando um movimento chama minha atenção.

Tem alguém saindo do escritório do governador.

Como é que é?

— O que Charlie está fazendo aqui?

Ele se vira para seguir meu olhar e solta um suspiro pesado.

— Eu falei para você sair pelos fundos! — diz ele.

Charlie usa um vestido comprido e vermelho, que destaca ainda mais o tom quente de sua pele marom-escura. Ela trançou algumas mechas do cabelo volumoso, que cai pelos ombros reluzentes. Os olhos são delineados com purpurina e maquiagem azul.

Ela está magnífica.

Não demoro para entender o que ele devia estar fazendo no escritório aquele tempo todo, com ela.

— Mas quero ir no bufê! — protesta ela, fazendo biquinho.

— Você não pode ser vista nem a pau. Vaza. Vai!

Ela revira os olhos para a expressão autoritária de Izaak. Ela acena para mim, sorrindo, antes de sumir pelo outro lado do corredor, certamente se dirigindo à saída de serviço.

Ele estava com Charlie.

Uma onda de calor percorre meu sangue. Meus dedos começam a formigar.

— Os jornalistas nos viram, a porcaria da elite também... — diz Izaak. — Nosso trabalho está feito. Vem, vamos embora.

Ele começa a andar até a escada.

— Por sinal... — acrescenta ele. — Você viu o Ashton por aí?

Fico tensa.

— Ele ainda estava com sua mãe quando eu subi.

Ele aquiesce, e descemos para o salão. Depois de alguns acenos para nos despedirmos das pessoas, deixamos para trás a catástrofe da noite.

Nem acredito que beijei os dois Meeka num curto intervalo de tempo.

23

Trovoada

Izaak

Falei para Eliotte que ia voltar à mansão porque tinha esquecido "alguma coisa" lá ontem. Supostamente por culpa do champanhe.

Verifico que os carros dos guarda-costas não estão aqui antes de entrar. Reparo no de Ashton, estacionado todo torto no estacionamento principal. Entro no saguão e subo para o segundo andar. No caminho, sorrio para Marta e Josh, dois dos empregados, que não conseguem esconder a surpresa de me encontrar aqui.

Andando pelos corredores, rapidamente localizo meu irmão. Ele usa uma blusa de moletom das cores da faculdade e fone de ouvido. Deve estar voltando de uma corrida. Até no dia depois de uma festa ele tem que se esforçar. É uma loucura o que o estresse — o que, ingênuo, ele chama de "disciplina" — pode levar alguém a fazer.

Ele vira a cabeça... e me vê. Tira os fones e pergunta:

— O que veio fazer aqui?

— Vem cá! — exclamo, puxando-o pelo capuz do moletom.

Ele protesta, mas consigo arrastá-lo até meu antigo quarto, a poucos metros dali. Eu o empurro para dentro e bato a porta ao passar.

— Que bicho te mordeu? Tá fazendo o quê? — reclama ele, entendendo rápido, pela minha expressão, que não vim para jogar bola.

— E você, tá fazendo o quê? Eu te vi ontem no quarto com a Eliotte.

— E daí?

— Você liga para ela de madrugada pra dizer que a ama. No dia seguinte, traz sua alma gêmea para casa e, dias depois, beija Eliotte de novo... Que palhaçada é essa?

— Mas do que você tá falando?

— Você quer terminar com ela para ficar com sua alma gêmea por causa da porcentagem? Tá legal, eu apoio! Aí você decide ficar com Eliotte, apesar do risco? Ok, eu apoio! Mas agora já está de brincadeira. Tem que respeitá-la. Tem que respeitar *as duas*. Aposto que a Emily não tá avisada da sua aventurinha noturna naquela merda de estação ferroviária abandonada!

— Você está errado, Izaak — diz ele. — Eu não...

— Quer parar de pensar só no seu umbigo por dois segundos? — exclamo, encarando-o. — Para de brincar assim com *ela*!

— Estou sonhando, é isso? Sou eu que só penso no meu umbigo? Tá tirando uma com a minha cara, Izaak? É você quem manda tudo às favas beijando a mulher que eu amo, a três centímetros da minha cara, no cinema! Quem tá de palhaçada é você!

— Para. Você não está nem aí pra eu ter beijado a Eliotte. É seu ego falando.

— Izaak, foi uma facada no meu coração. E vindo do meu irmão. Você não tem mesmo o menor respeito... Depois de tudo que eu contei das minhas preocupações, você...

— Ah, cala a boca! E o coração da Eliotte, como você acha que ficou, hein? — interrompo. — Ela veio aqui, no dia depois do encontro noturno de vocês, para dizer que te queria de volta. E aí o que ela viu? Você nos braços da Emily, que certamente tinha acabado de dar para você!

O rosto de Ashton fica paralisado. A boca dele treme.

— Como é que é? Ela veio nesse dia?

— Veio, sim, seu imbecil!

— Não, não, Izaak... — solta ele, puxando o cabelo. — É uma negociata. Eu trouxe a Emily para cá, sim, mas porque o papai queria muito conversar com ela. Ele quer que o pai dela se alie ao partido. Eu não tenho nada com ela. Ainda amo Eliotte.

Como é que é?

Meu coração bate mais forte. Respiro fundo, encarando o chão. Alguma coisa treme no meu estômago, roncando que nem trovoada.

— E desde quando você se importa com Eliotte, hein? — esbraveja ele, me trazendo de volta à conversa.

— Estou defendendo ela como defenderia qualquer pessoa na mesma situação. Ela não merece sofrer. Não merece que brinquem com ela. E ponto-final.

— E você acha que eu não sei? Essa situação é difícil pra todo mundo!

— Não se faça de bobo, Ashton. Foi você quem quis isso.

— Eu que quis? Está me zoando?

— Então foi quem? Algorithma? É isso, Ashton?

— Cala a boca... Você nunca vai entender.

— Quer a verdade, Ash? Algorithma, essa ciência toda, esse delírio todo... foi inventado para quem não banca o que faz! Para quem precisa de desculpinha, de alguém que diga o que fazer e como. É essa a verdade, porra! Você é um frouxo.

Ele franze a testa e avança em minha direção.

— Estou tentando te explicar, mas como é que você ia entender, hein? — solta. — Tudo pra você é tão fácil, você não sabe nada do que as outras pessoas vivem.

— Se eu estou aqui é porque sei bem o que a Eliotte vive. E você também. Então por que não explicou para ela suas falcatruas políticas, em vez de fazê-la achar que queria ficar com a Emily? Acho que você seria inteligente o suficiente para fazer isso, e para evitar essa situação... mas só que não quer admitir que realmente enxerga Emily como alma gêmea, que o papai e as baboseiras dele têm poder sobre você. Então você prefere viver na ilusão e fica, inconscientemente, jogando nos dois times.

— Ah, e agora você virou psicanalista? Desde quando você sabe o que tem na minha cabeça, Izaak? Porra, sinceramente... Você faz ideia do que eu vivo todo dia? Não! Porque você fugiu e me largou com todas as suas merdas.

— Você está misturando as coisas. Não muda de assunto.

— Ah! Meti o dedo na ferida. Vai, Izaak, diz aí que história você conta para se justificar.

— Me justificar do quê, exatamente?

— Você sabe muito bem do que eu tô falando: você deu as costas para suas responsabilidades há anos! Virou as costas para *mim*, Izaak.

Seu olhar me atravessa. Em alguns segundos, seus olhos ficaram embaçados. Meu coração vai rachando devagar.

— Eu te proíbo de acreditar que te dei as costas, Ashton...

— Mas quer que eu acredite no quê, hein? Enquanto você pagava de rebelde ousado e mandava tudo pelos ares, fui eu que levei na cara o peso das suas decisões. E agora eu carrego tudo, *tudo*, nas costas!

— Eu te proíbo de botar na minha conta seus erros de merda, seus medos de merda. Não fui eu que mandei você seguir os passos dele, não sou eu que tenho medo do olhar dele. Não sou eu. É você. É *você* o responsável.

— Você não entende nada mesmo.

— Entendo tudo, sim: você se encaixa nessas afetações, nessa vida milimetricamente planejada, obedece ao papai sem causar transtorno algum... Você é responsável pelo que aconteceu, Ashton.

— Porque você foi embora, Izaak! Você me largou aqui sozinho. A gente podia dividir esse peso, mas não, você teve que dar no pé, dar as costas para a própria família!

Família? Isso aqui é uma família, Ash?

Fora você, quem é que eu tenho?

— Você é um covarde mesmo! — cospe ele, voltando ao ataque.

Ele está certo, Izaak. Você é um covarde. Porque não soube dar limites para o seu pai.

Franzo a testa e fecho as mãos em punho. Um gosto amargo sobe à minha boca.

— Sou *eu* o covarde, Ashton?! — retruco. — Sou eu que escuto sem questionar tudo que o mundo me diz? Sou eu que não tenho peito para dizer o que penso em voz alta? Que não tenho coragem nem de pensar por conta própria? Sou eu, Ashton, que deixo minha namorada ser beijada pelo meu irmão todo dia, porque sou pau mole demais para enfrentar essa sociedade de merda?

— Vou acabar com você, seu bosta!

— Pode vir!

Mal terminei de falar quando sou empurrado contra o guarda-roupa. Acerto um soco na costela dele, e ele solta um palavrão, torcendo o nariz de dor. Eu me abaixo para evitar um soco e...

— Ainda não acabou essa palhaçada? — ressoa uma voz atrás de nós.

Eu me sobressalto. Meu pai. Meu sangue congela imediatamente.

Com o olhar fixo atrás de mim e o semblante sério, Ashton solta minha gola.

— Vocês dois! — urra o governador.

Eu me afasto e paro ao lado do meu irmão, um pouco mais à frente, mantendo o braço entre ele e nosso pai. Estar neste quarto, diante do rosto dele deformado de fúria, me traz más lembranças.

— Que idade vocês têm, seus idiotas?

Ele entra e fecha a porta.

Eu abaixo o olhar e respiro fundo, discreto.

Vai ficar tudo bem. Não surta.

Os olhos verdes, cujas forma e cor herdei, me fulminam.

— Escutei direito, Izaak? Que imbecilidades você ainda desfia para o seu irmão? Não cansou de causar discórdia?

— Não são imbecilidades.

— Você pode dar a justificativa que quiser, mas ninguém, repito, *ninguém* conseguiria refutar resultados científicos. O céu é azul. Um mais um é dois. Os objetos não flutuam e sim caem, por causa da gravidade... Tem que ser burro de verdade para dizer o contrário. É irrefutável.

Eu não duvido de nada apenas das certezas.

— A Ciência explica — retruco, frio. — Algorithma *impõe* um estilo de vida. São coisas diferentes.

— Um estilo de vida? Ou a resposta aos problemas que assolam a sociedade desde que o mundo é mundo? E qual é o problema de desejar a felicidade da população?

Eu bufo.

— Eles querem que a gente seja feliz na concepção *deles*. Eles impõem um modo de ser feliz. Admita.

Nós perdemos tanta coisa por não viver nossas próprias experiências, nossos próprios erros. Tudo é dado em uma bandeja ridícula.

— Os homens são de Marte, as mulheres são de Vênus. Um é alienígena ao outro. Queremos fazer o outro feliz, mas há o orgulho, o ego, os problemas de comunicação... Não podemos permitir que tudo degringole, já vimos as consequências, então damos apenas um empurrãozinho na população. Talvez isso te perturbe, mas é normal. Alguma criança gosta de fazer lição de casa? De decorar as letras do alfabeto? Não. Mas, depois que aprende a ler... É exatamente a mesma coisa. Você devia é me agradecer toda vez que abre um livro, seu idiota!

Eu suspiro. É um debate eterno. Só tarde demais aprendi a me conter.

Ashton nos observa, com as mãos nas costas. Eu queria tanto que a boca dele não estivesse tensa desse jeito, e sim aberta, com um milhão de palavras para me apoiar.

— Enfim, o que eu digo para Ashton é só entre nós dois — solto, com o tom cortante.

— Não enquanto estiverem sob meu teto! — exclama o governador, se aproximando de mim. — Ainda nem acredito que você humilhou assim nossa família, indo morar sozinho. Um "lar unido", mas incompleto? Que piada!

Eu cerro a mandíbula, olhando fixamente para a parede. *Não responde. Não responde.*

Sair dessa casa foi a melhor coisa que já fiz nessa vida.

— E o que você aprontou ontem, na frente dos jornalistas, hein? Nunca vou aceitar que você cuspa assim na nossa cara, muito menos sob meu próprio teto!

Ashton avança.

— Pai, a resposta dele...

— Silêncio! — cospe ele, se virando para Ashton antes de voltar para mim. — Izaak, você entende que é a vergonha dos Meeka? Todo mundo pensa isso, em alto e bom som. Você me dá nojo...

Contraio a mandíbula com tanta força que escuto estalar.

— Você é um incompetente! A única coisa que sabe fazer é sujar nosso nome!

— Ah, é? Eu? — solto, sem conseguir me conter, finalmente encontrando o olhar dele.

Acho que ele nem me escutou, porque continua:

— Nem acredito que de um dia para o outro logo você, o menino perfeito, virou um imprestável!

Ele pega a gola da minha roupa e me puxa. Seu rosto está a poucos centímetros de mim. Sua mão, a meros milímetros da minha cara. Vê-lo assim de perto me dá calafrios.

— Como é que você virou a casaca assim de repente, seu cretino?

E se ele soubesse o que eu... o que...

Fecho os olhos, respirando devagar para afastar as imagens, mandando-as de volta para um canto escuro dos pensamentos. Deixo meu pai me sacudir vigorosamente com essas mãos, com o peito retesado.

— Pai... — começa Ashton, chegando mais perto.

— Meu querido Izaak, genial, digno, perfeito... — continua ele, ignorando Ashton. — O que aconteceu com ele? O que aconteceu com ele?! Me diz!

Ele morreu.

— Eu preferia que...

— Preferia o quê, hein? — solto bruscamente, adivinhando o que ele pretende dizer.

— Preferia que você nunca tivesse existido.

— Vai se foder, pai — cuspo, sem conseguir me conter. — Bem no meio do seu cu.

E, em menos de um segundo, a mão dele acerta minha cara. Meu corpo inteiro se contrai, preparado para o próximo golpe.

— Se ousar faltar ao respeito comigo como fez ontem, juro que vai se arrepender. Você é apenas um merdinha. Entenda isso. Sem mim, você não vale nada.

Mantenho o rosto abaixado, paralisado.

— E isso também vale para você, Ashton. É bom usar de exemplo o caso desastroso do seu irmão. Não aceitarei dois inúteis com meu sobrenome.

Ele dá meia-volta e sai do quarto. Fico imóvel por um momento, completamente desconectado do meu próprio corpo. Vivi esse tipo de cena inúmeras vezes, alguns anos atrás. As ondas de memória voltam.

E eu desperto.

Empurro a porta e a bato ao sair. Desço a escada a toda e corro até meu jipe, estacionado a poucos metros deste inferno. Eu nem tinha notado que ele vinha atrás de mim, mas Ashton entra no carro comigo.

Eu desabo contra o volante, escondendo o rosto com as mãos. Eu não respondi. Não reagi. Fiquei lá parado que nem um covarde. Deixei aquele babaca fazer isso comigo...

Sendo que da última vez prometi que nunca mais deixaria isso acontecer.

Me sinto tão fraco. Só pele e osso. Um lixo ambulante.

— Izaak — chama Ash, com a voz de súplica. — Nada do que ele disse é verdade... nada!

— Sai daqui... Por favor, me deixa.

Ele segura meu ombro.

— *Nada*, escutou? Não acredita nele...

Mordo o lábio e ergo o rosto. Sinto lágrimas escorrerem pelo rosto, mas não estou nem aí.

— Acreditei por tempo demais para deixar de acreditar hoje. Eu sou todo fodido, Ashton.

— Não, Izaak... Você... você é incrível. Não houve um dia sequer em que eu não quisesse ser que nem você.

— Ash, se você soubesse...

A verdade é que meu único sonho sempre foi ser totalmente normal. Não ter a cabeça tão ligada. Queria ser um bicho manipulável, que não questiona nada e segue tranquilo na onda do gado.

Porque viver com essa ardência na garganta, essas palavras que nunca podem ser pronunciadas, é um suplício. Se eu ousasse falar, seria visto como louco. Um lunático. Um idiota. Só que eu sei, mais do que tudo, que estou certo.

A tortura é essa. Viver nesse limbo. Porque essas vozes de fora se infiltram na gente, pelos poros e fissuras, invadindo cada espaço. E, um dia, a gente também se pergunta: será que não sou louco mesmo?

— Não é você o imprestável, sou eu! — exclama ele, segurando meus ombros para me forçar a olhá-lo. — Eu... Eu nunca tive a sua coragem, Izaak. Não tenho coragem nem de questionar o que vivo. Não tenho coragem de assumir meus erros, muito menos minhas escolhas. Não tenho direito de errar. Porque me proíbo. Não posso decepcioná-lo, não posso, não posso... — Ele suspira, escondendo o rosto nas mãos. — Eu não sou que nem você, Izaak — acrescenta. — Nunca serei. Porque decepcioná-lo... é arriscar a própria vida.

Ele volta para mim os olhos com brilho âmbar.

— Você acha que não sei como é ter medo de decepcionar o papai? — retruco. — Medo de ir na contramão? Você acha mesmo isso? Porra, Ashton... Não teve um dia que eu voltasse da escola sem um nó no estômago só de pensar no que o papai ia dizer... ou fazer comigo.

Eu cerro os punhos, tentando acalmar o coração que bate desesperado. No início, não tinha nada pior do que ver que nunca seríamos o bastante, independentemente do esforço, independentemente dos limites que ultrapassávamos, da determinação ferrenha que dedicávamos.

Depois, vieram as consequências dessas incapacidades.

— Antes que ele te escolhesse como herdeiro, não esquece que fui eu na linha de mira — digo, com a voz fraca. — Enquanto você vivia uma infância normal, eu era um morto-vivo.

— Izaak...

Eu mordo o lábio, respiro fundo. Na época, eu nem tinha inveja quando ele podia sair com os amigos e eu precisava ficar em casa, estudando regras sociais imbecis, ou desenvolvendo cultura geral. Porque ele era *meu* irmão.

— Mas hoje — diz ele —, você faz o que quer, o que eu nem conseguiria pensar, nem... Você é livre.

Não sou louco mesmo?

Ele segura meus ombros de novo e sacode de leve.

— Está me entendendo? Você é livre!

— Ashton, eu te dou de bom grado essa *merda* de liberdade.

— Eu adoraria aceitar, Izaak, juro... mas já não consigo carregar mais nada.

Seus lábios tremem, e Ash me encara. Os olhos dele estão tão marejados quanto os meus.

De repente, tudo ressurge; todo o peso nas costas com nosso sobrenome, o arame farpado apertando a garganta, a responsabilidade que ele carrega no colo, o grilhão enferrujado nos pés, a venda que cobre os olhos dele com ALGORITHMA bordado; talvez eu enxergue até sua lápide, que ele carrega com todo o resto, todo dia.

Sem pensar, eu o puxo para um abraço e o aperto com força. Sei o que ele engole todo dia. Às vezes, pestanejo e tudo aparece de novo, esses pesos todos; e às vezes não enxergo nada disso, e não consigo me apiedar completamente dele. Digo que foi escolha *dele* suportar isso tudo. Que ele podia agir que nem eu e mostrar o dedo para todo mundo antes de bater a porta.

Ele podia, por dois segundos, pensar em Algorithma, na nossa sociedade, no governo, e perceber que querem controlar a gente. Ele podia.

Até eu lembrar que não é simples tomar essa decisão. Não é garantido. É fácil esquecer.

— Eu te amo, irmãozinho — murmuro, engolindo um soluço.

— Eu também, Izaak...

Ele se afasta, com um sorrisinho no rosto. Bagunço seu cabelo, e ele pergunta se quero que ele fique comigo, ou que a gente largue tudo e vá se divertir, que nem antigamente. Finjo pensar e recuso, prometendo que fica para depois. Ele sai do carro a passos ligeiramente titubeantes e acena para mim. Bate a porta.

E meu corpo paralisado volta a tremer. Eu arfo, espasmos incontroláveis sacodem minhas mãos, meus braços, meu peito...

As camadas e mais camadas de pele que colei em mim derreteram sob o fogo do meu pai. Estou nu. E vejo de novo todos os hematomas da infância, todas as casquinhas de sangue, todas as queimaduras de garoto que, ao ar livre, ficam mais profundas. Mais doloridas. Mais incrustadas.

Sem pensar duas vezes, dou a partida e vou embora de New Garden. Não consigo respirar perto dessa casa, desse inferno. Dirijo até o loft e estaciono em uma vaga escondida.

Meus dedos ainda tremem. Queria dizer para o meu corpo: *Para. Está tudo bem, juro. O perigo passou*. Mas meu corpo nunca acreditaria. E com razão.

"Um imprestável."

Eu me abraço e afundo no assento do jipe, meu porto seguro desde os 16 anos. Depois de todas as crises de fúria do meu pai, eu vinha me refugiar no carro para me proteger do sopro do vento e do estrondo das trovoadas. Era como o abraço reconfortante dos pais que nunca senti. Era o refúgio que eu nunca encontrei na casa dos Meeka.

Aperto meus braços com mais força.

"Você me dá nojo."

Os soluços que tinham acalmado voltam todos de uma vez. Seco os olhos e ligo o rádio para escutar música. Desligo. Ligo de novo, porque o silêncio faz as palavras *dele* soarem mais alto dentro de mim.

Fico uma eternidade encolhido ali dentro. O painel indica duas da tarde. Eliotte ainda está na faculdade, certamente na hora do almoço. Perfeito.

"Você é a vergonha dos Meeka."

Subo para o loft e vou me fechar no quarto. Eu me jogo na cama, mas me proíbo de chorar.

"Cretino."
Fecho os olhos. Ele não merece minhas lágrimas.
"Preferia que você nunca tivesse existido."
Ele não merece suas lágri... Bum. Bum. Bum.
Eu me sobressalto.
— Izaak? Tudo bem?
Eliotte?
Eu seco os olhos e pigarreio. Tomara que minha voz não falhe.
— Tudo. E você?
— Eu te vi entrar correndo no quarto do nada... Está tudo bem mesmo?
O que ela está fazendo aqui?
— Eu...
A porta range, e o rosto dela aparece no batente. Ela está aqui. Ela me viu.
— Sei que estou proibida de ver seu antro secreto, mas tem certeza de que está tudo bem?

24

Nossos pais

Eliotte

Não me demoro olhando o quarto dele, por mais que esteja morrendo de curiosidade de ver como é ali dentro. No meu campo de visão, noto apenas um cômodo em tons de cinza, elegante, simples, perfumado; um quarto bem Izaak. Ele está deitado na cama, ainda de casaco.

— Tá tudo bem, Eliotte — diz ele, baixinho.

Uma energia fria percorre minhas entranhas. Não acredito nele por um segundo sequer. Sem esperar autorização, entro no quarto e ando devagar até a cama, como se minas terrestres estivessem escondidas no carpete.

— O que você tá fazendo? — pergunta ele.

— Não estou nem aí para suas proibições nem para suas mentiras.

Eu esperava protestos, no mínimo uma patada, mas, estranhamente, ele fica em silêncio. Eu me aproximo e fico em pé por alguns segundos, mas me sinto ridícula, então, mesmo que pareça folgada, sento na cama.

— Aconteceu alguma coisa lá? — arrisco perguntar.

Ele encara o teto com os olhos brilhantes e abana a cabeça.

— Posso fazer alguma coisa? — murmuro.

Um suspiro demorado sai da boca dele.

— Acho que não tem salvação. — Ele pressiona os lábios e continua: — Ashton não sabe o que quer. Ele queria ser que nem eu, mas não sabe que... nem eu gostaria de ser assim.

— Do que você tá falando? — pergunto, encostando a mão em seu ombro.

— Lutar contra essa sociedade, com meu sobrenome... Eliotte, às vezes é... difícil.

Meu coração dispara; sua voz falhou de leve na última palavra.

— Eu sei, Izaak. Ninguém nunca vai entender de verdade o que você vive.

— São raros aqueles que pensam que nem a gente... e mais raros ainda os que sabem como é viver sob as ordens do governador.

Eu tensiono a boca. Thomas Meeka. Foi ele a causa dessa aparência pálida? Dessa voz embargada?

Ele solta, olhando para o vazio:

— Meu pai nunca me deixou dançar. Sempre estragou a festa.

Odeio esse homem.

— É mesmo? — pergunto em voz baixa, para convidá-lo a elaborar, se ele quiser.

Um silêncio toma conta do quarto. Olho para Izaak, de boca fechada. Meu olhar se demora na minha mão, ainda em seu ombro.

Será que eu deveria me afastar? Será que estou incomodando? Será que...

— Ele esperava demais de mim quando eu era mais novo — diz Izaak, de repente. — Dos dois filhos, ele tinha decidido apostar em mim. Eu deveria carregar o legado dos Meeka. Eu conseguia corresponder mais ou menos a suas exigências, sempre sob uma pressão monstruosa... sem entender que nada *nunca* seria satisfatório para ele. Era difícil, mas eu ainda tentava. Eu me esforçava sem pensar, sem questionar. Porque, se o papai mandava, era o que eu tinha que fazer. Eu era só um menino.

Assinto, apertando seu ombro.

— E, um dia, esse menino... ele... — Izaak pigarreia, olha fixamente para os dedos. Um brilho lúgubre vacila em seus olhos, de repente vazios. — Um dia ele viu uma coisa que mudou tudo para sempre.

O que foi?

Olho para seu rosto sombrio, sem fôlego.

— Meu pai, ele... ele me dá medo.

Sinto um aperto no peito. A raiva abafada que comecei a nutrir por Thomas Meeka, de tanto secar as lágrimas de Ashton, se multiplicou em uma fração de segundo.

— E eu... eu não tenho mais coragem de... de...

Ele contrai a boca, como se para impedir as palavras de saírem. Elas estão na ponta da língua, mas uma dor lancinante parece segurá-las com toda a força.

— Você é uma das pessoas mais corajosas que eu conheço — digo, sem pensar.

— Para...

— É verdade. Você teve coragem de ir morar sozinho e ser independente, você fala com todo mundo, até com os jornalistas, sem rodeios, você assume suas ideias sem hesitar... Você... Você é corajoso, Izaak. Aceita isso.

Ele responde apenas com um movimento de cabeça.

Apoio o queixo no meu braço dobrado e observo discretamente o contorno de seu perfil impecável. Seus olhos estão vermelhos, o verde ainda mais vívido. A mandíbula, travada com firmeza, e os dedos, apertando tão forte o edredom que chegam a empalidecer.

De repente, ele suspira, tira o casaco e, em um gesto brusco, o arremessa para o outro canto do quarto... do lado do que parece ser uma biblioteca imensa. Tenho vontade de dar mais atenção, mas volto o olhar imediatamente para Izaak e seu rosto fechado.

Ele quer que eu vá embora?

Eu não estou a fim. Na verdade, por nada nesse mundo eu sairia pela porta deste quarto. Com Ashton eu preferia ficar até ele dormir, cair na gargalhada ou propor de sair para arejar as ideias.

Ele se vira para mim e me encara. *É agora que ele vai me rejeitar e me expulsar daqui, com certeza.* Olho fixamente para a frente, calada.

Depois de um longo momento de espera, acabo voltando a olhar para Izaak. Ele segue me observando. Nós nos fitamos, sem dizer nada. Não notei que estávamos de ombros encostados, nem que a mão dele não estava tão longe da minha coxa. Essa proximidade deveria me incomodar, me dar vontade de correr para o lado oposto, mas eu não faço nada.

— Como era sua relação com seu pai biológico? — pergunta ele, de repente.

A pergunta me surpreende tanto que chego a recuar um pouco.

— Não precisa responder.

— Eu o adorava — admito, imediatamente. — Ele era tudo para mim.

Sinto um aperto sufocante no peito, mas mesmo assim sorrio, me lembrando das feições dele.

— Todo dia, nossa casa em Seattle cheirava a café. Quando ele voltava do trabalho, minha mãe trazia uma xícara, e ele tocava piano, bebericando entre os acordes. Eu sentava no colo dele e o escutava, bebendo uns goles discretos para imitá-lo. Ele me fazia rir. Era um homem carinhoso, seguro, alegre... Eu o amava demais. — Baixo o olhar, piscando com força para a ardência ir embora. — Eu realmente achava que ele também me amava.

Izaak apoia a mão no meu antebraço. Um calor quase imperceptível se espalha pela minha pele. Eu o encaro.

— Qualquer pai ficaria muito feliz de ter você como filha.

— Eu digo o mesmo de você, sabe? Seu pai nem merece o filho que tem.

Ele abre um sorrisinho, olhando para longe. Os segundos se passam, e continuamos lado a lado. Ele mantém a mão no meu antebraço. Mantém o calor intenso, que começa a se espalhar pelo meu peito.

— Nossos pais são péssimos — solta ele, de repente.

— Não merecem a gente.

Ele aperta meu braço, e seu sorriso cresce.

Quase. Por pouco ele não riu.

Minha pele arde. Não sei se são os dedos dele ou minhas próprias palavras que causam esse calor. Um pouco das duas coisas, sem dúvida.

— Sabe... fiquei um pouco encucado com essa ideia do seu pai não estar em Alma — diz ele.

— Ah, é?

— É... porque necessariamente quer dizer que ele ainda está no país. Ou, apesar da chance ser baixa, no exterior. De qualquer jeito, ele não abandonou a vida civil: está em algum lugar do sistema.

Alguma coisa se agita em mim.

— Aonde você quer chegar? — pergunto, em voz baixa.

— É só que, no seu lugar... eu ia querer ter explicações, para entender, saber a motivação dele de uma vez por todas. Ou, pelo menos, ver o arrependimento no rosto dele. Porque, e eu boto minha mão no fogo, seu pai com certeza pensa toda noite na menina que deixou para trás e se dói à beça.

— Pode até ser... depois de botar os novos filhos para dormir e deitar do lado da nova esposa.

Ele acaricia devagar meu braço com o polegar, me dando calafrios.

Antes de afastar a mão abruptamente.

— Não deixe nenhuma ferida da infância infeccionar. Vai causar estragos depois.

Olho para meus dedos, sem saber o que dizer.

Escuto risos infantis ao longe, o sopro da brisa invernal dançando do outro lado da janela. *Estragos.*

Eu pigarreio.

— Agora entendi por que você não queria que eu entrasse no quarto — digo, voltando a olhar para a frente.

— Por quê? — questiona ele, com um sorriso na voz.

— Porque você está com vergonha da decoração. Você tem o maior gosto de velho mesmo. Parece até a sala de espera do Departamento Matrimonial.

— Prefiro ter gosto de velho para decoração... do que para roupa.

Pego o travesseiro em que estava apoiada e jogo na cara dele. Ele ri. *Missão cumprida.*

— Não muda nada: seus gostos são questionáveis, Izaak.

— Eu diria o mesmo de você, mas você nem gosto tem.

Eu também gargalho, e a risada dele se liberta junto à minha.

— Bom, eu tenho é que estudar para prova! — falo, me levantando num salto. — Melhor ir nessa, em vez de ficar aqui ouvindo essas ofensas.

— Espera...

Eu me viro, já a caminho da porta.

— Oi?

— Vi você de olho na minha estante... Vai sonhando, Eliotte.

— Nem pensei em roubar seus livros. Conto de fadas não faz meu estilo.

Ele abafa o riso.

— Tá, essa eu mereci.

Um último sorriso, e eu me viro... antes de dar meia-volta.

— E... hum... obrigada, Izaak.

— Por quê?

— Obrigada por... hum, você sabe.

— Eu sei, sim — diz ele, sorrindo. — Só queria ver você se atrapalhar para explicar. Você fica vermelha quando gagueja.

Levanto o rosto, tensionando a mandíbula. Eu não fico vermelha, ele mentiu. Mas agora estou ficando, sim, sem dúvida.

— E sou eu que devia agradecer — acrescenta ele, depois de um segundo. — É raro poder... conversar, assim. Ser honesto. Então... obrigado, Eli.

Eli.

E eu viro uma imbecil sorridente, sem saber o que dizer. Retificação: viramos dois imbecis sorridentes. Passam-se alguns minutos até eu me recompor. Com um breve aceno de cabeça, escapo do quarto que nunca imaginei que veria.

Caramba. O que foi que rolou?

Nem acredito que ele me disse isso tudo.

O pai dele é horrível. Isso eu já sabia. É um doente. A vida não facilitou para a gente no quesito pai. Não sei o que esse homem fez com Izaak, o que continua a fazer, mas sei que está o matando. Vi em seus olhos.

O que o fez mudar tão repentinamente quando era pequeno?

Balanço a cabeça, transbordando de dúvidas. Eu não devia querer xeretar, mas está me carcomendo por dentro. Sei que se fosse outra pessoa eu não tentaria descobrir mais nada; mas aí está a questão de Izaak. Ele sempre despertou em mim uma curiosidade absurda, que não canso de tentar calar.

Era para eu não dar a mínima. E, pior, estou percebendo que não fiquei só intrigada. Alguma coisa me leva a me *preocupar* com ele.

Também não acredito que *eu* contei tudo aquilo sobre meu pai biológico para ele. Pior: pela primeira vez em séculos, falei do meu pai sorrindo. Posso até ter sentido a dor logo depois, mas... o sorriso apareceu. Bem ali na minha cara.

A gente deixou um pouquinho de si com o outro. Agora, tem uma parte ínfima de mim entre as dobras do lençol dele.

"Não deixe nenhuma ferida da infância infeccionar."

Faço tudo, desde a adolescência, para tratar dessas feridas e me proteger a qualquer custo para não me machucar mais... Mas será que falar com meu pai poderia cicatrizá-las de vez?

E, se como minha mãe, ele visse em mim todos os erros que cometeu? Se, ao me ver, pensasse: "Que bom! Que bom que vazei, que fugi dessa vida que nunca quis. Que me livrei desse peso".

E eu, o que diria para ele? Hein? Porra, o que eu diria?

Não tem nada pior do que os cheiros, os sons, as palavras que o aproximam de mim. O som dos grãos de café moídos de manhã, o perfume da camisa dele, a lembrança de sua voz grave, mas tão doce, que me contava histórias, a sensação da barba que pinicava.

E acho que o pior são todas as perguntas sem resposta. *Você às vezes pensa em mim? Hesitou por um momento com a mão na maçaneta pela última vez? Pensa em como sou agora? Lembra da minha risada como eu lembro da sua? Você me amava um pouquinho sequer? Quase ficou por mim?*

Na verdade, piores ainda são as respostas imaginárias.

Não. Não. Não. Não. Não. Não.

Corro para meu quarto e me jogo na cama.

Um nó vibra em mim, inquieto, desde que Izaak falou "seu pai".

No fundo, sei que ele está certo: eu *quero* respostas. É o medo que me impede de ir atrás delas, que me prende nesta cama agora mesmo. A verdade está aí. Eu *preciso* de respostas. Mas não consigo admitir essa necessidade, muito menos satisfazê-la: não quero ir até o fim. Não quero arriscar escutar o inaudível. Ver o insuportável; o "que bom" nítido em seu rosto sem emoção.

Há sempre esse nó, porém, obstruindo minhas entranhas. Esse peso vai me seguir sempre, como me segue desde que entendi que meu pai não voltaria.

"Não deixe nenhuma ferida da infância infeccionar."

Fecho os olhos, sentindo minha respiração sair pela boca.
Eu não mereço essa infecção.
Eu mereço respostas.

Sonhei com Ashton. E com Emily. Acordei e vi que tinha recebido uma mensagem durante meu sono agitado:

Ainda não é tarde Eliotte. Acredita em mim pfvr.

Ainda não respondi.
Não paro de pensar nisso.
— Senhora Wager-Meeka?
Balanço a cabeça.
— Perdão. Pode repetir, por favor?
— Os arquivos são armazenados ao mesmo tempo em HDs externos e documentos em papel, por redundância — repete o assistente da sra. Rivera, mãe de Matthew. — Durante seu estágio, a senhora deverá consultá-los, especialmente para alimentar o site oficial do departamento.

Eu aquiesço enquanto ele me conduz pela ampla biblioteca subterrânea. A luz branca me deixa cega por alguns segundos, antes de eu enxergar as mesas de madeira comprida, os computadores de última linha e, acima de tudo, as fileiras intermináveis de documentos. Não sei como vou fazer para não me perder nesse labirinto de estantes.

Uma parede é inteiramente coberta pelo cartaz de um coração com flores, pelos retratos dos maiores psicólogos do nosso século e por estatísticas sobre saúde mental.

— Se tiver qualquer dúvida, pode se dirigir a mim, que estarei na sala ao lado, ou a seu colega, que deve estar por aqui...

Agradeço o homem que me apresentou o escritório, e ele sai do subsolo. Passo o olhar pela sala vasta. Quando Matthew me disse que tinha convencido a mãe a me contratar como estagiária de comunicação do departamento, eu não tinha muita expectativa. Só precisava dos créditos. Mas agora que estou aqui, acho que vou gostar do trabalho.

Tenho uma lista de tarefas cotidianas a cumprir antes de me dedicar à redação de artigos informativos para publicar no site do Departamento de Saúde e Bem-Estar após validação do superior. Pego a pilha de documentos a organizar e começo a primeira tarefa do dia.

Enquanto pego uma caixa da fileira B para guardar um documento importante, noto um rosto do outro lado da estante. Dou um pulo.

— Matthew? O que você está fazendo aqui?

— Minha mãe disse que você só podia fazer esse estágio se eu também aceitasse estagiar aqui.

Uma sensação estranha se espalha pelo meu peito. Ele fez isso... por mim?

— Mas por quê?

— Ela acha que vai passar mais tempo comigo se trabalharmos no mesmo lugar... — diz ele, dando a volta na estante para me encontrar.

Ele está com uma camisa branca desabotoada no alto que destaca a pele marrom. Ele também tirou os piercings. É engraçado vê-lo com um estilo mais formal do que de costume, mas até que vou sentir saudade do moletom amarelo e dos anéis.

— Obrigada... pelo sacrifício? — digo, sincera.

Ele ri.

— Gostei da cor nova — comenta ele, apontando meu cabelo. — Lembra da época da escola. Pintou o cabelo para se reconectar com seu lado *bad girl*?

— Não, foi mais *dark Sasuke*.

A gente gargalha juntos.

É legal encontrar Matthew. Parece até que... eu tinha sentido saudade. É, foi isso. Senti saudade da companhia dele.

Será que isso significa que desde sempre eu inconscientemente o deixei entrar na minha vida com Ashton?

Eu o vejo colocar uma caixa na estante, toda torta, e resmungar.

Matthew...

A gente passa o restante da manhã terminando nossas tarefas, embalados pela energia vigorosa.

— Está fazendo o quê? — pergunto, passando atrás do computador dele.

— Fuçando os arquivos de Algorithma.

— Como assim!? Você pode fazer isso? — exclamo, recuando.

Eu me debruço atrás dele. Ele levanta o rosto para sorrir para mim antes de voltar a olhar a tela.

— Roubei a senha da minha mãe. Como responsável pelo desenvolvimento de HealHearts, ela pode.

Minha curiosidade é atiçada.

— Posso dar uma olhada?

— Toma, enxerida — diz ele, levantando a mão sem parar de olhar a tela. Ele me entrega um pedacinho de papel com a senha da mãe.

— Mudam a senha todo dia, então aproveite bem hoje.

— Tá bom...

Aceito a preciosidade e sento do outro lado da mesa. Começo a pesquisa para meu artigo, mas deixo a senha debaixo do teclado. Quem sabe alguma hora eu vá precisar.

— E o que eu ganho em troca?

Ergo o olhar. Vejo o rosto de Matthew por cima do computador.

— Minha gratidão infinita.

— Que será demonstrada de que maneira, Eliotte?

Eu rio e encaro fixamente seus olhos azuis e grandes.

— Tá, o que você quer?

— Hum... visto que não me ocorre nada específico e que sou oportunista, digamos que você fica me devendo uma! Pode ser?

— Matthew, você está indo contra o código de honra da amizade.

— Tem um código? Você me passa o PDF? Eu adoraria ler o que você vive desrespeitando.

Eu amasso um folheto ao meu lado e jogo na cara dele.

— Ai! Tá bom, admito, foi mentira, você é uma boa amiga, sim, Eliotte. Mas jogar papel é prejudicial ao meio ambiente. Você não aprendeu na escola sobre a crise do fim do século XXI? Nosso planeta teria explodido se a gente não tivesse dado uma pausa na economia.

A bola de papel acerta minha cara antes de eu responder. Mostro a língua para ele e volto a atenção para a tela e o papelzinho que Matt me deu. Sem hesitar, desdobro o papel e digito a senha. Em poucos cliques, me vejo diante dos arquivos confidenciais de Algorithma.

Não sei por quê, mas a primeira coisa que me ocorre é digitar na busca: *Izaak Meeka*.

25

Apaixonado

Eliotte

Hesito um momento antes de apertar Enter. Três arquivos aparecem:

Histórico psicológico

Histórico médico

Arquivo HealHearts

Eu balanço a cabeça. Que ideia foi essa? Não posso xeretar a intimidade de Izaak sem ele saber. E o que eu ganho sabendo dessas coisas?

Estou pronta para fechar a pasta quando um atalho no menu chama minha atenção:

Par-teste

Clico imediatamente. Minha mão fica paralisada no mouse.

Par-teste n. 1: aos 17 anos, com Joleen FERNANDEZ, 17 anos.

Resultado do par-teste n. 1: 14,1%

Par-teste n. 2: /

Boquiaberta, encaro a tela.

Então eu estava certa: Izaak já se apaixonou... a ponto de querer fazer um teste de compatibilidade para garantir o futuro com a pessoa que amava.

Parece até que levei um soco na barriga; a sensação é que meus músculos estão todos doloridos. Que choque. Ele deve ter ficado tão devastado quanto eu e Ashton quando recebemos nossos resultados negativos.

Izaak namorando, Izaak perdidamente apaixonado, Izaak cuidando de alguém... Como é difícil de imaginar.

Será que ele age do mesmo jeito quando está apaixonado e quando finge comigo? Ou será que a escolhida por seu coração tem direito a um tratamento totalmente diferente?

O choque dá lugar a um calor que cresce no meu ventre. Eu mordo o lábio.

Joleen Fernandez.

Nunca ouvi falar dela.

Afinal, nunca convivi muito com os alunos mais velhos na escola, e muito menos me interessei por eles. O que aconteceu com ela? Será que ainda estão juntos? Ou, ao contrário, com 14,1% de compatibilidade, se separaram? Talvez não. Talvez tenha sido o ponto de partida para Izaak questionar o sistema. Talvez, ao saber que é incompatível com a mulher que ama perdidamente, ele tenha entendido que Algorithma se engana.

Eu expiro pelo nariz.

Joleen Fernandez. Quem é você?

— Vou almoçar, quer vir junto?

Eu me sobressalto.

— Hum... quero, sim. Vamos lá! — digo, me virando para Matt.

Tomo cuidado para esconder a tela com o corpo. Não estou com fome, mas não quero que Matthew veja minha pesquisa. Mesmo que seja lógico eu querer saber mais do meu marido, ainda é muito estranho fazer isso de um jeito dissimulado.

Eu me levanto com pressa e fecho a página, como se não fosse nada.

Ando com Matthew até o refeitório, discutindo nossas ideias de artigos. Ele é muito criativo... É evidente que fará um ótimo trabalho aqui.

Com as bandejas em mão, procuramos um lugar vazio quando reparo em uma mulher do outro lado do salão. Ela acena, chamando Matthew.

— Acho que sua mãe quer passar um tempinho com você — cochicho, segurando a vontade de rir diante do entusiasmo dela.

A mulher se sacode toda no lugar, parece até que está segurando a vontade de urinar. Matthew abre um sorriso carinhoso ao ver a mãe. Ele reage ao gesto com o mesmo ânimo.

— Faço esse teatro pra ela não se sentir sozinha — confessa ele. — É, eu amo muito minha mãe.

— Eu acharia fofo se não fosse você.

Ele mostra a língua antes de ir até ela. Eu me viro para o lado oposto e procuro um lugar para sentar no meio da horda de cientistas e burocratas famintos.

— Ei, ei, ei! Aonde acha que está indo, Eliotte? — Matt puxa a manga da minha blusa. — Vem almoçar com a gente!

— Não quero incomodar.

Ele me solta e revira os olhos.

— Incomodaria se *não* almoçasse com a gente.

Abro um sorriso tímido e me deixo ser conduzida até a mesa da mãe dele, em um lugar perfeito entre sol e sombra, perto da janela. Ela abraça Matthew com força assim que ele chega. Ele retribui o abraço com igual entusiasmo. A sra. Rivera dá um beijo estalado na bochecha do filho antes de soltá-lo. Se eu não os conhecesse, apostaria que ela estava reencontrando o filho pela primeira vez na volta da guerra, ou qualquer coisa assim. Ela é tão empolgada.

— Expulsei todos os meus colegas para reservar esses lugares para vocês — diz ela, quando nos sentamos.

— Obrigada, sra. Rivera.

— Pode me chamar de Sofía!

Ela abre um sorriso brilhante. Está usando uma camisa azul-marinho que exibe a clavícula direita. Tem os mesmos olhos azuis e as mesmas covinhas do filho. O mesmo tom de pele marrom. A única diferença é o cabelo preto, preso em um coque frouxo. É uma mulher sublime.

Ela pergunta do nosso estágio e dos estudos entre garfadas de legumes.

— Ah, meu bem, esqueci totalmente! — exclama ela, de repente. — Eu tenho uma conferência sábado e vou levar o carro. Você vai precisar pedir um táxi de Algorithma para seu encontro.

— Combinado!

Seu encontro?

— E aí, Matt... como tem sido? — pergunto. — É Hanna, né?

Não sei se voltamos a ser próximos o suficiente para eu perguntar isso... hoje.

— É Hanna, sim. A gente já se encontrou algumas vezes, e devo dizer... que a gente se dá muito bem. Meu charme está fazendo efeito!

— Jura? Que maravilha! — respondo, sorrindo. — Viu, você estava estressado por nada!

— A gente não oficializou nada ainda, estou indo com calma. Não quero me precipitar. Inclusive, você acha que... ela levaria a mal se eu não estiver mais confiante e precisar voltar atrás?

— Acho que não tem problema nenhum em querer ir devagar — digo, emocionada por ele pedir minha opinião sincera. — Pelo contrário, seria estranho se precipitar demais, né?

— E você, Eliotte? Já se casou? — questiona a mãe dele, com uma piscadela.

— Casou — responde Matthew. — Com Izaak Meeka.

A mãe dele arregala os olhos e cobre a boca com a mão. Se eu não a tivesse visto ser tão extrovertida e exibida logo antes, teria achado a expressão exagerada, até falsa.

— Não acredito! — exclama ela. — Então você é *essa* Eliotte!

Meu sorriso vacila de constrangimento.

— Você por acaso conhece muitas mulheres com esse nome, mãe?

— Verdade, é um nome original, mas acho bonito! — diz ela, com um riso tímido. — E aí, como está? Quase 99% de compatibilidade não é coisa pouca!

— É verdade que é muita coisa. Nossa relação é, digamos... intensa.

— Imagino! E como é ter o governador de sogro?

— É um homem, hum... como dizer?

Perverso.

— Especial — concluo.

— Ele tem a personalidade bem forte, né? Sei do que estou falando: estava no mesmo ano que Thomas na faculdade... e que o seu pai, se não me engano.

Como é que é?

— Eric Edison é seu pai, não é? — pergunta ela.

Eu fico paralisada.

Faz tanto tempo que não escuto esse sobrenome. Para ser sincera, quase o esqueci. Quando meu pai foi embora, eu virei Eliotte Wager. Nada mais de Eliotte *Edison*. Minha mãe nunca mais pronunciou seu nome, e nos mandaram jogar fora tudo que pertencia a ele. Sem deixar o menor rastro dele em casa. E na minha alma.

Mas por mais que eu esfregue e espane cada canto, há sempre esse resto indelével que obstrui meu coração.

— Hum, sim — respondo, depois de um momento de silêncio. — Deve ter sido ele.

Matthew me olha, arqueando a sobrancelha.

— Meu pai partiu quando eu tinha 6 anos — explico.

— Ah! Meus pêsames.

— Não, quero dizer que... ele foi embora. De casa. Para ficar com outra mulher — exponho. — Ele é um fugitivo.

Matt abre a boca de surpresa, fecha de novo.

E agora são três. Além de Ashton, eu não tinha contado para ninguém. Depois, contei para Izaak. E agora, para Matthew.

— Ah, ok, entendi... hum...

Ele pigarreia e olha para o garfo.

— Já vivi momentos mais constrangedores, relaxa que logo passa — falo sem pensar.

Ele engole o riso e começa a tossir, como se tivesse engasgado.

— Matthew! — repreende a mãe, com tapinhas nas costas dele.

— Perdão, eu não estava esperando... Desculpa!

Eu também rio.

— Não se preocupe, Sofía. Ele está certo, chega a ser cômico. Meu pai que foi embora, os pêsames, isso tudo...

Os Rivera me olham com um sorriso perplexo e constrangido.

— Não foi sarcasmo — afirmo. — Podem rir.

— Ah! — exclama Sofía, antes de cair na gargalhada com o filho.

Ao recuperar o fôlego, ela ronca que nem um porco. O som me surpreende e me faz dar risada. Matt gargalha ainda mais, me olhando de lado. Ele murmura alguma coisa enquanto ri. Metade do refeitório deve estar olhando para a gente, achando que estamos histéricos, mas... eu me sinto *bem*.

Antes de uma ideia me ocorrer:

Sofía conheceu meu pai. E talvez o governador também.

— Juro, a assistente da sala ao lado só fazia olhar pra minha bunda — diz Matthew, atento à estrada.

— Como você sabe? Estava de costas.

— Dá para sentir essas coisas, Eliotte.

— Foi só no *feeling*?

— Totalmente.

Quando estou prestes a retrucar, o barulho repetitivo da sirene me impede. Matthew faz uma careta e para no acostamento. Eu me viro para olhar pelo para-brisa traseiro do carro. Um policial de moto nos segue de perto. Afundo as unhas no assento. O que a polícia quer com a gente? Viro o rosto para os olhos azuis de Matthew. Ele não parece preocupado.

Pelo menos é o que penso, antes de ver as mãos apertando o volante: os ossos se sobressaem em meio às muitas tatuagens.

— O senhor está com um pneu furado — diz o policial, ao nos abordar.

— Ah... obrigado — responde Matthew. — Troco assim que chegar em casa.

— Antes disso, gostaria de verificar os documentos de vocês.

Ele pega o tablet e se apoia na janela, mascando um chiclete com ruído. O rosto cansado de Matthew se reflete em seus óculos escuros. O policial pede nossos nomes e os busca no banco de dados. Depois de alguns segundos, dirige o olhar frio para mim.

— De acordo com esta ficha, a senhora é casada.

— Sou mesmo.

— Cadê sua aliança?

Olho meu dedo.

Ai, merda...

— Ah... Esqueci.

— A senhora sabe que sou obrigado a dar uma advertência.

— Ah! Foi só distração, senhor... — suplica Matthew.

Será que seu charme tem efeito na polícia também?

Prendo a respiração, olhando meus dedos sem anel.

O policial olha para Matthew, abaixa a cabeça por alguns segundos e enfim diz:

— Perdão, é protocolo... especialmente por ela estar acompanhada.

Ele digita ruidosamente no tablet e escaneia a placa do veículo para registrar as informações. Desejamos uma boa tarde, e ele vai embora. Ainda não recuperei o fôlego.

Que merda...

Mordo o lábio, olhando pela janela.

Essa porcaria de aliança... Eu devia ter lembrado!

— Não foi nada, Eliotte. Só uma advertência.

— Sinto que faço tudo errado... — murmuro, pensando na primeira sessão com Izaak e a psicóloga.

— Não, deixa de besteira... Sua vida mudou completamente do dia para a noite. É normal ficar meio zonza. Ninguém se acostumaria assim, em um estalar de dedos.

Eu me viro para ele, que sorri antes de me dar um tapinha no ombro.

— Não deixa uma advertência besta botar caraminholas na sua cabeça... Esse cara estava só com inveja da minha beleza — declara ele, passando teatralmente a mão pelo cabelo. — Teve que extravasar!

Meu coração relaxa, e eu rio pela milésima vez hoje.

— Sério, viu a cara dele? — acrescenta Matthew, para intensificar minha gargalhada. — Normal ele querer me fazer mal. Inveja causa *loucuras*.

Ele dá a partida com a mesma expressão relaxada. Sua energia positiva me contamina e, de repente, me sinto mais leve. Olho para ele de lado, agradecida. E por tudo. Sem ele eu nem teria estágio e sem dúvida passaria o dia deprimida na faculdade ou no ônibus. Sem ele eu andaria pelos corredores acompanhada apenas da minha sombra — quando meu "marido" não está presente.

Quando chegamos ao meu prédio, passamos na frente do jipe de Izaak, no qual ele se encontra, afundado no banco do motorista.

O que ele está fazendo aqui?

Quando me vê, seu rosto se alegra. Até que ele nota Matthew à minha esquerda, e seus olhos ardem em brasa. Ele imediatamente abre a janela do carro, com aquela expressão de desdém habitual, e se debruça para fora. Seu olhar, ainda mais intenso do que de costume, me atravessa.

— O que você está fazendo com ele?

— Dei carona para ela — explica Matt. — Estamos voltando do está...

— Obrigado, mas eu falei com a Eliotte — diz ele, sem parar de me olhar. — Sério? O traficante provavelmente chapado?

— Como é que é? — diz Matt, ofendido.

— Nem comecem, garotos! — exclamo, com um tom que tento que soe bem-humorado. — Tá tudo bem, ok?

— Ainda não acabei — diz Izaak.

— Acho que acabou, sim — retruca Matthew. — Eliotte quer que a gente pare por aqui, então vamos parar por aqui.

Izaak o encara com o rosto crispado. As sobrancelhas franzidas escurecem seu olhar.

De repente, ele desce do carro.

— Acho que tem uma parada que você não entendeu — grunhe ele, batendo a porta com força.

Ele dá a volta em Matthew até parar na janela do motorista. Eu suspiro, me preparando para a tempestade. Matthew não vacila e o encara com a mesma veemência, tensionando a mandíbula.

— A gente está falando da minha esposa, porra — informa Izaak. — Que você tentou drogar. Você está *sonhando* se acha que vou deixar você chegar perto dela um segundo sequer, seu tarado imundo.

— Foi um mal-entendido, Izaak — digo, para acalmar os ânimos. — Eu estava bêbada e exausta no bar... Já está tudo resolvido. Eu confio em Matthew.

— Mas eu, não.

— Você nem estava lá! — reclama meu amigo.

— Eu estava lá *depois*. E ver o estado em que você a deixou já foi o suficiente, seu saco de bosta.

— Fecha essa bo...

— Ei! — exclamo, me esticando por cima de Matthew para chegar mais perto da janela. — Quer saber? Vou entrar no loft com Izaak, e vocês podem só fingir que nada disso aconteceu. — Eu interpelo Matt com um toque no ombro. Ele se vira para mim. — Obrigada pela carona... e pelo estágio.

— De nada, não tem de quê, Eliotte.

— Bom fim de semana pra você.

Pego a bolsa e saio do carro. Izaak passa alguns segundos olhando para Matt. Com esses olhos verdes tempestuosos e essa estatura, parece até o governador. Balanço a cabeça para me livrar da ideia e pego o braço dele para arrastá-lo para o apartamento comigo. Para meu enorme espanto, ele não se desvencilha e até apoia a mão na minha cintura.

— A gente se vê na segunda, Eliotte! — exclama Matthew. — E na terça. E na quar...

— Vou matar esse cara — resmunga Izaak, me soltando para ir atrás de Matthew.

Consigo detê-lo, puxando seu casaco, e repreendo Matthew:

— Vai pra casa!

Matthew responde com um sorriso inocente e acena antes de dar partida e ir embora.

Izaak fica em silêncio até chegar ao apartamento. Seu rosto está contorcido de raiva. Quando fecho a porta ao entrar, não consigo mais me conter: preciso saber que bicho o mordeu.

26

Seu coração é opaco, e seu cérebro, transparente

Eliotte

— Que raiva toda é essa?

— Não confio nesse sujeito e você sabe muito bem o motivo! — responde Izaak, se virando para mim. — Nem entendi o que você ainda está fazendo com esse cuzão!

— Ele é meu amigo de escola... e me ajudou a encontrar o estágio. Agora é meu colega.

— Dane-se, ele *não* é confiável, Eliotte.

— Izaak, você não o conhece. Eu conheço. E confio nele.

— É completamente idiota... E eu te falei para tirar esse cara da sua vida!

Idiota?

— E eu mandei você não se meter na minha vida assim! — retruco, furiosa. — Eu sei o que tô fazendo, tá?

— Não, é justamente isso: você não sabe. Você gosta desse cara, você mesma disse. Não está pensando direito.

— Eu estava bêbada e chateada quando falei isso... mas juro que é só um amigo.

— Não estou nem aí para o que ele é na sua vida, esse cara pode ser perigoso.

Avanço um passo, com os braços cruzados.

— Vamos deixar uma coisa bem clara: eu faço o que eu quiser. Você pode achar burrice ou não, mas não tem direito de dar pitaco na minha vida.

Ele vira a cabeça, suspira, e volta à discussão.

— Ele não é coisa boa.

— E daí? O que você tem a ver com eu ser amiga de um cara que não é coisa boa? Qual é a sua? — Ele tenta responder, mas eu me adianto, fervendo: — Cacete, larga de palhaçada! Você foi bem claro, desde o começo: a gente não deve nada um ao outro! Você é meu marido de mentira!

— É verdade. Mas não achei que nossa amizade também fosse de mentira.

Como é que é?

Sinto como se ele tivesse me dado um tapa. Recuo contra a bancada da cozinha, boquiaberta.

— Amizade? Entre a gente? Você tá me zoando? É só um papel que você gosta de interpretar! Não é verdade, e isso eu entendi muito bem. E nem tenta me convencer do contrário.

— Um papel? — repete ele, ultrajado.

— Na primeira oportunidade de ter uma noite normal sem ser como casal, você me ignorou.

Minha voz vacila sob o peso das lembranças depois do nosso encontro no cinema. Achei que meu ego tinha se recuperado, mas parece que vai demorar mais do que meros dias.

— Francis e Charlie são seus amigos *de verdade* — acrescento, me forçando a controlar a voz. — Eu não.

— Isso não é verdade, Eliotte.

— Aquela noite me lembrou por que é melhor eu ficar sozinha. E... por que fiquei até agora. Um lembrete nunca faz mal, então, sinceramente, obrigada, Izaak — afirmo, irônica.

— Não, Eliotte, para com isso... — diz ele, com a voz mais baixa, e se aproxima.

— Não paro, não, e inclusive continuo: fico melhor sozinha. Você não me dirigiu a palavra a noite toda. E, depois que Charlie e Francis foram embora, você começou a falar da minha mãe como se fosse normal, e depois me...

Beijou.

Eu suspiro, balanço a cabeça. Tenho que parar de pensar no que aconteceu nessa porcaria de sofá.

— Eu estava tão bêbado que mal me lembro do começo da noite! — retruca ele.

— Ah! Jura? E o jeito que acabou, esqueceu também? Foi ali, bem atrás de você — falo, sem conseguir me conter, e aponto o queixo para o sofá.

Ele olha para a direção que apontei por uma fração de segundo e cerra os dentes.

Nem sei por que trouxe isso à tona. Não significou nada para ele.

Mas esse ego maldito sempre tem que se manifestar.

— A gente não é nada um para o outro, foi você mesmo que disse — acrescento. — Então me deixa tomar minhas decisões, sem me julgar. E, honestamente, para de fingir que quer me proteger... Mereço pelo menos alguma coisa mais plausível.

— O que eu estou fingindo, hein? Me diz, de verdade, por que eu estava quase quebrando a cara dele? Por que fiquei fora de mim quando o vi na faculdade depois daquela noite no bar? Ou por que atendi seu telefonema à uma da manhã, para começo de conversa? — solta ele, subindo o tom da voz. — Por que fui correndo para uma cidade zoada da Nova Califórnia?

Meu coração martela. Em ritmo de alerta. *Socorro. Socorro. Socorro.*

— Para com isso! — digo, me afastando de novo.

— Parar com o quê?

— Para de agir como se você se preocupasse comigo!

Porque eu sei que não é verdade.

Ele me segura pelo punho.

— Por que eu não me preocuparia?

— Porque... você deixou bem claro desde o começo e... é a sua cara! É a sua cara não se preocupar com ninguém!

— É a minha cara? Como é que é? Com base no que você diz isso?

— Ashton já me disse que...

— Ashton? Você está se baseando no que meu irmão falou de mim? Puta merda, Eliotte, já faz semanas que a gente mora juntos! Você ainda não conseguiu criar opinião própria?

— Criei opinião quando estava com ele, e essa opinião só se confirmou ao longo dos dias, quando você me ignorava ou me mandava à merda. Você é um egoísta que não dá a mínima para os sentimentos dos outros, e ainda por cima é covarde, porque nem quer admitir. A verdade é essa.

Ele fica boquiaberto, mas então contrai os lábios com força.

— Egoísta? Covarde? É isso que você pensa de mim mesmo?

— Do jeito que você age, quer que eu pense o quê?

Ele baixa os olhos e balança a cabeça, com a mandíbula tensa. Sobe o olhar para mim, mais afiado do que nunca.

— Muito bem. Entendi o recado. — Ele me sonda com os olhos verdes antes de me derreter em um clarão. — A partir de agora somos meros desconhecidos — declara, e dá meia-volta.

Não sei por quê, mas estendo o braço para segurá-lo. Só que ele já se afastou.

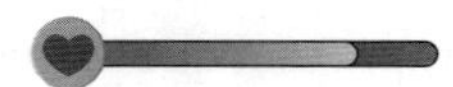

No dia seguinte o apartamento estava vazio quando acordei. Nem sinal de Izaak. Fui de ônibus para a faculdade, irritada. Não por causa da atitude dele, mas por causa da minha. Nunca quis levá-lo a esse limite. Só queria cutucar a ferida, ou, pelo menos, desabafar. Sem nem me dar conta, tanta coisa se acumulou dentro de mim recentemente. Não sei como, nem por quê. Para ser sincera, nem sei o que pensar dessa situação. Eu não deveria estar irritada e frustrada nem sentir tanta dor. Eu deveria estar pouco me lixando.

E você também não sabe o que pensar dele.

— Escutou? — resmunga Matthew, estalando os dedos na minha cara.

— Ah! Foi mal... O que você disse?

A luz filtrada pelas janelas ilumina as mesas compridas do café da faculdade. Matthew cruza os braços e afunda na cadeira. Sentado à minha frente, ele me encara, arqueando a sobrancelha.

— Eliotte, você tá no mundo da lua mesmo.

— Ah, é?

— Está tudo bem?

— Só estou meio cansada.

— Pode me contar desse "cansaço", quando sentir... se quiser.

Abro um sorrisinho, agradecida por ele respeitar meu silêncio.

— Obrigada.

Ele ia responder, mas o apito de uma notificação no meu celular o detém.

Lembrete: encontro às 18h para sua primeira simulação Pavor-Amor. Clique no link abaixo para mais informações.

Que loucura é essa?

Faço uma careta para a tela. Nunca fui avisada desse compromisso, então como pode ser um lembrete? Clico no link indicado e começo a ler o anexo informativo.

— Pela sua cara, não deve ser mensagem de putaria — diz Matthew.

— Algorithma me convocou, com Izaak — respondo, lendo atravessado. — Para... uma espécie de teste. Amor-Pavor, sei lá.

— Pavor-Amor — corrige ele, e engole em seco. — Você nunca ouviu falar?

— Confesso que não me mantenho muito atualizada quanto à... hum... tecnologia de Algorithma.

Sempre dei pouca atenção às matérias da escola sobre amor e casamento, e menos ainda aos informes do governo na televisão. Nunca foi do meu interesse da maneira como foi para os outros da minha idade. Eu achava que era burrice minha, mas a verdade é que desde o começo eu já tinha entendido inconscientemente que era a maior palhaçada.

— Minha mãe escreveu a tese sobre o protótipo da época, ela me falou *muito* disso — comenta Matthew. — É uma simulação que os casais fazem para reforçar o vínculo, de cinco em cinco anos. De pavor, e de amor.

— "Pavor", de medo mesmo? — pergunto, espantada. — Mas consiste no quê?

— Um dos membros do casal é condicionado para um sonho lúcido, sabe, um sonho em que a gente está consciente e tem controle da situação, "conectado" à alma gêmea. Esta é conduzida ao sonho do outro, para os dois sonharem juntos. Ao injetar cortisol, o hormônio do estresse, e mostrar ao sonhador inicial um fluxo de imagens e de vídeos, os cientistas confundem os sentidos para fazê-lo imaginar uma situação importante, ou até extrema, de angústia. O casal sai da simulação mais unido do que nunca, pois atravessou essas provações como se fossem verdade. Que nem uma espécie de simulação. Força a ir além do cotidiano, para enxergar o essencial do casal. A gente tem vontade de acalmar o outro, proteger, arriscar a vida apesar das diferenças... porque, nessas situações de estresse extremo, há uma urgência. A urgência de amar.

Eu engulo em seco.

Você está ferrada, Eliotte. Vai ser um inferno.

— Promete ser intenso.

— Isso é... Mas não entendi por que vocês já foram convocados. Devia ser só daqui a cinco anos, não agora.

— Eles avisaram que pretendem nos observar mais do que os outros casais, por causa da nossa taxa de compatibilidade... Tenho horror a isso. Tomara que não vire costume, porque, pelo que você me disse, essa simulação não vai ser agradável... Mas as dificuldades nos aproximam, né?

— É, fica tranquila... Enfim, na verdade, o que aproxima é o medo. Literalmente.

— Como assim?

Matthew olha ao redor dele, para possíveis curiosos, e se debruça na mesa. Seu olhar azul me atravessa.

— Essa simulação é baseada no trabalho de Donald Dutton e de Arthur Aron — começa, em voz baixa. — Data de 1977. Pois é. Na verdade, graças ao “experimento da ponte Capilano”, conduzido por esses sujeitos incríveis, descobrimos o fenômeno da “transferência”: é possível que o ser humano transfira emoções causadas pela fonte A à fonte B. Nosso cérebro interpreta mal nosso estado físico e acredita que a causa é B, embora seja A.

— E o que isso tem a ver com a simulação?

— O cortisol, o hormônio do estresse, e a ocitocina, o hormônio do apego, são quimicamente semelhantes, em questão de estrutura molecular. A secreção de cortisol tem efeitos quase idênticos à secreção de ocitocina: suor frio, coração acelerado... Então, durante a simulação, quando você se estressa por causa do pesadelo, seu cérebro acredita que está se apaixonando ainda mais pela pessoa que te acompanha, porque os estados de pavor e amor são quase idênticos. O sentimento causado por A, o pesadelo, é transferido para B, sua alma gêmea.

Eu balanço a cabeça, hipnotizada pelo que ele diz. É incrível, eu nem imaginava nada disso. Muito menos que Algorithma explorasse esse fato científico para aplicá-lo à população. E nem sei o que me surpreende mais: esse experimento absurdo ou que Matthew saiba tanto sobre o assunto.

— Na época — continua ele —, era tradicional marcar um primeiro encontro em parques de diversão ou para ver filmes de terror no cinema... Mas ninguém sabia que, por trás desses lugares românticos, havia um motivo: eles se estressam na montanha-russa, ou ao ver a mulher ser assassinada no chuveiro pelo psicopata, e aí, bum! O cérebro transfere, e a atração do casal fica ainda mais intensa. Sacou?

Claro que saquei, Matthew. Faz anos que estou sacando: Algorithma nos manipula com uma simulação de amor.

Um lampejo me atravessa. E se, secretamente, Matthew concordasse comigo?

— Que... surpreendente — respondo, então. — Em suma, essa simulação brinca com nossas emoções para manipular nosso coração.

— Hum, não é bem isso... Seu cérebro não tem como transferir as emoções do ponto A ao ponto B se o ponto B não existir. Não dá para ficar mais próximo da sua alma gêmea se já não estiver próximo antes — diz ele, e sorri. — Finalmente encontramos um jeito de reforçar o amor, os casais, as famílias... Loucura, né! Eu acho fascinante.

Eu faço que sim, murmurando um “é, que doideira” que espero soar convincente.

Talvez ele não concorde, afinal.

— Mas guarda isso para você, Eliotte — acrescenta ele, com a voz mais séria. — Não é para a gente conhecer tão detalhadamente os procedimentos de Algorithma, a não ser no caso de trabalhar na área, que nem minha mãe, quando era pesquisadora.

— Ah! Tá, tá. Claro.

Ele me dá uma piscadela e leva um dedo à frente da boca.

— Enfim... não se preocupa, vai dar tudo certo — insiste ele, com um sorriso. — Todos os casais saem mais felizes da simulação.

E como é quando eles fingem ser um casal, sendo que, na verdade, mal se suportam?

Retribuo o sorriso na esperança de ele acreditar que é sincero.

Como combinado, Izaak me espera no jipe no estacionamento às quatro da tarde. Depois de almoçar com Matthew, eu propus o ponto de encontro por mensagem. Ele respondeu duas horas depois com um simples "ok".

Não sei se é coisa da minha cabeça, mas, quando entro no carro, está mais frio do que do lado de fora. Izaak dá a partida em silêncio assim que prendo o cinto de segurança e saímos em direção ao centro de simulação, sem o menor som além dos pneus no asfalto.

Esse vazio me angustia. Na verdade, não suporto quando Izaak fica tão calado. Tenho vontade de contar do meu dia ou zombar amigavelmente do casaco novo dele — que eu achei muito bonito — para ele reclamar de mim e eu rir.

Mas agora é impossível.

Mesmo assim, não suporto o silêncio.

— Matt... Quer dizer, me *disseram* que essa simulação vai ser uma espécie de sonho lúcido que coloca a gente em condições de estresse — digo de repente, para ocupar o silêncio.

Quase falei de Matthew, mas me corrigi a tempo — acho. Não sei por que me senti obrigada a fazer isso.

Izaak não responde. Diante da ausência de reação, não consigo deixar de acrescentar:

— E... o que você acha?

Ele continua olhando para a estrada, umedecendo os lábios. Eu seguro um suspiro.

Vai, uma palavra que seja. Por favor.

— O que me preocupa não é a futura situação de estresse — solta ele, de repente. — São os sensores no nosso cérebro quando a gente for vivê-la. Eles vão ver em tempo real o que acontece lá dentro durante a simulação.

— E daí?

— Dessa vez, não vai dar para mentir: eles vão ver que a gente não se ama. Seu coração é opaco, mas seu cérebro, transparente.

Sinto um nó na garganta.

— Eles podem mesmo ver nossos sentimentos na ressonância? Não tem jeito de enganar? Tipo, pensar em coisas de que a gente gosta, ou...

— Deixa de ser idiota — interrompe ele, com o tom ácido. — Você está falando de *Algorithma*, uma tecnologia de ponta. Claro que eles sabem o que acontece na nossa cabeça, e claro que não tem como enganá-los.

A grosseria dele me magoa, mas o pânico que me invade ofusca a mágoa.

A gente está na merda.

— E o que a gente faz, Izaak?! — exclamo, perdendo a compostura. — A gente tá fodido!

— Pode acontecer de a simulação não funcionar bem e o estresse ser intenso demais para a ressonância captar sinais claros de amor. Por isso, quem for escolhido como sonhador inicial vai ter que se forçar a pensar nas coisas mais estressantes possíveis. E sempre fingindo que a gente está apaixonado, porque eles vão poder ver imagens dos nossos sonhos. Hoje nossa mentira está em jogo.

A calma na voz dele me deixa pasma. Como pode ficar tão tranquilo ao dizer uma coisa dessas?

Passo a mão no rosto e solto um suspiro. A gente tem que estar à altura da situação. Eu me viro para Izaak, quase pedindo para ele me tranquilizar, e aí... sinto um calafrio.

O gelo da voz dele esfriou o carro inteiro. Seu rosto duro está voltado para a estrada, que seus olhos encaram sem a menor emoção. Parece um fantasma. Um ser que não é mais deste planeta e não tem nada para fazer aqui.

De repente, eu entendo.

O Izaak ao meu lado é o mesmo Izaak de que Ashton me falou, aquele que todos imaginam encontrar por acaso no corredor, atrás dos vidros do jipe... Uma máscara. Só uma máscara.

Desde o início, achei que estava lidando com aquele Izaak, sem entender por que ele era tão diferente da expectativa que eu tinha criado. Mas, na verdade, quem estava na minha frente era o Izaak *real*. O Izaak que não é tão egoísta assim, ou, na verdade, nada egoísta; que é um pouco distante, mas sempre presente quando necessário; que é um pouco condescendente, mas extremamente engraçado; que finge revirar os olhos, mesmo quando está preocupado; que é direto, porque nunca é hipócrita; que é solitário, mas só porque ninguém o entende.

Sou uma otária.

Mordo o lábio, como se tentasse conter o impacto da queda, tendo desabado de tão alto. Mesmo quando, às vezes, ele se mostrava como é para os outros, sempre revelou uma sensibilidade única, diferente de todas as que conheci na vida. Porque Izaak é uma pessoa inteira, sem mentira, sem artifício.

— Izaak...

Silêncio.

— A gente pode conversar?

As palavras saem abruptamente. Tenho vontade de pegá-las de volta, metê-las na boca e engolir. Mas é tarde.

Já foram ditas.

— Sobre o quê? — solta ele.

— Tudo. Na verdade, temos muito a dizer.

Um segundo.

Dois.

Três.

Quatro.

— Acho que não.

Parece que passaram inverno e primavera entre minha fala e a resposta dele.

— Claro que temos — insisto.

— Não, já falei. Quando *eles* não estiverem por perto, você sabe perfeitamente que a gente não se conhece. E eu não tenho nada a dizer a quem não conheço.

Engulo em seco.

Mas não me abalo. Não sei que força me habita e me impulsiona a falar, falar e falar mais; logo eu, que sempre preferi silêncios.

— Que se dane, Izaak. Mesmo assim, vou dizer que...

— Você já disse o suficiente — interrompe, sem me conceder um milímetro de seu olhar. — Então, pelo amor de Deus, fica quieta.

E, enfim, seu olhar se dirige a mim. E me assassina. Então se volta para o asfalto que desfila do outro lado do para-brisa.

Mordo a bochecha, de cabeça baixa. Tudo que se agitava dentro de mim se acalma, fica imóvel e se encolhe no fundo do meu ser.

— Respire tranquilamente e feche os olhos, sra. Meeka-Wager — diz a enfermeira, com a voz calma.

Eu tento, mas esses cabos retorcidos ao meu redor, esses sensores colados na minha testa e na minha cabeça, esses acessos venosos... Tudo me deixa nervosa.

Fui eu a escolhida para sonhar primeiro. Tenho que procurar na memória os pesadelos mais perturbadores e assustadores para tentar disfarçar o que realmente acho de Izaak e do nosso casamento.

Você consegue. Vai dar tudo certo. Você está perdidamente apaixonada pela sua alma gêmea, e ele também. Vocês são o casal perfeito.

Izaak está deitado em uma maca ao lado da minha. Ele parece relaxado. Injetaram um produto para abrir seus "receptores sensoriais", ou alguma coisa assim, para ele se conectar melhor com meu sonho... que daqui a pouco será *nosso* sonho. E se eu imaginar coisas que ele não deveria ver? Que *eles* não deveriam ver? Tenho que fazer de tudo para me manter lúcida, senão meus pensamentos serão todos expostos e dissecados por cientistas. E aí, eles...

Calma. Você consegue. Vai dar tudo certo.

Respiro fundo e concentro todos os meus sentidos no que me cerca. O ambiente é mergulhado em uma atmosfera supostamente relaxante e propícia ao sono: estamos no escuro quase total, com apenas uma projeção de estrelas iluminando o teto, e uma música suave acompanhando...

Mas não funciona. Meu coração bate a toda, minhas têmporas palpitam, meu sangue ferve...

— A simulação é iminente — diz uma voz da cabine.

Eu fecho os olhos e suspiro.

— Cinco... quatro...

Eu consigo. É só ficar lúcida. Lúcida. Lúcida.

— Três... dois...

Uma luz quente me deixa cega, antes da minha visão ir voltando, pouco a pouco. Estou em uma colina coberta de papoulas, usando um vestido de algodão branco que desce até os tornozelos. A saia esvoaça, soprada por uma brisa de verão.

Um ruído leve soa ao meu lado. Pouco a pouco, a silhueta de Izaak se destaca. Ele balança a cabeça e pestaneja. Levanta o queixo e percebe que chegamos.

No meu sonho.

27

O sonho

Eliotte

Izaak me dá uma olhadinha rápida, antes de observar a paisagem.

— Bela vista — declara.

Como é esquisito escutar o humor de volta na voz dele.

— É... eu podia ter feito melhor.

Ele sorri. Queria que fosse sincero, mas sei que é tudo fingimento.

Por causa do que eu falei.

Um ar adocicado dança ao nosso redor e acaricia delicadamente meu rosto e cabelo. Sinto uma serenidade inesperada crescer em mim... antes de uma descarga elétrica atravessar meu peito.

Uma perfusão de cortisol.

Meu órgão vital começa a bater muito, muito rápido.

Izaak me lança um olhar compreensivo, indicando que é o momento decisivo de pensar coisas estressantes, para manter nossa fachada.

Vai, Eliotte, pensa... Insetos? Aranhas imensas e peludas?

A paisagem continua igualmente agradável.

Outra descarga. Minhas mãos suam ainda mais frio.

Uma fobia, Eliotte... Pensa numa fobia!

De repente, sinto meus pés inundados por um líquido gelado. Abaixo a cabeça e vejo a grama sob meus pés descalços se cobrir de água glacial. A colina se transforma em um imenso reservatório e, de repente, me encontro no meio do mar.

No meio de um furacão.

É noite profunda, não enxergo nada ao redor além das ondas e dos tornados que me cercam. Tusso, tentando nadar apesar da correnteza que me puxa para todo lado. O vento fustiga meu rosto e, de repente, sou engolida. Bato as pernas até conseguir emergir da água.

Até que outra onda chega. Imensa. Alta que nem um prédio.

Vou morrer.

Eu berro até perder a voz, antes de ser empurrada com toda a força para as profundezas do oceano. Parece que meu coração vai explodir. Meu corpo todo treme, não consigo nem me mexer para voltar à superfície. A água salgada queima meus pulmões. Fico tonta.

Respira, respira, respira...

Engulo litros de água gelada, mas minha garganta pega fogo. Tento chegar à superfície com o corpo pesado, em vão: estou sendo puxada para dentro d'água.

Preciso de ar! Preciso de ar! De ar...

Com um movimento seco, sou puxada de volta à superfície.

Izaak.

Vejo seu rosto apesar da escuridão. Os cachos encharcados colados na testa. Levanto o braço para afastar as mechas do rosto dele, mas ele me segura firme. Agito as pernas com todo o vigor e fixo meu olhar no dele para ficar na superfície. Não sei o que me sustenta. As mãos dele, minhas pernas ou seus olhos?

Ainda não morri. Estou viva.

Tento inspirar, mas o sal arde no nariz, na garganta... Eu arfo, tusso.

— Devagar, Eliotte. Inspira... Expira...

— Izaak...

Outra onda, ainda mais imensa do que a anterior, aparece a distância. Solto um grito descontrolado. Ela se aproxima em uma velocidade louca.

— Izaak! A-atrás...

A torre aquosa nos arrasta antes de eu terminar a frase. As mãos de Izaak seguem apertando meu braço, e eu me agarro a sua camiseta. Seguro com tanta força que estou prestes a rasgar meus ligamentos. Coloco a cabeça para fora da água, sem Izaak. No entanto, ainda estou segurando a camiseta.

— Izaak! Cadê você?! — Eu me viro de um lado para o outro, desesperada. — Izaak! Izaak!

Estou sozinha outra vez, no meio desse buraco escuro e descontrolado. Sinto um nó no estômago, a dois segundos de vomitar.

Izaak? Izaak? Izaak?

Cadê ele? Será que se afogou?

Meu coração bate em uma velocidade louca. Não consigo mais respirar. Preciso de ar. Imediatamente. *Izaak? Cadê ele?!*

De repente, a cabeça dele sai da água, a poucos metros de mim. Ele seca os olhos e procura em volta até me notar.

— Eliotte! Porra, te achei...

Ele nada até mim e fecha outra vez os dedos ao redor do meu braço. Não consigo mais pensar. Tusso sem parar, submersa pelo medo.

— Olha pra mim — diz ele, segurando meu rosto. — Olha pra mim e respira.

— Nã-Não dá...

— Olha pra mim.

Tento respirar, mas sufoco, como se um saco plástico cobrisse meu rosto. Estou paralisada. Não consigo nem mexer os pés para me manter na superfície. Se Izaak não estivesse me segurando, eu já teria afundado. Essa vastidão de água escura ao nosso redor, as torrentes que fustigam nosso rosto, as ondas imensas e iminentes que vejo chegar...

— Eliotte! — exclama Izaak. — Cacete, você tem que respirar! Não presta atenção em mais nada, se concentra só em mim e respira...

Não consigo. Não tenho mais ar nos pulmões. Vou morrer. Vou morrer, já era.

— Eu imploro, olha pra mim — suplica ele.

Izaak aperta meu rosto com as mãos encharcadas de água salgada. Mergulho o olhar no dele. Sufoco.

— Inspira, expira... Vai... Por favor, Eli — murmura ele.

Seu rosto está contorcido de pânico. Ele está tão estressado quanto eu.

Caramba, que bom ator...

Ator.

Os cientistas.

A simulação.

É um sonho.

Um raio de luz atravessa a escuridão opaca do céu. Izaak não dá atenção, ainda com o olhar fixo no meu.

— Isso, Eliotte, respira. Fica comigo. Respira...

Ele afasta mechas de cabelo da minha testa.

Meu coração, que batia desvairado diante da morte cujo gosto cheguei a sentir, se acalma de repente...

Até uma nova descarga fazer meu corpo vibrar, arrancando de mim um soluço de dor.

O cortisol.

Tenho que mergulhar de novo nesse sonho, voltar a acreditar que é tudo verdade, senão os cientistas vão nos descobrir. Vão estragar tudo. Tenho que achar outra situação ainda mais estressante, deve dar...

Minha bunda bate com toda a força no chão. Grito de dor. Parece que quebrei algum osso na queda. Izaak aparece do meu lado em uma fumaça branca.

Não estamos mais molhados. Meus pulmões pararam de arder. Consigo respirar. Olho ao redor para ver onde aterrissamos. A paisagem fica cada vez mais nítida. Reconheço esta sala. É minha antiga casa em Seattle.

Meu coração se contorce.

O que vim fazer aqui?

Izaak chega mais perto, tropeçando em um dos meus carrinhos de brinquedo, e senta ao meu lado.

— Eliotte?

A voz grave que escuto não é dele... é do meu pai.

— Depois desses anos todos... você me encontrou?

A sombra de uma silhueta masculina é projetada sobre uma cortina suspensa no meio da sala. Meu pai está atrás do pano, a alguns metros. Meu pai biológico. Que foi embora.

Estou suando frio. Fico imóvel, sentada no chão da sala, e uma onda de náusea quase me faz botar tudo para fora.

— Se você veio até aqui, foi para me dizer alguma coisa, né? Então fala!

Sua voz é exatamente como na minha memória. Engulo em seco, esticando e dobrando os dedos sem parar.

— Não vai dizer nada? Bom... talvez prefira saber o que eu acho de você, Eliotte?

Eu balanço a cabeça.

Não, não, não...

— Quer saber a verdade?

Minha garganta, já apertada pela angústia fulminante, se fecha ainda mais com as lágrimas ardidas.

— Não... — murmuro com a voz infantil.

— Eliotte, vou dizer o que acho...

— Cala a boca! — grito. — Cala a boca, por favor!

Caio no choro, meu corpo todo tremendo. Lágrimas escorrem, passando pela bochecha, caindo no pescoço. Tampo as orelhas, sem nem tentar acalmar o choro.

— Eliotte, você tem que encarar a verdade!

— Cala a boca... — murmuro, entre ondas de lágrimas. — Por favor...

De repente, um abraço quente me envolve. Izaak me puxa para si, ainda sentado no chão, de costas apoiadas na parte inferior do sofá. Meu coração dispara, ainda enterrado por litros de tristeza. Quero vomitar e estou suando, e também sinto tanta dor. Tanta... Parece até que estou sangrando por dentro.

— Ele vai se calar, Eli...

Encosto o rosto no peito de Izaak. Choro sem conseguir me segurar. Os soluços reviram meu estômago e meu diafragma, esmagam meu peito.

Sinto a mão dele acariciar meu cabelo, a outra mão nas minhas costas.

— Prometo — continua Izaak, a boca apoiada no topo da minha cabeça. — Ele vai ficar quieto.

Assim aninhada nele, não escuto mais a voz do meu pai. Apenas ecos distantes. Eu me aperto um pouco mais em seu peito largo, envolvendo com os braços suas costas fortes. Tudo nele é tão firme, tão duro, que nem pedra.

Tento regular a respiração no ritmo das carícias ainda suaves.

Inspira... Expira...

Relaxo os punhos e levanto o rosto devagar. Izaak me olha, com a expressão calma.

Tudo para.

— Viu, eu prometi.

Eu sorrio. Ele tira a mão das minhas costas para segurar meu rosto. Uma onda quente toma meu ventre, crepita e se agita como se mil borboletas voassem nos meus órgãos. Borboletas, não: um zoológico inteiro. Quero falar, mas nada sai...

— Então agora sou eu que vou dizer o que acho de você.

— Como é que é?

Izaak segura meus punhos abruptamente.

— Você foi covarde e tampou as orelhas para o seu pai, mas *agora* vai ficar de ouvidos bem abertos. Me escuta, Eliotte.

Tento levantar a cabeça para me soltar de seu peito, mas ele me segura com firmeza. Meu coração bate forte como se quisesse sair do peito, fugir e se esconder.

Izaak levanta bruscamente meu queixo, antes de voltar a segurar meu punho.

— Não desvia o rosto — diz ele, com a voz fria. — Quero ver seu olhar quando eu disser todos os horrores que penso de você, Eliotte.

— Como assim? Pa-para com isso...

— Estou só começando.

— Não, por favor, para... Não vou...

Sobreviver.

Uma lágrima escorre mesmo assim, e depois vem outra...

— Você já deve saber o que todo mundo acha de você, já que *ninguém* te quer, mas, mesmo assim, vou contar o que dizem pelas suas costas. Sua mãe, seu pai, Karl, Ashton, Matthew, os colegas da faculdade...

Meu corpo inteiro se crispa. Fecho os olhos como se assim fosse parar de escutar e continuo a me debater para fugir dele, da verdade. Mas estou aprisionada. Os soluços arranham minha garganta, e eu inspiro um ar entrecortado, sem conseguir me controlar.

Não quero saber o que acham de mim.

Não quero saber o que Izaak acha de mim. Nunca.

Não, não, não, não...

— Eliotte! Eliotte!

Inspiro fundo e abro os olhos.

— Eliotte!

Izaak está debruçado sobre mim, cercado por dois rostos desconhecidos — enfermeiras, considerando o uniforme branco.

— O sonho lúcido durou quatro horas e trinta e três minutos.

Sonho lúcido?

Meu Deus, a simulação.

— Vamos deixá-los recuperar o fôlego. Leve o tempo necessário, senhora.

Eu me sento na maca e vejo as enfermeiras saírem da sala. Nem acredito. Era tão real. *Tudo.* As ondas, o afogamento, o sufocamento, meu pai... Izaak. Em alguns momentos, consegui me lembrar da realidade, mas, na maior parte do tempo, tudo parecia *verdade*. Eu não estava tentando controlar as reações, foi tudo por instinto.

Eu me viro para Izaak, ainda em pé ao lado da minha maca. Ele olha para longe, de braços cruzados.

Braços nos quais me refugiei...

E pensar que ele viu tudo. Minha crise de ansiedade no mar, na frente do meu pai... e na frente dele. Ele agora conhece um dos meus medos mais íntimos.

Espera...

Por que fiquei tão apavorada diante da ideia de saber o que todo mundo pensa de mim? O que *ele* pensa de mim, ainda por cima?

Recuo de repente. Se foi tudo tão realista, será que...

— Foi você que falou comigo? Quando você me abraçou?

Ele desvia devagar os olhos verdes do buraco negro que encarava.

— Não, não fui eu. Enquanto eu tentava reconfortar você, fui teletransportado para o outro canto da sala em uma fração de segundo. Quem falou com você foi uma versão minha criada pelo seu inconsciente.

— Então você escutou tudo? — pergunto. — Do outro lado da sala?

— Vagamente.

Eu me levanto, mais devagar do que esperava. Meu corpo tenso é pesado. Curativos foram colados nos pontos de acesso venoso. Não estou mais usando a touca com sensores. Nem cabos. Nem fios. Estou livre.

Saímos do centro, os dois lentos. Ainda estamos atordoados por termos passado por tanta coisa em questão de poucas horas — que pareceram ao mesmo tempo minutos, e uma vida inteira. Foi incrivelmente intenso. *Nada* do que eu imaginava. Um pesadelo à milésima potência.

Diante dos funcionários do centro, Izaak é doce comigo, sorridente, carinhoso, até; mas, assim que entramos na intimidade do jipe, seu rosto se apaga por inteiro.

— Deixo você no apartamento? — pergunta ele, com a voz seca.

— Por favor.

— Eu vou voltar tarde hoje. Talvez nem volte.

Abaixo o rosto. Detesto essa voz. É ainda pior do que aquela que ouvi no nosso primeiro encontro, ou nas raras vezes em que nos cruzamos anteriormente.

— Então tranca a porta quando entrar — acrescenta ele.

Porque não tem *nada* nessa voz. Nem raiva, nem arrogância. Nada.

E o pior é isso. Porque, se eu identificasse um grama de fúria que fosse, ou de desprezo, significaria que ele pelo menos sente alguma coisa por mim. Mas assim...

Meu peito está esmagado.

Ele fala comigo como se... não nos conhecêssemos. Ele não mentiu.

— Izaak?

— Pois não?

— Sei que você recusou umas horas atrás, mas eu quero mesmo conversar com você.

— Estou exausto... preciso ficar sozinho.

— Mas estou aqui.

— Então finge que não existe.

Tento soltar o nó no meu peito e acabo apoiando a cabeça no vidro, impotente. O nó não soltou, só subiu para a garganta.

Eu realmente preciso fingir para não existir no mundo dele?

28

Eu (te) odeio

Eliotte

Espero Izaak no hall do meu antigo prédio, onde minha mãe ainda mora com Karl. Estou ficando com frio. Ainda nem acredito que ele vai pisar nos azulejos gordurosos desse hall daqui a pouco... Quer dizer, em teoria.

Ele disse que já estava na esquina... Cadê ele?

De repente, a porta do hall se escancara. Suspiro de alívio. Com um buquê de flores e uma garrafa de vinho na mão, Izaak vem a meu encontro.

— Cheguei, desculpa — diz ele, com o tom distante.

Fico quase espantada com a cortesia.

Faz cinco dias que eu e Izaak fizemos a simulação. Quase uma semana desde que voltamos ao estado de desconhecidos. Embora ele esteja menos ácido do que antes, minha presença — nas raras vezes em que nos cruzamos no apartamento — é, para ele, idêntica à de um grão de poeira. Insignificante.

Respiro fundo, olhando ao meu redor. Um calor sufocante invade meu rosto.

O que ele acha desse prédio? Das ruas para chegar aqui?

Izaak anda até o elevador, mas eu o levo até a escada, sem ter coragem de explicar que faz dois anos que o elevador está em pane. A vergonha e o constrangimento me corroem por dentro.

— Vou tocar — digo, apertando a campainha da porta.

Não queria por nada que ele visse minha casa decadente, minha periferia suja. Mas é necessário. Minha mãe fez questão de nos convidar semana passada. Para os jantares seguintes, arranjarei uma desculpa.

Karl aparece na porta, todo elegante. Admiro o esforço.

— Ah! Boa noite, Eliotte!

— Boa noite, Karl!

— Que surpresa ver você e o Zack aqui! Entrem, entrem...

— Izaak — corrige o próprio, com um sorriso lacônico.

Surpresa?

Rio de nervoso. Mais uma piada boba dele... Entramos no apartamento.

— Quem é, Karl? — pergunta minha mãe, da cozinha.

— Eliotte e Za... Izaak!

Eu franzo a testa. Meu sangue congela.

— Não me diga que vocês esqueceram, Karl?

— Esquece... Ah, caramba! — exclama ele, e cobre a boca com a mão, levantando as sobrancelhas. — Angela! A gente fez besteira!

Ah, é? Jura?

Minha mãe vem para o hall, com seu vestido azul e comprido. O que ela costuma vestir quando Karl a leva para jantar no centro, no restaurante chique-mas-nem-tanto de que eles gostam. Quando nos vê, vira uma estátua.

— Meu bem, nosso jantar... juro que esqueci completamente! Que vergonha!

— Desculpa mesmo, garota — acrescenta Karl. — A gente só fez reserva para dois, mas vocês podem vir também! Com sorte, a gente arranja...

— Não se preocupa, Karl, obrigada. Vou deixar vocês aproveitarem o jantar romântico — digo, com uma voz que tento fazer soar alegre.

Minha mãe pega minha mão, com uma cara decepcionada.

— Karl fez a reserva há um tempão e, quando me avisou, esqueci de te ligar para desmarcar, e aí tive que resolver tanta coisa em casa e... Me perdoa!

Para desmarcar.

— Tudo bem, mãe. Não é nada demais, acontece.

Ela me abraça por alguns segundos, para limpar a culpa na minha roupa, e me solta para ir buscar a bolsa na bancada da cozinha. Fico plantada no meio do hall, atordoada. O que exatamente me chocou? Ela esquecer? Ou eu não ter previsto isso, apesar de todos os anos vivendo com ela? Sou uma idiota. Devia ter ligado para confirmar.

Passo a mão no cabelo e suspiro. Meu olhar se demora em Izaak, que encara minha mãe e meu padrasto com uma expressão séria. Talvez ele esteja constrangido. A raiva e a tristeza que sinto dão lugar à vergonha. Eu me sinto ridícula. *Ele* deve me achar ridícula.

Que família...

— Vocês vão ficar? — pergunta Karl, vendo que não me mexi.

— Ah... vamos. Quero aproveitar para buscar umas coisas... Pode deixar a outra chave comigo, eu tranco quando a gente sair.

Ele revira o bolso do paletó e me entrega o chaveiro, com um sorriso desconfortável. Minha mãe acena antes de sair, acompanhada de sua alma gêmea.

Solto um suspiro demorado e vou até a sala. Eu me largo no sofá pequeno, pressionando os lábios.

Izaak veio à toa. Eu podia ter evitado que ele viesse a esse lugar. Eles me esqueceram.

Quando um volume ocupa o espaço à minha frente, eu levanto o rosto. Izaak veio atrás de mim.

— Espera um pouco para ir embora, para eles não verem nada — digo. — Seria bizarro se você me largasse aqui depois...

Desse fiasco.

Ele aquiesce e se dirige à bancada da cozinha. Pega dois copos que secavam na pia e vem sentar ao meu lado. Abre a garrafa de vinho que trouxe e serve um copo para mim. Eu faço que não.

— É bom e caro — diz ele. — Você vai se arrepender.

— Tá bom... — digo, aceitando finalmente.

Ele enche o próprio copo, e eu estendo o braço, sarcástica.

— Seja bem-vindo à casa Wager! — declaro.

Dou um gole sem muito ânimo, mas ele tem razão: a bebida é boa. Tomo tudo de uma vez e seco a boca.

— Pronto, eles já devem ter se afastado. Pode ir embora.

— A gente ainda tem que acabar essa garrafa — responde ele.

— Pode levar... Deve ter suco de laranja e cerveja na geladeira, é o suficiente pra mim.

— Você vai me deixar ir embora assim?

Não.

— Com essa garrafa? — emenda ele. — Não provou a mesma bebida que eu, Eliotte?

Tento sorrir, mas me falta sinceridade. Ficamos os dois sentados nesse sofá capenga, no meio desse apartamento capenga, no mais absoluto silêncio. Não detesto este lugar por causa do mau estado físico, mas porque me lembra do meu estado emocional e o da minha mãe ao irmos embora de Seattle. Enquanto minha mãe estava solteira, nos mudamos para Portland, para uma moradia que, na minha lembrança, estava mais inteira. No entanto, depois de ela se casar com Karl, tivemos que trocar nosso belo lugar por este apartamento. Não sei por quê, mas o que sei é que morar aqui me fez entender que eu nunca mais voltaria à casa de Seattle. Ficar sozinha com minha mãe e Karl entre essas paredes apertadas era a lembrança de que alguém estava faltando. Alguém que eu amava.

Apoio o queixo na mão e olho para o vazio. Izaak continua sentado a poucos centímetros de mim — conhecendo-o como conheço, ele preferiria sentar no canto oposto do sofá, mas o móvel é tão pequeno que o canto oposto *é* do meu lado.

— Que tipo de vinho é esse? É bom à beça.

— É vinho sem álcool — responde ele. — Um suco, um elixir... Quando era mais novo, percebi que *toda* bebida é melhor sem álcool. Pode acreditar.

— Hum... Me serve de mais um pouco, então.

Ele obedece, e bebo em um gole antes de me recostar no sofá, olhando para o teto. O silêncio ocupa cada vez mais espaço na sala.

Esta semana foi dura, e esta noite é o final perfeito.

Eu não imaginava que a ausência de Izaak fosse pesar tanto em mim. Pior, não imaginei que eu fosse sentir tanta saudade. Nesses últimos dias, ele estava tão perto, mas tão longe...

— Sabe, Izaak... — Eu começo, com o peito ardendo.

— O quê?

— Odeio quando você não fala comigo. E odeio mais ainda perceber isso.

Ele não responde.

Fiquei tão decepcionada com o resultado desse "jantar" que parece que nada pior pode acontecer. Ele pode me rejeitar pela milésima vez, e acho que nem me magoaria. Porque não pode doer mais do que minha boca ardendo há dias, cheia de palavras que quero pronunciar. Talvez minha voz falhe, minhas palavras soem hesitantes, minha garganta feche. Talvez eu gagueje, ou interrompa a frase diversas vezes; mas eu terei contado para ele. Terei falado com ele, caramba.

Eu me endireito e me viro para ele.

— Na verdade, odeio que você me odeie.

Eu o encaro, respirando com dificuldade.

— Eu não te odeio — murmura ele.

— Claro que odeia — retruco. — Faz uma semana que quem você era antes... Que eu sinto...

Pigarreio, de repente constrangida pelo que estou prestes a confessar.

— Que eu sinto saudades de quem você era antes — declaro.

Muito mais do que eu previa.

Sua expressão vacila por uma fração de segundo.

— Ainda sou a mesma pessoa — retruca ele, com a voz monótona. — Só tentei me adaptar às suas expectativas. Aos seus *preconceitos*.

— Não eram nem preconceitos, eram besteiras, Izaak. E você sabe muito bem que foi tudo exagerado, impulsivo, absurdo demais para eu realmente acreditar naquilo.

— Claro que acredita. Essas coisas não surgem do nada... e tudo bem. Você não sabia como se portar por causa da minha postura, então agi como você esperava que eu agisse desde o início. Ou seja, a cópia do Izaak descrito por outras pessoas. Descrito por Ashton.

Sinto raiva e dor transparecerem na voz dele.

— Talvez me parecesse mais simples se você fosse assim... Mas você foi muito mais. Mais do que eu podia imaginar, Izaak. — Falo sem pensar, sem considerar as consequências das palavras. — Você foi um amigo de verdade — continuo, apesar do medo de exagerar. — Um amigo que eu nunca tive. E, quando entendi que estava iludida, eu...

— Para, Eliotte. Você nunca se iludiu.

— Fala sério... Vamos ser sinceros. Sem pisar em ovos, sem educação, sem meias-palavras.

— Eu sou sincero, Eliotte. Nunca deixei de ser. Eu finjo, sim, quando te chamo de apelidos ridículos, ou quando pego sua mão. Mas quando a gente ri, quando a gente se provoca, quando eu me abro para você sobre meu pai psicopata e minha infância atormentada... você acha que é só enganação? Quando eu faço isso tudo, quem, exatamente, você acha que é na minha vida, Eliotte?

Balanço a cabeça, olhando meus dedos.

— Para com isso... A gente não... — murmuro. — Não tenta...

Nem consigo continuar a frase.

— Quer que eu diga onde está o problema de verdade, Eliotte? — solta ele, finalmente. — Está bem aqui, na minha frente.

Eu paraliso sob seu olhar atento.

— Para de afastar todo mundo — continua ele.

— Eu não afasto ninguém.

— Afasta, sim, todo mundo que se aproxima... até acabarem indo embora, e aí você pode dizer que estava certa desde o começo, e que todo mundo sempre vai te abandonar.

— Como é que é?

— Você se sabota, Eliotte.

As palavras dele me machucam. Tenho vontade de tampar os ouvidos, de me esconder nas almofadas do sofá... Como se estivesse revivendo o pesadelo artificial da simulação. Mas estamos na sala. Na realidade. Não na minha cabeça.

— Você vive toda encolhida... Tem que se abrir! Para alguém... Para sua mãe, para Ashton... Para Matthew, até, se precisar. Mas precisa abrir os braços para os outros, para verem que tem um coração batendo aí. Você tem coração, sim, nem adianta fingir.

Eu encolho as pernas no sofá.

— Estou bem assim, Izaak... Eu *escolhi* a solidão.

— Pode dizer isso para quem quiser, mas não para mim. Você sofre com sua solidão.

— E como é que você sabe?

— Porque eu vejo você todo dia. Querendo ou não, eu te conheço bem, Eliotte.

— Você me vê, mas nem por isso enxerga tudo em mim.

Ele suspira e olha para o vazio por um segundo, como se mil imagens desfilassem diante de suas pupilas verdes.

— Sabe, quando eu te vejo no apartamento, ou com outras pessoas, com sua família... parece até que estou vendo meu reflexo no espelho. Um reflexo mais novo. Porque eu já fui que nem você. Mas acabei entendendo que a solidão me consumia e que, se eu não fizesse nada, acabaria comigo.

Não sei por quê, mas meus olhos estão ardendo. No coração, contudo, só sinto frio. Izaak acaba de derrubar todas as camadas atrás das quais eu me escondia. Eu me sinto vulnerável. Nua.

Ele encosta a mão no meu braço, e isso já me acalma.

— Sei o que você acha — continua ele, em voz baixa. — Você diz que é melhor ficar sozinha, para evitar a tristeza, as dores de cotovelo. Mas assim você se priva de tantas experiências, alegrias, sonhos, emoções...

Ele diz isso com o mesmo tom que usou ao me falar de amor pela primeira vez, na saída da sessão com a psicóloga.

— Algorithma meteu na nossa cabeça que é preciso evitar o fracasso emocional, controlando todas as nossas interações e garantindo que dará certo antecipadamente... mas a verdade é que você tem direito de errar, Eliotte — continua, chegando o rosto um pouco mais perto do meu. — Você tem direito de se machucar e aprender a sarar. Tem direito de voltar atrás, de mudar de caminho, ou até de sair a ermo para traçar um novo caminho. Tem direito de tropeçar, de cair, de ficar largada no chão, se quiser. É normal. Porque a vida é *isso*. E isso vale para todo tipo de relação. É duro, é incrivelmente assustador, mas tem que ser assim. Tem que se arriscar. Senão, a gente *nunca* experimenta a vida.

Cerro os punhos, meu corpo treme. Não sei de onde ele tira essas reflexões. Sei apenas que parece que estou falando com meu próprio inconsciente, diante de tudo que não digo, dos meus gritos abafados, dos meus murmúrios...

Ele está certo. Terrivelmente certo.

A verdade é que, desde que eu e Ashton terminamos, morro de vontade de sentir um pouco de calor humano. Talvez sinta isso desde pequena, na verdade. *Desesperadamente*. E só percebi quando eu e ele nos afastamos.

Na solidão, eu me sinto mais segura, anestesiada, como se pudesse não sentir mais nada.

E, às vezes, é melhor não sentir nada mesmo, do que arriscar sentir a dor.

"A vida é isso."

— O problema — murmuro, tentando controlar a voz — é que, depois de sentir o gosto das emoções mais ácidas, a gente nunca mais quer que elas voltem à nossa língua.

— E daí? Prefere não provar nada e morrer de fome?

— Izaak...

Ele chega mais perto, passa o braço ao redor do meu ombro. Seu calor impregna meu corpo frio. Parece até que estou embrulhada em algodão.

— Eu juro que você não vai ser abandonada por todo mundo — murmura ele, ao pé do meu ouvido. — Por mim, pelo menos, não.

Eu me viro para ele. Recuo um pouco ao ver como está perto. É uma loucura que o verde dos olhos dele estivesse tão abissal e metálico há vinte e quatro horas. Agora, está tão suave, tão profundo.

— Perdão por tudo que eu disse naquele dia — declaro. — Não era verdade. Não acho você egoísta nem insensível. Muito pelo contrário. Você se preocupou mais comigo do que qualquer outra pessoa nesses meus 21 anos.

Queria que esse abraço durasse mais tempo. Por uma pequena eternidade.

Odeio essa ideia, essa sensação, essa necessidade.

De repente, ele roça a mão no meu rosto. Ajeita uma mecha de cabelo atrás da minha orelha.

Não, o que odeio é amar.

Engulo em seco, com dificuldade.

— E você não é covarde. Eu não menti quando disse que você é uma das pessoas mais corajosas que conheço, Izaak. Queria ter a força de me olhar no espelho e encarar todos os meus problemas como você faz.

— Não fui sempre assim como você imagina — diz ele, e suspira. — Na verdade, talvez eu nunca seja assim.

— Por que diz isso?

— Porque, às vezes, eu sou o maior traíra da face da Terra. — Ele baixa o olhar e continua: — Eu dou punhaladas nas minhas costas, boto obstáculos no meu caminho, cometo as piores infidelidades comigo mesmo. Eu me traio com frequência. Quando não sigo os valores que me impus, quando não sou quem quero ser, quando não digo o que deveria dizer, quando não faço o que prometi a mim mesmo que faria, Eliotte. Quando desejo o que não deveria desejar. — Ele ergue o rosto, mergulha o olhar no meu. — De todas as traições, acho que a que faço contra mim mesmo é a pior.

Eu desvio o olhar, envergonhada.

— Por favor, Eliotte, me olha — pede ele. — Odeio quando você foge do meu olhar.

— Odeio quando você me pede para olhar para você.

— E eu odeio quando você não olha.

— Odeio que você me faz ceder assim — sussurro, voltando o rosto para ele.

Ele sorri.

— E odeio esse sorriso — complemento.

— Então evite provocá-lo, sua tarseira, que é cada uma que me parece duas.

Eu abafo o riso, reconhecendo minhas palavras.

— Foi um belo insulto — digo. — Então vou deixar passar.

Deixo minha cabeça pender levemente em seu ombro. Não sei de onde me vem esse impulso, mas o acolho de braços abertos. Seu perfume ainda é o mesmo, um pouco amadeirado e cítrico. Familiar. Eu o reconheço em qualquer lugar. Olho para minhas mãos, com o coração em ebulição.

Eu me pergunto o que acontece entre as posições de desconhecido e familiar para as pessoas com quem convivemos. Porque, quando percebemos que mudaram de categoria, já é tarde. Não se sabe como, nem por quê, mas aconteceu. E devemos apenas lidar com isso, sabendo perfeitamente que um dia podemos sentir falta.

E meu medo sempre foi esse. Ter alguma coisa familiar na vida. Uma constante.

Porque o que fazer quando essa constante deixa de existir? Quando a gente acorda certo dia sem sentir o cheiro do café do papai em casa? Quando a gente não pode mais beijar nem sorrir para a pessoa amada, ao vê-la na rua ou no corredor?

"A vida é isso."

— Você ainda está pensando demais, Eliotte.

— Culpa sua — retruco, tentando usar um tom sarcástico. — Por sua causa, tendo a questionar muitas coisas.

— A certa altura, é bom ver por outro ângulo.

— Que insinuação foi essa? Devo tomar isso como uma ofensa contra minha baixa estatura?

— É verdade que você é... minúscula.

— Só comparada a você. Além do mais, tudo que é pequeno é mais fofo.

— Hum... — solta ele, abafando o riso.

— O que foi?

— Aposto que não foi isso que você pensou naquela vez que ficou me olhando no chuveiro.

Como é que é?

— Pode ir parando — digo, levantando o queixo para encará-lo —, porque eu nem olhei para você, foi você que estava *lá*. No *meu* chuveiro. Onde você nem tinha que estar.

— Pode falar o que quiser, Eliotte! Agora já sei que você é uma tarada.

— Você tá viajando. Parece até que é você que quer que eu seja tarada.

— Sabia que depois disso eu botei tranca em todos os cômodos do apartamento?

Engulo em seco. Eu reparei, sim.

Respiro muito mais devagar, controlada. Sinto o ombro dele se mexer de leve sob meu rosto quando ele fala. Desvio o olhar para suas mãos grandes... com alguns dedos arranhados. Por instinto, pego uma delas e passo o polegar no machucado.

— Como você se machucou?

— Ah, isso? — retruca ele, sem afastar a mão. — Exagerei um pouco no último treino de boxe.

Arqueio a sobrancelha.

Não sabia que você lutava boxe, Izaak.

Sem luvas.

Eu suspiro e solto a mão dele, como se de repente estivesse me queimando. Não tenho mais motivo para segurá-la, agora que não estou mais dando uma de enfermeira. Desvio o olhar para o estofo do sofá, o tapete no chão... antes de voltar para as mãos machucadas.

"Eu juro que você não vai ser abandonada por todo mundo."

Passo os dedos pela minha coxa até chegar discretamente ao joelho, pertinho das mãos dele. Estendo o mindinho para chegar mais perto ainda.

"Por mim, pelo menos, não."

Quando crio coragem de aproximar ainda mais minha mão da dele, sem tocá-la, meu coração cresce no peito. A gente já se deu as mãos várias vezes, mas sempre na frente de outras pessoas. Aqui, somos só nós dois.

"Por mim, não."

Meu coração dispara, e eu afasto a mão.

— Vem, quero te mostrar uma coisa! — exclamo abruptamente e me levanto do sofá.

29

Eu (te) leio

Eliotte

— Tô indo.

Ele se levanta com um sorrisinho, e eu avanço pelo corredor.

— Só para eu me preparar, você não tá me levando pro banheiro, né? — pergunta ele.

— Bem que eu falei que você *quer* que eu seja tarada.

Ele ri e me dá uma cotovelada.

— É meu quarto, só isso — explico, e abro a porta no fim do corredor. — Escondi uma coisa aqui.

Me viro para Izaak, que me encara, arregalando os olhos de curiosidade. Entramos no quarto e eu vou até a janela entreaberta, me agacho e tiro uma tábua solta do assoalho... embaixo da qual escondi a chave de uma das gavetas da cômoda. Vou até o móvel, sob o olhar intrigado de Izaak. Gosto de acreditar que, neste momento, passo a impressão de ser incrivelmente misteriosa e impenetrável. Não há nada mais enigmático do que esconderijos sob o assoalho.

Abro a gaveta e tiro a caixa de papelão do meu pai.

— Você já leu livros censurados? — pergunto, e sento na cama.

Faço sinal para ele chegar mais perto, e ele senta do meu lado.

— Nunca tive acesso aos títulos que me interessavam... — diz ele. — Li alguns trechos soltos, mas nada além disso.

Quando ele se debruça sobre a caixa cheia de livros, fica de queixo caído. Seu olhar chega a brilhar.

— Como você arranjou isso?

— Eram do meu pai.

— Seu pai... — murmura ele. — Posso?

— Pode, claro.

Não consigo conter o sorriso ao ver sua expressão empolgada. Parece até uma criança. Ele tira os livros delicadamente, um a um, lendo em voz alta os títulos.

— *1984*... *Un Visage Pour Deux*... Ah! Não acredito!

Ele tira *Romeu e Julieta*.

— Você conhece? — pergunto, cheia de esperança.

— Claro... Consegui ler três trechos, e foi o bastante para me apaixonar por Shakespeare... e pela Julieta. — Ele abre um sorriso, folheando as páginas com o polegar, e continua: — Não sabia que era possível amar assim um casal em alguns parágrafos. Fico me perguntando como eles conseguiram convencer os pais da união no final.

— Ah...

— Que foi?

— Nada.

— Fala.

— É Shakespeare, Izaak. Não é Charles Perrault.

— Ah, para com isso... Sei que não é um conto de fadas.

Eu me contenho para não rir e não contar para ele o final trágico.

— Vou parar de brincadeira, pode deixar. Mas saiba que esses livros todos deixam seus contos de fadas no chinelo.

— Duvido.

— Ah, entendi... você nunca deixará a pequena sereia de lado, né?

— É a mulher da minha vida.

Não consigo me conter e caio na gargalhada. Uma lágrima brota do canto do olho. Izaak se junta a mim, e nossas risadas nos dominam por longos segundos. Eu podia alegar que é culpa do vinho, mas não era alcoólico. Então não tenho desculpa: é Izaak que faz com que eu me sinta bem assim.

Quando se acalma, ele pega *Romeu e Julieta* e deita na cama. Cruza as pernas, abre o exemplar surrado... e começa a ler. Naturalmente, eu pego *1984* e deito ao seu lado. Ele se apoia na parede para me dar mais espaço, mas não tem jeito: ficamos encostados. Minha cama não é tão minúscula assim, mas Izaak é imenso.

Vai, Eliotte, lê. Não se desconcentra com isso.

Eu inspiro fundo e abro o livro.

Izaak põe a mão na minha.

Caramba.

— Que tal a gente ler juntos? Talvez você ache esquisito, mas é bem le...

— Tá de brincadeira?! — exclamo, largando meu livro. — Achei que só eu gostasse de fazer isso.

— Eu também gosto.

Ele me olha por um segundo a mais, antes de se ajeitar na cama e encostar mais na parede, abrindo um pouco de espaço.

— Quer se fundir com a parede, Izaak?

— É que senão você não consegue ler.

Eu pego o braço dele para puxá-lo de volta para o meu lado, onde tem mais espaço. Chego perto e apoio o rosto no ombro dele, deitada de lado. Apoio a perna de leve na dele, roçando a calça jeans. Eu deveria prender a respiração, colocar um travesseiro entre nossos ombros, ou sentar no chão e pronto, mas, em vez disso, murmuro:

— Viu, não falta espaço.

Ergo o rosto para ele.

E descubro que ele já estava me olhando.

Está com o olhar muito mais intenso do que de costume, muito mais profundo. Mas não é uma expressão inédita.

Eu já a vi.

— Se me der spoiler, eu te mato — declara ele subitamente, e vira a página.

— Você é tão convincente...

E começamos a leitura. Tento me concentrar nas palavras, mas a maldita voz que as pronuncia me atrapalha. Izaak. Ele podia ler os ingredientes de um pote de maionese e me cativar do mesmo modo. Quer dizer, não é bem isso — eu ficaria absorta na entonação grave da voz, no timbre quente e quebradiço, nos breves silêncios.

Em certos momentos, ele para a leitura para fazer comentários, e debatemos as escolhas dos personagens. Por exemplo, ele acha que, na cena do baile, Julieta realmente age em plena inocência quando se fantasia de "santa". Para mim, por outro lado, fica nítido que ela joga a carta da audácia e da blasfêmia para seduzir Romeu.

De qualquer jeito, estou certa.

Ao chegar ao último ato, ele pigarreia de repente.

— Você pode voltar para o seu livro? — pede ele.

— Mas por quê? Agora é a melhor parte! — digo, erguendo o olhar.

— Quero ler sozinho.

Seus olhos brilham sob a luz alaranjada do quarto.

— Você está emocionado? Jura?

Espero que ele não tome a pergunta por zombaria. A última coisa que quero fazer é desdenhar de suas emoções.

— Que nada — retruca ele. — É só que a gente está chegando ao ápice da tensão narrativa, e eu... prefiro ler em silêncio. Sozinho.

Abro um sorriso carinhoso. Ele *está* emocionado. É claro como água. Sua voz o denuncia a quilômetros de distância. Eu o observo pelo canto de olho. Ele morde a bochecha, franze os olhos. Não imaginei que ele fosse tão sensível, tão permeável às palavras. Não imaginei que ele fosse tão parecido... comigo.

Eu cedo e pego *1984*, que tinha deixado no chão. Depois de duas páginas, é mais forte do que eu: ergo o olhar discretamente para Izaak. De perfil, ele está absorto na tinta velha impressa no papel. Eu já tinha notado que, frequentemente, ele murmura o que está lendo, em silêncio. Mexe a boca carnuda devagar, deslizando as palavras na língua. Seu olhar segue as letras com avidez. Sob a luz do quarto, o verde de seus olhos se confunde com um tom quente de topázio. É desconcertante. Eu me pergunto o que ele achará da cena cinco, quando Romeu e Julieta se separam. E o que pensará ao terminar a peça e perceber que foi a última vez que os dois se viram *em vida*.

E o que Izaak achará quando notar que você está olhando para ele assim?

Eu suspiro — um pouco alto demais — e volto a ler. Desta vez, sem distração.

Enquanto lemos, ajeitamos a cabeça e às vezes nos esbarramos. Acabamos de braços cruzados, ou uma cabeça apoiada no ombro do outro, e, em certos momentos, frente a frente. A trinta centímetros de distância. Às vezes, dez. Mais trinta. Ou vinte. Dez. Cinco. Apenas a capa dos livros entre nós.

Chego à metade do meu livro. Nem sei que horas são. Não dá mais para escutar carros passando na rua. Deve estar tarde, mas minha mãe e Karl ainda não voltaram do restaurante. Nesse tempo todo, finjo não escutar quando Izaak funga, resmunga de raiva e xinga algumas falas. Também não dou mais atenção a sua respiração entrecortada. Ou à pele que roça na minha a cada virada de página. Nem à minha vontade do toque ser mais demorado. E mais extenso.

Que ideia é essa?

Respiro fundo.

Considerando o silêncio que reina no quarto, eu diria que Izaak chegou à cena do suicídio.

— O que é isso, Eliotte?

— Uma tragédia romântica — respondo, virando a página do meu livro.

— Não, *isso*.

Ergo o olhar para ele. Nos dedos dele, há um quadradinho preto.

Um chip?

Eu me endireito, pasma. Um alarme soa no meu cérebro.

— Onde você achou isso?

— Cheguei no fim e tentei virar mais uma página, porque não acredito que Shakespeare escolheu esse final mesmo para *minha* Julieta. Mas vi que a folha estava colada na capa. Achei que tivesse grudado com o tempo, mas reparei um relevo.

Olho para o livro na mão dele. A última folha está um pouco rasgada por causa da cola.

— Será que era do meu pai? — pergunto.

— Com certeza. Quer dizer... sei lá.

— Só tem um jeito de saber — digo, pegando o objeto da mão dele.

— É um chip minúsculo e muito fino. Só deve funcionar em computadores científicos.

Que nem os do Departamento de Saúde e Bem-Estar...

Eu pretendia estudar na biblioteca da faculdade segunda, como de costume, mas... vou ter que mudar de planos. E ir ao estágio.

Izaak olha fixamente o chip, franzindo a testa.

— Fico me perguntando o que ele contém... e o que está fazendo nesse livro. Quem é que tem acesso a essa caixa?

— Só eu. Ele me deu quando eu era pequena... Espera aí. Será que ele deixou esse chip para mim?

Fico paralisada.

— Eliotte, não quero falar besteira, mas... por que ele iria embora sem levar isso junto? Se quisesse mesmo esconder para sempre, teria levado... mas preferiu deixar em um dos livros que deu para a filha.

— Será mesmo?

Os olhos verdes de Izaak se iluminam.

— Não vejo outro motivo para deixar esse chip aqui.

Olho para minhas mãos contorcidas. Meu coração bate rápido. Lembro o que meu pai me disse ao me dar a caixa, quando eu reclamei da complexidade dos livros que continha.

"É 'chato' porque não é para agora, minha Eli. Tenho certeza de que você vai adorar ler quando for maior. Promete que vai ler, inclusive? Promete, meu amor."

Eu respiro fundo.

O que você queria que eu soubesse, papai? Ou, pelo menos, o que queria esconder dos outros?

— Melhor a gente ir — digo, me levantando.

Pego os livros e os coloco no esconderijo. Izaak fica com *Romeu e Julieta*, e eu coloco uma camiseta qualquer na caixa para esconder melhor seu conteúdo. A caminho da porta, Izaak me diz:

— Vamos levar para o loft, né?

— Claro... mas vão ficar no *meu* quarto, longe de *você*. Sabe, graças à tranca na porta.

— Você é cruel.

— Prefiro não dar nem a impressão de que vou te emprestar de novo. Quero evitar suas desilusões, Izaak. Já que o fim de *Romeu e Julieta* transtornou todas as suas crenças, seria injusto se eu não te poupasse.

Ele bota o pé no meu caminho para me fazer tropeçar, e eu cambaleio, quase desabando no chão. Solto um xingamento ainda mais refinado do que "tarseiro" e o fulmino com o olhar.

Quando saímos do apartamento, nos dirigimos à escada escura do prédio.

— Segura para mim, Eli?

Eli.

Eu me viro. Ele estende o buquê de peônias roxas que tinha levado para minha mãe. Ele também está carregando a garrafa de vinho pela metade e *Romeu e Julieta* debaixo do braço.

— Você pegou as flores de volta! — exclamo, franzindo a testa.

— Aff, óbvio. Prefiro que fiquem com você.

Pego o buquê, hesitante. A última vez que ganhei flores foi no Dia dos Namorados, aos 19 anos, de Ashton.

— Preferia ficar com a garrafa — digo, depois de um breve silêncio.

— Vai sonhando.

— Então vou *mesmo* guardar os livros no meu quarto.

A garrafa de vinho vem parar na minha mão no mesmo instante.

Eu rio pela milésima vez nessa noite.

É incrível como tudo pode mudar em questão de segundos. Achei que ia jantar com minha mãe. Mas não. Aí achei que passaria a noite encolhida na minha antiga cama. Só que também não. Nada do que planejamos acontece de verdade.

Izaak declama na escada, a meia-voz:

— "O amor dá força, e a força me conduz!" Essa frase é tão impactante...

— Izaak, fala mais baixo.

— Ah, para com isso, você está tão preocupada assim com o sono dos vizinhos?

— Você está citando um livro *censurado*! — cochicho. — Seja mais discreto...

— Merda, você tem razão — responde ele, agora também cochichando.

Deve ser a primeira vez que ele diz que estou certa. Quer dizer, que *admite*.

— Eu gosto daquela que Benvólio diz: "Esquece-a, então, e pensa noutras coisas" — recito em voz baixa. — E Romeu responde: "Como posso pensar, sem pensar nela?" Ele é tão insolente, eu adoro.

Izaak abafa uma risada.

— Sabia que você tinha uma quedinha pelos *bad boys*.

— O quê? Não tenho, não.

— "Ele é tão insolente..." Romeu é tão fogoso, tão selvagem — diz ele, baixinho, em uma tentativa risível de me imitar. — Ah! Romeu!

Eu o empurro, que se segura por pouco no corrimão.

— Ah, você fica agressiva quando a gente bota o dedo na ferida.

— Não. Mas fico quando falam besteiras.

Ele revira os olhos e volta a descer os degraus.

Quando chegamos ao carro, apoio a caixa proibida no colo.

Pelo trajeto quase inteiro, apesar da conversa animada, mantenho o olhar fixo em *Romeu e Julieta* e no pequeno relevo formado na página pelo chip.

— Matthew, preciso de você — murmuro, sentando ao lado dele na manhã de segunda.

— Manda bala, Wager.

Ele não para de digitar no teclado.

— Preciso de acesso a um computador científico. Sabe... que nem o da sua mãe.

Ele abre um sorriso malicioso.

— E por quê?

— Tenho um chip que só esse tipo de computador lê. Prometo que não quero bisbilhotar, só ver minhas informações rapidinho e dar no pé.

Ele para de mexer as mãos e me fita por um segundo antes de perguntar:

— O que tem nesse chip?

— Então, eu não sei. Tenho que descobrir. Você me ajuda?

30

Sua confiança

Eliotte

Eu não sei se devia contar sobre meu pai. O que sei, porém, é que nenhum alarme soa dentro de mim, como é costumeiro quando falo dele com outras pessoas.

"Você vive toda encolhida... Tem que se abrir!"

Olho para Matthew, sua expressão brincalhona e seus olhões azuis. E nada soa na minha cabeça. De novo, nenhum alarme.

— Tenho motivos para crer que esse chip era do meu pai biológico — admito. — Talvez ele tenha deixado para mim... não sei bem. Mas, de qualquer jeito, quero saber mais sobre ele. E acho que isso aqui pode me ajudar.

Ele abaixa a cabeça, perdido em pensamentos, antes de se levantar num salto.

— Vamos logo antes que minha mãe saia da próxima reunião daqui a vinte minutos. O acesso à sala dela é vigiado pela secretária, mas não deve ser problema.

Eu aquiesço.

— Obrigada, Matt!

Pego um pen drive e guardo no bolso de trás da calça — vou precisar salvar as informações do chip nele, para ver tranquilamente mais tarde. Matt sorri e pega meu braço para me puxar para o elevador.

— Ah, e não precisa de digital nem nada para abrir o computador. A senha é "ConnorBlake666". Nem me pergunta o que é isso, também não sei.

— Combinado.

Ele me dá essas informações confidenciais com tanta tranquilidade, tanta naturalidade. E se eu fosse espiã de outro governo? E se, por causa dele, tivesse acesso a documentos sigilosos do departamento?

Ele nem pensa nessa possibilidade.

Meu peito se enche de ar. A confiança dele me comove.

Paramos no sexto andar, o último do prédio. Em todo canto dos corredores, perto dos nomes importantes gravados em placas douradas e dos retratos de figuras históricas, vejo câmeras de segurança.

— Marta! — exclama Matt, abrindo os braços. — Como vai?

Uma mulher mais velha se encontra atrás de um balcão, perto de uma porta. Imagino que seja a secretária da sra. Rivera. O rosto enrugado se ilumina quando ela vê Matthew. Ele se debruça no balcão, apoiando os cotovelos, e abre seu sorriso angelical, com covinhas e olhos apertados. Ele começou a Operação Sedução.

— Não tenho te visto no almoço, Marta... Está trabalhando demais, né?

Ele deve conhecê-la bem para tratá-la com tanta intimidade — ou ele é *muito* sem-vergonha.

— Ah! É! O trabalho não para. É tanta coisa para fazer.

— O que foi que eu já te falei sobre trabalhar demais, hein?

A mulher suspira e começa a desabafar na maior velocidade. Matthew balança a cabeça, fingindo prestar atenção, e me lança uma olhadela de soslaio.

É hora de entrar de fininho na sala.

Respiro fundo e entro tranquilamente, como se não fosse nada de mais.

Tudo certo.

Verifico se não tem câmera dentro da sala — seria impressionante se tivesse, considerando a função de Sofía. A barra está limpa. Atravesso a sala toda branca e me posiciono atrás da mesa de vidro. O computador tem tela de holograma. As teclas brilham na superfície de vidro que serve também de mesa.

Como é que essa porcaria funciona?

Cutuco todas as teclas, esperando elas se iluminarem. A tela holográfica acende.

Agora o chip...

Noto, no teclado, uma abertura quadrada, iluminada em azul. Encaixo o chip ali, sem jeito. Sinto o coração bater a mil. Matthew vai ficar de olho na porta e, conhecendo a lábia dele, ninguém deve conseguir entrar... Mas, porra, é estressante.

Para meu alívio, o encaixe do chip fica verde. Digito a senha no teclado, me atrapalhando várias vezes, e o computador abre uma tela inicial. O fundo de tela mostra um retrato de família. Sofía abraça Matthew e, à direita, um homem a abraça. Sei de quem ele puxou o charme... Os três estão ao redor de uma cama de hospital, na qual uma menina sorri, apesar de todos os tubos conectados ao corpo. Matthew a olha com carinho, mostrando a língua.

Eu sabia vagamente que ele tinha uma irmã mais nova, mas não fazia ideia de que ela estava doente...

Balanço a cabeça. Não tenho nada com isso. Preciso ler correndo esse chip maldito.

Clico na pasta que me interessa e uma lista de nomes aparece. No topo, vejo: *Dr. Eric EDISON.*

Meu pai era médico?

Olho para uns vinte arquivos que aparecem listados.

Pr 22 — Ex. 6 — 12/06/2153
Pr 22 — Ex. 7 — 13/06/2153

Escuto passos perto da porta.

— Ah! Mamãe! Você chegou!

— Que gritaria é essa, Matt?

— Que gritaria? Que nada, mamãe! Estou falando normalmente.

Merda! Tenho que correr.

Encaixo o pen drive e, em alguns cliques, copio todos os arquivos do chip antes de ejetá-lo.

— Que tal a gente ir fazer um lanchinho nós três? — exclama Matt, do outro lado da porta. — Eu, você e Marta. Estou achando que vocês andam trabalhando demais. É hora de um descanso.

— Gentileza sua, meu bem, mas tenho que trabalhar. O governador vem visitar o departamento hoje. O que ele vai pensar se me vir lanchando com vocês?

O governador?

— Vai, me deixa passar. Ah... não faz essa cara.

Silêncio.

E então soa a risadinha de Matt.

— Vamos lá! — exclama ele. — Vamos buscar esse lanchinho bem-merecido, minhas senhoras! Vem, coragem, vamos!

Cubro a boca com a mão para abafar o riso. Ele é inacreditável.

A barra deve estar limpa.

Fecho a pasta e, quando estou prestes a desligar o monitor, meu olhar se demora no rosto pálido, mas brilhante de alegria, da menininha da foto.

Saio da sala pé ante pé e prendo a respiração, empurrando a porta. Matthew conseguiu: o corredor está deserto.

Eu escapo e volto para o subsolo dos arquivos. Retomo o trabalho, como se não tivesse acabado de invadir a sala de uma executiva.

Uma hora depois, Matthew ainda não voltou.

Tudo bem? Ainda no lanche?

Ele responde imediatamente:

Hahaha! A gente saiu para "tomar um ar" no parque, porque eu estava com medo de voltar rápido demais... mas elas continuam aqui. Acho que minha mãe está a isso aqui de tirar folga pelo resto do dia. Talento é isso, Eliotte :p E você, conseguiu o que precisava?

Consegui! Copiei as informações para um pen drive e ainda não tive tempo de olhar, mas vejo melhor quando voltar para casa. Obrigada, do fundo do coração, Matt, porque sem você eu não teria conseguido.

De nada, Eliotte. Pode contar comigo. E, falando nisso...

Pois não?

Posso contar com você para ir à festa da minha fraternidade hoje?

Hum... não sei, não, Matt... Detesto festas, nunca aguento mais de 5 minutos.

É na casa de um amigo, você vai adorar. E eu verifiquei a lista de convidados: não vai ter ninguém chato, prometo. Tenho certeza de que consigo te convencer a aguentar 6 minutos.

Matt, eu não sou fácil que nem a Marta...

Chega mais uma mensagem:

Pode levar o Izaak :) Talvez eu morra tentando falar com você, mas, pelo menos, quem sabe assim você aguenta 7 minutos (ou 8, se ele comprar briga comigo)

Eu sorrio.

Não quero decepcionar Matthew. Não quero, mesmo. E nem é só porque me sinto em dívida.

Tá bom. Eu te confirmo mais tarde :)

Ele envia um gif de bebê animado que franze as sobrancelhas e sorri que nem um doido. Eu rio e curto a mensagem.

Minha barriga ronca. Estou com fome. Saio da sala e subo para o andar do refeitório. No corredor, reconheço uma voz.

— É um prazer vê-los aqui hoje. Obrigado pelo seu trabalho! Nosso Estado agradece de coração.

Thomas Meeka. O governador.

Eu já tinha esquecido a visita. Ele está no fim do corredor que leva ao refeitório, não tenho como escapar. Respiro profundamente antes de retomar o caminho, mantendo a postura confiante. Finjo surpresa quando o vejo.

— Ah! Eliotte! — exclama ele, com seu sorriso estranho. — O que está fazendo aqui? Que prazer vê-la!

Ele está acompanhado de guarda-costas e de duas mulheres de terno azul — certamente cientistas.

— Estou estagiando aqui. O prazer é meu, Thomas!

"Estava no mesmo ano que Thomas na faculdade... e que o seu pai, se não me engano."

Sinto uma onda de adrenalina ao pensar nas palavras da mãe de Matt. E se eu falasse do meu pai com o governador? Será que eles se conheciam?

Quero saber o que eu puder sobre ele. Uma hora atrás, eu nem sabia que ele era médico, que ele trabalhava como cientista. E, mesmo que eu deva ignorar sua existência, o fato de Algorithma ter me obrigado a esquecê-lo me frustra. Eles esqueceram por mim, como sempre.

Mudar isso me dá a impressão de retomar o controle. De ter um pouco mais de agência nesta vida controlada pelo Estado.

— Ah, que bom que nos encontramos...

— Podemos conversar por um instante, Thomas?

Ele arregala os olhos, surpreso.

— Estou encarregada de redigir artigos informativos para o site do departamento, e seria formidável ter sua opinião sobre alguns aspectos — explico, alegre.

— Ah! Entendi...

— Não se preocupe, governador, não vamos mais atrapalhá-lo — interrompe uma das mulheres que o acompanha. — Obrigada por suas palavras e por sua dedicação.

O homem abre um sorriso lento. Se eu não o conhecesse, não repararia na frustração em seus olhos verdes.

— Eu que agradeço, senhoras, por seu trabalho brilhante e esforço.

Elas retribuem o sorriso, admiradas, e saem do corredor.

— Proponho irmos a um lugar mais tranquilo, Eliotte — diz ele, antes de pegar um corredor.

Eu o sigo, cercada pelos dois guarda-costas, até o meio de uma sala ampla com janelas enormes — parece ser uma sala de reunião. Os guarda-costas ficam parados na porta, e Thomas senta à cabeceira da mesa. Eu me sento na cadeira ao lado.

E agora, como abordar sutilmente o assunto do meu pai?

— Como posso ajudar? — questiona ele, impaciente.

— Eu gostaria de alimentar mais a coluna de Cronologia do Bem-Estar. Sabe, com trechos de documentos, estatísticas... Acho que, para compreender a importância crescente do bem-estar na sociedade, é importante entender que isso vem de *muito* longe.

— É uma ideia interessante. Você deveria insistir no fato de que, até hoje em dia, o bem-estar não para de ganhar prioridade. É justamente graças ao meu segundo mandato que hoje há matérias sobre bem-estar no currículo de todas as universidades do Estado, independente do curso. Na minha época, não era assim!

Eu sorri, tensionando os punhos para conter minha empolgação.

É essa a oportunidade!

— Nossa, eu não sabia! O senhor estudou em Stanford, se não me engano?

— Exatamente, assim como meus pais e meus avós.

— Ah, é? Me parece que o senhor era do mesmo ano do meu pai... ou não?

— É possível. Eu não conhecia todo mundo... Qual é o sobrenome do Karl?

— Não, eu estava falando do meu outro pai. Eric. Eric Edison.

— Como assim, "outro pai"? Ele faleceu? Meus pêsames, eu não sabia.

— Não, não. Ele está vivo. Foi embora quando eu era pequena. Não sei o que aconteceu com ele.

— Ah! É um excluído do sistema, então... — diz ele, enrijecendo a boca. — Sabe, Eliotte, é melhor evitar falar dele. Sou seu sogro, e tenho boas intenções, então claro que não faria nada com isso, mas há quem interprete isso mal.

Ele sorri.

Boas intenções?

Estou quase caindo na gargalhada. Esse homem é um palhaço.

— Por sinal, já que estamos aqui, eu queria falar de Izaak...

Meu coração pula no peito.

— Sobre o quê?

De repente, um barulho surdo invade a sala.

E uma onda de choque atravessa minha caixa torácica, fazendo a mesa vibrar. Um ruído estridente estoura meus tímpanos. Eu solto um gemido de dor, tentando tapar as orelhas. *O que foi isso?*

Os guarda-costas entram correndo. Estou tonta. Escuto mal, como se as vozes viessem de quilômetros subterrâneos.

— Governador! Devemos evacuar! Rápido!

O que está acontecendo?

Tão aturdido quanto eu, o governador tem dificuldade de se levantar. Ele é auxiliado pelos dois seguranças, para os quais eu olho, sentada na cadeira, inteiramente desconectada. A sala bambeia. Os móveis todos tremem.

— Seus idiotas! Cuidem da minha nora!

Como é que é?

— Venha comigo, sra. Meeka — diz um dos homens fortes de uniforme, se aproximando de mim.

Ele me ajuda a me levantar da cadeira e me conduz para a saída, protegendo minha cabeça com o braço. Eu o sigo, tentando não cair. Um alarme soa lá fora. Fumaça colorida bloqueia minha vista, queima meu nariz. Tento cobrir o rosto, mas já não enxergo mais nada.

Caramba, o que é isso?

— Esses cachorros usaram um detonador de sentidos! Mande a equipe B trazer óculos infravibração!

Detonador de sentidos?

Parece que é uma arma militar que obstrui os sentidos e perturba nosso centro de gravidade. Em outras palavras, tem o efeito de nos mandar de volta ao estado de embrião no ventre materno. Sentimos muito pouco do ruído e do que nos cerca, e paramos de enxergar.

Meu coração vibra forte no peito.

Talvez tenha gente armada aqui no meio, e não dá nem para enxergar...

Sinto que vários homens nos cercam, seus corpos me empurram, enquanto alguém ainda segura meu braço. Eles nos escoltam para algum lugar.

— Outro atentado? — exclama o governador.

Atentado?

Meu sangue gela.

— É, gov... va... fa... evacu... o bun... encontrar au... te... do prédio.

Tento entender o que dizem, mas meus ouvidos doem muito. O que eu imaginei ser um alarme é, na verdade, uma onda estridente, causada pelo detonador de sentidos.

Matthew e a mãe ainda estão no parque? Ou será que voltaram para o prédio?

— Os autores do atentado ainda estão aqui? — exclamo. — Tem alguém ferido?

Minha voz parece se perder no tumulto.

— Senhor! — grito, puxando a manga de um segurança à minha esquerda. — Tem alguém ferido?

De repente, um cotovelo acerta meu queixo. Uma onda de movimentos e de pânico me transporta. Sou empurrada e bato a cabeça com força na parede.

Puta merda...

Uma dor violenta irradia sob a minha pele, na altura da mandíbula e do crânio. Estou suando, não enxergo nada e mal consigo ficar de pé. Ranjo os dentes, tentando me endireitar.

De repente, meu braço é puxado com força para trás. Não sei se é um segurança ou...

Um dos autores do atentado.

A chance é igual. Prefiro sair daqui sozinha a acabar no meio desses bandidos, com uma arma na boca.

Então dou pontapés para todo lado, tentando soltar meu braço. Eu me esforço para ignorar a dor da lesão, para não interromper meus movimentos descontrolados. De repente, sinto a massa recuar sob o ataque e acabo me soltando.

Ainda no chão, me apoio nos antebraços e dou um último chute. Acerto alguma coisa, que cai na mesma hora.

Eu fujo engatinhando. Vou me arrastando pelo corredor, apoiada na parede. Mas não é suficiente. Sou pega por trás outra vez.

— Me solta!

A pessoa cobre minha boca com a mão e passa o braço pelo meu peito para me imobilizar. Por mais que eu me debata, sou arrastada pelo chão. Depois de alguns metros, a pessoa me levanta um pouco e me aperta contra a parede. As mãos pegam meu rosto e colocam alguma coisa na minha cabeça. Um elástico aperta meu crânio. Óculos. Eu pisco e tusso. A fumaça se dissipa devagar atrás do vidro azulado.

As mãos na minha frente me estendem tampões de ouvido, que eu ponho sem pensar. Eu suspiro de alívio. Não escuto mais o som estridente que me deixava zonza. Só o vazio e os batimentos descontrolados do meu coração.

Protegida da fumaça e das ondas de choque, minha visão se estabiliza. A pessoa na minha frente não está uniformizada que nem os outros guarda--costas... está de suéter preto de gola rulê, com uma calça larga e também preta. Eu forço a vista. A massa agachada na minha frente, que antes era apenas uma mancha embaçada, ganha nitidez. Eu quase sufoco.

31

Os Liberalmas

Eliotte

— O que você está fazendo aqui? — indago.

Ele prendeu parte do cabelo em um coque frouxo. Algumas tiras cruzam seu tronco, apertando ainda mais a blusa, cujas mangas estão arregaçadas até o cotovelo. Sangue escorre do seu nariz até o lábio superior. Ele limpa o rosto com o punho e se aproxima de mim.

— Você tá bem? Está machucada?

Sua voz está um pouco distante, por causa dos tampões. Ele segura meu queixo para inspecionar meu rosto. A preocupação distorce seus traços. Com a testa franzida, ele passa o polegar pelo canto do meu lábio.

— Vou acabar com eles, vou acabar com eles... — resmunga ele.

Afasto a mão dele do meu rosto.

— O que você está fazendo aqui, Izaak?

— E o que *você* está fazendo aqui? Não era pra você estar no estágio! Você deveria estar na biblioteca, que nem toda segunda-feira, cacete!

— Inacreditável! Tirando o foco de você! O que está acontecendo?

— Pode perguntar tudo o que quiser depois, mas agora preciso te tirar daqui — diz ele, começando a se levantar.

Pego as faixas ao redor do seu tronco e o puxo para mim. Agora na minha altura, seu rosto tenso está a meros centímetros do meu. Lanço-lhe um olhar fulminante. Ele baixa o olhar para o meu rosto por um momento e engole em seco.

— Não vou me mexer até você me explicar o que está acontecendo aqui, cacete! Como veio parar aqui?

Ele umedece os lábios, arfando.

Não me diga que...

Eu o solto e o empurro um pouco para trás, estupefata.

— Foi você que... — Nem consigo terminar a frase.

— Sim, eu faço parte do grupo que disparou o detonador.

— Está me zoando? Você está metido em um atentado?

— Não é um atentado... está mais para uma invasão. A nuance é importante do ponto de vista jurídico, sabe?

A leveza na voz dele me enfurece. Será que eu estou sonhando? Estamos no meio de outra simulação?

— Isso aqui parece só invasão? — pergunto, apontando o machucado no meu rosto.

— Tive que brigar com os seguranças para te afastar, e aquele imbecil te deu uma cotovelada por acidente! Não é culpa minha ele ser incompetente a ponto de machucar civis!

— Por que você não me deixou com eles? Eu teria saído daqui tranquila!

— Esses caras trabalham para o meu pai. Eu não tinha garantia nenhuma de que iam te proteger em vez de te deixar pra trás.

— Mas me proteger do quê, exatamente, se é só uma invasão?

— Sei lá, só fiquei com medo, tá? — admite ele, abrindo os braços. — Vi sua cara, entrei em pânico e, de repente, só acabei derrubando um cara!

— Você é doido de pedra, pelo amor...

— Não tive escolha, precisei cuidar da sua segurança. Só isso.

— Para isso bastava não orquestrar um atentado no meu trabalho!

— Achei que você estivesse na faculdade!

— Isso eu entendi!

Começo a tirar os óculos de proteção.

— O que você está fazendo? — resmunga ele, me forçando a colocar os óculos de volta.

— Se alguém me pegar com isso, vão achar que estou com vocês! Não quero acabar na cadeia, tá?

— Você não vai acabar na cadeia, vem logo — diz ele, me ajudando a me levantar.

— Você está relaxado demais para um terrorista — resmungo, cerrando os dentes, e espano minha calça.

— A gente não aterrorizou ninguém... E claro que estou relaxado. Está tudo sob controle.

— É, *estava* tudo sob controle — resmungo.

Ele revira os olhos.

— Eu sei o que estou fazendo. Vem.

— E por que você está fazendo isso, afinal?

— A gente não tem tempo de discutir, tem que ir embora antes de a polícia intervir.

Ele olha para o relógio de pulso.

— Temos três minutos e cinquenta e cinco segundos para dar no pé.

— Mas eu...

— Não somos criminosos — afirma ele, pegando minha mão e começando a andar. — Só queremos protestar contra Algorithma e despertar a consciência do povo. A última coisa que quero é machucar alguém.

Eu o encaro por um instante antes de olhar para sua mão na minha.

— Você confia em mim, Eli?

Eu não penso em mais nada, apenas assinto, e ele me puxa para um corredor escuro.

Nem acredito... Izaak faz parte de um grupo de rebeldes.

No fim do corredor, um homem de pele marrom-clara nos espera diante de uma portinha, acima da qual cintila um holograma verde. Izaak me olha rapidamente, enquanto corremos até lá. O homem abre a porta.

— Vem, corram logo! Bora!

Corremos para a saída dos fundos do prédio até um beco deserto que eu não conhecia. Tiro os óculos e os tampões de ouvido e respiro fundo. Uma caminhonete preta está estacionada a poucos metros dali. A porta é escancarada. Reconheço Charlie, que nos chama com gestos amplos. Com o homem que nos indicou a saída, disparamos até o carro e entramos na maior velocidade. Izaak, por sua vez, fica parado na porta.

— Vai, Anita! — ordena ele, prestes a fechar a porta sem entrar.

— Que palhaçada é essa, Izaak?

— Alex ainda tá lá dentro, tenho que voltar. Pode confiar neles.

— Como é que é? Você está brincando! — exclamo, começando a descer da caminhonete. — Não vou te largar aqui sozinho.

— Caralho, a polícia já vai chegar! — grita Charlie, segurando meu braço para não me deixar sair. — A gente tem que ir!

— Então vai você! — anuncio, me virando para ela. — Vai buscar Alex e deixa Izaak entrar no carro!

Ela suspira e passa por cima de mim para sair.

— Charlie, você fica aqui! — exige Izaak.

— Tá tudo bem, larga de besteira, já fiz isso um milhão de vezes. A mulher está em pânico, fica com ela! Eu me viro.

— Mas...

Charlie dá um salto e, com um empurrão vigoroso, dá um jeito de jogar o metro e noventa e cinco de Izaak para dentro do veículo. Ela fecha a porta, insistindo:

— Eu me viro, cacete!

No segundo seguinte, já partimos.

— Porra, vocês deixaram a Charlie sair! — rosna ele, encarando os outros passageiros.

— Ela trabalha de recepcionista lá — responde uma voz grave atrás de mim. — Se a polícia pegar, é só dizer que já estava lá antes. E relaxa: é a Charlie.

Não posso negar que ela é mesmo impressionante.

Izaak contrai a mandíbula, com o olhar fulminante.

Meu coração está a mil por hora. Olho devagar ao meu redor. Um segundo antes, eu estava falando do meu pai com o governador. E agora estou no carro de um bando de terroristas.

A vida dá umas rasteiras na gente...

Estão todos vestidos de preto e, felizmente, nenhum deles parece estar armado. Tem uma mulher do meu lado, três homens atrás e mais duas mulheres na frente.

— Hum... Sem querer parecer indelicado, mas... o que ela está fazendo aqui?

Eu me viro para a mesma voz grave que falou antes.

— Estou me perguntando a mesma coisa, terrorista.

Uma risada soa ao meu lado. Uma mulher branca de cabelo loiro preso em rabo de cavalo.

— A gente não é terrorista!

— Essa é a Eliotte Wager — diz Izaak. — Minha... hum... minha esposa "falsa". Ela trabalha no departamento.

— Então foi por causa dessa aí que você não queria fazer o atentado aqui!

— Ah! Viu, era um atentado, sim — exclamo, batendo no ombro de Izaak. — Seu bando de terroristas!

A loira gargalha de novo.

— Ela é engraçada.

— *Não somos* terroristas — retruca Izaak —, não queremos machucar ninguém. Só pichamos as paredes, colamos cartazes, projetamos um vídeo na fachada... É só pra fazer barulho.

— O que foi isso aí? — exclama a mulher do meu lado. — Seu nariz está sangrando, Izaak?

— É, eu entrei numa briga. Foi um imprevisto.

— O filho da puta te acertou mesmo!

— *Filha* da puta. Foi a Eliotte.

Eu quase engasgo.

— Como é que é? Fui eu que fiz isso?

— Seu chute é poderoso, sua tarseira — diz ele, me fulminando com o olhar.

— Tarseira? — repete a loira.

— Galera! — interrompe uma voz na frente. — Charlie me mandou mensagem! Alex ainda está lá dentro, pirateando o HealHearts. Eles devem estar acabando.

Como é que é?

— Por que é que ele pirateou o app?

— Para mandar uma mensagem para todos os telefones da Nova Califórnia! — responde o cara atrás de mim. — Foi Izaak que achou o conteúdo, inclusive.

— "Aqui o ódio fervilha e o amor lampeja, amor briguento, ah, ódio enamorado! Ah, Tudo, que do Nada foi criado! Sérias vaidades, lúgubres levezas. Oh, deformado caos de formas belas, pluma de chumbo, labareda fria, saúde enferma, escuridão que brilha, sonâmbulo desperto, um ser não sendo" — declara ele.

Eu sorrio ao reconhecer um trecho de *Romeu e Julieta*. Izaak me dá uma piscadela cúmplice.

— Isso! — continua o cara. — Bem lindo, bem fofo. E, depois, a gente acrescentou: "Um batimento do coração não vale uma porcentagem".

— O que exatamente vocês querem? — pergunto.

— A longo prazo, a abolição do sistema de almas gêmeas — responde a voz grave atrás de mim. — Que as pessoas se amem e se casem, ou não, com quem quiserem. Mas vamos aos poucos. Inicialmente, vamos exigir o reconhecimento do amor homossexual nos casais de Algorithma.

— A homossexualidade é a orientação sexual e romântica entre duas pessoas do mesmo gênero. Existe desde sempre... e faz quase dois séculos que a gente finge que não — explica Izaak, supondo que, como a maioria da população, eu não sei do que se trata.

— Na verdade, eu sei que isso existe... por causa dos livros da caixa — digo, vagamente, para os outros não saberem que eu tenho livros censurados. Embora Izaak confie neles, eu ainda não cheguei lá.

Ele arregala os olhos e assente.

— Enfim, eu só sei que dois homens, duas mulheres, duas pessoas, na verdade, podem se amar — acrescento.

— Sabe como essas pessoas viviam antes das Décadas Sombrias?

Eu faço que não.

— O amor é misterioso, mas também muito simples — começa a mulher ao volante, que acho se chamar Anita. — Por muito tempo, se acreditou que a homossexualidade era uma doença ou uma moda, e depois ela foi mais ou menos aceita, e enfim reconhecida, apesar da discriminação... que se chama homofobia. Pessoas eram mortas, espancadas e linchadas apenas porque amavam alguém do mesmo gênero. Loucura, né? Tanto ódio pelo amor.

— Sério? — pergunto, surpresa. — Mas por quê?

— Ótima pergunta — diz Izaak, e suspira, cruzando os braços atrás da cabeça. — Pode me deixar em casa, Anita, por favor?

— Tranquilo, *guapo*.

— Ai, meu Deus! — exclama uma das mulheres na frente.

— O que foi? Tudo bem? — pergunta Izaak, se endireitando.

— Porra, olhem pro celular!

Pego o meu, que estava no bolso interno do meu blazer. Entre três ligações perdidas de Matthew e quatro de Izaak, aparece uma notificação do HealHearts:

Aqui o ódio fervilha e o amor lampeja, amor briguento, ah, ódio enamorado! Ah, Tudo, que do Nada foi criado! Sérias vaidades, lúgubres levezas. Oh, deformado caos de formas belas, pluma de chumbo, labareda fria, saúde enferma, escuridão que brilha, sonâmbulo desperto, um ser não sendo. Um batimento do coração não vale uma porcentagem.
A revolução começa ao escutar seu coração bater.
Ame a pessoa que seu coração escolheu, e não Algorithma. Juntos, podemos mudar tudo.

— Ele conseguiu! — exclama a loira.

— E sem nenhum erro de ortografia de machucar os olhos — diz um dos caras atrás de mim. — Porra, que orgulho.

Um burburinho alegre enche o ambiente. Todo mundo ri, cantarola, exclama, explode. Izaak sorri sem parar, olhando fixamente para o celular.

Pego o meu de novo e mando uma mensagem para Matthew. Ele já me mandou cinco.

Tudo bem aí, resmungona? Não está morrendo de tédio sem seu colega preferido?

Eliotte, tudo bem? Você ainda está aí dentro?
Pfvr me diz que saiu?
Responde pfvr pfvr

?????

Eu digito na maior velocidade:

Tudo bem, não se preocupa. Consegui escapar por uma saída de emergência.
E morri de tédio sem você, sim.

De repente, alguém aperta meu ombro.

— Acredita nisso, Eliotte? — pergunta Izaak, louco de alegria.

Eu nunca o tinha visto assim.

— A gente mandou uma mensagem dessas para todos os moradores da Nova Califórnia! — exclama.

Seu entusiasmo enche meu peito.

— É incrível o que vocês conseguiram fazer! O que *você* conseguiu fazer.

Alguma coisa cintila em seus olhos. Ele está prestes a responder, mas uma voz o interrompe.

— Chegamos! — exclama Anita.

Ele desvia o olhar de mim, agradece ela e desce primeiro do veículo de janelas escuras. Depois que eu desço, ele fecha a porta e se debruça em uma das janelas da van.

— Tomem cuidado. Mandem mensagem quando estiverem todos em casa. E o primeiro que tiver notícia de Charlie e Alex me liga, tá?

— Tá bom, *daddy* — retruca a loira.

— Pelo amor de Deus, Nathalie, para com isso!

Quero rir, mas alguma coisa me impede. Vejo Izaak se despedir do grupo e de Nathalie. Sinto um embrulho no estômago.

Subo com Izaak até o loft, ainda atordoada pelo que aconteceu no escritório. Essas pessoas que nos deixaram aqui são parte do círculo social principal de Izaak? As pessoas com quem ele organiza atividades ilegais? Criminosas? É uma loucura morar com alguém, ver seu rosto todo dia, toda noite, e ainda assim não saber nada dele. Porque é possível esconder tudo. Sentimentos. Sexualidade. Crimes. Uma outra vida, até.

Minha certeza, agora, é só que Izaak cuida de seu grupo.

Eu penso em como ele se comportou com eles, na energia vívida que emanava. Senti que estava mesmo preocupado com a segurança dos amigos. Nunca o vi tão preocupado assim. Ou talvez ele não tenha vergonha de mostrar o que sente para eles.

Meu marido de mentira se larga no sofá, e eu faço o mesmo, sem fôlego. O efeito do detonador ainda não passou completamente. Vou precisar ir com calma nas próximas horas. Passo a mão no meu cabelo bagunçado. O coque de Izaak, por sua vez, continua preso.

— Simpático o penteado — comento. — Foi para dar um estilo de espião ou você perdeu uma aposta?

Ele ergue os olhos, com um sorriso envergonhado.

— Cala a boca.

— Combinou com você... Agente 007.

Uma almofada acerta minha cara. Eu rio e me afasto. Não menti. Combinou *muito* com ele.

— E aí, Izaak, estou curiosa... do que você gosta?

Ele abre um sorriso malicioso.

— Do que eu gosto? Em termos de música? De gastronomia? De literatura?

Eu faço uma cara ofendida.

— Você me entendeu perfeitamente. Em termos de... pessoas?

— Ora, sra. Wager, farei agora o que chamamos de sair do armário.

— O que é isso?

— Na época, se nossa orientação sexual fugisse à "norma" social, se escolhia um momento para anunciá-la oficialmente às pessoas mais próximas. Era chamado de sair do armário.

— Então você não é hétero?

Eu o encaro, pasma. Ele inclina a cabeça de lado e cai na gargalhada.

— Não, Eliotte... eu gosto de mulher. Sou bem heterossexual, sim.

— Então por que você falou isso de sair do armário?

— Para ver essa sua cara. Foi espetacular, muito obrigado.

Eu reviro os olhos.

— Ridículo, Izaak. Seu humor só piora. E olha que eu cheguei a te achar espirituoso em nosso primeiro encontro.

— Espirituoso?

— Chegaria até a dizer que foi jocoso.

Ele franze a testa.

— E você está segurando o riso porque não quer demonstrar que *eu* sou engraçada.

Ele se levanta do sofá e se espreguiça.

— Vou fazer um chá.

Vejo seus ombros se mexerem enquanto ele se encaminha para a cozinha. Está rindo em silêncio.

— E... você conhece alguma pessoa homossexual? — pergunto.

Nem imagino como deve ser difícil viver assim numa sociedade como a nossa.

— Conheço, e você com certeza também. Mas a maioria se esconde para evitar represálias. Por exemplo, você sabia que existia um bar gay subterrâneo em Malibu?

— Como é que é?

Izaak bota água para ferver e se vira para o armário onde guarda todas as ervas.

— Ah, inclusive, você *já* conheceu uma pessoa homossexual — diz ele, pegando uma latinha de metal. — Charlie é lésbica.

Como assim? Então, todas as vezes que achei que ela e Izaak...

Eu balanço a cabeça, para afastar um sorriso inoportuno.

— Seu grupo tem algum nome? — pergunto, apoiando o queixo no meu braço dobrado no encosto do sofá.

— Nossa *boy band* se chama Anjos do Amor.

Eu seguro o riso.

— Sério, Izaak. Como vocês chamam a organização?

— De Liberalmas. Para liberar as almas de suas supostas gêmeas.

— E quantos vocês são no total?

— Milhares espalhados pelo país. O QG da Nova Califórnia é perto daqui, e é meio que o centro da operação nacional.

— Como você soube da existência deles?

Izaak acha graça da minha curiosidade e sorri, quase com carinho, ao me olhar.

— Foi... uma amiga muito próxima que me apresentou a eles quando entendeu que eu tinha uma visão particular da sociedade. Os pais dela são membros do conselho de organização. Acho que a gente devia ter uns 16 anos na época.

Uma amiga muito próxima?

Sinto um aperto no peito.

Uma amiga muito próxima como, por exemplo, Joleen, com quem você fez um par-teste aos 17 anos?

Izaak volta com duas xícaras. Ele deixa a de café na minha frente.

Não contenho o sorriso diante desse cuidado. Meu rosto ruboriza.

— Obrigada.

— Me custa muito desperdiçar água quente assim, sabia?

— Eu sei. Mas um dia convenço você a provar... E aí, como filho do governador, imagino que você tenha uma posição especial no grupo, certo?

Izaak passa a mão no cabelo e olha para longe.

— Assim... Digamos que, no começo, tive que provar meu valor. Alguns temiam que fosse um agente duplo enviado pelo meu pai, enquanto outros me viam como um filhinho de papai desconectado da realidade, que nunca entenderia os problemas de verdade dos outros Liberalmas.

— Ah, saquei...

— Mas agora está bem melhor. Praticamente cresci com eles... E minha posição permite ajudar a avançar a causa. Tenho conhecimento adiantado de certas medidas políticas, tenho acesso a certas informações confidenciais cruciais para nossa causa...

— Como assim?

— Por exemplo, a noite do baile de caridade foi a ocasião perfeita para eu pegar documentos pessoais do meu pai relativos ao Departamento Matrimonial.

Como é que é?

— Foi por isso que você se isolou com Charlie no escritório?

— É... Espera, o que você tinha imaginado?

— Digamos que se eu já soubesse que ela era lésbica não teria chegado a conclusões tão precipitadas.

Izaak cai na gargalhada antes de tomar um gole de chá.

— E... já te aconteceu de precisar fazer coisas perigosas? Coisas que dão medo? — pergunto, com o olhar fixo nele.

— Hum... Faz um tempo que decidimos fazer mais barulho. Às vezes em nossas ações entramos em confronto com a polícia, seja na privacidade de um prédio, ou na rua, mas, nada disso é divulgado na mídia, porque o poderio local faz de tudo para abafar nosso barulho. Às vezes a situação fica violenta e tenho medo de acabar na cadeia, ou pior... Mas acho que, nesses momentos, penso que tenho mais medo do que poderia acontecer se eu *não* fizesse essas coisas.

Olho para o sangue seco e os hematomas esverdeados nos dedos dele.

— Não me surpreende, vindo de você — digo, sorrindo, antes de voltar a olhar nos olhos dele. — Todas essas vezes em que você voltava tarde, ou passava o dia sumido... certamente era por isso. Mesmo que eu não soubesse da existência de rebeldes em nosso país, não sei como, te conhecendo, não desconfiei... Alguém da sua família tem alguma suspeita?

— Não, fiz de tudo para me manter o mais discreto possível. Quer dizer, exceto por Ash... Falei com ele, com meias-palavras, mas ele... nunca se convenceu.

Meu coração acelera. O rosto de Ashton surge vagamente na minha memória. Faz tanto tempo que não o vejo.

Ashton...

— Por sinal, preciso te contar uma coisa sobre ele, Eliotte.

32

Explodir

Eliotte

— O que foi? — pergunto, me endireitando. Abaixo minha xícara de café.

— Conversei com o Ashton recentemente e... ele me falou que só está com a Emily por causa do nosso pai. O pai da Emily é presidente do Partido Conservador e uma coalizão poderia garantir a vitória do governador na eleição presidencial.

Eu encaro a mesa, perturbada.

— Então por que ele a levou para casa?

— Nosso pai pediu para conversar com ela... Sabe como é, para jogar um charme.

— Mas por que ele não me disse isso quando eu o confrontei? Ele preferiu me dizer que ainda não era tarde pra nós dois, sem nem explicar que a história com a Emily era de fachada. Não seria mais simples me explicar tudo?

— Concordo... — diz Izaak, e abaixa os olhos, perdido em pensamentos. Ele suspira. — Acho que, no fundo, ele não consegue se desligar de Emily, por medo de ser sua alma gêmea de verdade. Ou talvez... Não sei, Eli. Mas queria que você soubesse. Segundo Ashton, é só você que está no coração dele.

Tomo um gole de café para desanuviar as ideias.

Ashton, o que você anda aprontando?

Abraço os joelhos e mordo o lábio. Observo a xícara com o olhar perdido.

— O que eu faço? — pergunto, de repente. — O que você faria?

Izaak passa a mão no cabelo, com o olhar distante. Ele fica quieto por um tempo, completamente alheio. Finalmente, engole em seco e diz:.

— Pode ser besteira falar isso assim, mas... escuta seu coração. Seu coração está *sempre* certo. Se você sente que é ele, então é ele, Eliotte.

Izaak olha para mim em silêncio. Não ouso dizer nada. Nós nos encaramos, de xícara na mão, sentados no meio da sala.

— Você o ama? — pergunta Izaak, de repente.

Estou prestes a responder, mas não sai nada.

Nada.

Vazio.

Branco.

Zero.

Eu deveria responder essa pergunta tão automaticamente quanto responderia meu nome, mas fico sem voz.

Será que eu o amo de verdade? Agora que todas as minhas crenças se despedaçaram, ainda o amo?

— Hum, eu...

Na verdade, acho que não é uma pergunta com uma resposta tão simples. "Você o ama?" não é da ordem do reflexo, do hábito, do eterno. Sua resposta é gravada no instinto. Faz parte de nós.

E meu instinto, pela primeira vez, se cala.

Eu franzo a testa.

— Depois de tudo que aconteceu, é difícil ter certeza. E você sabe como eu sofro para confiar. Ashton entrou em pânico no começo, e isso já me abalou, e agora... ele só parece mais ou menos certo do que quer.

E esse "mais ou menos" me apavora.

— A questão não é o coração dele, Eliotte, é o seu. Se você se basear nos sentimentos dele para desenvolver os seus... é mesmo amor?

Não consigo responder.

De vez em quando, tento olhar para dentro do meu coração, mas não vejo nada. Só que, de repente, eu o sinto se encher quando lembranças do rosto de Ash e dos momentos que passamos juntos surgem diante dos meus olhos. Meu coração se contorce de dor antes de expandir novamente.

Mas de quê?

Porque, afinal, o que Ashton é para mim hoje: uma saudade ou uma lembrança?

— De qualquer jeito, você tem tempo, Eliotte. Vai ficar tudo bem.

Volto a olhar para o rosto calmo de Izaak. Sorrio para ele, agradecida pelas palavras. Por um instante, tenho a impressão de que seu olhar vasculha o meu discretamente.

— E aí! — exclama ele. — Você conseguiu ver o que tinha no chip?

Eu recuo.

O chip.

Meto as mãos nos bolsos da frente da calça, e me levanto para revirar os bolsos de trás.

Puta que pariu, cadê o pen drive? O chip?

— Izaak, acho que perdi! — exclamo, com a voz trêmula.

— Calma — diz ele, também se levantando. — Deve estar aí. Procura melhor.

Reviro os bolsos da calça pela milésima vez, e os do blazer também.

Não estou com o pen drive nem com o chip.

Respiro fundo, cerrando os punhos para conter a raiva que me devora por dentro.

Merda!

E se eu nunca souber o que meu pai deixou para trás? E se alguém encontrar e roubar minhas informações?

— Talvez você tenha deixado cair no carro — sugere ele, pegando o celular. — Vou pedir para Josh procurar na van.

Enquanto ele faz o telefonema, decido falar com Matthew, para ver se ele me ajuda. Escrevo correndo, sem fôlego:

Matt, acho que deixei cair o chip e o pen drive durante o ataque! Não tá comigo. Não sei o que fazer.

Depois de alguns segundos, ele responde:

Ai, que merda.
Rlx, Wager, amanhã o departamento vai ficar fechado, exceto para os executivos. Eu acompanho minha mãe e procuro o chip e o pen drive. Sabe onde pode ter caído?

Eu estava em uma sala de reunião bem do lado do refeitório. Foi quando aconteceu o ataque. Depois fomos conduzidos para a saída de emergência mais próxima. Eu não enxergava nada e estava completamente atordoada, então não sei dizer o caminho exato.

Saquei. Vou fazer o possível! Não se preocupa, a gente dá um jeito.

Obrigada, Matt :)

Nossa, um sorrisinho. Você deve estar balançada mesmo.

Seu babaca.

É, tá... Precisando, só me ligar. A gente se vê na festa? Minhas piadas toscas diminuem a tensão. E já falei: a gente dá um jeito!

Você é tudo, obrigada :))))

— Eliotte — chama Izaak —, Josh não encontrou nada na caminhonete. Deve ter ficado no departamento.

— Matthew vai procurar amanhã — digo, e suspiro, me largando de novo no sofá. — Agora é esperar...

Eu mordo o lábio, tentando regular a respiração. O estresse paralisou todos os meus membros. *Preciso* saber o que aquele chip contém. E por causa desse ataque maldito, talvez nunca...

Tenho que me acalmar.

Eu me levanto e vou até a pia para me servir de um copo d'água.

— Eliotte — diz Izaak. — Você topa ir tomar um ar mais tarde? Está precisando pensar em outra coisa.

O nó no meu peito relaxa ligeiramente.

A atenção dele me comove.

Ele está certo. Entre o ataque, o chip, Ashton, essas revelações todas... tenho que respirar, senão meu peito vai explodir.

Viro o copo de um gole.

— Hoje tem uma festa da fraternidade de um amigo... — digo, sem pensar.

— Você quer ir a uma festa? Você?

— Sei que também tem horror a festa, mas acho que eu ficaria tão atordoada, ou até bêbada, que nem teria como pensar demais.

— É o que você quer mesmo?

— Sei lá, pode ser legal, né?

Izaak joga a cabeça para trás e solta um suspiro ruidoso.

— O que foi? — pergunto.

— Estou me preparando mentalmente.

Abro um sorriso.

— Para a festa?

— Argh, pra que mais? Nem acredito que vou aparecer numa festa de fraternidade. Maior programa de babacas.

Eu me animo, já empolgada com a ideia. Tinha sugerido meio no impulso, certa de que ele ia me dispensar.

Mas não. Ele *topou*.

— E quem foi que te convidou? — pergunta ele, me encarando com seus olhos verdes.

Uma risadinha nervosa me escapa. Izaak não desvia o olhar, esperando minha resposta.

— Um cara... da faculdade.

— Tá, mas quem? Nome? Sobrenome? Curso?

— Hum... Acho que era... — digo, abrindo um sorriso cheio de dentes. — Matthew, parece? Tenho que confirmar.

Izaak olha para cima.

— Ele é gente boa — acrescento, dando a volta na bancada para me aproximar do sofá. — É meu amigo. E você pode dizer o que quiser, que ele continuará sendo meu amigo.

— Não confio nele...

— Mas eu confio. E isso deve bastar, né?

Ele comprime os lábios.

— Sempre bastou, Eliotte. Você faz o que quiser. Ninguém nunca terá o direito de opinar sobre esse tipo de decisão. Peço só para você ser prudente. Especialmente com ele. — E, em voz mais baixa, ele acrescenta: — Por favor.

Eu pestanejo. Tenho um déjà-vu. Ele usou o mesmo tom, com o mesmo sorriso tenso, quando perguntou por que iam deixar Charlie no departamento, ou quando pediu para o grupo mandar mensagem quando chegasse bem. Izaak é assim. Ele sempre se preocupa com as pessoas... mais próximas. Mas faz isso discretamente.

Ou talvez eu tenha estado tão absorta nos meus preconceitos que não percebi essa faceta dele antes.

Abro um sorriso, olhando para o piso.

— Obrigada, Izaak.

— Por deixar você... viver sua vida? Nada de me agradecer por coisas tão ordinárias, até parece que te falta dignidade...

— Estou agradecendo por querer sair comigo. Por me acompanhar, mesmo tendo horror a festas.

Ele retribui o sorriso.

— Ah, aí tudo bem. Isso, *sim*, merece um agradecimento.

— Puta que pariu...

— Que vulgaridade é essa! — exclama Francis, com um tapinha no ombro de Izaak quando chegamos à festa.

— Só me ocorreu dizer um palavrão quando vi esse bando de moleque pelado na piscina, em pleno fevereiro.

— Você podia dizer, por exemplo: "Boa noite, bando de IST". Ou: "Cadê seu álcool em gel, Francis?" Ou ainda: "Por que aquele ruivo ali está com uma calcinha fio dental na cabeça?"

Izaak faz uma careta antes de se virar para mim.

— Não encosta em nada nessa casa, Eliotte... ou nesse chiqueiro, tá bom?

— Vocês são sempre dramáticos assim em festa, pessoal? — pergunto.

— Sempre, Eliotte. Quer dizer, menos nas organizadas pela nossa... "galera", sabe — responde Francis, com uma piscadela.

Agora que estou ciente do envolvimento deles na organização rebelde dos Liberalmas, Francis está ainda mais relaxado e brincalhão comigo. Foi uma boa ideia sugerir ao Izaak que o convidasse para vir com a gente. Dei a ideia porque não tive coragem de obrigá-lo a ir para uma festa *e* ficar só comigo. Mesmo que fique comovida por ele querer que eu relaxe, não quero ser um fardo.

— Mas ainda nem acredito que Izaak se recusou a participar da nossa reunião dessa noite para vir logo para *essa* festa — comenta Francis.

Eu me viro para Izaak.

— Como é que é? Você já tinha compromisso pra hoje?

Ele fulmina Francis com o olhar.

— Se eu não receber as informações hoje, receberei amanhã — diz ele, e volta o olhar para mim. — Vem, vamos entrar.

E, sem esperar minha resposta, Izaak empurra a porta da casa.

33

Supernova

Eliotte

O lugar onde entramos parece uma supernova. Os neons azuis e violeta nas paredes e no teto se refletem nas janelas da sala de estar imensa. As suspensões cintilantes e as luzes coloridas dão um ar galáctico ao espaço. É uma casa suntuosa.

Enquanto avançamos pelo salão, Izaak pega minha mão e a aperta por alguns segundos. Meu coração não explode por pouco.

Por causa da mão dele. Tão simples.

Olho de relance para ele, que está concentrado no restante da sala. O ângulo de seu queixo e a linha do nariz parecem ainda mais marcados nesse ambiente irreal, tingido de azul e violeta. Esta noite, ele soltou o coque frouxo e liberou os cachos indomáveis, e trocou o suéter preto por uma camiseta de mangas compridas branca. Já sei que estão todos olhando para ele. Quase dá para escutar as mulheres suspirando ao nosso redor...

Talvez até os homens, em segredo.

Os braços musculosos e o tronco largo dele ficam perfeitamente destacados na blusa colada. E, meu Deus, o perfume que ele está usando esta noite... é o mesmo de sempre, mas o problema é que, depois de senti-lo apenas uma vez, diretamente em sua pele, cada nuance de suas notas se transforma. Muito mais intensa. Vertiginosa. Inebriante.

Nota de entrada: extrato de memória.

Inspiro profundamente. De repente, a mão dele na minha é demais.

Ou melhor, não é suficiente.

Balanço a cabeça e pigarreio.

— Cadê o Francis? Ele estava bem do nosso lado — digo, para me distrair da mão dele, dessa maldita camiseta branca, desses cachos que refletem tão bem a luz, e de...

Izaak se vira para mim, e um sorriso bem-humorado se desenha em seus lábios.

— Ainda está lá na entrada.

Procuro com o olhar a silhueta de Francis, tão fácil de identificar com seu moletom de capuz vermelho, e seguro a risada. Ele cumprimenta um grupo oferecendo álcool em gel para desinfetar as mãos. Na verdade, ele bota álcool em gel na mão de todo mundo que tem o azar de entrar em seu espaço pessoal.

— Genial — diz Izaak, voltando a andar.

— Pode ir ficar com ele, se quiser. Vou procurar o Matthew para dar um "oi".

— Posso ir com você. E chamar o Francis, também.

— Tá... mas quero evitar uma Quarta Guerra Mundial, então, por favor, Izaak, seja simpático... sorridente, até. Minimamente amigável, quem sabe. Dá para fazer isso por mim?

Silêncio.

— Na real, quer saber? — solta ele, de repente. — Vou lá falar com o Francis.

Eu o encaro, inclinando a cabeça para o lado.

— Izaak...

— Vai, pode ir lá falar com ele sem mim, tudo bem. Faça o que quiser hoje, desde que te relaxe... Espera. Menos ir nadar.

Ele me ameaça com o olhar severo e aponta para as janelas, atrás das quais vemos um pedaço da piscina.

— Se mergulhar nessa água tenebrosa, juro que proíbo você de chegar perto de mim depois — declara.

Caio na gargalhada e aquiesço.

— Beleza, então. Até.

Eu solto a mão dele e vou atrás de Matthew. Olho ao redor da sala, deslizando de uma pessoa dançando para outra, todas já meio bêbadas. Observo os corpos que se movem ao ritmo da música ensurdecedora. Já estou sentindo uma pressão na cabeça.

Com as têmporas latejando, escuto uma voz me chamar.

— Nem acredito: convenci Eliotte Wager a vir a uma festa!

Matthew corre até mim, com dois copos na mão. Ele me oferece um e me descabela com a mão larga.

— A fera veio? — pergunta ele.
— Izaak?
— Conhece algum outro louco furioso?
Eu bebo metade do meu copo.
— Ele não é um louco furioso, Matt... e está com o melhor amigo, Francis, mais perto da entrada.
— Tá bom. Não tenho medo dele, tá. Nem um pouco. É só que... Não, na verdade, fico me pelando de medo. Daqui a pouco vou ter que fazer um boletim de ocorrência.
— Não se preocupa, pedi para ele se comportar . Mas o mesmo vale pra você, tá? Vim para tentar relaxar depois de tudo que aconteceu hoje, então, por favor, nada de briga se esbarrar com ele.
— Prometo, Wager.
— Você seria um anjo se agisse com ele que nem com a Marta...
— Sem repeteco, foi mal, mas é meu mantra — diz ele, caindo na gargalhada. — Você não vai se arrepender de passar mais de seis minutos aqui! — acrescenta, com a voz bem-humorada. — Eu juro!
— Francamente, considerando a playlist e essa gente pelada na piscina... estou começando a duvidar. Isso sem falar da enxaqueca chegando.
Ele torce o nariz.
— Você é mesmo a garota mais reclamona que eu conheço, sabia, Wager? — Ele passa a mão no meu cabelo de novo. — Se já tá ficando com dor de cabeça, vamos para algum lugar mais tranquilo.
Eu concordo, e vamos até uma escadaria de madeira, passando ao lado de um sofá branco e de uma chaminé de vidro. Eu o sigo, enquanto ele me conta do início catastrófico da festa: alguém levou o cachorro, que defecou no sofá e quebrou uma escultura.
Chegando ao segundo andar, pegamos um corredor e nos sentamos lado a lado no chão, perto de uma janela de vidro que dá para fora. As luzes rosadas, azul-escuras e violeta se refletem no vidro que nem purpurina luminosa e lantejoula estrelada.
Apoio a cabeça no vidro e o copo vermelho ao lado das minhas pernas dobradas. Um suspiro sereno me escapa. Com esses efeitos de luz, parece até que estamos vendo cometas voarem pelo céu escuro. É isso: parece que a gente está a bordo de um foguete, flutuando na Via Láctea. Longe da Terra e de seus estresses.
Matthew tira a blusa de moletom amarela que sempre usa e se espreguiça por um instante. Ele esbarra o ombro no meu.
— Está melhor do choque do atentado? — pergunta ele, baixinho. — O ataque não te deixou... traumatizada, nem nada?

— Relaxa, Matt, estou bem.

Ele aproxima o rosto do meu.

— Mesmo perdendo o chip.

— Tomara que a gente encontre. Não vou me acalmar até saber o que tem nele, Matt.

— É importante mesmo para você... mas por quê?

— Preciso saber quem foi meu pai. Quem ele é. Odeio que tenham me impedido de saber. Eu tinha direito. Mas minha mãe discorda... e o Estado também.

— Você disse que tinha 6 anos quando ele foi embora, né? Então só deve ter lembranças vagas.

— Mesmo que o tenham apagado do sistema, não conseguiram apagar da minha memória, apesar de aparentemente ser o que querem fazer.

Baixo os olhos para minha saia preta, amassada na altura da coxa.

Ele assente.

— Então essa sua pesquisa sobre seu pai é meio secreta?

— Não só meio — retruco, dando uma olhada ao redor.

Seus cílios grossos intensificam o azul dos olhos quando ele sorri para mim.

— E você confiou em mim, Wager... Fico emocionado.

— Não começa com cafonice.

— Fico *incrivelmente* emocionado.

Olho para cima e viro o rosto, de repente envergonhada.

— Eu teria feito a mesma coisa — diz ele, com a mão no meu ombro. — Se tivesse que pesquisar informações dessa importância, sem ter autorização, teria falado com você.

Apesar da minha vergonha inoportuna, consigo voltar a olhar para ele.

— Larga de lorota — digo, brincando.

— Lorota? Hum... não faz meu estilo, Wager — diz Matthew, baixando os olhos. — De qualquer jeito, prometo que a gente vai achar esse chip, e que você vai conseguir todas as informações possíveis sobre seu pai — decreta, convicto.

Abro um sorriso.

— Obrigada, Matt... Por que você sempre me ajuda tanto assim?

— Ah, não, desse jeito vou precisar ser mais cafona ainda e falar dos deveres da amizade...

A gente gargalha e admira o mundo lá fora.

As luzes coloridas projetadas na festa são parecidas com a do bar onde nos encontramos semanas antes. Tinha o mesmo tipo de gente. O mesmo tipo de música ruim. As mesmas sombras coloridas...

Uma brecha se abre no tempo e, de repente, vejo nós dois de novo.

E sinto o balcão frio do bar encostado na minha barriga, o álcool ardendo na garganta, o banquinho um pouco pequeno demais. E Matthew ali, ao meu lado. Com seu sorriso juvenil, os piercings na orelha cintilando à luz, e os olhos um pouco penetrantes demais para o meu gosto.

Como é cheguei a pensar, por um instante sequer, que ele teria tentado me drogar?

Um barulho surdo ressoa.

Eu tenho um sobressalto.

— Te achei, Eli! Faz meio século que tô te procurando nessa casa de tolerância.

Izaak aparece no topo da escada, sorrindo. O ângulo do corredor esconde Matthew, que ele ainda não viu.

— Estou sonhando ou seu marido chamou essa festa de "casa de tolerância"? — murmura ele, perplexo.

— Hum… Não, foi de *extravagância*. Casa de extravagância — explico. — Porque é imensa.

Izaak anda até nós, sem acrescentar nada.

— Oi, meu tarseirinho querido! — exclamo, estendendo os braços para ele.

Ele se abaixa e chia, rangendo os dentes:

— Parece que você está ganhando gosto por esse apelido.

Ele dá um beijo na minha testa. Sua boca quente perto do meu cabelo me causa um pequeno arrepio.

— Podem abrir um espacinho pra mim? — pede ele, se acotovelando para sentar entre nós dois.

Inacreditável…

Meu amigo nem se mexe, então eu me afasto para abrir espaço para Izaak. Estou sorrindo um pouco, achando graça. Izaak passa o braço por trás do meu ombro e deixa no chão duas taças repletas de um líquido roxo.

— E aí, Izaak, como vai? — solta Matthew, com o tom mais animado. *Isso, fala com ele que nem com a Marta, Matt!* Ele se vira um pouco de lado, para olhar melhor para Izaak. — Diz aí… Você está se sentindo mais em paz do que da última vez que nos encontramos?

— Como é que é?

Vou estripar ele!

— Garotos! — exclamo. — Que tal a gente ir dançar?

— Não — responde Izaak. — Repete o que você disse, Matthias? Essa música nojenta do playboys da sua fraternidade abafou sua voz.

— Matthew. E eu só estava dizendo que…

— Ele não disse nada — interrompo.

Olho para Izaak em súplica. Só quero respirar, por uma noite que seja. Ele retribui meu olhar e fecha a boca, em sinal de capitulação. Ajeita uma mecha do meu cabelo atrás da orelha, e sinto meu coração vibrar no peito. O gesto me faz recuar por uma fração de segundo. Foi de um carinho e de uma intimidade inesperados.

Merda, não é nem meia-noite, e a bebida já bateu. Estou pensando em besteira.

— Toma, peguei pra você — diz Izaak, me entregando uma das taças.

— Eu achei que só tinha copo de plástico...

— Revirei os armários da cozinha.

Eu caio na gargalhada. Izaak está muito acima dos meros mortais e não beberia em copo de plástico. Reconheço o cara arrogante e cinicamente caótico que sempre soube que ele era. Apesar de tudo, acho que também amo esse lado dele.

— Relaxa, já tenho bebida — digo, pegando meu copo no chão. — Mas muito obrigada, *tarseiro querido.*

Nada de sobrancelha franzida. Nem de mandíbula tensa. Nem uma careta leve... E fui eu que me acostumei com os apelidos? Devia voltar para “meu gatinho de chocolate”.

Bebo em um gole só.

De repente, Izaak segura meu braço.

— Só para me tranquilizar, Eliotte, você se serviu sozinha?

— Eu...

— Seria melhor que ninguém tentasse te drogar de novo.

Merda.

Eu me solto, bufando.

— Fica tranquilo, cara: *eu* servi Eliotte — diz Matthew. — Ela não teve *nenhuma* dificuldade de beber desse copo. Porque, como você sabe, a gente confia um no outro. Confia de ver...

— O que eu falei da última vez, seu desmiolado? Você...

Eu suspiro, pego a taça que Izaak trouxe e fujo do corredor na maior velocidade possível.

— Aonde você vai, Eli? — pergunta Izaak, sem sair do lugar.

— Para longe dessas briguinhas.

Desço a escada e os deixo para trás, exasperada. De volta à sala, me dirijo ao bufê montado perto das esculturas abstratas. Bebo todo o líquido roxo da minha taça — vinho sem álcool, evidentemente — e largo a taça no canto da mesa de vidro.

Eles não conseguem se segurar por cinco minutos...

Encho uma tigela de salgadinho de queijo. Não, melhor, acho que vou encher duas.

São moleques.

Com movimentos precipitados e imprecisos, encho a concha de ferro para pegar salgadinhos, que jogo bruscamente na minha tigela.

Pedi para eles manterem a calma. Fiz de tudo para evitar a discussão, e...

— O que esses pobres salgadinhos fizeram pra você?

Minhas mãos ficam paralisadas no meio do movimento, e eu me viro devagar para meu interlocutor.

— O que está fazendo aqui, Ashton?

Seu sorriso sincero me abala. Não sei como ele consegue fingir que nada aconteceu. Toda vez que o vejo, sinto que estou encontrando um fantasma.

— Seria bizarro eu não aparecer numa festa dessas, né? Já você...

— Queria dar uma desanuviada.

Uma sombra passa pelo rosto dele.

— Está tudo bem? — pergunta ele, e seus dedos quentes roçam os meus discretamente, no escuro da sala. — Foi por causa das minhas mensagens?

— Quer saber a verdade? Está sendo tudo muito pesado para mim, Ashton.

— Eu não me arrependo do que escrevi, Eliotte. Porque...

— Ah, meu amor, te achei! — exclama uma voz enjoada, um pouco embargada de álcool.

Emily pula para o abraço de Ashton em uma gargalhada eufórica. Por uma fração de segundo, vejo meu ex-namorado se tensionar. Ou será que estou imaginando...

Sua "alma gêmea" usa um vestido de lantejoulas que bate no joelho e cintila que nem o sol. Seus cachos dourados estão presos em tranças impecáveis.

— Eu me arrependo das mensagens, sim — murmuro, sem conseguir desviar o olhar da loira.

Ela me analisa em silêncio e, por um segundo, eu me sinto ridícula, de saia e gola alta.

— Você é a esposa do Izaak, né? — pergunta ela, com um sorriso cruel.

— Você sabe que tenho minha própria identidade, independentemente do meu casamento, né? — retruco, com igual secura.

— Eu me chamo Emily de Saint-Clair. É um prazer, Eliotte. Que bom que está aqui, eu queria mesmo falar com você!

Seu sorriso transbordando de hipocrisia me dá vontade de vomitar no salgadinho.

34

Você ou ele

Eliotte

— Pode falar — digo, sem nem olhar nos olhos dela.

— Você era uma antiga amiga de Ashton, não era?

— Hum-hum — respondo, sem emoção, mastigando um salgadinho. — Era a melhor amiga dele.

— Então... agora acabou.

— Não entendi.

— Não vai largar do pé dele, não?

— Como assim? — questiona Ashton.

— Eu sei que, antes dele, você era uma anônima, que não tinha a atenção de ninguém, e que, graças a ele, isso mudou por alguns anos, mas... vai ter que parar.

— Como é que é?

— Não vem pagar de santinha — retruca Emily, subindo o tom.

Ela chega mais perto, tentando fazer uma cara ameaçadora. Fede a álcool.

O que é que essa Barbie tá inventando?

— Eu e ele temos quase setenta por cento de compatibilidade, sabia? Você não é nada para ele... nem para ninguém! — segue ela em um grito estridente, o que faz metade do salão nos olhar. — Você teve sorte de ter encontrado outro Meeka para existir um pouco mais e causar menos pena. Mas...

— Emily! — vocifera Ashton, em um tom de voz que eu nunca tinha ouvido.

Eu expiro, fechando os punhos. Meus olhos ardem.

Calma. Sem escândalo. Calma. Calma.

— É verdade, todo mundo concorda: essa piranha é de dar dó! — berra ela.

O volume da música baixou de repente. Escuto um burburinho infernal.

Olhares fixos em mim. Risadas. Cochichos.

Sinto um nó na garganta.

— Vamos parar por aqui — anuncio, e me viro para sair dali.

Ela me pega pelo ombro, afundando suas unhas pintadas na minha pele.

— Ainda não acabei! Você vai deixar Ashton em paz...

Afasto a mão dela com um gesto seco.

— Não me toca.

— Então para de fugir!

— O que você quer comigo?

Minha voz não pode tremer, me recuso.

— Que você pare de se meter no meu relacionamento!

— Ela não fez nada! — exclama Ashton.

— Você já viu como ela te olha? Ela te devora com os olhos, que nem uma cadela faminta!

Escapou da minha mão... ou não. Uma das minhas tigelas de plástico acerta o rosto dela antes de cair no chão com um baque surdo.

— Cala essa boca, Emily — solto. — Você está falando besteira. Chega a ser constrangedor.

Ela leva os dedos por instinto ao que amanhã será um galo e, sem preâmbulos, me dá um tapa com toda a força.

Um calor intenso arde no meu rosto. Mordo o lábio, inspirando forte. Uma fúria sombria revira meu estômago. Lágrimas brotam, mas eu contraio o maxilar e engulo o choro.

— Ashton, quando essa louca recuperar a consciência, pode avisar a ela que não briguei por você. Briguei porque ela *me* ofendeu e mexeu *comigo*.

Eu paro de me controlar.

Em um segundo, pulo em Emily, que cai para trás e quebra a mesa de vidro do bufê. Montada nela, eu a seguro firme pelos ombros, no meio dos cacos de vidro, enquanto ela me encara, furiosa. Seu cabelo está coberto de álcool. Estou tonta e preciso conter a náusea antes de pegá-la pela gola do vestido.

— Falei que era para a gente parar!

— Sai de cima de mim, sua doida varrida!

Emily começa a urrar — como se fosse ganhar mais força assim — e tenta me afastar aos chutes. Pego um punhado de biscoito e enfio na cara dela, antes de virar a bacia de ponche em cima dela também. Emily tosse, engasgada com os litros de bebida entrando em suas vias respiratórias.

— É, eu sou doida mesmo... doida varrida, Emily.

Quando estou prestes a socar a cara dela, alguém me pega pela cintura, segura meu braço e me puxa para trás, com uma força muito maior do que a minha.

— O pai dela pagou muito caro por essa cirurgia plástica, Eliotte, melhor não estragar tudo assim — diz Matthew, me levantando.

Eu o deixo me ajudar, tentando acalmar minha respiração. Meu corpo é atravessado por espasmos.

Duas das mãos que me seguravam me soltam, e Izaak aparece na minha frente. Com o olhar sombrio, ele encara Emily, ainda caída no que resta do bufê.

— Se você ousar falar com ela assim outra vez, juro que acabo com a sua raça.

— Nossa! — exclama ela. — Você é doido que nem ela!

— Por que você acha que a gente tem 99% de compatibilidade, sua degenerada?

Ashton se aproxima de mim, com a expressão angustiada.

— Me desculpa, por favor...

Eu encontro seu olhar castanho, sem fôlego. Estou arfando tanto que pareço um bicho.

Como é que a gente veio parar aqui?

Balanço a cabeça. As lágrimas já estão voltando. Não consigo responder. Ashton suspira, com os olhos marejados, e se vira.

Ele vai até Emily e estende a mão para ajudá-la a se levantar.

O gesto destrói alguma coisa em mim.

Afasto as mãos de Matthew do meu ombro, com o coração despedaçado. Livre, me enfio na multidão que se formou ao nosso redor, para me afastar como puder dessa catástrofe. Sinto os olhares fixos em mim, os cochichos quando passo...

— Eliotte!

Izaak me alcança em poucos passos.

— Tudo bem? — pergunta. — Você se machucou?

— Eu... eu preciso ficar sozinha, Izaak.

— Mas...

— Por favor.

Ele para de falar e me solta, devagar. Eu me viro e subo para o segundo andar o mais rápido possível. Rezo para ninguém me seguir. Ninguém. Convidados se viram quando eu passo, riem, fazem piada. Atravesso a toda os corredores dessa cassa maldita, prendendo o fôlego. Estou tonta. Não sei se quero vomitar por causa da bebida ou das lágrimas de raiva que estou engolindo. Empurro por instinto uma porta de correr no segundo andar e saio para o que parece ser uma varanda de cobertura.

Um vento fresco faz meu cabelo esvoaçar. Suspiro profundamente, e o ar que escapa da minha boca parece fumaça. Aqui faz frio, já estou tremendo, mas me ajuda com a tontura. Chego mais perto do guarda-corpo e olho para o horizonte. Alguns prédios brilham no escuro, e as montanhas cortam a paisagem ao oeste.

O que aconteceu?

Passo a mão no rosto, suspirando.

Emily estava bêbada, sim, mas suas palavras foram afiadas o suficiente para acertar profundamente lá onde dói. E dói muito.

Aperto com força o parapeito. Queria que não doesse. Queria me libertar de todos esses sentimentos. Porque não posso confiar em Ashton. Além do fato de que nada nunca mais será como antes, por causa de suas dúvidas iniciais, eu sei, eu *vejo* seu apego por Emily. Aqui. O tempo todo. A boca dele diz uma coisa, mas os gestos dizem o contrário.

Mereço mais do que isso. Mereço mais do que sentimentos voláteis.

Porque, quando eu o amei, prometi tudo para ele, o tempo todo, o que quer que acontecesse.

E foi o que lhe dei.

Eu respiro fundo, secando com o punho as lágrimas que escorrem pelo meu rosto.

Eu me lembro de pular no bufê, de quebrar a mesa de vidro com nosso peso... e das risadas todas. Dos murmúrios. Das exclamações. Eu me lembro de Emily me dizendo que não valho nada agora que estou sozinha e da multidão que se aglomerou ao nosso redor.

É mentira. Eu tinha valor antes de Ashton, com ele, e depois.

Repito isso e faço esforço para respirar normalmente, apesar do choro e da enxaqueca.

De repente, escuto a porta de correr ranger.

— Você não veio pular da varanda, né?

Engulo em seco e ajeito o cabelo antes de me virar.

— Porque acabaria com meu coraçãozinho — continua ele. — De todas as pessoas nesta porcaria de festa, você é a última que eu gostaria que morresse. Hum... Foi tosco dizer isso? Porra, foi tosco, *mesmo*. Em minha defesa, bebi muito, muito, real.

Não consigo conter o sorriso quando ele chega mais perto de mim. Nossos cotovelos se encostam no parapeito.

— Obrigada, Matthew, mas... preciso ficar sozinha.

— Sempre me disseram que, quando dizemos que precisamos ficar sozinhos, é quando mais precisamos de companhia.

Eu suspiro e olho outra vez para além do guarda-corpo.

— Não sei o que ela disse nem o que fez — acrescenta ele —, mas ela mereceu.

— Agora todo mundo acha que eu sou uma louca deprimente.

— Vamos deixar uma coisa bem clara: a louca é ela. Ela estava berrando que nem uma degenerada pela casa toda. Chegou até a me dar um pouquinho... muito medo.

— Você ouviu o que ela disse? — pergunto, um pouco apreensiva.

Eu me viro para ele. Seu rosto ultrajado me dá um mínimo de conforto.

— Um pouco... Izaak que assistiu de camarote. A gente estava discutindo quando, de repente, ele levantou e desceu a escada correndo. Fui atrás dele e a gente te viu um pouco antes de você pular naquela doente. Achei que Izaak fosse botar fogo na casa. Ou no cabelo da loirinha.

Eu o imagino com um tanque de gasolina, e uma risada escapa da minha boca. Matthew bagunça meu cabelo, com o rosto marcado pelo alívio.

— Vem cá.

Ele me puxa para um abraço, e eu enrosco os braços na cintura dele com um pequeno soluço, fungando.

— Quer conversar? Se isso te deixar mais tranquila, eu tô tão doidão que sem dúvida amanhã vou esquecer. Isso se não esquecer em dez minutos. Se não quiser falar, também posso continuar a falar qualquer besteira para te animar. O cara mais gostoso da Costa Oeste sempre tem mil e uma anedotas...

Não seguro o riso.

É a cara dele tentar me fazer rir, custe o que custar.

Afasto o rosto do pescoço dele para olhá-lo de frente.

— É só que... o atentado, Emily, Ashton, todo mundo... É um baque enorme.

Eu me calo com um suspiro. Me sinto ridícula.

Ele faz cafuné em mim.

— E Ashton? Ele te falou alguma coisa? — pergunta ele com a voz bem mais suave do que de costume.

Um brilho inquieto passa pelos olhos dele.

— A presença dele já basta, né? — murmura ele, diante do meu silêncio. — Mesmo perdidamente apaixonada pelo Izaak, é normal ficar abalada quando você o vê... É seu ex. Todo mundo agiria igual, Eliotte. Não se culpe.

As palavras dele me fazem bem, mas só até certo ponto. Porque ainda há um milhão de coisas escondidas atrás das minhas lágrimas. Um milhão de segredos, de mentiras. Queria que Matthew soubesse de tudo, para me entender melhor, e me reconfortar.

Ele me solta para ajeitar o casaco antes de levar as mãos aos meus braços.

— O que vão pensar de mim, Matt?

— Que você tem futuro no UFC.

Eu quero rir, mas, em vez disso, abaixo o olhar. Sinto as lágrimas voltarem. Eu não deveria me envergonhar do olhar alheio, muito menos me preocupar com isso. Mas foi tão humilhante. *Tanto.*

— Eu não te acho doida — diz ele. — Te acho, inclusive, incrivelmente inteligente.

— Tentei afogar a Emily com ponche, Matthew.

— Viu só?! É uma tentativa de assassinato muito criativa. Só sendo muito esperta para ter essa ideia!

Eu bufo e apoio a testa no ombro dele, antes de ele me imitar e passar os braços pelas minhas costas.

Fecho os olhos para conter a ardência e me concentro no riso grave de Matthew, que faz seu tronco vibrar.

Rir, rir, rir. Sem chorar. Rir, rir, rir.

— Eliotte? Tudo bem?

Eu me sobressalto e me viro.

Izaak está a poucos metros de nós.

Nem o escutei chegar. Ele me olha, sério.

— Parece que sim — murmura.

Eu me afasto de Matt, desconfortável, e me viro para Izaak. Uma sombra tomou seus olhos. Eu não saberia dizer o que passou a habitar seu olhar.

— Izaak?

— Você me disse que precisava... ficar sozinha. Mas tive que ver se estava tudo bem.

Chego mais perto de Izaak e pego sua mão. Ele olha nossos dedos entrelaçados por uma fração de segundo antes de se afastar.

— Vou deixar vocês em paz — diz ele, se virando.

— Não, espera... A gente pode voltar para casa?

Ele me olha. Aquiesce. E começa a andar. Viro o rosto para Matthew e me despeço com um aceno rápido antes de ir embora.

Quando Izaak e eu chegamos à sala e eu vejo todo mundo me encarando, a raiva e a tristeza voltam a me acertar em cheio.

Francis está conversando com um cara no sofá. Penso no cachorro que fez suas necessidades ali um pouco antes e fico enjoada. Vamos até ele e Izaak pergunta se quer ir embora com a gente.

— Acho que vou ficar mais um tempo — responde ele. — Charlie já deve estar chegando, a gente volta juntos.

— Charlie vem? — exclama Izaak.

Alguma coisa crepitou na voz dele. Encolho os dedos das mãos.

— Hum, se... se quiser ficar para encontrar Charlie, posso esperar — digo para ele, desviando o olhar. — Ou voltar sozinha.

Ele me fita por um segundo antes de se decidir.

— Não, vamos para casa.

Para casa.

Ele se despede de Francis e sai da casa em silêncio. Não tento pegar a mão dele, por medo de ser rejeitada de novo. Seu passo é mais acelerado, e logo abre uma distância entre nós. Ele age como se eu fosse apenas uma sombra e não faz o menor esforço para indicar aos outros que somos o casal perfeito que imaginam.

Por que agir assim, sendo que Emily me acusou gravemente de ainda estar apegada a Ashton?

Isso pode nos causar problemas sérios. Olho para as costas dele, com insistência. Ele anda, um metro à minha frente, com os ombros largos, as costas eretas. Como quem não quer nada. Entretanto, há algo de estranho em sua postura, como se estivesse fugindo.

Do quê?

De quem?

Chegamos ao portão, perto do estacionamento, e vejo ao longe, nos degraus de um quiosque, Emily e Ashton. Ele a abraça para reconfortá-la. Eu desvio o olhar, enjoada.

Ele a conforta como teria me confortado.

Sinto um aperto no peito, mas não é de desejo, de raiva, nem de decepção. Ele se comprime, fica pequenininho e... volta a bater. Bum. Bum. Bum. Ainda menor. Mas *bate*. Bum. Bum. Bum.

Izaak também os viu, está óbvio. Mas ele não diz nada. Não faz nada. Como antes, segue caminho na noite como se nem escutasse meus passos.

O trajeto de carro segue em igual silêncio. Quando chegamos ao loft, ele vai para a escada, certamente para ir ao quarto. Eu o vejo se afastar de punhos cerrados.

Não vou conseguir dormir com ele assim.

Sem hesitar, eu solto:

— Está tudo bem?

35

Manter controle

Eliotte

Vou chegando devagarinho quando ele para no primeiro degrau. Izaak continua de costas, mas com o rosto ligeiramente virado para trás.

— Está tudo bem, sim, Eliotte.

— Jura? Porque você está esquisito.

— Não estou esquisito. Estou irritado.

Seu tom direto é um tapa ainda mais violento do que o que Emily me deu.

— Por quê?

— Você sabe muito bem...

— Não sei — retruco. — Me explica.

Dessa vez ele se vira e dispara, fulminante:

— Porque você fez merda, Eliotte!

Eu torço a boca e desvio o olhar. Uma pontada atravessa meu peito.

— Eu não queria ter encontrado Emily, nem Ashton, só aconteceu, então...

— Não estou falando disso — corta ele. — Ela tentou te humilhar e bateu na sua cara. Chego a ficar espantado que você tenha demorado tanto para meter a porrada naquela filha da puta. — Ele contrai o maxilar. — Você fez merda com o Matthew — explica ele.

— Como assim?

— Meu Deus...! Não se faz de sonsa! Você botou nossa mentira em risco!

— Mas eu não fiz nada!

— Sério, você pede para ficar sozinha, todo mundo sabe que você está abalada... e você deixa Matthew te consolar? Jura?

— Ele veio sem avisar, eu não...

— Tá, mas e depois? Encontrei vocês abraçados. Você com a cabeça no peito dele. Isso te parece normal?

Ele avança na minha direção, com o olhar pegando fogo.

— Izaak, eu estava abalada, você mesmo falou! E Matthew só queria me ajudar. É bizarro querer consolar alguém que está triste assim?

— Fala sério por cinco segundos: o que as pessoas pensariam se vissem vocês daquele jeito?

Eu suspiro e balanço a cabeça. Admito que, olhando de fora, não sei que impressão passamos. Mas será que Izaak não sabe que eu não quero colocá-lo em perigo por nada nesse mundo? Seja estragando nossa mentira, seja de qualquer outro jeito?

O que eu podia fazer? Bêbada, humilhada, com o coração e o ego despedaçados. Honestamente, o mundo podia pegar fogo que eu nem ligaria. É tão grave assim ficar desesperada às vezes?

Não.

Então por que ele está com tanta raiva?

— Eu estava mal, e não pensei. Não quis colocar a gente em perigo. Perdão — digo, e abaixo os olhos. — De qualquer forma, por causa do que aquela escrota falou, talvez todo mundo ache que estou apaixonada pelo Ashton...

— E daí? — cospe ele. — É motivo para fazer todo mundo acreditar que, na verdade, você está apaixonada é pelo Matthew?

Uma corrente elétrica me atravessa.

— Qual é seu problema? — exclamo de repente. — Não é hora de me dar uma lição de moral de merda!

— Mas, Eliotte, você me disse que queria ficar sozinha, então eu me esforcei para não ir atrás de você na varanda, e enquanto isso... — diz ele, e engole em seco, recuperando o fôlego. — Enquanto isso, você... aceita Matthew. Deixa *ele* te abraçar, secar suas lágrimas, te fazer rir.

— E daí? Qual é o problema?

Ele abre a boca, prestes a responder, mas finalmente se contém.

Ele passa a mão no cabelo, furioso. Um silêncio ensurdecedor começa a invadir a sala.

— É que... é que deveria ser meu abraço, porra — murmura ele, finalmente, olhando para o chão. — Deveria ser minha mão secando suas lágrimas. Minhas palavras fazendo você rir. Só isso.

Ele me encara.

— Por quê? Por que a gente é casado, é isso? — disparo. — Izaak, não dá para sempre ponderar minhas ações quando estou na pior... Porra, não dá para a gente esquecer esse delírio por dois segundos e concordar que somos apenas seres humanos e que, portanto, às vezes não controlamos nossas emoções?

— Ah, você acha que eu controlo alguma emoção? Acha que controlo alguma merda aqui? — Ele joga a cabeça para trás e solta uma gargalhada cínica, com um tom amargo. Quando sua cabeça se ergue, devagar, ele me fuzila com o olhar. — Eliotte... desde que eu botei essa porcaria de aliança no seu dedo, não controlo mais nada. Absolutamente nada!

Como assim?

Ele chega mais perto, franzindo a testa. Ele emana um calor dolorido, que atravessa minha pele, meus ossos, e me queima como um raio de sol.

— Eu finjo saber o que estou fazendo, finjo mexer os pauzinhos certos, mas... a verdade é que não faço ideia de porra nenhuma. — Seu olhar me derruba de vez antes de ele soltar: — E aposto que você também não.

— Izaak...

Seu corpo largo atravessa o espaço que nos separa, e ele para a meros centímetros de mim. Ele inclina a cabeça para o lado sem deixar de me olhar. No movimento, um dos cachos castanhos cai na testa dele.

— Eu e você nos forçamos a fazer muita coisa... mas por quanto tempo? Dois dias? Três? Uma semana, talvez. E depois, Eliotte, hein?

Ele roça a mão perigosamente na minha clavícula. Eu perco o fôlego. Não entendo o que está acontecendo. Ou, na verdade, talvez entenda até demais.

— Tem coisas que eu me forço a fazer, sim — murmura ele. — E também tem as coisas que eu me forço a *não* fazer. Que eu me forço a *não* dizer. Que ardem na minha boca, me fazem perder a cabeça.

Sua voz desencadeia um milhão de calafrios no meu corpo.

E ele sabe muito bem, porque vejo em seu olhar.

Ele passa o indicador na minha pele de novo, antes de enroscá-lo em uma mecha do meu cabelo. Sua mão tão perto do meu pescoço arranca um batimento do meu coração. Meus sentidos estão dirigidos apenas para Izaak, que engole a sala inteira em seus olhos verdes.

— E, porque sou apenas um ser humano que não controla suas emoções, às vezes eu me permito pensar... e tudo desmorona na minha cabeça.

Os dedos a milímetros do meu rosto soltam a mecha de cabelo para acariciar suavemente meu queixo. A sala, o loft, o universo inteiro se desfaz ao nosso redor em cacos de vidro e luz, que ele absorve em seus malditos olhos da cor do verão.

— Mas eu sempre me seguro — continua ele, rouco. — Sempre mantenho distância do limite. Tento pensar nas consequências das minhas ações, no que é mais justo, no que eu deveria fazer... mas, às vezes, sou só um ser humano, como você disse. Meu coração bate a mil, quer explodir. E não consigo mais respirar, fico sufocado. E você me olha, me dá oxigênio... e eu volto a perder o controle de tudo. A fazer tudo ao contrário. A querer coisas que *não* deveria querer.

Minha boca se entreabre.

Estou pensando em um milhão de coisas, mas quero ter certeza.

— Izaak... — murmuro. — O que você quer dizer?

— O que eu quero dizer? Simplesmente que eu enlouqueço um pouquinho mais toda vez que a gente conversa, e mais ainda quando relembro a conversa durante a noite. Não consigo mais pensar nem agir como gostaria. Com você eu estou em queda livre, Eliotte.

Minha respiração fica presa na garganta seca. Não sei o que mais me tira o fôlego: as palavras dele ou a convicção com que as falou.

Seguro seu rosto e pressiono minha boca na dele sem pensar duas vezes. Quando sinto seu hálito quente, tudo se desconecta no meu cérebro. Ele agarra minha cintura e, com a outra mão, segura meu rosto, me puxando ainda mais contra seu corpo. Meu ventre começa a formigar.

— Senti saudade disso — solta ele, em um suspiro.

Ele sorri com seus lábios pressionando os meus, antes de traçar um caminho suave pelo meu queixo, descendo até o meu pescoço. Um calafrio me faz curvar as costas e recuar um passo; esbarro na bancada da cozinha. Afundo os dedos nos cachos castanhos dele, tão perto do meu rosto.

Seu perfume amadeirado me envolve suavemente, como um sortilégio vaporoso. Fecho os olhos, inalando seu perfume.

— Não consigo parar de pensar no que aconteceu depois daquela noite com Francis e Charlie — murmura ele enquanto me beija.

— Então você não esqueceu por causa da bebida?

— Não sei se existem muitos homens que esqueceriam o que seu corpo fez comigo nesse sofá.

Colada assim nele, me lembro de como seu corpo é esculpido como uma rocha.

— Izaak, você nem imagina o que eu queria fazer antes do seu celular tocar.

Uma risadinha faz cócegas na minha pele.

— Sei que você é muito criativa.

Ele me encara, respirando fundo. Um sorrisinho se desenha em sua boca. Mechas rebeldes caem na testa dele, nos olhos que me fitam cruamente, com dezenas de palavras ardentes flutuando em suas pupilas.

— Pensei no seu cabelo — sussurra ele, passando a mão no meu cabelo —, na sua boca, nesse olhar que você me dá... e também nas suas mãos, nas suas coxas, no seu sorriso... Quantas vezes? — Seu olhar percorre cada parte do meu corpo que ele menciona, com uma avidez que me paralisa. — Quantas vezes, Eliotte?

As notas graves e profundas de sua voz me fazem perder o foco — ou talvez a razão. Meu rosto pega fogo. Labaredas de dez metros lambem minha barriga. Não consigo nem responder. Mesmo que eu tivesse força, nenhuma palavra viria.

Que língua é essa que ele está falando?

Minha boca volta a encontrar a dele. Izaak solta um gemido que provoca uma sensação intensa no meu corpo.

Ai, meu Deus.

Sua quadril se pressiona contra o meu. O calor revolto em mim chega a doer. Uma dor deliciosa.

Minha cabeça vai explodir. Quero mais. Quero mais dele.

Ele me solta e, com um gesto brusco, empurra tudo que está atrás de mim na bancada. Minha risada se mistura ao estrépito, e ele pega meu quadril com força. Solto um pequeno soluço quando minha bunda acaba no mármore frio.

Izaak me beija ainda mais intensamente agora que estou da sua altura. Sua língua dança na minha com uma doçura inesperada. O contraste entre o vigor de sua pegada e a ternura de seus gestos me deixa sem voz.

— Se você imaginasse como detesto te ver com o Matthew — murmura ele, afastando a boca da minha por um instante. — Tenho medo de ele machucar você... e também tenho medo de um dia você deixar ele fazer tudo que eu quero fazer com você.

— O que você quer fazer comigo?

Uma risada rouca escapa da boca dele.

— Quando as palavras saírem, não vou ter como retirá-las. Vou ter que cumprir o que disse.

Não controlo mais nada. Passo os dedos nos braços dele, no peito. Sinto o coração dele martelar loucamente. Bum. Bum. Bum.

Ele passa a mão pelo meu joelho e por baixo da minha saia. Aperta minha coxa com os dedos.

E retira a mão imediatamente.

— Eliotte... — Ele recua um passo e balança a cabeça. — Não suporto te ver com Matthew — diz, arfando. — Mas não tenho direito de não suportar. Pelo menos, não tenho o título que me permite falar sobre esse assunto.

Estou prestes a falar, mas ele se adianta:

— E não sei se quero ter.

Arqueio a sobrancelha e levo a mão ao meu peito. Como se alguma coisa o tivesse atravessado.

Desço da bancada com um pulo e digo, com a voz ainda vacilante:

— E você não se pergunta nem um instante se eu quero que você tenha esse título?

Recupero a respiração, tentando continuar a encará-lo.

Izaak arqueia as sobrancelhas, antes que um sorrisinho torto apareça em seus lábios. Ele suspira e apoia as costas no canto de um banquinho.

— Claro que me pergunto... mas sei que tem coisas que não dá para fingir. Um olhar. Um sorriso. Um beijo. — Ele morde o lábio e olha para o chão, antes de voltar a me encarar. — Quer que eu diga a verdade?

Eu faço que sim, incapaz de produzir o menor som.

— Esse tempo todo, a gente não estava enganando os outros... a gente estava se enganando. É uma loucura como é simples fingir com você. Como *tudo* é simples.

Eu franzo as sobrancelhas, passo a mão no cabelo.

Nada é simples.

— Muito pelo contrário, Izaak, é tudo complicado... Por que você diz uma coisa, para logo dizer o contrário?

— Porque não sei onde me meti! — exclama ele, levantando os braços. — Você não está na mesma posição que eu! Você fez um par-teste com o *meu irmão*.

— Que, aparentemente, é tão inconstante quanto você...

— Eliotte, entenda. Eu tenho só um irmão. Se eu estragar isso, eu... Não posso machucá-lo. Não sou capaz. Eu nunca me perdoaria.

— Izaak...

Agora que o conheço, sei que Ashton é *tudo* para ele; assim como todas as pessoas que ele ama e deixou entrar em seu círculo de confiança. Ele é inteiro demais para fazer qualquer coisa pela metade e ficar numa situação vaga, mas também é inteiro demais para se envolver comigo quando há tanta coisa em jogo.

— Se eu pudesse me controlar e tomar decisões razoáveis, apertando uma porra de um botão ou injetando o conteúdo de alguma seringa aleatória... eu não escolheria *isso* — diz, indicando o espaço entre nós. — Escolheria a facilidade. Escolheria não ter coração. Ou pediria para me amputarem, se possível. É, amputarem o coração e o cérebro. Para eu não pensar mais na contracorrente, nem brigar com minhas moções, minha moral e todas essas besteiras.

Eu abaixo o rosto.

— Sei que você nunca quis ser compatível comigo.

— Com ninguém, Eliotte. Que você não acredite, por um segundo sequer, que o problema é você. O problema é esse delírio de algoritmo e compatibilidade.

Eu suspiro, continuando a olhar para o chão. Izaak chega mais perto e me pega pelo queixo para me forçar a olhá-lo.

— A gente está perdido. Mas as coisas logo vão se encaixar.

Izaak me beija na testa, e, embora eu queira que se afaste, ele encosta a bochecha no meu cabelo. Embora eu queira empurrá-lo, eu o abraço e o aperto com força. Nem sei o motivo. Só preciso senti-lo. Como se fosse irreal, e tudo que vivemos fosse apenas uma simulação.

Eu ainda o sinto arfar, grudado em mim. Continuo com os pulmões sufocados, o coração em frangalhos, o rosto vermelho. Inspiro e expiro como se faltasse ar na sala. Izaak acaricia meu cabelo devagar. Seus movimentos são tomados de uma delicadeza que me abala mais ainda.

Ele se afasta abruptamente e pigarreia.

— Hum...

— Nada como um dia após o outro, com uma noite no meio? — pergunto.

Ele sorri.

— Exatamente.

Seus olhos recuperam o brilho sarcástico e misterioso. Ele se afasta, ainda me encarando.

— Boa noite, Eliotte.

— Boa noite.

Ele dá um passo para trás, mais outro... e finalmente me dá as costas. Ele corre até a escada e sobe pulando alguns degraus.

Fico parada, encostada na bancada da cozinha, com a boca inchada. Se pelo nosso beijo, ou por todas as coisas que poderia ter dito, não tenho certeza.

36

O chip

Eliotte

No dia seguinte, Izaak não está no loft. Eu sei porque procurei em todos os cômodos. Ele saiu sem dizer nada. Será que foi isso que a noite de sono o fez decidir?

Continuo a encarar minha tigela de cereal, mordendo a bochecha, quando tenho um sobressalto com o toque do celular.

— Alô?

— Amiga, achei o que você deixou cair no escritório.

Eu quase caio da cadeira.

— Ah, cacete, não acredito! Obrigada, Matt! Você é uma salvação!

Parte de mim achava que já estava perdido e que eu estava acabada.

— Levo na sua casa? — pergunta ele.

— Por favor... Meu Deus, Matt, você nem imagina como quero saber o que meu pai...

Ele começa a tossir, primeiro de leve, e depois mais forte.

— Tudo bem aí, Matt?

— Tudo, só engasguei.

— Hum... Tá... Estava dizendo que mal posso esperar para saber o que meu pai deixou...

— Nossa! Incrível! — exclama ele. — Que promoção ótima de espuma de barbear!

Como é que é?

Tamborilo as unhas na bancada de mármore.

— Tem alguma coisa esquisita, Matthew.
— Não. Por quê? Enfim...
— Por que você tá evitando o assunto?
— Não tô evitando nada. A gente se fala na sua casa, se quiser.
— Mas por que não agora, no telefone?
— Hum... É que estou no supermercado, Wager. Está meio caótico. Até mais.
Eu recuo na cadeira.
— Tem certeza de que tá tudo bem?
— Tenho que desligar mesmo, foi mal! Mas tá tudo certo, Eliotte, ok? A gente se fala daqui a pouco. Beijo!
— Mas...
— Espera? Falei "beijo"? Tá vendo, fiquei todo esquisito por causa dessas perguntas bestas! Vou indo.
— Tá... beijinhos — acrescento, de brincadeira.
— Wager! — exclama ele, em tom de ameaça.
Eu rio e desligo.
Tá, ok, que bizarro.
E nem estou falando do jeito como a conversa acabou. Por que, de repente, ele não queria falar do meu pai? O assunto nunca o deixou desconfortável. Ele até gostava que eu falasse disso, porque mostrava que confio nele.
Ele tossiu para abafar o que eu dizia...
Porque tinha alguém escutando? Matthew nunca teria me colocado no viva-voz em uma conversa tão íntima. E ele parecia estar sozinho, não é?
Balanço a cabeça e pego a colher para comer meu cereal amolecido pelo leite. Estou pensando demais.
Apesar do telefonema estranho, sinto meu coração bater forte no peito, fazendo meu corpo vibrar. Vou descobrir o que meu pai deixou para trás.
O que deixou para *mim*.
Tentei me convencer de que ele só queria esconder o chip onde ninguém encontraria. Porque acreditar em outra coisa envolveria criar uma outra versão da minha história. Uma versão completamente nova. Envolveria pensar que, na verdade, ele queria manter um vínculo comigo, e que não foi embora sem olhar para trás. Agora, a certeza me vem: ele queria que eu encontrasse o chip. O objeto contém um segredo que meu pai deixou para mim.
Meu pai.
Para mim.

Um bom tempo depois, tendo acabado de comer o cereal, me sobressalto de novo ao escutar o interfone. Levanto abruptamente do banquinho e corro para o tablet da parede. É uma ferramenta "de uso familiar" oferecida pelo Estado a todos os lares. Além de receber mensagens do HealHearts diretamente ali, e de ajudar na manutenção da vida comum com a função "mensagem para meus vizinhos", o tablet está conectado ao sistema de segurança do prédio. Na tela, vejo Matthew fazer caretas para a câmera. Eu rio.

Que tonto!

Abro as duas portas de baixo e sigo para a porta do apartamento. Quando escuto a campainha, digito o código no tablet e destranco a porta com a chave — Izaak desconfia do sistema digital.

— E pronto, sra. Wager, aqui estão seus preciosos... Espera aí, agora você é sra. Meeka? Ou Wager-Meeka? Nem tinha pensado nisso. Não soa tão bem. Vou ter que arranjar outro apelido.

Sorrio com a careta dele e, com o coração a mil, pego o pen drive e o chip.

— Pode me chamar como quiser, Matt. Obrigada por tudo que fez.

— Para de me agradecer assim... Não fiz nada de mais, Eliotte. É o mínimo.

Ele ri.

— Quer entrar? — pergunto, abrindo a porta.

— Para Izaak me empalhar? A decoração já está bonita, Eliotte. Sei que eu seria uma peça rara para a coleção, mas...

— Ele não está em casa.

Matthew chega a dar um passo para a frente, como se fosse entrar, mas recua.

— Melhor eu ir mesmo, tenho compromisso...

Ele abre um sorrisinho. Sua expressão parece tomada por uma emoção indescritível. Ele se vira para o corredor antes de se voltar para mim.

— Primeiro, eu queria saber, Eliotte... Como você está depois de ontem?

— Muito melhor.

Ele faz uma cara perplexa e me encara, com os olhos semicerrados, por um bom tempo.

— O que foi? — pergunto, envergonhada.

— Sei que você mente bem, então estou tentando adivinhar seus pensamentos.

— Juro que estou melhor — respondo, sorrindo. — E... a bebida me fez sentir tudo mil vezes pior. Pelo menos você e Izaak estavam lá... Dei sorte. Muita, até.

Uma sombra rápida passa por seu rosto radiante.

— Bom, tenho que ir. Meu pai vai me matar se eu não voltar logo com as compras.

Ele segue para o elevador.

Peraí...

— Matthew?

— Sim? — diz ele, se virando.

— Você disse que estava no mercado quando a gente se falou no telefone. Já não fez as compras?

— Hum, fiz... e... e agora tenho que levar rapidinho pra casa.

Por que ele está gaguejando?

Vendo que eu o observo com desconfiança, ele diz:

— Por que é que eu mentiria sobre uma besteira dessas, Eliotte?

Ele abre um sorriso, mostrando as covinhas. Seus olhos azuis se iluminam.

— Larga de paranoia! — acrescenta.

Eu balanço a cabeça.

— Eu ... eu sou besta. Desculpa.

— Você não é besta, Wager. Nunca. Só é um pouco desconfiada demais.

Eu retribuo o sorriso.

— Vai lá, para não levar sermão do seu pai.

— Pois é... Me liga se precisar.

Com um sorriso, ele entra no elevador, e exclama um "beijinho!" cheio de ironia.

Fecho a porta de supetão.

Eu o deixei desconfortável, chamando-o de mentiroso. Por que eu desconfio de todo mundo assim?

Até quando entreabro a porta da minha vida para alguém, dou um jeito de botar todo mundo para fora. Mesmo sem querer. Izaak está certo: eu vivo me sabotando.

"Larga de paranoia... Não botei nada na sua bebida."

A lembrança me volta de repente. Torço a boca, apertando na mão o pen drive e o chip.

Achei que ele quisesse me machucar da primeira vez. Lembrar desse momento foi apenas um reflexo cerebral inconsciente, alguma coisa assim.

Olho para minha mão, para o que achei ter perdido de vez. Deu certo. Finalmente vou saber o que meu pai queria tanto esconder.

Graças a Matt.

Respiro fundo, sentindo meu coração palpitar. Eu me apresso para sentar no sofá e abro o notebook. Com os dedos tremendo, insiro o pen drive.

Daqui a alguns segundos, você vai saber, Eliotte.

Um... dois... três...

Clico na pasta que copiei, com os músculos tensos, e desloco o cursor para um documento intitulado "CASO ZERO".

A página carrega.

O que você não queria que soubéssemos, papai?

Um relatório científico aparece.

O que você queria que eu soubesse?

Eu arregalo os olhos.

37

A verdade

Eliotte

O título de seu relatório me choca: "Homossexualidade".

Começo a ler de sobrancelhas franzidas e os olhos semicerrados. Não entendo todos os termos médicos utilizados, mas parece ser um experimento com a intenção de verificar a existência da homossexualidade — e, por extensão, de almas gêmeas do mesmo gênero. Meu pai sabia que era verdade e tentava provar com a ferramenta predileta *deles*: a Ciência.

Talvez ele tivesse a mesma opinião sobre o sistema de almas gêmeas e toda essa sociedade.

Talvez ele pensasse que nem a gente...

Que nem eu.

Ou talvez fosse um simples experimento para saciar sua curiosidade de cientista.

Se fosse isso, ele não teria escondido o chip, muito menos em um livro censurado...

Meu pai certamente era diferente de todos esses cordeiros. Ele não era bitolado. Não tinha como ser.

E ele queria que eu soubesse. Queria abrir meus olhos para esse mundo devastado que nos cerca.

Parece até que levei um soco no estômago.

FICHA Nº 1
Nome: Edison, Eric

— Como é que é? — solto, sem ar.

Ele foi sua própria cobaia para provar a existência da homossexualidade?

Meu pai é… homossexual?

Encaro a tela, boquiaberta.

Como… Ah. Caramba. Tá.

Continuo a ler, com o coração a mil. Entre as descrições dos resultados há eletrocardiogramas, encefalogramas, anotações… uma variedade de provas. Pelo que entendo, ele estava tentando comparar os efeitos físicos e neurológicos da paixão "heterossexual" aos da paixão "homossexual", para demonstrar que eram idênticos.

Desvio o olhar para o teclado. Não sei quanto tempo fico aqui sentada, pensando, reconsiderando toda a minha existência, que destrincho, fio a fio. Enquanto eu achava que ele tinha ido embora por causa de outra mulher… tudo indica que ele fugiu com outro homem. Ou talvez só não suportasse mais essa sociedade.

Agora entendo melhor por que seu casamento não podia ser feliz. Pois era impossível viver escondido, mentindo, tentando sobreviver em um mundo que negava sua própria existência, um mundo que não tinha lugar para ele.

Independentemente dos testes de compatibilidade, seu casamento era fadado ao fracasso. Eles simplesmente não *podia* se apaixonar pela minha mãe. O fator de orientação sexual é completamente desconsiderado na equação da Algorithma, pois eles querem impor a todos uma estrutura familiar que permita a reprodução biológica.

E isso, então, não me torna fundamentalmente um erro do sistema? Apenas fruto de uma sociedade podre por dentro, completamente hipócrita.

Sinto um aperto no peito. Mesmo que ele jamais tivesse me abandonado, sinto pena dele. Por mais raiva que sinta por tudo que ele me fez viver, pelo vazio e pelas feridas ainda abertas que causou, é impossível deixar de sentir essa rajada de balas que atravessam meu peito. Nem imagino a dor contínua que ele devia sentir… apenas por existir. No lugar errado.

Mas por que ele não ficou com a gente e contou a verdade? Por que não nos levou com ele? Por que preferiu o silêncio?

Ele não se calou, Eliotte. Ele queria que você *soubesse.*

Passo a mão no rosto e tento acalmar minha respiração irregular. Tenho que pensar. Meu pai é homossexual. E uma coisa é certa: ele fugiu desse sistema — sozinho ou acompanhado. Ele está em algum lugar deste mundo. Ele não desapareceu…

E se ele quisesse que eu o encontrasse? Não deve ter deixado apenas um chip. Deve ter mais alguma coisa… aqui, na minha frente.

Agora que tenho uma peça do quebra-cabeça, não posso ficar de mãos abanando, tenho que montá-lo. Porque preciso falar com ele. Gritar perguntas na cara dele, mas também dizer que ele não está sozinho, que eu não o acho anormal, que ele pode amar quem quiser, e que eu... estou aqui. Que a filha dele está aqui.

Tenho que encontrá-lo.

Mas por onde começo?

Eu me levanto do sofá, com o cérebro a mil. Já passei o pente fino em todos os livros da caixa. Tinha só um chip. Onde procuro? Talvez Izaak tenha alguma ideia. Quero tanto saber o que ele acha de...

Sinto meu coração se contorcer no peito. Eu daria qualquer coisa para falar com ele sobre essas descobertas perturbadoras, aqui, agora. Tecnicamente, eu posso. Mas ele foi embora sem dizer nada. Ou, melhor, justamente me dando sua resposta: ele prefere que cada um siga sua vida. Não devo fingir que não entendi.

Izaak escolheu.

Ele pensou no irmão...

Ou até naquela tal de Joleen.

Talvez esteja perdido também porque a equação envolve essa mulher. Com quem ele estava disposto a se casar aos 21 anos. Talvez ele sinta por mim apenas atração física, e não o mesmo coração acelerado que eu sinto quando estamos juntos. Talvez existam ainda outros motivos que ele não quis me contar.

Eu franzo a testa.

Por que estou me perguntando o motivo?

Eu não devia ficar listando motivos hipotéticos para ele ir embora — ou razões para ele fugir. Que eu saiba ou não, o resultado é o mesmo: ele não está aqui.

Paro no meio da sala, sem fôlego.

Percebo que sempre me questionei sobre a coisa errada. Em vez de passar a vida me perguntando por que meu pai me abandonou, eu deveria ter me perguntado por que queria que ele ficasse. Que necessidade ele teria suprido? O que faria minha vida ser diferente? Preciso disso para continuar a avançar, em vez de deixar essas feridas infeccionarem.

Agora, estou sozinha no loft. E tenho um objetivo: entender o que meu pai queria me dizer antes de ir embora. O que mais quero no mundo, aqui, agora.

Cair. Me levantar. Avançar. Sozinha ou acompanhada. Procurar. Encontrar.

Sinto um fogo arder em mim, em velocidade fulgurante. Ele não se apagará até eu ter todas as respostas.

Avante, Eliotte.

Tenho certeza de que minha mãe guardou alguma coisa do meu pai. Ela não pode ter aberto mão de tudo que era dele, é impossível. Eu a conheço.

Por isso, espero ela sair de casa para eu ficar tranquila ao vasculhar o apartamento. Todo domingo, às três da tarde, minha mãe vai ao mercado e passa mais ou menos uma hora por lá. Karl trabalha até as seis, o que me dá um bom tempo para investigar.

Pronto!

Como eles têm apenas um carro, que Karl usa para ir trabalhar, ela vai sem pressa até o ponto de ônibus mais próximo, usando seu casaquinho verde. Saio do meu esconderijo sem esperar. Entro no prédio discretamente, sempre procurando pela silhueta distante de minha mãe. Chegando à porta, agradeço aos céus por não ter devolvido a cópia da chave que peguei com Karl no dia em que fiquei com Izaak no apartamento, depois do jantar que não aconteceu.

Pronto. Agora, é só procurar.

É de se imaginar que, em um espaço pequeno, tenho mais chance de encontrar as coisas. O problema é que, em um lugar assim, é necessário ter o dobro de esperteza para esconder algo da vista de todos.

Vou até o quarto deles. É o cômodo no qual eu menos entrava quando morava aqui. Se ela quisesse esconder alguma coisa de mim, certamente seria ali.

Começo a busca pelo assoalho. Já estou ficando desconfortável. Vou revistar cada milímetro da intimidade da minha mãe.

É necessário.

Uma tábua range um pouco mais sob meu peso. Eu me jogo no chão e começo a examiná-la. Passo os dedos na borda, para tentar encontrar uma abertura que me possibilitasse levantá-la, e...

— Eliotte?

Fico paralisada. Devagar, levanto a cabeça para a silhueta na minha frente. Minha mãe, em pé, com uma faca na mão.

— Achei que fosse um ladrão!

— Não, sou eu — digo, me levantando. — Desculpa pelo susto.

— O que você está fazendo aqui?

— Eu... hum...

Rápido, uma mentira. Rápido, rápido, rápido...

— Esqueci de deixar a cópia da chave do Karl — solto. — Achei que você fosse estar em casa.

— Mas por que você está no nosso quarto?

Normalmente, uma mentiria me ocorreria rapidamente, mas agora tenho dificuldade de formulá-la. Nada vem à minha cabeça, como se, na verdade, eu não quisesse mentir, e sim fazer tudo ao contrário.

— Mãe... a gente precisa conversar.

Eu me sento na beira da cama e dou um tapinha do meu lado, para convidá-la a se sentar também.

— Do que você quer falar? — pergunta ela, indo até a cama.

— Do papai.

Ela contorce o rosto de repente.

— Não gosto de falar disso, Eliotte.

— Já faz quinze anos, mamãe. Não acha que é hora de conversar?

— Não tenho nada a dizer.

Ela desvia o olhar, voltada para a tábua do assoalho que eu queria puxar.

Eu suspiro. Já vivi essa cena um milhão de vezes quando era adolescente.

Certa manhã, como se despertasse de um coma, eu tinha acordado com uma dor pulsante no peito. Parecia que um vazio se abria no fundo do meu corpo desde a infância e tinha acabado de chegar no limite de repente, sem ter mais o que escavar. Eu estava com tanta raiva, tão perdida... tão desesperada por respostas. Minha mãe repetia sempre essa mesma frase: "Não tenho nada a dizer". Às vezes calma, às vezes mais agressiva, ou chorando: "Não tenho nada a dizer, Eliotte".

Nada, nada, nada.

Acabei deixando para lá e, na mesma época, me apaixonei por Ashton.

Mas hoje eu vou romper o ciclo do silêncio. Acabou.

— Meu pai deixou uma coisa para mim antes de ir embora — digo com a voz contida, apesar das assombrações que voltam.

— O que foi?

— Quando eu era pequena, ele me deu uma caixa de livros censurados pelo governo. Dentro de um deles, descobri um chip escondido... Você nem imagina o que ele contém.

— Achei que ele tinha jogado fora essa caixa...

— Você sabia?

— Vagamente — diz ela, com a voz fraca. — E... o que... o que tinha no chip?

— Você sabe o que é homossexualidade?

O rosto dela fica tenso. Um longo momento se estende antes de ela cobrir o rosto com as mãos.

— Mamãe?

— Sei, Eliotte — murmura. — Sei o que é, sim. Seu pai me contou um pouco depois de nos casarmos. — Ela me olha de novo, lacrimejando. — Éramos melhores amigos, de verdade... um casal muito unido. Eu era louca por ele, e achei que fosse recíproco, mas, quando ele me explicou que era "diferente", me desiludi.

— Imagino...

— Mas eu aceitei e fomos felizes. Pelo menos... era o que eu achava. Seu pai às vezes passava por momentos difíceis, por grandes crises existenciais. Ter que mentir, se esconder, era uma tortura cada vez maior para ele.

— Foi por isso que ele foi embora, né?

— Eliotte...

Lágrimas escorrem pelo rosto dela.

— Eu não acho que ele... foi embora.

— Como assim?

— Seu pai se suicidou.

Meu coração cai no chão e quica no assoalho.

Encaro minha mãe, de queixo caído.

— Como assim? Mas como é que você me diz uma coisa dessas? E como tem tanta certeza?

— Se ele só tivesse ido embora, teria me contado. A gente não escondia nada um do outro. Eu até teria ido com ele... Eu sabia de tudo. E, antes de sumir, da noite para o dia, encontrei uma carta dele na nossa cama.

— O que a carta dizia?

— Eu queimei. Não suportava nem olhar... mas suas palavras com frequência se repetem na minha memória — diz ela, com a voz fraca. — A carta dizia: "Não sou sua alma gêmea, e você sabe. Você é minha melhor amiga, e eu te amarei para sempre. Por favor, me perdoe pelo que vou fazer".

E minha mãe cai no choro.

Eu a vejo desabar, com um aperto no pulmão.

Não, não, não, é impossível...

Agora são meus olhos que ardem com lágrimas que ameaçam cair. Mordo o lábio, sentindo meu peito subir e descer violentamente. Alguma coisa se desfaz em mim, e me sinto implodir.

— Meu... meu pai se... se... matou, e você, nesses anos todos... preferiu que eu achasse que ele tinha ido embora?

Nem reconheço minha voz. Minhas cordas vocais estão comprimidas na garganta.

— Dá na mesma, Eliotte! — exclama ela, levantando o rosto úmido. — Ele abandonou a gente!

— Como assim? Por que você mentiu para mim?

Eu me levanto de um pulo e paro na frente dela. Meu coração bate, bate, bate no peito. Uma dor fulminante esmaga meus órgãos.

— Por quê? — repito.

As lágrimas começam a embaçar minha vista, mas eu não estou nem aí. Restam apenas minha mãe, sentada na cama, e o caos que ela acaba de desencadear em mim.

— Você preferiu que eu passasse a vida toda achando que eu era um fardo de merda, que eu não valia nada, que todo mundo me abandonaria que nem ele... Como você fez isso comigo, mãe?

— Não consegui te explicar isso tudo, era difícil demais...

— Porque não era difícil achar que a gente era uma família estragada? Que meu pai era um covarde que nunca me amou?

— Mas ele era covarde, sim! — vocifera ela, se levantando para me encarar. — Ele preferiu a morte à própria família!

— Como você diz uma coisa dessas? E... ele vivia o inferno aqui... a ponto de a única solução para ele ser ir embora desse mundo! Você entende isso? Meu pai era corajoso, isso, sim!

— Corajoso? Você não está falando sério! Ele mentiu para mim, me fez acreditar que ia ficar tudo bem... Ele me abandonou! Ele só fez foi pensar nele mesmo!

— Foi *você* que só pensou em si, mãe!

Um soluço sai arrancado do meu âmago. Lágrimas escorrem, incontidas. Sinto dor, tanta dor. Uma corrente elétrica me atravessa inteira, queima cada célula, carboniza cada átomo.

Meu pai morreu. Ele sofreu tanto que morreu.

Não consigo mais respirar... Tento inspirar, vendo o mundo embaçar por trás do choro.

— Se eu soubesse a verdade, desde o começo... poderia ter sido tudo diferente — murmuro, entre soluços de tristeza. — *Tudo.*

— Eu falei a verdade, Eliotte: seu pai era um egoísta que nos abandonou.

— Por favor, cala a boca! — exclamo, secando os olhos. — Você nem entende o que acreditar nessas mentiras por tantos anos fez comigo. Você nem sabe...

— El...

— Isso me enlouqueceu! Entende isso? — vocifero, chegando mais perto. — Eu... eu podia ser uma menina normal, mas, por sua causa, ando por aí com esse vazio no peito! Achei que eu tinha feito meu pai fugir, que eu não valia nada! Achei que ele tinha outra família! Você está me entendendo?!

Respiro fundo, tentando secar as lágrimas com o punho. É em vão: elas não param de jorrar.

— Na verdade, ele me amava — murmuro, soluçando. — Ele me amava.

— Não o suficiente! Ele não nos amava o suficiente! Senão, não teria tomado essa decisão, ele teria ficado...

Ela se larga na cama, esconde o rosto com as mãos. Seus ombros tremem sob os espasmos que sacodem seu corpo.

— Ele teria ficado comigo... — murmura.

Meus dedos tremem. Não, meu corpo inteiro treme. O quarto treme. Está tudo alagado, tudo oscilando.

Papai, sinto muito...

Nosso choro se confunde no ar em uma sinfonia ensurdecedora. Dou um passo para trás, com o peito pegando fogo.

Como ela ousou fazer isso comigo?

Não aguento mais olhar para a cara dela. Não consigo.

Recuo mais um pouco e disparo correndo, saindo do apartamento, do prédio. O ar gelado queima meus pulmões enquanto corro.

Soluços movem minha boca rachada pelo vento que fustiga meu rosto. Meus passos me levam à estação ferroviária abandonada. Eu logo vou parar na laje, balançando as pernas entre as barras do guarda-corpo. Imaginar o rosto vago do meu pai com uma corda no pescoço me deixa doente. Imaginá-lo com uma pistola na boca é ainda pior. Desvio o olhar para a ferrovia enferrujada. Chego a ver sua silhueta agonizante no trilho, antes de ele soltar seu último suspiro de angústia e, enfim, de alívio.

Não acredito.

Meu pai morreu. Algorithma o matou. Essa sociedade inteira o matou. A multidão que caminha em sincronia sem pensar o matou.

Por não nos rebelarmos, todos nós o matamos.

Cerro os punhos, tentando acalmar a respiração, mas estou sufocando.

Não posso viver assim. Não posso continuar a respirar nesse país cujo sistema é tão falho.

Seco rápido meu rosto úmido e ardente.

Mas não vou embora. Vou ficar. Vou destruir tudo. E vou reconstruir dos escombros uma sociedade na qual você teria seu lugar, papai. Uma sociedade na qual você não precisaria se matar para enfim viver.

Eu torço a boca, olhando fixamente para o trilho.

Eu prometo.

Não sei quanto tempo fico aqui, escutando meu choro e meus gritos abafados ecoarem no ar frio. Nem como volto ao loft.

Vou ao banheiro refrescar o rosto.

Tenho que começar encontrando tudo que ele deixou para trás. Suas experiências, seu trabalho, suas anotações, suas coisas... Tudo.

Olho para o espelho. Observo meu rosto encharcado. Nunca gostei tanto do meu cabelo castanho e dos meus olhos azuis, inchados de sal. Porque sei que os dele eram iguais.

Eu me seco com a única toalha daqui e suspiro.

Izaak.

Depois que eu a emprestei, ele lavou, como prometido, dobrou com cuidado e deixou a toalha na prateleira de madeira.

Uma risada me escapa. Ele gritou quando entrei no banheiro quando ele estava no chuveiro. Eu o vi quase nu — bem, talvez totalmente nu — sob a água.

Eu adoraria compartilhar com ele minhas descobertas, chorar no seu ombro, deixá-lo tentar me fazer rir a seu modo e me dar coragem.

Mas ele não está aqui.

E tudo bem.

De qualquer forma, eu precisaria falar com ele para me envolver com os Liberalmas. Preciso *agir*. Quero destruir com minhas próprias mãos esse sistema envenenado que roubou meu pai de mim.

Eu me tranco no quarto para vasculhar todos os documentos contidos no chip. Para talvez recuperar seus resultados e, assim, conseguir fazer o que ele queria desde o início: provar cientificamente que as almas gêmeas poderiam ser do mesmo gênero e virar a nosso favor o argumento científico. Publicar esses resultados seria uma das primeiras coisas para balançar o sistema.

Falarei com minha mãe ainda esta semana para perguntar se ela guardou as coisas do meu pai. No momento, não tenho a menor capacidade de olhar na cara dela.

Durante várias horas, eu leio e anoto todos os documentos do chip. Não sei se ele reuniu provas suficientes para, apenas com sua publicação, fazer desmoronar os processos de Algorithma. De qualquer modo, o trabalho colossal que meu pai deixou para trás me fascina. Além das teses científicas que tentava demonstrar, com engenhosidade e precisão, ele escreveu alguns ensaios filosóficos sobre o amor, o poder e a liberdade ideológica. Ele era genial.

Enquanto como miojo, vou mexendo o cursor com a outra mão, para vasculhar a lista de arquivos. Entre as folhas espalhadas na minha frente e o relógio digital que marca onze da noite, me sinto até estudando para as provas.

O que é isso?

Tem um arquivo compactado que ainda não tinha aberto. Nem questiono como não vi antes, apenas abro.

É um vídeo. Eu dou play, e me dou conta que meus dedos tremem sobre teclado.

Durante vários segundos, o campo da câmera se limita a um cômodo de tons cinzentos. Tem mesas de trabalho, e um quadro branco na parede, cheio de coisas escritas. Tenho a sensação nítida de já ter visto essa sala.

De repente, eu me sobressalto.

38

Partir

Eliotte

Meu pai aparece na tela. Chocada, cubro a boca com a mão. Faz tanto tempo que não o vejo. Tinha esquecido as feições do seu rosto, alguns dos traços, certas rugas, a profundidade dos olhos e sua cor exata.

Mechas pretas caem na testa dele. O azul-claro dos olhos se destaca apesar das olheiras. Ele sempre teve essa expressão cansada, desde que eu me lembro. Sua expressão é dura, séria, mas as rugas no canto dos olhos o denunciam. Era um homem bonito, que transmitia uma aura muito doce. Ela transparece por trás da tela e da luz azulada.

"Eu sou o dr. Eric Edison. O objetivo deste diário em vídeo é deixar um registro do desenvolvimento do experimento que conduzo. O estudo pretende confirmar a seguinte hipótese: existem almas gêmeas do mesmo gênero."

Sua voz grave faz meu coração vibrar. Uma onda de lembranças me derruba, e gotas úmidas brotam no canto dos meus olhos.

O vídeo não dura mais de cinco minutos. Declarações claras e concisas, uma espécie de detalhamento das etapas planejadas. Percorro as pastas do pen drive, em busca de outros arquivos de vídeo, mas esse é o único.

Mas ele falou que era um diário...

Quando clico no arquivo de novo, para assistir outra vez, um menu se abre. A localização da gravação do vídeo está disponível: Av. 25 SW, n. 4385, Seattle, Nova Califórnia.

Seattle...

Será que pode ser o endereço da minha casa antiga? Explicaria por que o cenário me é tão familiar. Se meu pai gravou esse vídeo lá, deve ter deixado também outras coisas ligadas à sua experiência.

Tenho que ir a Seattle.

Não tenho dinheiro para ir de ônibus...

Posso roubar o carro de Karl?

Não, eles não podem ficar sabendo da viagem...

Passo a mão no cabelo e suspiro. Mexo a cadeira com o pé, fazendo-a girar de leve. O que eu faço?

Pensa, Eliotte, pensa...

"Me liga se precisar."

Pego o celular da gaveta em gestos bruscos e passo pelos contatos. Está tarde, talvez ele esteja dormindo, mas não posso deixar de tentar. Senão, não ficaria tranquila.

Atende, por favor... Por favor...

— Alô?

Eu me assusto e contenho meu sorriso besta.

— Que tal passar o fim de semana em Seattle?

— Tá bêbada, Wager?

— Nunca estive tão sóbria, Matt. Preciso *urgentemente* ir à minha casa antiga.

— Tem a ver com seu pai ou tô errado?

— Está certíssimo. Se preferir, pode só me deixar lá e me buscar no dia seguinte.

— Nem pensar, sua doida. Você...

As palavras dele desaparecem em um bocejo enorme.

— Você já tava dormindo, Matt? Te acordei?

— Não, que nada... Enfim. E Izaak? Vai com a gente?

Não sei por que demoro a responder. Fico travada no nome dele, na realidade paralela que Matthew acaba de abrir: eu e Izaak em Seattle. Uma dupla. Cúmplices.

— Ele... tem compromisso — digo, depois de alguns segundos. — Não vai poder ir comigo.

— E por ele tudo bem eu te levar? Não vai me matar quando a gente voltar nem nada?

Eu bufo.

— Ele não tem direito de falar é nada. Posso ir aonde eu quiser, com quem eu quiser. Mas fica tranquilo: está tudo certo... E aí? Topa?

A risada fraca de Matt soa do outro lado.

— Quando a gente vai, Wager?

— São três horas de viagem, então... amanhã às oito?

— Te busco aí.

— Obrigada, Matt. Você é tudo.

— Para, que já estou me achando muito. Assim, não ajuda.

Ele desliga.

Caramba.

Amanhã, vou para Seattle. A cidade da minha infância.

Izaak não voltou à noite. Não sei onde ele está nem o que está fazendo, e detesto me preocupar, porque, no fundo, deveria respeitar sua decisão e começar a aceitar que a gente não tem mais nada a dizer.

Mas não consigo.

De pé na frente da minha cama, pego uma muda de roupa, dobro e guardo na mochila. Não sei quanto tempo passarei longe, mas quero ir leve. Também pego minhas anotações e o pen drive. Tenho tanto medo de perder de novo, e fico pensando que talvez precise...

— O que você está fazendo, moreninha?

Minhas mãos ficam paralisadas no movimento, acima da mochila. Engulo em seco.

Não olha para ele.

— Bom dia, Izaak.

Ele entra no quarto e senta na minha cama, todo tranquilo, bem na minha frente, do lado da mochila. Fico boquiaberta. Que doido. Não é para a gente ficar relaxado assim com quem a gente está evitando. Eu me forço a não olhar para ele e continuo a arrumar a bolsa.

— Está fazendo o quê? — insiste ele.

— Espera aí... ninguém me avisou! — exclamo, com uma voz de surpresa fingida. — Eu te devo explicação, Izaak? Desde quando? Não fui informada.

O sarcasmo é a língua materna dele, então espero que entenda.

— Seu humor matinal continua o mesmo?

Como é que é?

Ergo o olhar, pronta para responder... e paro de repente.

— Izaak, o que foi isso? — pergunto, estendendo as mãos para o rosto dele.

Eu não deveria, mas não consigo me conter: seguro a bochecha dele para examinar melhor. Ele está com o lábio cortado, a face ralada e a maçã do rosto roxa.

— São só uns arranhões.

— Precisa de gelo? — pergunto. — De curativo?

— Não, só que você me diga o que está fazendo.

— Estou fazendo a mala para ir para Seattle.

Dizendo isso, solto o rosto dele e volto a arrumar a mochila.

— Ué? Seattle? — exclama ele, e se levanta.

Fecho a mochila e visto minha jaqueta jeans, observando Izaak ficar agitado.

— Está pensando em ir embora? Há quanto tempo está planejando isso? Por que não me contou?

A voz dele está muito menos doce do que há alguns instantes.

— Por que exatamente eu deveria responder às suas perguntas? Entendi o recado, deixei você viver sua vida, agora larga do meu pé.

— Ei, ei, ei! Como assim? Que recado?

— Esse recado! — exclamo, apontando para ele. — Você sumindo sem dizer nada por quase dois dias!

Ele me fita, franzindo a testa, parecendo surpreso.

— Você não viu meu bilhete... — murmura. — Claro que não viu!

Eu franzo as sobrancelhas.

Hein?

Ele me pega pela mão e me arrasta até o primeiro andar. Lá, me posiciona na frente do quadro de avisos perto da geladeira. Está ali até a multa que levei por não usar aliança. O quadro está cheio de adesivos coloridos fúcsia, amarelo neon e marrom. Só Izaak consulta aquilo, visto que são as anotações *dele*.

— *Esse* bilhete! — exclama ele, pegando no quadro um papel maior do que os outros, que lê em voz alta. — "Eli, tenho que viajar. Mas não se preocupa, que já volto. Não vou poder usar celular. Se necessário, procure Charlie (número no verso). Sei que você vai morrer de saudade, mas você é forte. Se cuida, minha tarseirinha danada. Sem besteira, por favor, sobreviva." É esse o *único* recado que quis que você entendesse!

Fico sem palavras, incapaz de fechar a boca. Com certeza estou parecendo ainda mais estúpida.

— Mas como eu poderia ver esse bilhete? — exclamo, batendo a mão no quadro. — Nunca uso esse troço, é seu! E você foi embora assim, sem mais nem menos... Podia ter me avisado com um pouco de antecedência, né?

— A viagem foi de última hora, Eliotte, acredite. Francis me mandou para o Grande Texas com parte do grupo. Fui pego de surpresa. Tentei te acordar, mas você estava dormindo profundamente... então entrei em pânico e escrevi esse bilhete antes de sair.

Apoio as costas na bancada da cozinha. Seguro um sorriso besta. Izaak não foi embora sem avisar de propósito.

“Se cuida, minha tarseirinha danada.”

— Que urgência toda era essa? — pergunto. — Foi alguma coisa grave?

— O grupo de Liberalmas no Grande Texas iniciou a primeira fase de manifestações públicas. Fizemos um desfile na rua, com cartazes, bandeirolas... É uma prática antiga. Parte do grupo daqui foi se juntar a eles para dar volume.

— Como assim? Vocês se manifestaram abertamente contra o sistema? Mas... ninguém falou disso. Nem na mídia, nem em lugar nenhum.

— Você deve imaginar que esses safados não deixariam um evento desses aparecer na mídia... mas ainda assim fez barulho, Eliotte. As coisas estão começando a mudar, dá para sentir.

— Incrível, Izaak... Mas não foi uma manifestação pacífica, no fim?

— A nossa, foi. Mas a represália da polícia, não.

Eu franzo a testa.

— Foi a polícia que fez isso com você? — pergunto, olhando os hematomas no queixo dele.

— A situação toda degringolou... Eles espancaram alguns manifestantes sem motivo... Francis apanhou feio, inclusive... e aí tudo desandou.

— Você acha que eles podem virar o jogo, pintar vocês como um grupo de violentos fanáticos?

— A gente tem medo disso, sim... Mas a verdade acaba aparecendo, Eliotte. No caos ou no silêncio.

Suas palavras quase me dão calafrios — por sua potência, e pela convicção com que foram ditas. Suas ideias vivem em cada célula de seu corpo.

E também nas minhas, agora.

De repente, o sorriso de Izaak murcha, e ele fecha a cara. Ele olha para o chão.

— Não acredito que você achou mesmo que eu iria embora sem dizer nada...

— Depois da nossa conversa, me pareceu óbvio — digo, com a voz baixa.

— Sério, Eliotte... Eu? Ir embora assim? E você acha mesmo que eu fugiria sem *meu* jipe?

— Eu...

— Ou pior: sem você?

Olho para ele, sem conseguir dizer nada. Izaak dá um passo para a frente, e eu recuo contra a bancada.

— Eu *nunca* iria embora sem te avisar — solta ele. — Escutou, Eliotte? Nunca.

Ele pega minha mão com a dele, quente, e me deixo mergulhar no verde de seus olhos, completamente absorta.

— Eu não sou de ir embora — murmura ele. — Quando estou aqui, eu fico. E voltarei sempre para te buscar, se eu souber que você me espera em qualquer lugar do mundo.

Ele me encara, mas eu abaixo os olhos para me salvar do afogamento.

— Eu nunca teria fugido e deixado você para trás, Eliotte. Não sou que nem seu pai.

Meu pai.

Um punho de ferro esmaga meu peito.

— Falando nisso, Izaak... eu... eu descobri algumas coisas. É o motivo da viagem.

Ele inclina a cabeça para o lado.

— Conta tudo.

A gente vai para o sofá e, assim que encosto no couro do assento, começo a falar, falar, falar... Estava morta de vontade de falar. Mais do que tudo, queria compartilhar com Izaak o que aconteceu.

Ele me escuta atentamente, às vezes fazendo perguntas para eu explicar alguma coisa ou — o que mais me surpreende — para eu dizer o que senti. Quando termino o relato das descobertas, Izaak faz silêncio antes de anunciar:

— Bom... vou fazer as malas.

Ele levanta e sobe para o quarto.

Ele vai comigo.

Eu o vejo ir embora, sorrindo. Então meu cérebro volta a funcionar.

Matthew e Izaak. No mesmo carro. Por três horas.

Ai, meu Deus!

39

Voltar

Eliotte

Quando saímos do prédio, vejo o carro de Matthew estacionado a poucos metros da entrada. Corro até lá, sorrindo.

— Pronto para a viagem, comparsa? — exclamo, me debruçando na janela do motorista.

O sorriso de Matt é reluzente. Ele bate o punho no meu.

— E como, Wager!

— Agora é Wager-Meeka — emenda Izaak, aparecendo atrás de mim.

— Engraçado — responde Matt. — Eu comentei isso com Eliotte e ela disse que eu podia chamar com preferisse. Escolhi só *Wager* mesmo, porque soa mais bonito.

— Vou guardar as malas! — aviso, estendendo a mão para Izaak para que me entregue a bagagem dele e não caia no jogo de Matthew.

— Não precisa, *meu amor*. Deixa que eu guardo.

Sua ênfase no apelido carinhoso tira de mim outro sorriso desesperado, que ele retribui, antes de pegar minha mochila. Ele guarda na mala e logo volta, soltando:

— Matthew, vou pedir para você descer do veículo.

Eu fico paralisada.

Izaak, o que você vai aprontar?

— Por quê, senhor policial? — questiona Matthew.

Passo a mão no rosto, me preparando para o pior.

— Você não acha que vou te deixar dirigir por três horas, comigo e com minha esposa no carro, né?

Matt o encara, torcendo a boca, com ar ultrajado. Ou completamente perdido. É isso, ele não entende com quem está lidando, nem quem Izaak acha que é.

— Hum... Não?

Izaak respira fundo e se vira para mim.

— Pode, por favor, conversar com seu amigo?

Eu não deveria rir. Não *mesmo*. Mas a expressão deles, o tom de Izaak, a tensão no ar... Uma gargalhada escapa da minha caixa torácica. Os dois me encaram, ofendidos.

— Não quer ir no banco de trás comigo, Izaak? — pergunto.

Silêncio.

— Tá, eu vou de jipe — diz ele, se virando para a garagem.

— Não! — digo, puxando-o pelo braço. — Fica aqui! É ridículo a gente ir em dois carros.

— Menos ridículo do que deixar esse cara dirigir.

Matthew olha para o céu e abre a porta.

— Pronto, sr. Meeka! — exclama ele, ao descer. — Contente?

— "Aliviado" é melhor.

Matt cruza os braços e se recosta na porta de trás. Ele abaixa a cabeça e bate o pé. Um mal-estar carregado me sufoca. Já enchi o saco dele para me levar, viajar por horas, cedo assim, no meio da semana, e ele ainda é humilhado pelo meu "marido".

— Eu dirijo, Izaak — solto, então. — E vocês dois podem ir atrás.

— Como é que é?

— Uma viagem juntos vai transformar vocês em melhores amigos.

Matthew gargalha.

— Como eu adoro essa garota. Que ingênua, tão cheia de boa vontade... É bom manter esse espírito jovial, Wager.

Depois de alguns palavrões e resmungos, finalmente iniciamos a viagem para Seattle: eu no volante, e os dois melhores inimigos atrás.

Izaak passa o trajeto em silêncio, enquanto eu e Matt falamos besteira, morrendo de rir, como sempre. Desconfio que Izaak não queira participar da conversa por medo de desandar naturalmente; o ódio entre eles é espontâneo. No fundo, não nego que a relação entre Matt e Izaak me entristece. São meus únicos dois amigos de verdade. Eu adoraria poder passar tempo *simultâneo* com os dois sem que eles corressem risco de morrer.

Mas, com o tempo, vai se resolver. Sei que Izaak não suporta Matthew porque não confia nele. Mais cedo ou mais tarde, porém, tenho certeza de que ele verá que Matthew é uma pessoa de confiança. Um amigo de confiança.

Pensando bem, lembro que, depois da festa, ele disse que o ciúme era por causa da nossa proximidade.

Ele disse isso mesmo.

Pensar nessa confissão me dá uma onda de calor. Não consigo me conter: desvio o olhar para o retrovisor por alguns segundos. Vejo Izaak encolhido no canto, lendo um livro censurado cuja capa não enxergo daqui — aposto que é *1984*. Uma mecha rebelde cai na testa franzida de concentração. Sua expressão fechada e altiva me lembra a do dia do nosso primeiro encontro.

Como as coisas mudaram desde então.

— Aí sabe o que Jacob me respondeu? — continua Matt, com humor na voz.

Voltando a olhar para a estrada, eu respondo:

— Não?

— “Sei lá, cara, sou italiano”! Meu irmãaaaaao! Isso lá é motivo! Pior que...

O celular dele toca e o interrompe. Ele desliga imediatamente e continua:

— Pior foi o tom dele ao falar isso. Ele é inacreditável, sério. Você ia adorar conhecer o cara. Quer dizer... se decidisse beber um pouquinho. Você nunca chega perto de ninguém sem estar com menos de 0,6 grama de álcool no sangue.

Estou prestes a responder quando o celular dele toca de novo. Pelo retrovisor, vejo que Matt desliga sem nem ler quem é, e faz sinal para eu continuar.

— Eu sei... mas estou querendo mudar isso — digo, então. — Não a bebida, mas me abrir um pouco mais para os outros.

— Sério? Desde que você não se sinta forçada, só sinto orgulho, Wager.

Eu sorrio e olho para o GPS no painel tátil. Chegaremos ao destino em dez minutinhos. Desde que entramos na cidade, tento não dar muita atenção à paisagem: nunca estamos a salvo de uma lembrança que poderia surgir sem aviso e me fazer perder o controle do volante.

Quanto mais perto chegamos, mais meu coração acelera. Essa cidade é o centro vital de tudo que sou hoje. Em cada rua fervilham pequenas partes de mim, que abandonei — ou que me foram tiradas, não sei — há quinze anos. Voltar aqui é recuperá-las, uma a uma, e guardá-las no peito antes de encontrar um lugar precioso em mim, quando tudo estiver mais calmo.

Quando passamos pelo cruzamento de Pinehurst, não consigo mais me manter indiferente. Alguma coisa crepita nas minhas veias. O bairro de Lake City — *meu* bairro — não está longe. Chegou. Rever essas ruas onde passei as tardes brincando com os vizinhos, essa praça onde quebrei o braço, ou ainda esse mercadinho onde meu pai me levava para comprar um sorvete toda sexta-feira, é...

Sinto lágrimas brotarem nos cantos dos olhos.

Que bom que mandei os dois irem no banco de trás.

Depois de alguns minutos, finalmente noto uma rua que me dá enjoo, e uma construção que me é familiar até demais... e, por fim, minha casa. De verdade. Aperto o volante, e uma onda de nervosismo sacode meu corpo.

Meu lar.

Fecho a boca com força para segurar as lágrimas antes de recuperar o fôlego.

— Chegamos, meninos — digo, estacionando na rua deserta.

Nós três descemos e ficamos imóveis por um momento na frente da casa, de mochilas nas costas. Encaramos as paredes descascadas e pichadas, as tábuas de madeira pregadas nas janelas, o mato que cresce pelas fissuras dos tijolos. Eu sabia que minha mãe não tinha vendido a casa quando fomos embora, incapaz de separar-se dela — às vezes era motivo de briga entre nós, quando o fim de mês ficava mais apertado. Era óbvio que a casa acabaria em ruínas, ou ocupada, mas vê-la assim, de verdade, me sufoca.

— Vamos tentar abrir uma das janelas — solta Izaak, soprando uma nuvem no ar frio. — Vai ser mais fácil do que a porta, que parece estar bloqueada por concreto armado.

— Vamos lá — diz Matthew, seguindo Izaak pelo quintal.

Com as ferramentas que pedi para ele levar, conseguimos abrir uma entrada lateral. Matthew pula a janela primeiro e me oferece a mão para me ajudar a pular para dentro da casa.

O ar empoeirado me faz tossir. Eu forço a vista para analisar o local.

Caramba, que casarão.

Quando pequena, não me dava conta do conforto em que vivíamos. É uma casa imensa. Estamos na sala de estar vasta, que deixamos mobiliada. Agora lembro que minha mãe não quis levar certos móveis porque traziam “muitas lembranças ruins”. Nem acredito que voltei para essa sala, na qual passei meus dias desenhando no chão, ou escutando meu pai tocar pia...

Cadê o piano?

Por instinto, eu me viro para a direita, para perto das janelas agora condenadas — onde ele ficava. Eu relaxo assim que o vejo. Ainda coberto com um lençol branco, que eu tiro sem nem pensar. No movimento brusco, sopros de poeira flutuam no ar, iluminados por um raio de sol tímido. Passo devagar os dedos nas teclas ainda intactas. Quase vejo as mãos dele dançarem na maior velocidade no teclado. Aqui, tocando melodias incríveis, que eu cantarolava o dia inteiro. Eu tinha certeza de que meu pai era mágico.

— Ok! — exclamo, me virando para os dois. — Por onde começamos?

Eu pisco rápido para conter essas malditas lágrimas. Izaak e Matthew estão bem na minha frente, mantendo uma distância exagerada entre si. Izaak de blusa colada de gola rolê e braços cruzados, e Matt com o moletom amarelo de sempre e as mãos nos bolsos.

Que dupla...

Fico tão agradecida por sua presença. Eles são meus segundos pilares... o primeiro sendo minha própria coluna.

Nesses anos todos, você é, em primeiro lugar, sua própria amiga, Eliotte.

— Querem que a gente se separe para cobrir o máximo de espaço possível? — propõe Matt.

— Pode ser — responde Izaak. — Mas, antes, quero dar uma volta geral para confirmar que não tem ninguém aqui.

— A casa foi condenada, Izaak. É seguro.

— Prefiro ser mais prudente.

Ele leva um pé de cabra que nos ajudou a abrir a janela e sobe a escada central, para verificar o segundo andar.

— Nossa! Que biblioteca imensa! — exclama Matt, se aproximando das estantes compridas.

— Meu pai amava ler — respondo, vendo-o dar voltinhas animadas, que nem um filhote de labrador.

— E adorei isso — exclama ele, sentando no banquinho do piano. — Posso tocar?

— Não sabia que você era músico!

— Eu sou cheio de surpresas...

Ele estala os dedos teatralmente, se empertiga no banco e começa a apertar as teclas aleatoriamente.

Tá, ok. Matthew obviamente não sabe tocar piano.

— É um gênero musical inteiramente novo — diz ele, continuando o fiasco. — Passei horas elaborando o estilo... Chamo de Rivera Musical.

— Lá em casa a gente chama é de barulho mesmo — diz Izaak da escada. — Verifiquei tudo. Tá liberado.

Matthew segue apertando com vontade todas as teclas do instrumento, e eu gargalho. Parece eu quando era pequena e tentava imitar meu pai.

Izaak chega mais perto e apoia a mão no meu ombro. Bolhas estouram no fundo da minha barriga, mesmo que ele não tenha feito nada além de um gesto simples e até amigável.

— Vou começar a investigar aqui — digo. — Um de vocês pode subir e ver se acha alguma coisa lá.

— Eu vou — decreta Matt, se afastando do piano. — Chamo você antes de mexer em qualquer coisa que me pareça muito pessoal.

— Obrigada.

Ele sobe a escada pulando degraus, com a energia habitual, que me faz bem. Especialmente em um lugar assim, que traz tantas lembranças de volta aos meus olhos na forma de lágrimas.

Dou meia-volta para começar a inspecionar a sala, mas Izaak me interrompe.

— Tudo bem? — pergunta ele, baixinho, segurando meu antebraço.

Eu suspiro.

— É... intenso. Mas estou tentando não pensar demais, para não perder meu objetivo de vista.

— Eli... se você quiser parar por cinco minutos, ou até três horas, para respirar, a gente para. Tá bom?

Viro a cabeça para olhá-lo e faço que sim. Queria pegar a mão dele, mas não tenho coragem.

Começo, então, a investigação na sala, tirando os lençóis que cobrem os móveis deixados aqui. Não sei exatamente o que estou procurando, o que complica a tarefa. Um objeto, documentos velhos, qualquer coisa.

— Eliotte, acho que encontrei uma coisa... — diz Izaak, sem fôlego.

Escuto um rangido alto e me viro para ele. Fico de queixo caído. Ele abriu uma parte da estante... que, na verdade, é uma porta. Ele me espera ali, orgulhoso, com o braço apoiado na prateleira.

— Pela sua cara imagino que você não sabia dessa passagem.

— Obviamente... Nem acredito que eu brincava de carrinho nessas prateleiras todo dia sem nem imaginar o que a estante escondia.

— Você primeiro, moreninha — diz ele, fazendo uma leve reverência, com a mão estendida para a frente.

— Obrigada, tarseiro querido — respondo, dando passos teatrais.

Uma escada de concreto nos aguarda. Ela desce por vários metros, e é bem estreita. Pego o celular e acendo a lanterna para nos guiar na descida. Vou suando frio conforme avanço.

É inacreditável. Tem uma passagem secreta na casa. Cacete, uma passagem secreta. Nossa senhora, parece até que eu morava em um palácio. Daqui a pouco, vou descobrir um esconderijo e um fosso secreto no meu quarto.

O que você escondia, papai?

O ar aqui embaixo é mais frio e nossos passos ecoam nas paredes. Chegando ao fim da escada, encontramos uma porta pesada de metal, ao lado da qual há uma fechadura digital. Toco para examinar, e a tela fica azul. Eu me surpreendo.

— Deve ter uma fonte elétrica independente aqui... O que fica aqui atrás deve estar sempre ligado.

— Agora é só achar a senha, Eliotte. E duvido que seja 1-2-3-4.

Toco a tela de novo e, onde esperava ver um teclado numérico, surge a imagem de uma digital.

— Que merda...

— Tenta você — diz Izaak.

Encosto o indicador na tela azul.

— Nunca vim aqui, não tenho como ter registrado minha...

Um bipe surdo me interrompe. É seguido de estalos de engrenagens antes de uma voz robótica anunciar:

— Seja bem-vinda, Eliotte Edison.

40

Deixado(s) para trás

Eliotte

— Hum... Eu... Obrigada — gaguejo, chocada.

Que negócio é esse...

Encosto o ombro na porta e empurro com um pouco de força. As luzes brancas do teto piscam por alguns segundos até se acenderem completamente. Izaak e eu nos encaramos, sem palavras, antes de entrar na sala ampla e branca.

O laboratório particular do meu pai.

Avanço devagar, pé ante pé, completamente pasma.

Ele queria que você estivesse aqui. Que visse essas mesas brancas, essas estantes e esses computadores, todas essas máquinas...

Meu olhar maravilhado varre a sala de canto a canto. Tem folhas soltas na mesa, outras amassadas e jogadas na lixeira. Pilhas de livros e de pastas de papel, espalhadas por aí.

Mas...

— Por que ele deixou o laboratório nesse estado quando foi embora? — pergunto em voz alta.

— O que é certo é que ele queria que você tivesse acesso a seu trabalho, Eliotte.

Sinto meu estômago se revirar.

Balanço a cabeça e seco as mãos suadas na calça jeans. Parece que meu corpo vai explodir. São tantas emoções em tão pouco tempo.

Se acalma. Está tudo bem.

— Vou olhar o computador — anuncio, indo até a mesa branca e comprida no fundo da sala.

— Tá, vou inspecionar os documentos soltos e depois os que estão arquivados na estante.

Eu me instalo na cadeira de couro imensa, imaginando o que meu pai sentia ao sentar ali. Agora lembro que ele passava a tarde toda sumido quando tinha dias de folga. Quando eu perguntava, ele dizia que estava cochilando... Também sei que ia dormir muito tarde. Devia passar a noite trabalhando em seus estudos. O que explica também sua aparência sempre cansada... e o café sempre à mão.

Pego o mouse, tremendo. Meu pai certamente foi a última pessoa a mexer nisso. O objeto está frio na minha mão ardente. Eu me concentro na tela, determinada. O acesso também é por biometria. Tento com minha digital, com o coração a mil...

Pronto!

Quando a tela inicial se abre, eu derreto. Meu rosto bochechudo aparece no fundo de tela. Estou sentada na garupa do meu pai, na praia. Sorrio, cheia de dentes. Sempre que ele vinha trabalhar, quem ele via no computador era eu. *Eu.*

Mordo a bochecha e seguro as lágrimas. Expiro devagar para esvaziar os pulmões e continuo a busca. Tem muitas pastas no desktop. Antes de ler todos os nomes, uma chama minha atenção: *Para Eliotte.*

Eu abro imediatamente. Reconheço os nomes dos arquivos que copiei do chip... menos um. Um vídeo. Dou play, sentindo o sangue latejando nas têmporas. Fico zonza.

Meu pai está olhando para a câmera. Sua barba está por fazer — sendo que, na minha memória, ele fazia a barba todo dia —, e suas olheiras, mais fundas do que de costume.

"E aí... tá filmando? Tá, sim. Entrei em cena legal, né, meu bem..."

Eu rio baixinho, e lágrimas ardem ainda mais nos meus olhos. Nem acredito que ele está falando *comigo.*

De repente, sinto um aperto no peito.

É uma mensagem de despedida. Logo antes de ele se matar.

"Não sei quando você está vendo este vídeo, quantos anos você tem. Será que falo com você como falo atualmente? Ou posso me expressar como faria com um adulto? Bom. Não sei", diz ele, e passa a mão no rosto, suspirando. "Você está estressado por falar com sua filha, sendo que ela nem está na sua frente... Inacreditável, Eric!"

Ele cai na gargalhada. Meu coração vai explodir. Uma lágrima escorre pelo meu rosto. Eu nunca imaginei que escutaria esse som outra vez. Essa canção de ninar para o meu coração.

"Vou começar pelo começo, me parece o melhor plano. Estou gravando este vídeo para o caso de alguma coisa acontecer, meu amor. Mas espero, com todas as forças, que você nunca tenha que ver isso... Talvez eu esteja preso. Ou banido das fronteiras? Ou internado no hospital psiquiátrico?"

Como é que é?

"Primeiro, quero que saiba uma coisa: tem 99% de chances de terem mentido para você sobre *tudo*. De terem feito você acreditar que eu era um encrenqueiro pervertido ou até alguém com transtornos psiquiátricos. Mas é mentira. Você deve ter encontrado meu chip nos livros que deixei. Aliás, espero que tenha lido todos eles... Senão, o que estou prestes a anunciar vai ser um choque, certamente. Mas, sendo filha do seu pai, você leu... e adorou."

Ele ri de novo.

"Querida, preciso que você saiba que... eu sou gay. Isso quer dizer que sinto atração por homens e só me apaixono por homens. Mesmo assim, amo perdidamente sua mãe... só não do jeito que todo mundo quer. Se você soubesse a importância que essa mulher tem para mim. Ela é minha *família*. Mas... não dá. E eu tentei." Ele suspira e continua: "Saiba também que não sou o único assim. Somos muitos e perfeitamente saudáveis. Não tem nada de errado com a gente. Demorei muito tempo para entender... Achei até que eu era um defeito da natureza. Uma pessoa estragada, deformada..."

Uma sombra passa pelo rosto dele, contorcido de dor.

"Mas, agora, eu sei quem sou, e cansei de ficar quieto", declara ele, de repente mais confiante. "Estou prestes a enviar para a imprensa minha pesquisa sobre a homossexualidade, para revelar a todos que nós existimos. Não sei como o mundo vai reagir, filha... e preciso confessar que isso me apavora. Tenho medo de perder as pessoas que eu amo. Você, Angela... *ele*."

Um sorriso angelical ilumina seu rosto. Só de falar desse homem, sua alma brilha, a ponto de a luz atravessar sua pele.

"Encontrei minha alma gêmea, Eliotte. Já faz anos. A gente é perdidamente apaixonado... mas em segredo. A gente se esconde para viver nosso amor. E é obrigado a construir nossas vidas separadamente: ele é casado com uma grande jornalista e já tem dois menininhos adoráveis. Ele é prefeito de Portland, e eu sou cientista de Algorithma de dia e cientista maluco à noite. Então você entende que..."

Um barulho ressoa no ar. Eu me viro na cadeira e vejo Izaak, que deixou cair as caixas de arquivos que segurava.

— É o seu... o seu pai? — pergunta ele.

Ele está pálido.

— Tudo bem, Izaak?

Sem dizer nada, ele chega perto de mim e pega o mouse.

— Você... — Ele pigarreia e continua: — Deu para ver as mãos dele em algum momento do vídeo?

— Acho que sim... Por quê? O que houve, Izaak?

Vejo o peito dele se inflar bruscamente, sob a força das inspirações profundas que Izaak tenta controlar. Dessa vez, nem penso duas vezes antes de pegar sua mão.

— Está tudo bem?

— E-eu só preciso ver a mão dele, Eli.

Faço que sim e o observo de rabo de olho, atônita.

Que merda aconteceu com ele, assim, de repente?

Não suporto vê-lo assim. Izaak volta o vídeo rapidamente e pausa quando meu pai seca o rosto suado de estresse. Ele dá zoom na mão direita. A que tem uma queimadura grande, causada por uma fogueira quando ele era adolescente e...

De repente, Izaak começa a ofegar, quase sufocando.

— Ei! — exclamo. — O que foi?

Ele encara a tela do computador, e percebo que suas mãos estão tremendo.

Cacete, é um ataque de ansiedade...

Eu me levanto e o faço sentar na minha cadeira. Seus olhos estão cheios de lágrimas.

— Eliotte...

— Sim, fala comigo.

Tentei acalmar as crises de ansiedade de Ashton mais de uma vez quando estávamos juntos. Mas cada crise é diferente e varia de pessoa a pessoa. Olho ao redor, em busca de algo frio que possa criar um choque térmico e aliviar o ataque.

Merda, não tem nada!

Desesperada, seguro seu rosto e olho bem fundo em seus olhos. Quero chorar com ele.

O que aconteceu?

— Izaak — murmuro, com a voz mais calma possível —, me escuta. Olha só para mim, esquece o resto da sala. Estou aqui, está tudo bem. Você tem que inspirar o máximo de ar que puder, contando um... dois... três... e quatro. Agora, expira, um... dois...

Ele tenta seguir meus movimentos com a boca trêmula.

— Inspira outra vez. Estou aqui, Izaak. Um... dois...

Ele abaixa os olhos e, de repente, seu choro irrompe na sala. Meu coração dói.

Ele se joga nos meus braços.

Izaak...

Sinto seu corpanzil sacudido por espasmos. Faço carinho na cabeça dele, nas costas, e, de novo, nas mechas castanhas, rezando para esse terror se evaporar rápido.

Com o rosto encostado na cabeça dele, eu sussurro, no esforço de manter a voz calma e distante:

— Não sei o que você está vendo dentro da sua cabeça, Izaak, mas eu estou aqui. Estou aqui.

Ele aperta com mais força minha camiseta de manga comprida.

— Eliotte, era ele...

Continuo o carinho, apertando-o junto ao peito.

— Era ele... Era seu pai...

O quê?

Eu ranjo os dentes, engulo em seco.

Foi meu pai que o machucou assim?

— Porra, Eliotte, era ele...

O que ele fez? O que ele pode ter feito de tão ruim assim?

Tento me concentrar em Izaak, mas estou desesperada. Meu pai machucou Izaak? Mas por quê? E como?

Ficamos assim, abraçados, até eu ter certeza de que sua respiração está regular e que suas lágrimas secaram. Quando ele me solta, eu ponho as mãos em seu rosto.

— E agora, quer falar?

Ele fecha os olhos e torce a boca.

— Preciso falar, Eliotte.

— Se for demais para você, podemos falar sobre isso mais tarde, quando estiver melhor. A gente pode esperar... Descansa, Izaak.

Ele abre um meio-sorriso e aperta minha mão junto ao rosto.

— Senta, Eli.

Ele sai da cadeira e senta no chão, recostado em um gaveteiro. Eu faço o mesmo, com as pernas vacilantes.

— Você... Lembra quando eu falei que tinha visto uma coisa que matou o menino que eu fui? — começa ele, com a voz falhando de medo e tristeza.

Eu cerro os punhos, com a garganta palpitando.

— Lembro, claro.

— Essa coisa foi...

Ele suspira, escondendo a cabeça nas mãos, e, antes mesmo de continuar, eu percebo como seu segredo é sombrio e pesado.

41

A ordem das coisas

Eliotte

— De dois em dois meses, mais ou menos, meu pai nos levava para fazer trilha na floresta Gifford Pinchot. Ele afirmava que era para virarmos homens, para nos ensinar os verdadeiros valores da vida... Certo dia, ele nos levou para acampar em um lugar que eu e Ashton não conhecíamos. Senti que ele estava diferente, muito mais tenso do que de costume. Mesmo assim, a noite se passou tranquila, até que...

Os olhos dele voltam a brilhar. Pego a mão dele, sem nem dar a ordem ao meu corpo.

— Escutei um barulho no meio da madrugada. Ashton estava dormindo... Mas a barraca do meu pai estava vazia. Então segui o barulho pelo escuro, até um riacho a algumas dezenas de metros do acampamento, e...

Sua respiração vacila antes de ele continuar, com uma voz hesitante que é como um soco no meu estômago:

— Ouvi um choro e barulhos de sufocamento... Batidas na terra também. Ainda suo frio só de pensar, Eliotte. Esses sons me assombram quase toda noite. Eu... eu me escondi no mato e vi. Meu pai estava iluminado por uma lanterna apoiado na pedra... e tinha cavado a porra de uma cova. Ele chorava, com um corpo no colo.

Como é que é?

— Meu pai chorava, com o rosto ensanguentado. Ele estava todo coberto de sangue, Eliotte. Tudo vermelho, e... e com uma poça de sangue aos pés, e...

O tremor volta com tudo.

— Fiquei apavorado, mas, ao mesmo tempo, nunca tinha visto meu pai tão angustiado. Era um pesadelo. Quando vi o rosto do corpo inerte... Vomitei entre as árvores. Via de longe, mas, quando o monstro que é meu pai começou a enterrar o corpo, eu vi um braço pendurado. A luz destacava perfeitamente. Nunca esquecerei a mão que escapava da terra.

Meu coração bate forte, ameaçando pular do peito a qualquer instante. Minha visão fica embaçada. Enxergo apenas manchas escuras de cor.

Porque comecei a entender.

Izaak me puxa para um abraço, fungando.

— Era a mão do seu pai, Eliotte — sussurra, com a voz esganiçada. — Era a mesma queimadura. E reconheci o rosto dele. Sei de cor, porque vejo toda noite em pesadelo.

Alguma coisa em mim se dobra e arrebenta em um baque seco.

Impossível.

Meu corpo, que se inflou desde que pisei no carro de Matthew, desde que descobri o chip, implode. Ele implode e leva tudo embora com seus cacos cortantes. Lágrimas escorrem, escorrem e escorrem.

Por quê?

— Sinto tanto, Eliotte... Sinto muito...

Thomas Meeka matou meu pai.

Com a última força que me resta, eu fecho os olhos. Minhas unhas arranham a palma até machucar. Acho que estou sangrando, não sei, não sei nada, nada.

Ele foi assassinado.

— Não é culpa sua seu pai ser um monstro — respondo, com a voz falhando. —Sinto muito por você ter vivido debaixo do teto dele, sabendo disso... e tendo visto isso tudo...

Eu me refugio no abraço de Izaak, como se o mundo ao meu redor tivesse explodido com meu corpo. Não resta mais nada. Puro vazio. Meu pai foi assassinado. Sons zumbem no meu ouvido. Fecho os olhos com mais força. Tiraram a vida dele, que tanto queria viver.

Porra, ele não merecia isso... Ele, não!

De repente, um lampejo me atravessa.

Thomas Meeka chorou.

Eu me solto de Izaak para olhar para ele.

— Seu pai foi prefeito de Portland antes de ser governador? — pergunto, em pânico.

— Hum... Foi... Foi, sim. Foi.

Cubro a boca com a mão.

Mas não faz o menor sentido!

— Meu pai e o seu pai eram amantes, Izaak. Melhor, almas gêmeas...

— Como é que é?

— Eles estavam apaixonados! — exclamo, me levantando de um pulo. — Segundo meu pai, eles estavam loucamente apaixonados.

Volto o vídeo para a parte em que ele fala do famoso "ele", e Izaak assiste à fala, aturdido.

Meu pai continua a mensagem, explicando a pesquisa e como pretende prosseguir. Ele chega a citar os Liberalmas, que não tem coragem de encontrar antes de publicar oficialmente os artigos.

"Enfim, meu bem, você precisa saber que eu te amo com toda a minha alma. E espero, do fundo do coração, que você não me deteste pelo que sou nem pelo que fiz. Não queria destruir nossa família, mas... eu não podia continuar assim. Era isso ou morrer. Espero que você me entenda. Foi a única solução que encontrei: contar a verdade para o mundo todo... e, quem sabe, mudar tudo. Eu te amo, meu amor. Eu te amo. E, confesso, minha maior esperança é que, um dia, talvez você se orgulhe do seu pai."

Seu olhar lacrimejante me atravessa por segundos demorados. Vejo, então, meu pai sorrir pela última vez.

E mais nada.

Também te amo, papai, com todas as forças.

Se ele ao menos soubesse como me orgulho dele, como o entendo.

Como o amo.

Eu seco os olhos, sentindo esse nó incompreensível na garganta.

— Qual é a data do vídeo? — pergunta Izaak.

Pelo olhar dele, vejo que os pensamentos estão se encaixando.

— 28 de julho — digo, depois de clicar no arquivo.

Ele passa a mão no cabelo e começa a andar em círculos.

— Meu pai levou a gente para acampar no dia 1º de agosto — murmura ele, como se falasse sozinho. — Nossos pais se encontraram entre essas duas datas, quando o seu pretendia revelar a pesquisa para a imprensa...

— Ele se usou de cobaia para os experimentos... então deve ter usado seu pai para comprovar a tese, não? Se a imprensa descobrisse que o prefeito de Portland, defensor ferrenho de uma política científica conservadora, era um "criminoso do amor"... ele diria adeus à carreira e, sobretudo, à liberdade.

— Verdade. Mas, sabendo que a deontologia científica exige o anonimato das cobaias, seu pai não teria revelado o nome dos sujeitos nos artigos, então por que meu pai ficou com medo? Por que matou um homem que supostamente amava?

— Falta uma peça do quebra-cabeça, Izaak.

Seu olhar me atravessa. Voltou a ganhar vida. Labaredas lambem o verde das íris.

— A gente tem que encontrar logo, Eliotte. Quero entender por que meu pai é um monstro. E, acima de tudo, quero que todo o mundo saiba disso. Pois a certeza que tenho é que passei 23 anos com o maior hipócrita do mundo. Ele enchia nossa cabeça todo dia com suas ideias políticas de merda, enquanto, na verdade, vivia uma vida dupla, encontrando um homem que chamava de alma gêmea. Isso tudo para cumprir objetivos toscos, motivado por convicções que nem dele eram. Ele me dá nojo. É um bosta.

— A gente vai expor esse homem, Izaak. E obrigá-lo a pagar pelo que fez com a gente.

— Eu e você.

— Eu e você — repito.

Ele fixa o olhar no meu por um instante, antes de recuperar as folhas soltas que tinha deixado cair no chão. Ele se agacha e passa a mão pelo cabelo. Eu me abaixo também e apoio a mão em seu ombro forte.

— Achei isso aqui no lixo... Rascunhos de uma mesma carta. Seu pai estava tentando encontrar as palavras certas ou talvez estivesse só em pânico.

Entre rabiscos e rasuras, consigo decifrar várias frases nas quatro folhas amassadas:

> Meu amor... Se você soubesse como é difícil escrever essas palavras... Eu te amo tanto, Tom... Eu imploro, me perdoe. Eu precisei fazer isso... Entenda que não tive escolha. Era isso, ou a morte... A gente tem muito a perder, mas tanto a ganhar... Vai mudar tudo... Eu te amo, aconteça o que acontecer.

— Ele mandou uma carta para o meu pai para anunciar que ia publicar os resultados? — pergunta Izaak.

Olho para um folheto do Partido Republicano Científico, largado entre duas pastas.

Esse mundo tem que mudar. Drasticamente. Nem os governantes de fato aderem à norma.

Eu e Izaak vamos mudar as coisas, acabar com essa sociedade.

— Que doideira! — exclama uma voz atrás da gente. — Um laborató... Eita, Wager! Você andou chorando?

Izaak ergue o rosto para Matthew, que perde a compostura.

— Tá tudo bem? — pergunta Matt. — Posso ajudar?

A voz dele aquece meu coração em um instante.

— A gente descobriu que... que o governador Meeka é um doente horrendo — digo.

— Como assim? — pergunta Matthew, chegando mais perto.

— Achei que meu pai não tivesse ido embora, e sim se suicidado. Na verdade, ele nem planejava se matar. Ele foi assassinado... pelo governador.

— Mas por quê? Que... bizarro. De onde eles se conheciam?

Olho para Izaak, sem saber o que dizer. Esse segredo não é apenas meu. E não sei se Matthew está pronto para entender a verdade da sexualidade humana. Izaak não diz nada e finge ler as folhas em sua mão.

— Mais tarde a gente explica — digo, então.

Matt se agacha na minha frente com uma expressão preocupada.

— Querem que eu continue a vasculhar aqui? Ou que vá buscar comida? Eu... Como posso ajudar?

Eu sorrio.

— Sua presença já ajuda. Obrigada, Matt.

Ele bagunça meu cabelo e sorri, mostrando as covinhas.

— De qualquer jeito... encontrei uma coisa lá em cima.

Izaak volta a atenção para o interlocutor.

— Esse horror! — exclama ele, tirando um bichinho de pelúcia do bolso do moletom.

— Ai, meu Deus! Chanel! — grito, pegando o bicho. — Passei anos procurando, achei que tinha perdido!

Olho para o poodle de pelúcia. Era para ser rosa, mas o pelo ficou cinza. Ele tem o ar arrogante e, de tanto eu puxar os fios, parece que franze as sobrancelhas.

— Bravo que nem você, Wager. Viu?

Uma risada me escapa.

Eu precisava tanto das piadas e brincadeiras idiotas dele.

Matthew foi buscar comida, depois de tentar aliviar a atmosfera com piadas cada vez piores. Acho que ele chegou até a fazer Izaak sorrir, que insistiu para a gente jantar sushi. Matthew concordou — mesmo que, como eu, não goste de peixe cru —, e acabamos nós dois comendo yakisoba, do lado das caixas de sushi empilhadas na frente de Izaak.

Decidimos ir dormir no hotel barato da esquina, embora eu esteja com medo de dormir. Porque sei que é bem nesse momento que minha cabeça vai começar a analisar tudo que aconteceu hoje. E vou reviver a mesma angústia, por horas a fio.

Pelo menos passarei por isso ao lado de Izaak. O trauma de infância dele voltou à tona, e tenho medo de o iceberg se revelar completamente esta noite, quando ficarmos sozinhos com nossos pensamentos.

Sei que ele está se culpando. Eu o conheço. Mas se ao menos ele soubesse a que ponto seu estado me impacta, como se seu corpo fosse o meu.

Izaak abre a porta do nosso quarto.

— Pedi camas separadas, mas o recepcionista disse que o hotel não oferece esse tipo de acomodação para casais.

Ele deixa nossas bolsas na cômoda e solta um suspiro pesado.

— Eu durmo no sofá.

— Honestamente, acho que nem vou conseguir dormir hoje — admito. — Então melhor você ficar comigo na cama mesmo.

Ele vira o rosto para mim.

— Tem certeza de que não vai te incomodar?

— Acho até que vai me acalmar.

Um sorriso carinhoso toma sua boca. Uma doçura inacreditável emana de seus olhos. Sinto um aperto no peito. Meu ventre formiga.

— Vou... vou tomar um banho — balbucio, tonta, andando até o fundo do quarto.

Quando desvio o olhar dele, paro na frente da partição que separa o quarto do chuveiro. Metade é de vidro. Dou a volta e descubro o "banheiro", que na realidade é aberto. Prendo a respiração ao reparar no chuveiro pendurado perto da partição. Tomando banho de pé, parte do meu corpo ficará visível através do vidro.

Eu me viro para Izaak, que contém a risada.

— Tá proibido de olhar.

— Por quê? Assim, a gente fica quite.

— Como é que é? Você não para de insistir nessa história! Tá bom. Vou tomar banho sentada — digo, dando a volta na partição.

— Aqui nem tem tranca, só a porta, Eliotte. Seria *tão* simples me vingar... Alguns passos, e a justiça estaria feita.

Olho para fora, para encarar sua expressão maliciosa. Que moleque.

— Se fizer isso, vou dormir com Matthew.

— Você tem liberdade de fazer o que quiser, moreninha...

— Tá, vou reformular: se fizer isso, *você* vai dormir com Matthew.

Ele franze as sobrancelhas e pega um travesseiro para cobrir a cara. Minha risada ecoa nas paredes do quarto antes de eu começar a me despir timidamente.

Izaak não cedeu à tentação de se vingar e me deixou tomar banho tranquila. Na vez dele, eu me deito na cama, de roupa limpa. Fico paralisada quando escuto seu cinto soltar da fivela e cair no chão, e suas roupas serem largadas no piso úmido. Seu suspiro grave quando a água quente toca sua pele me dá calafrios. Apesar do vidro embaçado, distingo sua silhueta, até a altura do abdômen. As gotas d'água no vidro e... *Minha nossa.* Ele apoia a mão úmida enorme na parede para alongar o braço.

Fecha os olhos, Eliotte. Fecha.

Vou é abrir.

Ele desliza a mão no vidro antes de se afastar, certamente para pegar um xampu.

Fecha. Os. Olhos. Eliotte.

Eu me viro de lado para ficar de costas para o chuveiro. Meu rosto está pegando fogo. Passam-se longos minutos antes de ele me pedir para levar a mochila que deixou na cômoda, e eu obedeço, esticando o braço, precavida, por trás da divisória.

Depois de vestido, ele se larga no colchão e solta um suspiro demorado. A cama balança sob seu peso. Eu me viro para ele.

Ah! Não, ele não ousou vestir uma regata colada...

Mas ousou, sim, claro. Esse tipo de roupa não deveria nem ser comercializada. É um *perigo*. Ele se acomoda no meio do colchão. Alguns segundos se passam até que, devagar, Izaak escorrega para perto do meu quadril e apoia a cabeça na minha barriga. Contraio o corpo de surpresa por uma fração de segundo, antes de relaxar completamente. Ele abraça minha cintura por alguns segundos, em um aperto quase compulsivo, antes de soltar.

— Sabe... — diz ele, baixinho, com a bochecha no meu tronco. — Fiquei aliviado por você me deixar dormir aqui. Você nem imagina como vai ser bom não dormir sozinho no sofá. Tenho medo de ver de novo as imagens daquela noite.

Essa confissão o faz baixar os olhos, e sinto um aperto no peito.

— Se você pegar no sono e isso acontecer, você *precisa* me acordar — digo, pegando a mão dele. — Combinado?

Ele levanta a cabeça e me olha.

— Combinado.

Inspiro fundo e pisco rápido. Estou exausta, esgotada. Mas, perto dele, me sinto bem. Estou ao mesmo tempo relaxada e desperta. Passo a mão na cabeça dele, fazendo cafuné nos cachos.

— Sobre esta manhã, na cozinha — digo, abrindo os olhos de novo. — Sabe, quando você disse que não... iria embora nunca e que sempre voltaria para me buscar em qualquer lugar do mundo.

Izaak se levanta um pouco e se ajeita, deitado de lado, bem perto de mim. Ele se apoia no cotovelo, que posiciona atrás da minha cabeça. Seu bíceps contraído roça meu rosto.

— Me emocionou muito. E eu não consegui responder, estava atordoada, aí a gente foi falar do meu pai e tudo se desenrolou.

— Não tinha resposta, Eli. O que eu falei é uma verdade universal "Izaak estará ao lado de Eliotte. Izaak não irá embora". Ponto-final. Porque, acima de tudo, eu e você somos amigos.

Ele ajeita uma mecha do meu cabelo atrás da orelha, com um sorriso leve. Um calor forte se espalha pelo meu rosto.

Caramba, e eu acredito. Acredito de verdade.

Ele suspira.

— A verdade, Eli, é que... eu tentei te detestar para confirmar que Algorithma tinha errado. Tentei detestar sua personalidade que me faz perder a cabeça, seus sorrisos sinceros, seus olhos arteiros, e até seu jeito de me fazer rir contra a minha vontade sempre que estamos juntos. Tentei te detestar, mas não consigo. Não *dá* para te detestar, Eliotte. Acho que ninguém conseguiria. — Ele abaixa os olhos e continua: — Eu, pelo menos, só consigo o contrário. Parece até que está programado na minha genética.

Ele encontra meu olhar. Passa a mão no meu rosto, em um carinho tão íntimo que me prende no lençol amarrotado.

— Foi isso que eu concluí hoje cedo — continua ele, com a voz baixa. — Depois de dois dias te procurando na multidão, mesmo sabendo perfeitamente que era impossível você estar comigo no Grande Texas. Parece besteira, mas... senti uma saudade terrível. Você nem imagina quanta.

Ele sorri, sem desviar o olhar do meu, como se quisesse dizer mais um monte de coisas com suas duas esmeraldas. Na luz fraca do quarto, a cor puxa quase para um cinza encantador.

— É que, quando alguém faz seu cérebro entrar em parafuso só de pensar, não dá para ficar só esperando passar. Porque não passa... e eu tentei, juro.

Ter você ao meu lado não é apenas uma necessidade. É a ordem natural das coisas. É me dobrar ao meu instinto, que grita para mim uma só coisa... *você*.

Ele engole em seco. E quase escuto, no silêncio que se segue: "Pronto, falei".

— Sei apenas que... meu coração precisa de você.

Seu coração.

Sinto o meu bater forte.

Levanto o braço e passo a mão em seu cabelo ainda molhado. No mesmo instante, ele se aproxima de mim e encosta a testa na minha. Está a alguns milímetros da minha boca. Sinto o cheiro de xampu de flor de laranjeira misturado a seu odor natural.

— Meu coração também precisa de você, Izaak. Profundamente.

42

Seu coração

Eliotte

Nossas bocas se unem em um instante. Eu o puxo ainda mais para mim, pela camiseta, e sinto o peso todo de seu corpo sobre o meu. Ele solta uma risadinha espantada, que abafa com outro beijo.

E então chega, esse sopro quente, dolorosamente delicioso. Não demora para se instalar, nem um pouco. Ele chega e vira tudo do avesso. Tudo. Passeio as mãos pelas costas largas dele e ele solta um suspiro rouco. *Meu Deus, esse som...* A onda de calor se espalha pelo meu corpo em uma velocidade louca, criando ecos, quando a língua dele roça a minha devagar, e ele me segura pela cintura. Ele mordisca meu lábio e se afasta completamente da minha boca, ávida por ele. Seu olhar penetra em mim com uma intensidade que eu nunca tinha visto.

— Me beija de novo, Izaak — murmuro, segurando o rosto dele. — Me cobre de beijos.

Minha frase o paralisa por meio segundo antes de ele dar um beijo na minha boca, outro no meu queixo. Um calafrio me percorre quando ele desce para o meu pescoço. Escuto minha pele queimar onde ele encosta.

— Tudo que você quiser, Eliotte. Absolutamente tudo que você quiser.

Aperto a nuca dele e fecho os olhos, tomada pelas sensações que me invadem.

De repente, ele desliza a língua pelo meu pescoço e para atrás da orelha. Sinto sua respiração quente, tão perto de mim.

— Só me dizer onde e quando que eu obedeço.

Eu estremeço quando ele mordisca de leve minha orelha, antes de voltar a beijar meu pescoço.

Deus do céu.

— Não sabia que você era assim solícito — provoco.

— É que gosto de preparar o terreno.

Um suspiro escapa da minha boca, que já quer voltar à dele. A fonte quente no meu ventre vai descendo mais... descendo muito. Aperto as coxas para me conter.

De repente, ele passa as mãos por baixo da minha camiseta e passeia do meu ventre até o meu peito. De cima para baixo. Ele fixa o olhar no meu. Para cima... Para baixo... Não consigo nem respirar.

— Posso ver mais de perto esse coração que tanto precisa de mim? — pergunta ele, com um sorrisinho, e brinca com a barra da camiseta.

Abro o mesmo sorriso, completamente hipnotizada por *ele*.

— Não estou usando nada por baixo da camiseta — digo.

— Pode ir vestir um sutiã... que eu arrancarei em no máximo cinco segundos, se eu me segurar e você me autorizar... — murmura ele, mais perto da minha boca. — Ou... pode me deixar ver esse coração mais de perto logo de uma vez.

Ele fixa no meu olhar suas íris verdes.

Como resposta, eu me levanto um pouco, até me ajoelhar. Sem pensar duas vezes, tiro a camiseta, que jogo para o canto do quarto, impaciente. Não lembro quando fiquei assim tão à vontade com meu corpo. Mas, com ele, é como se estivesse a sós.

Minhas bochechas estão ardendo. O rosto todo, talvez. Sim, estou com calor, meu Deus. Estou de calcinha na frente dele. Na frente de Izaak...

Não tenho tempo de pensar muito porque ele logo pula em mim.

— Que coração *lindo* esse seu.

Eu rio, voltando a grudar a boca na dele.

— Sério — insiste ele. — Você é um espetáculo, Eli.

— Izaak...

Passo a mão por baixo da regata dele, pela pele ardente.

— Estou com tanta vontade de tirar essa blusa.

Então, em um piscar de olhos, ele arranca a blusa.

— E eu estou com vontade de você — murmura ele. — Já faz muito tempo.

Olho para seu tronco, iluminado pela luz alaranjada e fraca das luminárias da mesa de cabeceira. Seus músculos esculpidos ficam ainda mais destacados pelo brilho dourado na pele.

Ele se debruça em mim, e meu coração acelera.

— Muito, muito tempo... Você me fez atravessar todos os limites que determinei.

O tempo para. Um, dois, três segundos... De novo, o mundo ao nosso redor é engolido pelo verde incandescente de seus olhos. Uma mecha do cabelo dele faz cócegas na minha testa.

— Se você soubesse o quanto eu te desejo, Eliotte. O quanto estou morrendo por você — murmura ele. — Ontem, hoje, amanhã também.

As palavras dele não apenas me abalam, elas me estremecem inteira.

— Eu também, Izaak.

— Você também o quê? Diz.

— Eu também te desejo.

E ele me beija, soltando um gemido. As mãos grandes, espalmadas no meu peito, ocupam todo o espaço, no movimento do ritmo da minha respiração. Me derreto nos braços dele. Suspiro e me agarro às costas dele, contraídas sob meus dedos quase trêmulos.

— Caralho, Eliotte...

Com essas palavras, ele desliza a barriga junto à minha pele. Suas mãos acendem fogo nos fios elétricos do meu corpo. Um curto-circuito atrás do outro.

Os dedos dele se perdem entre minhas coxas, fazem estalar o elástico da minha calcinha, e, logo, nada me separa dele. De novo, a boca dele segue o caminho das mãos e... eu viro do avesso.

O que é que, que, quem, quê, mas, você, para, de... Como eu me chamo mesmo?

— Abre um pouco mais as pernas para mim, querida — murmura ele, com essa voz quente que me deixa zonza.

A planta fria dos meus pés escorrega no lençol um pouco áspero.

De repente, ele passa os braços ao redor das minhas pernas; suas mãos agarram meu quadril com força. E sua boca começa a dançar um balé na minha pele.

Puta que pariu, caralho.

Vejo apenas o movimento da curva de seus ombros poderosos, e alguns cachos castanhos roçarem meu ventre, enquanto ele mexe a cabeça no ritmo. Entre dois suspiros graves, ele afunda os dedos mais profundamente na minha pele. A vista me deixa completamente louca. Quando ele pergunta o que estou sentindo, mal consigo responder. Ou formular uma frase inteligível. Seus movimentos todos me preenchem com uma energia devoradora, que me consome, que me inebria a tal ponto que...

— Não para, Izaak.

Ele gargalha de leve e diz, com a boca encostada em mim:

— Pode contar comigo.

Eu afundo no travesseiro e me seguro com força na cama. Sinto até que vou decolar e ir parar no espaço sideral.

— Me olha, Eli... Não para de olhar pra mim.

Eu sorrio e obedeço.

Devagar, os dedos dele entram em jogo.

Acho que. Vou. Derreter.

O cabelo dele faz cócegas na minha pele. Sinto que virei um nó de nervos descontrolados. Nem tenho tempo de respirar, de tanto que a onda sobe, sobe, sobe...

De repente, sinto que explode no meu ventre, e, depois, no corpo inteiro. Solto um palavrão, esticando as pernas.

Uau, uau, uau.

Izaak levanta a cabeça, crava o olhar em mim e passa o polegar no lábio.

— Delícia.

— Meu coração parou pelo menos umas três vezes. Não, foram umas quatro, com isso que você acabou de fazer com o dedo.

Ele ri, subindo em mim de novo. Reencontro a boca dele em um instante.

— O meu parou umas seis.

As pernas dele deslizam na minha panturrilha. Inspiro o cheiro de seu pescoço, fechando os olhos. Ele tem cheiro de verão. Seu quadril faz pressão no meu, que já estou mexendo. Mordo o lábio, respirando pelo nariz, para acalmar essa onda poderosa entre nossos corpos. Acaricio os músculos contraídos de seus braços, e depois do abdômen, do peitoral... Quantas vezes morri de vontade de mexer nesses músculos aprisionados pelo tecido das blusas coladas?

— Tudo bem? — pergunta ele, beijando minha clavícula.

Como ele é carinhoso.

— Vai melhorar quando você tirar toda a roupa.

A risada dele faz cócegas na minha pele.

— E você, tudo bem? — pergunto.

— Ah! Tudo...

E ele obedece ao pedido. Vejo a roupa cair no carpete perto da cama, no escuro, antes de me concentrar nele. Inteiramente nu.

Tá legal.

— Cinco vezes — solto. — Foram cinco vezes que meu coração parou essa noite.

Ele ri de novo, chegando mais perto de mim.

— Não aguento mais esperar, Eliotte. Mais um segundo e meu nariz vai começar a sangrar.

Nós gargalhamos juntos quando ele se afasta de mim, para abrir uma gaveta na mesa de cabeceira.

Bingo. Tem tudo à disposição — afinal, é um quarto de casal.

Ele rasga a embalagem. Desenrola o látex.

E, em um piscar de olhos, o universo se realinha. Nossos dois mundos, que entraram em colisão semanas atrás, se encaixam perfeitamente. À luz baixa do hotel, tudo ondula em uma energia violenta e urgente. Nossos suspiros se mesclam aos rangidos desenfreados da cama, aos estalidos suaves e murmúrios de fora do quarto. Meu coração bate a mil por hora junto ao dele.

— Pega minha mão, Eli. Segura em mim.

Entrelaço os dedos nos dele antes de Izaak se levantar, com o braço já apoiado na cabeceira da cama. Ele me olha. Acaricio o rosto dele, perdida em seus olhos suaves.

Aprendi na faculdade que durante uma relação sexual o hipotálamo secreta ocitocina e dopamina, permitindo que os corpos se entreguem a um prazer intenso. Talvez seja isso que está acontecendo agora. É isso, tenho até certeza. Contudo, também não tenho dúvidas de que sinto algo além de doses de hormônios e reações químicas. Pra ser sincera, nem sei exatamente o que há entre nós neste momento, mas meus olhos quase ardem, meu coração quase explode, meu mundo quase vira do avesso. Eu me sinto tão conectada a ele, de um jeito incompreensível, mas evidente. Por um motivo além de mim, além do cosmo, além do alcance de quem quer que seja. *Eu* e ele. *Ele* e eu.

Ele me beija de novo, e eu me deixo levar por seu abraço. Eu me agarro a ele, sinto suas mãos no meu cabelo emaranhado, seus suspiros que acariciam meu ombro quando ele encosta a testa na minha clavícula.

Não acredito que está acontecendo mesmo. Eu e ele, aqui.

Apesar da janela fechada, escuto os grilos na noite calma e o vento soprar nas folhas das árvores do estacionamento. Fecho os olhos sob efeito das sensações devastadoras que atravessam meu corpo. *O que...*

A respiração rouca dele se acelera, cadenciada. Meus músculos se tensionam, meu peito a ponto de explodir.

E, de repente, o céu desaba em cima de mim.

Nós dois nos afogamos, agarrados, em uma onda de calor e plenitude. Ele me beija como se minha boca contivesse todo o oxigênio do quarto, e eu acabo por cima dele. Desta vez sou eu que o olho, sem ar.

Nunca senti isso.

Ele acaricia minhas costas, minha cintura, sem desviar o olhar do meu. É de uma doçura delicada e sincera. Pela primeira vez eu me permito me afogar completamente.

Nunca.

No silêncio, interrompido apenas pela nossa respiração entrecortada, ficamos aqui, um junto ao outro, nos olhando. Passo uma hora nos braços dele, talvez, duas, três, eternidades mil... Sei apenas que não me imagino longe dele. Nem hoje, nem depois.

Izaak segura meu rosto para me trazer para perto e beija minha testa demoradamente.

— Boa noite, Eli — diz, antes de deitar de lado comigo.

Ele me puxa para junto do seu peito, até eu ficar com as costas coladas em sua pele.

— Boa noite, Izaak.

Ele fecha um pouco mais o abraço e murmura meu nome fazendo cafuné em mim, com a outra mão no meu coração.

— Sou só eu ou a garçonete tá te dando mole? — pergunto a Matthew na manhã seguinte, antes de comer uma garfada das panquecas de Izaak.

Tomamos café na lanchonete da esquina. Izaak mal encostou na comida — *pior*, nem no chá. Ele me olha discretamente, fazendo carinho na minha mão por baixo da mesa, para eu saber que ele está me tocando, não porque Matt está aqui e ele tem que fingir, mas porque ele *quer*.

Eu o beijaria se não estivesse ocupada me empanturrando, e, acima de tudo, se Matthew e os outros clientes não estivessem presentes. Sinto que não estou mais atuando. Então, cada gesto meu se torna um pouco mais pesado, porque é um pouco mais verdadeiro.

— Imagino que agora que você está com a Hanna, não deve mais fazer diferença — digo, me referindo à moça com quem ele sai desde o par-teste. — Aliás, como estão as coisas com ela?

Ele baixa o olhar para os ovos mexidos.

— Eu terminei com ela faz pouco tempo. Apesar da compatibilidade de 65%, não sei... não vejo a gente casado.

Merda.

— E você começou a sair com outras mulheres?

— Já me encontrei com todas as opções e... nada. Vou ter que achar alguém antes do outono — responde ele, suspirando, e passa a mão na nuca.

Ele está parecendo totalmente surtado com a ideia.

Eu adoraria que entendesse que isso é só cortina de fumaça, que esse sistema todo é vazio — e nem estou falando só dos governantes.

— E se não fizesse isso? — pergunto. — E se ninguém conquistasse seu coração antes do matrimônio da maioridade... Seria tão ruim assim?

Ele abaixa a xícara de café. Izaak me olha, arqueando a sobrancelha.

— Bom, eu... Enfim... Eu teria que me casar, de qualquer jeito.

Ao dizer isso, ele fecha a cara, e passa os dedos sob os olhos cansados.

— É isso que eu queria dizer... — continuo. — É incrivelmente estressante precisar se casar assim, quando se chega à maioridade. Uma pena a gente ser *forçado* desse jeito.

Izaak me chuta de leve por baixo da mesa.

— De qualquer forma, a Ciência me... — começa Matthew, mas para ao escutar o celular tocar.

Ele olha a tela, mas recusa a ligação e volta a me olhar.

— A Ciência saberá encontrar a pessoa certa para mim — prossegue. — Se não for neste estado-distrito, será em outro. Posso pedir transferência. Tenho fé.

Eu contenho um suspiro. Esperava que minhas palavras o fizessem titubear, pelo menos.

— Não quis dizer isso para te estressar, Matt. Tenho certeza de que vai dar tudo certo.

Eu sorrio. O celular dele volta a tocar. Ele desliga de novo sem nem olhar quem está tentando ligar.

— Será que não é urgente? — sugiro, inquieta.

— Não, relaxa... Não é nada. Bom! Eu vou é atacar esses waffles. O chantilly tá com uma cara marav...

Outra ligação. Matthew desliga.

— Por que você não atende?

Olho para Izaak, que acabou de falar, afundando na cadeira. Ele encara Matthew com desconfiança, de braços cruzados.

— Acho falta de respeito atender o telefone quando estamos aqui, comendo juntos.

— Não é grave. Atende.

— Não tô com cabeça para isso, Izaak...

O celular toca de novo.

De repente, Izaak estica o braço e pega o celular de Matthew, sob seu olhar chocado. Ele atende sem hesitar e leva o telefone à orelha.

Passa um segundo.

Ele contrai a mandíbula.

Ele afasta o celular e desliga.

— Matthew — diz, solene. — Você vai se levantar. E eu e você vamos sair daqui.

— Por quê?

— Só vou repetir uma vez: levanta e sai daqui comigo.

O que é isso?

Matthew está prestes a retrucar quando Izaak se levanta de um pulo e o puxa da cadeira. Ele o segura pelo colarinho, rangendo os dentes.

— Pronto, levantei! Me solta — pede Matt.

Eu também me levanto quando Izaak o empurra até sair da lanchonete.

— Puta merda, o que foi? — questiono.

Sem resposta. Izaak está tão furioso que nem deve ter escutado.

Vou atrás deles e acabamos em um canto isolado do estacionamento. Nem tenho tempo de questionar Izaak antes de ele dar um soco em Matthew, que bate a cabeça no poste e geme de dor.

— Izaak! — grito.

— Sempre desconfiei de você! — grita ele, me ignorando, como se apenas Matthew existisse no mundo. — Por um tempo achei que fosse só minha desconfiança natural. Até que notei essa sua mania de mexer com a gola dessa merda de moletom, às vezes até com os botões... Culpei a paranoia. Mas acabei de ter a confirmação que mais temia!

A mandíbula de Matthew é deslocada pelo soco de Izaak. Eu então o agarro por trás e tento conter seus braços para que ele não avance em Matthew de novo.

— O que aconteceu? Para com isso!

— Você vai me dizer agora todas as informações que recolheu para o governador! — grita Izaak, se debatendo para se soltar. — Desembucha!

É o quê?

Olho para o meu amigo com o rosto tenso. Meu coração acelera.

— Do-do que ele está falando, Matthew?

Ele seca o sangue do nariz e cerra os dentes sem desviar os olhos de Izaak.

Izaak se vira para mim, fora de si.

— Reconheci a voz do governador quando atendi... e conheço os métodos do meu pai.

— Como assim, Izaak?

— O governador deve te ver como possível ameaça desde o começo, certamente por causa do seu pai. Sem dúvida, ele contratou Matthew para coletar o máximo de informações possíveis sobre você, Eli... Esse lixo talvez tenha tentado fazer você dizer coisas comprometedoras, que meu pai poderia usar contra você, certamente para te calar se você descobrisse a verdade sobre ele. Matthew está andando com um microfone esse tempo todo! Talvez tenha até grampeado seu celular ou feito alguma outra palhaçada!

Eu me viro e encontro o rosto de Matthew. A expressão dele está dura e fria. Nunca o vi assim.

— É verdade? Vo-você trabalha para Thomas Meeka?

Queria que minha voz não tremesse assim.

— Sim.

Um zumbido atravessa o ar.

Escutei direito? Ele disse "sim"?

O único motivo para ele ter se aproximado de mim, para ser tão gentil, tão atencioso, para me apoiar assim... foi porque ele foi contratado?

Quero chorar. Quero desabar no asfalto.

Em vez disso, passo direto por Izaak e, balançando o braço, dou um tapa na cara de Matt.

— Já conheci muito imbecil nessa vida — grito, empurrando-o e batendo onde alcanço. — Mas você, Matthew! Você!

Nem acredito que essa pessoa em quem confiei completamente, que me permitia pensar que eu não estava sozinha, que eu defendia quando Izaak me alertava... é também quem vai comprometer meus planos de revolta. Que vai mandar tudo pelos ares. Que vai *me* mandar pelos ares.

O chip que encontrou com a pesquisa do meu pai, todas as nossas conversas particulares, o laboratório subterrâneo, tudo, tudo, tudo, puta que pariu...

Com tudo que eu revelei a ele, Matthew pode causar o nosso fim, o meu e o de Izaak. E tenho medo de não ser mais possível impedi-lo.

Continua...

Agradecimentos

A primeira pessoa que quero agradecer, do fundo do coração, é: *você*. Obrigada por dar uma chance a Eliotte, Izaak, Ashton e todos os outros. Sem você para ler, essa aventura não teria o menor sentido. Fique à vontade (mesmo) para escrever para mim nas redes sociais; seja para me dar um oi, me mandar um meme ou compartilhar reflexões que fez durante a leitura. E eu gostaria sinceramente de saber: você escutaria seu coração ou a Ciência?

Com a série Eu Não Sou Sua Alma Gêmea, quero explorar o amor, seus limites, suas formas, seus tons — seja fraterno, romântico, entre amigos... Quero também olhar de perto a pressão da sociedade, do dever e de todos esses pesos invisíveis que carregamos nas costas sem nem sequer percebermos. Espero sinceramente que tenha embarcado neste universo que poderia, quem sabe, ser o nosso um dia... Você nem imagina minha animação para que leia a sequência!

Não posso escrever esses agradecimentos sem pensar nos meus leitores do Wattpad, seja os que me descobriram na plataforma ao ler o início desta história, ou os mais antigos, que chegaram com minha primeira saga, *Un Visage Pour Deux*. Muito, muito, muito obrigada por estarem aqui. O apoio de vocês vale tudo. Amo demais!

Ainda não é hora de fechar a cortina, tenho que agradecer meus pais. É verdade: sem eles, nem estaria na frente do computador para escrever essas palavras. Obrigada por tudo, vocês são minha luz.

Também agradeço, do fundo do coração, a Maya, Amel, Samy, Sherazade, Mehdi, Maria(h), Shaimae e Amande. Essas pessoas preenchem meus dias e, sem o apoio e amor delas, eu nunca teria conquistado nada.

Um agradecimento imenso (gigantesco mesmo, imaginem) para todas as pessoas formidáveis e inspiradoras na Harper Collins, que trabalharam tanto para *98,8% de compatibilidade* existir.

E, obviamente, obrigada a Borrys, meu gato, que tanto me apoiou durante as sessões de escrita — me ignorando ou miando para que eu suprisse suas necessidades fúteis de ração.

Este livro foi impresso pela Vozes, em 2025, para a Harlequin.
O papel do miolo é Avena 70g/m^2 e o da capa é Cartão 250g/m^2.